搜神记

1

神农使者

树下野狐 著

中国華僑出版社
北京

图书在版编目（CIP）数据

搜神记. 1，神农使者 / 树下野狐著. — 北京：中国华侨出版社，2017.12
ISBN 978-7-5113-7315-1

Ⅰ. ①搜… Ⅱ. ①树… Ⅲ. ①长篇小说－中国－当代 Ⅳ. ①I247.5

中国版本图书馆CIP数据核字（2017）第310053号

搜神记. 1　神农使者

著　　者：树下野狐
出 版 人：刘凤珍
责任编辑：紫　夜
封面设计：VIOLET
排版制作：刘珍珍
经　　销：新华书店
开　　本：700mm×980mm　1/16　印张：20.5　字数：350千字
印　　刷：河北鹏润印刷有限公司
版　　次：2018年4月第1版　2018年4月第1次印刷
书　　号：ISBN 978-7-5113-7315-1
定　　价：42.00元

中国华侨出版社 北京市朝阳区静安里 26 号通成达大厦 3 层　邮编：100028
法律顾问：陈鹰律师事务所
发 行 部：（010）82068999 传真：（010）82069000
网　　址：www.oveaschin.com
E-mail：oveaschin@sina.com

如发现图书质量问题，可联系调换。质量投诉电话：010-82069336

修订版自序

我创作的第一部“新神话主义奇幻小说”是《搜神记》，这部书的灵感来自 2000 年我所构想的一款网络卡牌游戏。从 2001 年 3 月开始创作到 2012 年修订这部作品，恰好相隔十一年。纳兰性德有句词，“十一年前梦一场”，可以代表我重新修订这套作品时的心情。

2001 年刚开始创作《搜神记》时，少年心性，血气方刚。2012 年修订时，难免会有许多不满意的地方，除了早期网络连载时，部分文字的随意、重复之外，还有些不必要或不合理的描写。这次修订，主要是修改文字，修正某些不符合人物设定及情感的细节，并删减了一些与人物、情节关系不大的、不必要的香艳描写。尤其《搜神记》的前三本，几乎是逐行逐字地修改，花费了不少精力。

修订作品是件吃力不讨好的事情，无论是对于作者，还是原先的读者，作品的原貌虽然有粗糙不完美的地方，却记录了读写双方的成长。我曾经想保持原样，仅仅修正一些错字和重复的词语，但或许是天性中有种文字洁癖，不疯魔，不成活，总想尽量呈现出趋向于完美的作品。

最后，感谢这些年一直喜欢并支持我的读者，你们是我创作的最大动力。感谢曾经的幻剑书盟、起点中文网、龙的天空等原创文学网站，给了我作品最初的舞台。感谢老友熊嵩、杨严，十四年前，正是你们果敢地在创刊不久的《奇幻》上连载《搜神记》，以及后来的《蛮荒记》《不周记》……开创了国内期刊的长篇连载记录，让这系列作品广为人知。还要感谢王传先、武晓勤，让我如愿以偿，将这《搜神记》《蛮荒记》以尽量完美的面貌再版呈现。

树下野狐

2017 年 8 月 . 上海

自序

当我们站在文明时代的山腰回首眺望，企图透过浩浩莽莽的岁月瞻仰人类的童年时，我们发现，仅仅依靠那残存的文字记录，是很难窥得全貌的。战火、灾难，以及太多的历史动荡湮没了文明和远古的记忆，只留下一些蛛丝马迹存在于另一种历史的延续方式中。

那就是千百年来，人类代代相传的神话与传说。

“包含在神话过程中的真理就是宇宙真理，无一例外。我们不能否认神话的历史真实性。因为它的产生所经历的过程，就是真实的历史。”谢林这句关于神话历史真实性的论断代表了很多哲学家与民俗学家对于神话的看法。

神话就像是上古的密码，它微妙地传递给我们关于遥远时代的信息，真实而又暧昧。唯其如此，世界各国的神话虽然不尽相同，却都有创世、洪水等惊人一致的几大母题。

但神话的意义，绝不在于破译或还原历史，而在于提炼与升华。

比起成王败寇、弱肉强食的残酷历史来说，神话更加温情生动、瑰丽多姿。那是因为世代相传中，人们将遥远的记忆、时代的特征、浪漫的想象、美好的期盼……不断地交糅在一起，共同缔造了一种更完美、更纯粹、更真实的历史。

那是一个真、善、美的童话世界，一个源于真实而又高于真实的美丽世界。对我来说，没有什么比这样的世界更让我神往、着迷的了。

当我少年时第一次翻开《山海经》，进入一个见所未见的瑰丽雄奇的蛮荒大陆，我突然发现，原来这本薄薄的地理书，竟是开启太古异世界的钥匙。

在这个充满奇花异草、珍禽怪兽的神奇大陆上，居然生活着这么多可歌可泣的英雄先贤，发生着这么多惊天动地的玄妙故事。

在这里，海阔凭鱼跃，天高任鸟飞。你可以不必顾及任何所谓的秩序，自由而惬意地生活。你可以纵横天南地北，追烈日，射九乌，斗神魔，搏狮虎；可以入水为鲲，展翅为鹏，翻江倒海，覆雨翻云，尽显蛮荒英雄本色。即使失败了、战死了，也可以撞断天柱，填平大海，化为不屈的灵禽猛兽，在天地间遨游啸歌。

那是一种怎样的自由和快乐！

我相信这样的世界是真实存在的。

我相信在九万里神州之外、浩瀚宇宙之外，还有一个平行的美丽世界。就像是刀光剑影、玄之又玄的江湖一样，它存在于我们的梦想与现实之间。我愿穷毕生之力，在这个梦幻国度里跋山涉水，记录下一路的瑰丽风景。如果我的三寸秃笔，能有幸成为你开启这个美丽新世界的钥匙，那将是我最大的快乐。

树下野狐

2005年．上海

目录

CONTENTS

楔子

正午时分，烈日当空，海风炎热，无边无垠的海面泛着白光，惨碧的波浪轻轻摇曳。

南边突然一个惊雷，滚滚乌云瞬时间从海平线翻腾蔓延。

一艘柚木桨船上，一个中年汉子昂然站在船头，手握千里镜，向东南方向迎风眺望。旁边立了一个十五岁的少年，满脸剽悍英武之色，不住地问道："爹，看见了没有？"

十二个桨手听了齐声大笑："少城主，你也忒性急了。哪有一出海便有收获的？"那少年扬眉道："为了找它，已经出海七次，每次都是空手而归，怎不让人着急！"

中年汉子朗声大笑："小子，倘若都像你这般心急，我们便只能去撒网捕鱼了。"众人哈哈大笑。

雷声滚滚，乌云急速凝聚，向北翻涌而来。天色迅速变暗，太阳被漫天乌云遮蔽，海风也很快转冷，一阵阵刮来，竟颇有凉意。

舵手道："城主，浪开始大了，只怕是有风暴。"中年汉子道："不妨事。大伙儿将舷翼合拢，倘若风暴一来，便立即圆舱。"话音未落，海面忽然狂风大作，一阵激浪卷来，险些将桨船掀翻。

舵手大叫："圆舱圆舱！"

中年汉子喝道："且慢！"

众人一愣，少年突然大喜："爹，是它！"中年汉子沉声道："转舵正坤位，收桨，平衡船身，原地待命。"

船身缓缓掉转，在汹涌的海浪中跌宕浮沉。少年挤到船头，脸上藏抑不住兴奋之色，在苍茫的海面上搜寻着。

雷声更盛，乌云涌动，覆盖了整个天空，顷刻间，海面暗如黑夜，波涛汹涌。偶尔一道雪亮的闪电划过，将天海映得雪白。

海浪一浪高过一浪，船身摇摆越来越剧烈，众桨手虽饱经风浪，还是不自禁地面色发白。

中年汉子目光如炬，镇定自若地站在船头，衣袂飞舞。那少年竟也无丝毫惧色，一双手握紧船舷，青筋暴起。

突然，众人齐声惊呼，远处海面蓦地裂开，激起冲天巨浪，其时恰好闪电划过，天地一片亮白，只见一只长达四丈余的青色怪兽从海中破浪而出，引颈长啸。

它在空中离海面两丈处，突然展开双翼，巨大的蝠翼刹那间张至五丈余长，在空中画起优美的圆弧，再急速以千钧之力，击打在海面上。

海浪滔天，浪水被击得冲起十几丈高，竟如暴雨般洒落。那怪兽凭借双翼击打之力，猛然腾空，双爪在海面上略一拍打，又如鹰鹫般展翅飞起。

少年大喜，喝道："裂云狂龙！是它！"转身看他父亲，却见他满脸煞白，双眉紧锁，再回头看众桨手，他们个个更是满脸惊恐，竟似大难临头一般。

少年不解道："你们怎么啦？我们要抓的不就是它吗？"

舵手口吃道："少……少城主，它……它不是裂云龙，而是……是蓝翼海龙兽！"

少年皱眉道："那又怎的？"

舵手惨然道："它是大荒十大凶兽之一，所到之处，必有血光之灾！"

少年道："什么血……"却听中年汉子喝道："住口！立刻圆舱！"众人如蒙大赦，立即摇起船舷。

两翼船舷缓缓合拢，就在即将并成圆舱之际，中年汉子突然腾空跃起，远远地抛下一句："关好所有舱门，谁也不许出来！"

少年大叫："爹！"却已然不及，船舱合拢，密封如橄榄，唯有一支丈余长的透气管高高升起。

少年立即扑到船头，透过巴掌大的树脂化石向外望去，模模糊糊地瞧见他父亲从背后拔出电光剑，踏波逐浪向那怪兽奔去。

中年汉子借着一股大浪之力，凝气高高跃起，喝道："孽畜！快来受死！"

蓝翼海龙兽在空中扭动脖子，斜眼下望，蓦地张嘴大吼，一股阴森寒气激射而出。怪兽双翼平展，在惊涛骇浪中徐徐转向，瞬间加速，闪电般向中年汉子冲去！

船中少年微吃一惊，低喝一声，众人纷纷上前，隔着树脂窗紧张眺望。

中年汉子左手疾弹，一道白芒电射而出。左脚凌空一踩，轻飘飘翻起丈余高，在空中突然扭身，身如弯弓，猛地一弹，硬生生又向上激射了两丈余高。

那怪兽双翼一拍，劲风陡卷，立时将白芒击落，但它冲势也随之稍减。中年汉子乘势从它上空越过，右手电光剑急电般向怪兽头颈斩落。

怪兽扭颈长啸，两翼向上猛力翻起，登时卷起一股狂风，丈余长的巨尾在空中一个摇摆，带着雷霆之势，向中年汉子扫去。

众桨手失声惊呼。那中年汉子借着怪兽两翼之风，凝气跃起，堪堪躲过巨尾致命一击。但巨尾过处，风势刚劲如刀，竟将中年汉子的腿部划出一道一尺来长的伤口，鲜血长流。

怪兽闻到血腥味，狂性陡发，双翼猛然击打海面，激起滔天巨浪，仰颈咆哮，一双碧色巨眼在黑暗中闪闪发光。它忽然巨口暴张，数十道冰刀似的碎物怒射而出。

中年汉子左掌一翻，掌心绽放一团碧色光波，瞬息变大，“轰”的一声与那万千冰屑撞个正着。气浪鼓舞，立时将中年汉子冲出数丈。

少年看得紧张，掌心满是汗水，众人亦屏气敛息，心跳如撞。

惊雷阵阵，闪电如刀，暗云翻涌，狂风肆虐，终于下起倾盆大雨。一人一龙，在惊涛骇浪中转眼已斗了数十回合。

中年汉子仗着绝佳的御风术，在怪兽与风浪间穿梭闪避，虽浑身是血，却并无大碍。那怪兽怒发如狂，每次攻击都崩云裂浪，虽相隔甚远，船中众人犹可感觉惊人威力。

舵手忧道：“城主虽神功盖世，但此孽畜非等闲之物，倘若如此纠缠，只怕……”

众人沉默不语。少年扬眉道：“戚老大，你掌舵，大伙儿慢慢将船靠过去。”

众人大惊，舵手戚老大道：“少城主，这，这……”

少年满脸傲色，凛然道：“与其坐而待毙，不如搏命求生！”话语斩钉截铁，没有丝毫转圜余地。

戚老大缓缓道："果然虎父无犬子。少城主年纪轻轻，便如此英雄胆色，我们倘若还贪生怕死，岂不让天下人笑话！"

众人尽皆点头，士气大振。

柚木船十二支桨悄悄伸出，在风暴中整齐如一地划动，向一人一龙靠近。

中年汉子咬牙苦斗，已渐感不支。那怪兽竟越斗越勇，一双碧眼转为通红，更显狰狞。

中年汉子心道："这妖兽太过凶顽，倘若再与它缠斗不清，必丧命于此。须用两伤法术降它。"当下更不犹豫，突然踏浪腾空，左手捏诀，右手电光剑插回腰间。

戚老大惊道："不好，城主要施放两伤法术！"少年咬牙道："倘若爹爹法术一击不能得手，便有性命之虞。"

原来两伤法术虽然威力极大，但亦极耗真元，并容易伤及自己经脉，每次施放，必有片刻功力尽失。倘若近身相搏，一击不能得手，而空门大露，真元涣散，则后果不堪设想。

少年从腰间解下断月弩，喝道："开舱！"

但是犹已晚矣。中年汉子人如陀螺，在空中疾转，大喝一声："万壑春藤绕！"双手舞动，碧光连爆，漫天突然尽是寸许长的枝丫藤蔓。

狂风暴雨中，那漫天藤蔓竟如千万利箭，齐刷刷射向怪兽！

怪兽嘶声狂吼，两翼尽展，竟如半空起了一道横竖五六丈的黑色屏障，巨尾重重砸落海面，掀起狂风巨浪。但是风浪竟不能击落半根藤蔓，千万数的细小藤蔓刹那间尽皆没入怪兽周身。

"嗷呜！"怪兽脖颈暴长三尺，仰天发出一声震耳欲聋的怒吼，天边闪电击入海中，一连串惊雷蓦然响起。

怪兽两翼后扬，再以排山倒海之势，向中年汉子拍去！

中年汉子身子一晃，再也不能闪避，顿时被两翼狂风击中，鲜血狂喷，如断线风筝般从半空跌落。又被那妖兽长尾怒舞，闪电般劈中胸腹，高高抛起，又重重摔入滔滔海浪之中。

船中众人齐声惊呼，少年泪水夺眶而出，叫道："爹！"

舷舱缓缓开启，大浪、狂风、咸涩的海水味与血腥味弥漫的气息一起扑面而来。

怪兽突然发出一声奇怪的嘶吼，巨大的身躯突然同时裂开，无数绿色的藤蔓从它身上同时绽放，以惊人的速度生长蔓延，顷刻间将它两翼、双爪、巨尾全部缚住。

怪兽一声悲鸣，从半空重重砸落。

戚老大叫道："别让它跑了！"

少年猛然举弩搭箭，"嗖"的一声，金刚矢闪电般射入怪兽的右眼，怪兽正咆哮时，左眼又被少年射中。

众桨手运桨如飞，柚木船急速向怪兽驶去。怪兽缓缓沉入海中。

就在柚木船距离怪兽仅数丈之距，那奄奄一息的怪兽突然狂吼跃起，两翼奋力伸展，藤蔓寸寸断裂，在风中激射。

怪兽循声扭颈，巨翼徐徐拍击，两爪在海面逐波踏浪，向柚木船奔来。

众人大惊失色，连忙转舵。少年喝道："合舱，下潜！"在舷翼合拢之前，他又"唰唰唰"连射三箭。

怪兽双目俱盲，而且四下风浪甚大，听不见连珠箭破空之声，颈上立时连中三箭，虽不致命，却也颇为痛楚，奔势顿减，原地拍翼狂啸。

柚木船合拢为密封潜艇，缓缓下沉。

那怪兽突然高高跃起，咆哮声中，两翼连续猛击海面，波涛剧荡，竟将柚木船从水中高高掀起两丈余高。

那怪兽突地暴长脖颈，张嘴弹舌，几道三尺余长的冰锥快逾闪电飞射而出，从柚木船顶上穿过！坚硬的柚木板登时被硬生生掀起。

柚木船重重落在海面上，急剧摇摆，海浪片刻间便涌满了船舱，众人纷纷舀水，乱作一团。

怪兽听见惊呼，立即猛追而来，转眼便到一丈开外。众桨手大惊失色，纷纷跳水逃生。唯独少年满脸怒容，稳立船头，举弩搭箭，欲做最后一搏。

怪兽长啸一声，展翅滑翔，瞬息间已到少年头顶，脖颈一甩，张开一张血盆大口，恶狠狠地当头咬下！

少年只觉脖颈一凉，原来是怪兽的口水、眼中鲜血四溅飞落。少年大喝声中，三支利箭接连穿透怪兽咽喉，从它颈后破肉而出。

那怪兽突然一声凄厉的哀嚎，全身朝后绷紧，而后一道血浪冲天射起。

接着漫天血雾中一道炫亮的剑光闪过，怪兽突然裂成了两半！

怪兽左右身躯戛然断裂，鲜血喷红了天空，喷红了大海，也喷红了少年周身。

雷声隆隆，电闪风狂。

眼前变故太过突然，众人惊魂未定，面面相觑。少年也是一脸愕然。以他三箭之力，决计射它不死，更何况怪兽乃是被人从中硬生生斩断。

暴雨劈头盖脸地倾泻着，将众人身上的鲜血迅速洗刷，冲入滔滔海浪之中。

一道闪电照亮了天地，众人突然看见一个人影从水中冲天飞起。

少年大喜，纵声叫道："爹！"那人正是中年汉子。

众人纷纷上船，将船摇将过去。中年汉子跌坐在怪兽的浮尸上，满脸怠惫，大口大口地喘着气，衣衫褴褛，鲜血长流。右手还紧紧地握着电光剑，左手握着一颗拳头大的黑色龙珠。

原来那中年汉子被怪兽双翼拍中，身受重伤跌入海中，却仗着雄浑真气和水性，在水中浮游，屏息静候良机。当怪兽奔至正上方时，他竭尽全力，挥剑而上，将重伤的怪兽劈成两半。

但这全力一击也耗去他所有的真元、大伤经脉，没有一年半载，只怕无法恢复。

众人将中年汉子救上船去，少年连连道："爹，你没事吧？"中年汉子吃力地摇摇头，虚弱道："不碍事。咱们立即回航。"

众人立时转舵，摇桨，在风雨巨浪中艰难地向西驶去。

暴雨越来越猛烈，雷电交加，暗黑的海面与紫黑色的天空仿佛要将柚木船压成碎片。众人心中却说不出地祥和平静，比起那恐怖的巨兽来，风暴实在算不了什么。戚老大甚至开始高声唱歌。

少年初次经历如此事情，心中兀自兴奋不已，手中把玩着父亲从怪兽身上剜出的龙珠，已在寻思回去后向伙伴们炫耀炫耀此次经历。

只有那中年汉子心中波涛汹涌，比这海上风暴更甚。他浓眉紧锁，心中感到一种莫名的强烈不安。

凶兽虽已被杀死，但是它所代表的灾难呢？灾难可以避免吗？

第一章 八千里路

夕阳西下，漫天晚霞映得海面一片金黄，微波摇荡，浩浩数千里尽是金光。

晚风煦暖，吹过这万仞绝壁上的杨树林，卷起漫天白絮，洋洋洒洒、四处飘荡，落在他的鼻上、脸上。温暖而刺痒的感觉，让他突然想起了小时候的诸多事情。

这里是他初次看见大海的地方，想不到时光飞逝，造化弄人，他今日竟又来到这东海南际山。

此处正是南际山的正峰，他身边的山顶溪流汩汩流过桃树林，汇成激流，从龙牙岩飞泻而下，形成声势惊人的万丈瀑布。由于山势过高，瀑布倾落到半山腰，便被海风吹得飞花碎玉，各散西东。在山下龙潭边，早已见不着瀑布，只可感受漫天的毛毛细雨。

景物如旧，逝者如斯。然而当年的壮志少年早已变成了鹤发老者。

再过几个时辰，春天就要过去，他的人生呢？老人心中泛起淡淡的哀伤。落花飞舞，蝴蝶盘旋。远处晚霞如火，涛声隐隐。他躺在崖边草地，聆听耳边流水、天际海鸥，心中一片澄静。

距离他七尺之外，有一株艳丽的碧玉海棠。仅仅这七尺之距，他的手却再也无法触到，而那只蝴蝶却轻盈地落在海棠的花瓣上。

碧玉海棠浓郁的花香混合着青草的绿色味道、微风中夕阳的气息，氤成奇异的气味，从鼻翼一直痒到他的心里。

大荒305年，他在南际山顶一剑击败琴鼓九仙，少年成名，春风得意。那一夜，他与丁香仙子并坐山顶溪边，他摘了一朵碧玉海棠别在丁香发上，却被她径直抛入瀑布之中。那一朵碧玉海棠，是不是就是这一枝呢？软玉温香，宛若犹在鼻息之间。

在这杨树林中还发生了什么事呢？他恍惚地回忆，是了，大荒326年，他在树林中邂逅年少气盛的灵感仰，斗到第三百九十二回合，他在灵感仰背上用树叶写出“少年英雄”四字，令后者弃剑认输。

大荒357年，他在龙牙岩上目送空桑仙子东渡汤谷。那夜他喝了九十八坛酒，醉得不省人事。翌日抛剑龙潭，单身西游，再也没有来过南际，直至今日。如此算来，他竟有两百余年未曾到过此处了。想不到两百年后，故地重游，竟恰逢百草毒发，注定尘埋此处。

冥冥之中自有天意。想到此处，他忽然有种说不出的轻松。只是此番东来，原为一事，此事未竟，又怎能安心化羽？

刚想到此处，一只蝈蝈从草丛中欢快地跳了出来，在他身边停住。他侧过脸，蝈蝈瞪着他，触须轻轻摆动。过了一会儿，蝈蝈傲慢地跳到他的身上，跳过草丛，扬长而去。

他哑然失笑。原来现在他连一只蝈蝈都不如。

两百年前他便已天下无敌，降龙伏虎何止千数。想不到今日僵卧山顶，竟连一只蝈蝈也不将他放在眼中，世事无常，无稽如此。他越想越是滑稽，忍不住放声大笑。

笑声浩荡，林鸟惊飞。

老人突然停住笑声，将头贴在草地上侧耳倾听。远远地从杨树林外传来了脚步声。老人脸上登时露出喜色，但是再听了片刻，便失望地摇了摇头，又仰面而躺。

过了半晌，脚步声越来越近，一个衣衫褴褛的少年从林子里走了出来。那少年十五六岁，满脸尘土，一双大眼灵动异常，腰间斜斜插了一支绿竹笛。

少年四下张望，看见一个鹤发紫衫、神仙似的老者躺在草地上，正瞪着眼望他，便展颜笑道：“老前辈，刚才是你在笑吧？”

少年周身邋遢，但这一笑起来，登时如云开雪霁，英气逼人，让人看了情不自禁地喜欢。

老人哈哈哈笑了三声。少年突然收敛笑容，装出一副凶巴巴的神情道：“正好！我刚才正要打下几只云雀，就被你的笑声给吓飞了！一顿晚餐全没啦！你得赔我！”老人瞧着有趣，笑道：“那还不简单。”突然长声大笑。

笑声如平地焦雷，震耳欲聋。

少年猛地一个踉跄，重重摔在地上，面色苍白，两耳嗡嗡作响。天上忽然直落下十余只鸟雀，全都落入少年怀中。

老人斜着眼望他，笑道：“小子，这顿晚餐够不够？”少年瞠目结舌，看了半晌怀中被笑声震晕的鸟雀，又看看老人，满脸惊异之色。

老人道：“小子，这顿晚饭我也有份。你快去烧了，分些给我尝尝。”少年脸上的惊异神色逐渐变为佩服与羡慕，愣了半晌，绽开笑容道：“妙极，妙极！前辈这一笑，飞禽走兽都要大大遭殃。不知前辈哭起来会怎样？”

老人啼笑皆非，那少年哈哈大笑，拿衣服兜了鸟雀到河边，拔毛洗净，生火烧烤。老人暗暗观察，见那少年眉清目秀，天庭饱满，四肢修长，骨骼奇俊。意念凝集，遥相感应，心中微微一动。

少年动作麻利，似乎精于烹饪之道，片刻工夫，便传来浓郁的烤肉香味。少年见老人狂吞馋涎，笑道：“莫急，还需加点调料。”起身走进树林。老人一日未曾进食，虽周身僵硬，行将化羽，但闻到肉香，忍不住还是被激起强烈的食欲。

过了片刻，少年手里抓了一把青草和红色野果出来，放在一块岩石上研磨。老人一生中有大半工夫用于采集、尝试百草，一眼便认出少年所取草果乃是甘华草和赤仙果。这两种草药味道酸甜而略苦，有活血舒筋之效。想不到那少年竟也识得，心中不由得多了几许嘉许。

少年将紫色浆料均匀地涂抹在烤鸟上，反复翻转，登时四周尽是一股奇异的浓香。少年取了几串鸟肉，递给老人道：“老前辈，现在才刚够火候。”老人道：“我全身都动不了。你喂我吃吧。”

少年将肉一丝丝撕下，送到老人口中，见他狼吞虎咽，笑道：“老前辈，味道如何？”

老人起初一口咬下，只觉脂香四溢，再一品味，甘甜中微有酸意，不似鸟肉，而如浆果；再三咀嚼，竟似有千种滋味，变化多端，无可细表。当下不由得大赞：“果然妙极！”

少年道：“前辈，我瞧你周身僵硬，血脉不畅，所以加了两味草药，一则佐味，二则舒筋活血。”

老人一愣，笑道：“小子，你心眼倒好。”少年笑道：“投桃报李。倘若不是前辈笑了几声，我今晚就得喝风饮露了。”

两人相对大笑。吃了半晌，老人方觉辘辘饥肠得以缓解，一股暖洋洋的热力通达周身，手脚竟可以略微动弹。少年见他可以动弹，大喜过望。但老人心中却是雪亮，这不过是回光返照罢了。

他对这少年已颇有好感，笑道："小子，瞧不出你年纪轻轻，倒烧得一手好菜，还能识别药草，了不得！"少年打了个饱嗝，得意道："我的本事多啦，有空再给你露几手。"

少年打量了老人一会儿，摇头道："前辈，我瞧你也是个有本事的高人，怎么会在这荒山野岭上不得动弹呢？"

老人淡然道："那有什么稀奇？人生生老病死，原是平常事。我活了两百多岁，也该死啦。"少年吃了一惊，皱眉道："前辈……"

老人道："我体内几百种毒素，今日一股脑儿发作起来，经脉尽坏，不过三个时辰，就要全身硬化，变成化石啦。"

少年大为吃惊，想不到这老人明知将死，竟是如此豁达，心中敬意更甚，同时暗暗难过。

老人见他神色，知道他心中所想，心道："这孩子心肠很好，悟性极高，骨骼又佳，是一块上好材料。嘿嘿，老天让我在此处归西，原来确有深意。"

老人望着少年道："小子，你和我很有缘分。你叫什么名字，父母是谁？"少年道："我叫拓拔野。我父母很早就死啦。"老人早已猜到他是孤儿，点头道："年纪轻轻便独自闯荡天下，很是不易。"

少年拓拔野道："前辈，那你尊姓大名？"老人微笑道："我叫神农。"

倘若是其他人听到这个名字，只怕会立即跳将起来，但拓拔野只是淡淡地"哦"了一声，没有任何反应。

这个老人乃是当今天下的大荒神帝，神农氏。

神农两百多年前便已无敌天下，斩妖除魔，被五大族奉为天子。在位五十年后，天下大治，百姓安居乐业。五族四百八十城，人人归心。

大荒402年，神农离神帝城，孤身游历天下，采百草寻长生之药，此后百余年，行踪飘忽，神龙首尾。时有神帝赐药救人的传闻不绝于江湖。只要神农尚在人世，天下便太平无事，无为而治。

谁料威震天下的神帝路经东海南际山时，竟百草毒发，经脉迸坏，硬化如岩。

拓拔野自小父母双亡，在乡野间长大。虽然流浪江湖数年，但对天下之事知之甚少，对“神农”二字闻所未闻。虽然亦知神帝，却不知神帝名讳。所以听老人自报姓名，竟无丝毫诧异之色。

神农道：“咱们萍水相逢，却很投缘……”拓拔野笑道：“如果前辈愿意，我们便是朋友。”

神农一愣，哈哈大笑：“我已经有一百多年没有朋友啦。想不到将死之际，竟然交了一个好朋友。”他心中舒畅，笑声中不带任何凌厉劲道，但也震得树叶簌簌飘落。

此时落日早已为群山吞没，湛蓝色的夜空已有淡淡星群，晚风凉爽。两人坐在南际山顶，侃侃而谈，一老一少，竟如久别重逢的老友一般。

万丈之下，涛声隐隐，四侧奇花异草，松涛阵阵，宛若仙境。

神农觉得周身又开始逐渐冰冷僵硬，顷刻间双脚已经无法动弹，心知不消一个时辰，便要化为硬石，当下道：“小朋友，我有一事相托，不知你能否答应？”

拓拔野知他时限将至，心中难过，挺起胸道：“你放心，不管什么事我一定办到。”

神农从腰间掏出一块紫色的木牌，正面三个大字：神木令。背面一行小字：见此神令，如帝亲临。

拓拔野虽识得这八字，却不知这是神帝信物，此牌一出，九万里神州无敢不从。但心中隐隐之间，已然猜到这老者绝非寻常人物，一颗心不由得怦怦乱跳起来。

神农神色凝重道：“小朋友，此事相关重大，稍有闪失，便有五万百姓要受刀兵之祸。”

拓拔野吃了一惊，刚要去问，神农已撕下一块衣裳，咬破食指，在衣帛上血书几行，然后将木牌包在血书中，折叠后递给拓拔野。

神农道：“你必须在将此木牌、血书送到西南玉屏山，交给一个叫作青帝的人，让他在七日之内赶到蜃楼城。”拓拔野听得糊里糊涂，问道：“倘若我找不着青帝，或者他根本不在呢？”

神农道：“那么你必须以最快的速度，在七日内赶到蜃楼城，把这个木牌交给蜃楼城的城主乔羽。”拓拔野将这几句话默记于心，问道：“玉屏山和蜃楼城在哪里？”

神农微微一笑，从怀中掏出一本羊皮书，交给拓拔野。书仅巴掌大，但厚达两百余页。封面三个大字：大荒经。里面尽是密密麻麻的蝇头小字，还插有许多地图。

神农道："我游历天下两百年，写成此书。记述大荒七百余山、四百八十城的地理位置、奇花异草与妖魔灵兽。倘若你想去任何地方，或是寻找任何东西，不妨查查此书。"拓拔野大喜："妙极。"

神农见他如获至宝，喜不自胜，心中也颇为欢喜，原以为自己化羽归西，此书将永无传人，不想还能如此，倒也宽慰。

神农又从怀里取出两本羊皮书，交给拓拔野道："这两本书便当是朋友的礼物，一并送给你吧。"

拓拔野见一本封面为《百草注》，一本封面为《五行谱》，笔迹与《大荒经》相同，也是神农亲笔所书，心中欢喜，但突然明白这是他临终遗物，不由得又是一阵难过，眼眶登时红了。

神农拍拍他的头，笑道："傻小子，人生聚散离合，如浮云变幻，宇宙万物，尽皆如此，何必难过？"

拓拔野却不知怎的，更是悲从心来，泪水夺眶而出。

神农叹道："可惜我经脉已断，否则可以传你一身功力。"又从腰间解下一个羊皮囊，递给拓拔野，笑道，"这里还有十六颗神农丹，倘若受伤中毒，一颗便足以让你化险为夷。每服一颗，可以蓄气养神，增长真气，不过不可服用过勤。"

拓拔野对武学真气一无所知，但也知道囊中乃是不世奇药，又惊又喜又悲。

神农道："这三本书中最让我得意的乃是《百草注》，世间奇花异草，属性功效，相克相生之法，都略有备注。小朋友，你对草药颇有天分，很合我的胃口，这本书送给你，也是再好不过的事。"

他面容一正，正色道："只是有句话你当牢记在心。《百草注》乃是救人之书，万万不可用于害人。"

拓拔野点头称是。

神农道："这本《五行谱》，眼下对你太为艰深，不必多看。倘若你将来有志武学法术，倒可以研习。"他迟疑了一下，又道，"不过终究太过深奥，稍有不慎，便有走火入魔之虞。"

拓拔野将三本书包好，纳入怀中。

神农道："山下龙潭有一种灵兽龙马，日行千里。此处去玉屏山两百余里，去蜃楼城两千余里，没有坐骑，以你的脚力在七天内赶到，那是万万不行。"

神农见拓拔野满脸迷茫之色，知他丝毫不懂降伏灵兽之法，便又道："每种灵兽都有弱处可制，你只需发现并制住它的弱点，它就乖乖听命。不过伏兽的根本之道，在于与它心智相通。但这可是一门大学问，一时半刻可学不会。"

神农顿住，在地上画了一只龙头马身的怪物，在它脖颈处画了一个圈道："龙马的弱点在于它颈处的赤色鬃毛。你只需翻到它背上，牢牢抓住鬃毛，死不撒手，不消片刻，它就老老实实，指哪儿去哪儿啦。"

当下神农又教了拓拔野几招简易功夫，如何腾身上马，如何跳跃挪腾，如何抓鬃抱颈。拓拔野生性聪明，一学即会，模拟演练，竟不差分毫。

神农望了望四野，只见明月在空，云淡风轻，黑压压的树林如波浪起伏。心中微微悲凉，笑道："小朋友，时间不多啦。你先服一颗神农丹，再到龙潭降伏龙马，赶到玉屏山去吧。"

拓拔野与他相识虽不过半日，但一见如故，十分投缘。自己父母双亡，独自流浪江湖，几无朋友，今日好不容易交了一个忘年友，更蒙他赠赐奇书灵丹，可谓半师之恩，心中早已将他当作至亲之人。岂料他竟只有半日性命。此时一别，以后便永无相见之日。如此一想，登时心如针扎，泪如泉涌。

神农舒舒服服伸了个懒腰，躺在草地上，仰望漫天星辰，手里攀下那枝碧玉海棠，放在鼻前深深一吸，叹道："如此良辰美景，岂能辜负。日月星辰，与我同化，夫复何求！"

拓拔野泪眼蒙眬，伸手去擦拭，却涌出更多泪来。迷蒙中看见一颗斗大的流星缓缓划过。神农没再看他，低声吟唱一首陌生的歌。

拓拔野心中悲痛，跪下朝神农叩了三个响头，转身大踏步向山下走去。一直走到半山腰，依然听见神农断断续续的歌声。

"朝露昙花，咫尺天涯……黄河十曲，毕竟东流去……九万里苍穹，御风弄影，谁人与共……千秋北斗，瑶宫寒苦，不若神仙眷侣，百年江湖……"

夜色正深，星汉无语，林风簌簌。四周漆黑一片，拓拔野深一脚浅一脚地踩着，一手扶着周侧的林木，小心翼翼地向山下走去。心中不住地想神农此刻是否已经全身硬化，又是一阵阵难过。

他摸了摸怀中的三本书和神木令，心道：“前辈临终重托，无论如何也要代他完成。他说此事干系重大，牵涉数万百姓的性命，却不知是什么事？玉屏山的青帝又是何人？”心中一大团的疑问，翻江倒海地涌了上来，受人重托的责任与强烈的好奇心交织在一起，使他重新振奋精神。

南际山山高万仞，倘若如此一步步摸黑下山，即使到翌日正午，也到不了山下。况且拓拔野走了一日的山路，未曾好好休息，此刻正值午夜，疲惫困乏。拓拔野走了半晌，困倦之意更甚，眼皮逐渐沉重起来。稍不留神，脚下一滑，顿时摔滚下去。

拓拔野只觉天旋地转，自己急速滚落，身体不断地撞在树干与石头上，剧痛中变向，继续滚落，猛然头部重重撞在一块岩石上，登时晕了过去，就此不省人事。

也不知过了多久，拓拔野方才悠悠醒转。他睁开眼，只见月悬中天，清辉普照，头顶树影枝丫，仿佛要压落下来。

拓拔野头上身上无一处不痛，伸手去揉脑后，殊不知方一动弹，身下咯啦啦一阵响，猛地一沉，又向下疾落了数丈！

拓拔野心中大惊，双手胡乱一抓，紧紧抓住一条粗长的藤蔓，用尽周身力气抱住，下落之势方才稍减，又落了丈余这才稳住。

拓拔野惊魂未定，小心翼翼转头朝下望去，这一瞧之下，顿时魂飞魄散。原来他竟悬空在万仞峭壁上！

身下只有崖岩上长出的树枝与藤蔓，交错成网，将他堪堪托住。下面便是龙潭，幽冷寒碧之气，隔了老高犹能感受到。左侧十余丈处，从龙牙岩倾泻的龙湫瀑布宛如天河倾落，到此处已经化为满天的牛毛细雨，偶尔夜风吹过，便带来丝丝水滴，清凉彻骨。

拓拔野素来胆大，但这次也不免心中发毛。他左右旋顾，周围尽是坚岩峭壁，青苔满布，滑不溜丢。此处离最低的崖顶少说也有数十丈，要想攀爬上去，难若登天。而龙潭距此也有百余丈高，且不说龙潭之内阴寒极盛，不知有何怪物，单这高度摔将下去，到了水中只怕连头都成了四瓣。

他强自镇定，弓起身子，双脚盘在藤蔓上。腾出左手，摸了摸怀中的神木令和三本书，见都未丢落，稍感放心。但自己亲手制成的竹笛却不知掉到何处，颇为懊恼。

眼见明月逐渐西沉，时间飞逝，自己双手酸疼难当，一点点向下滑去，拓拔野心中焦急，暗想："死在这里，那也罢了，但前辈的重托，却要因我而耽误。倘若当真关系数万性命，那可糟糕至极！"

当下他深深地吸了一口气，努力平定下来，闭目寻思。他突然想起神农所赐的神农丹，右手、双脚紧紧缠住藤蔓，左手入怀，摸到那个羊皮囊，用食指与中指夹出一颗。

月光下，那紫色的黄豆大的丹丸看起来毫无特别之处。拓拔野来不及细想，就将神农丹抛入口中。丹丸入口即化，一股暖流从咽喉滚落，转瞬间通达全身。

拓拔野觉得丹田蓦地升起一股热火，如草原大火般席卷全身，热力从丹田直贯胃部、肝胆、心脏、咽喉，最后直冲脑顶。那股热力汇达头顶，便如当头一个焦雷，在头顶炸开。忍不住"啊"的一声张口呼喊，一道紫色的气体竟然从口中喷出。

拓拔野又惊又奇，只觉周身无处不热，低头看去，双臂皮肤竟如波浪般起伏，仿佛下面有惊涛骇浪一齐涌动。皮肤迅速由白转红，再转紫。

如此反复了一顿饭的工夫，那股奇异的热力在周身周转了七遍，方才逐渐淡却下来。皮肤也逐渐转紫为红，又由红转为正常肤色，但丹田仍能感到一团热气在上蹿下跳。

拓拔野精神大振，神采奕奕，只觉周身充满了力量，心中惊喜交集，忍不住大叫了三声。

叫声洪亮，在寂静的夜里，回荡于山壑之间尤为响亮。崖顶林鸟惊飞鸣叫。

拓拔野大为得意，想不到自己竟也有如此气力。当下倍感振奋，没来由地充满了信心。突然想起平日在林中，看见猴子抓着树枝摇摆飘荡的情形，灵机一动，眼下别无他法，只有如此放手一搏了。

他将怀中的木牌书籍灵丹掖好，紧紧地扎在胸腹之间，而后双手握紧藤蔓，向下疾滑，脚尖不断在崖壁上顿点，稍作减缓。

拓拔野只觉耳边风声呼呼，枝丫藤蔓不断地剐打在脸上、身上，抽得猎猎生疼。但生死关头，也顾不得许多了。一边低头下望，瞧见藤蔓已经接近末梢，连忙伸手抓住其他藤蔓，身体一荡，继续下滑。

过了盏茶工夫，拓拔野已经颇为熟练，藤蔓转换之间，竟也悠忽飘荡，颇有猴子从容之态。心中既是紧张又是兴奋，禁不住大声呼喊，乃至啸歌。

不料还未欢喜多久，便陡生突变。距离龙潭仅仅二十余丈处，突然“呼啦啦”一声巨响，龙潭水面激射起十余丈高的水花，一只巨大的黑色怪兽从潭中飞起，径直朝他猛冲而来。

拓拔野大吃一惊，来不及低头看所来何物，便被那怪物狠狠撞中，周身顿时如被击散了架，五脏六腑翻江倒海，身子高高抛起。

那怪物一声长啸，倒似颇为欢愉，如影随形，又急撞而来，拓拔野甫落下，又被冲撞得朝天抛起。如此反复多次，怪物欢声更响。

拓拔野在空中颠来倒去，急速上抛、摔落中，勉力凝神细看。但见那怪物全身黝黑，似牛非牛，长了一双巨大的肉翼，在空中快速扑腾，头顶长了一对圆球般的犄角，正是这犄角撞得他七荤八素。

拓拔野头皮发麻，想起神农所说的伏兽诀窍，心道：“只有赌一赌了。”在空中转身之际，猛地调用全身力气，攥紧拳头，发力向怪物犄角之间的软肉打去。

怪物低头撞得正欢，瞧也不瞧，自己迎将上来，登时打个正着。拓拔野吃了神农丹后，经脉初通，神力大展，一拳击出，已有惊人之力，这犄角间的软肉又是怪物脆弱之处，以强击弱，胜负立分。

怪物痛吼一声，重重摔落，撞在岩壁上，跌跌撞撞，掉入龙潭中。拓拔野拳头火辣辣生疼，心中却是惊喜莫名，没想到以自己的小拳头，竟能击败偌大的怪物。但人在半空，来不及抓取藤蔓树枝，便已笔直地掉入冰冷的龙潭之中。

身体尚离龙潭数丈之时，便已感到刺骨的阴寒之气，拓拔野激灵灵地打了个冷战，幽碧的潭水迎面扑来，“扑通”一声，水花四溅，人径直向森冷的水潭深处沉去。

迅雷不及掩耳，变故太快，拓拔野还未反应过来，便已沉入龙潭下几丈处。冷冰冰的水从鼻中、口中一齐灌进来，全身如在冰窖，双手双脚在水中胡乱扑腾。

所幸拓拔野水性极好，加上刚服过纯阳灵丹，热血沸腾，片刻之后，在这冰冷的潭水中，他已能自在潜游，睁开双眼视物。

水潭不如想象中那般深，周侧也未看见其他怪兽。拓拔野死里逃生，喜不自胜，在水里惬意地舒展身体，来回潜泳。向东游了片刻，突然发现不远处潭底闪闪发光，近了一看，竟是满地珍珠，交相辉映。

拓拔野一口气已经将尽，正要游上水面，蓦地看见东南方遍地珠光宝气中，一条白色怪物仰颈嘶吼。

那怪物朝他走来，但行了几步，便被婴臂粗的钢链紧紧拉住，不能再前进分毫。拓拔野不及多看，迅速上浮，冲出水面，张口深深吸了一口气。

龙潭三面靠悬崖陡壁，一面对着山谷草地。此时月亮已经悬挂在西边的山腰树梢，雪白的月光照在龙潭上，荡漾着清冷的光。

西北面岸边，那只似牛怪兽正在甩头，抖落水珠，听见声响，立即抬起头，看见拓拔野正瞪眼瞧它，登时吓得呜叫一声，掉头撒开四蹄，转瞬间逃了个无影无踪。

拓拔野哈哈大笑，大感得意。想起水底怪物，好奇心起，不知是否就是神农所讲的龙马。于是深深吸了一口气，又猛地扎入了水底。

这次在水中更为自如，视野也更为广阔清晰。那只白色怪物倒像一只白鹿，只是身上遍布鱼鳞，腮上长了一对鱼鳃，一张一合。头顶只有一只鹿角，双目火红，脖颈颇长，唇上两条龙须摆舞不停，张口嘶吼时，犬牙交错，威风凛凛。

怪物颈上被婴臂粗的白色钢链紧紧锁住，只能在方圆三丈内行走。那怪物见拓拔野去而复返，甚是激动，不住地朝他冲来，被钢锁勒住，仰首奋蹄，嘶吼不已。

拓拔野毕竟年幼，又未曾见过这等灵兽，不知吉凶，心中不免忐忑。但是见它为巨锁所缚，眼巴巴地瞧着他，不住悲鸣，不由得起了怜悯之心。

拓拔野从小受过颇多苦头，因此见人受苦，感同身受，极易起同情心。黄昏时，在南际山顶邂逅神农，便是因此与他相识相交，结下一段奇缘。此刻见这怪物被囚于潭底，将心比心，倘若自己被囚禁于此处，纵使不被淹死，那也要活活郁闷而死。

拓拔野游到怪物近处，仔细端详那粗大的钢链，寻思如何将它解开。钢链似是由百炼精钢与其他东西合炼而成，在珍珠耀射下，闪烁着淡红色的光泽。拓拔野咬牙用力扯了几次，钢链纹丝不动。

拓拔野虽然服了神农丹，但一来自己素无功底，平白添了神力，也不知如何调使；二来此钢链乃是几十年前一个奇人所铸，混合北海十七种金属而成，莫说是拓拔野，纵然是大荒中超一流高手，也不能空手将钢链断开。

拓拔野无奈，只好浮上水面换气，再下潜寻觅其他方法。来回试了十余次，终究没有发现什么法子。

那怪物似乎也颇为沮丧，嘴里咕噜噜地发着怪声，垂头丧气。

拓拔野眼角扫处，突然发现几丈开外，幽暗之中，有奇异的光芒一闪即逝，但炫光之强，竟胜过遍地珍珠。那怪物似是十分惊恐，没来由地向后退了许多步。

拓拔野心中大奇，不知那里有何物什，竟让它如此惊惧，于是朝那里游了过去。

游到近处，方才发现竟是一柄青灰色的铁剑，斜斜插在潭底的软泥之中，外表看去，无甚稀奇之处，却不知先前的炫光从此剑何处发出。

拓拔野轻轻一提，就将那剑拔了出来，那剑竟是一柄长不过三尺的普通铁剑，沉于水中已久，锈迹斑斑。只有剑柄上刻了“无锋”二字。既是无锋，那想来也不如何锋利了。

拓拔野原想用此剑断开钢链，但这一看之下，大失所望，将剑抛了出去。剑在水中悠悠荡荡地漂了会儿，斜斜地落下。

拓拔野刚要转身，却被眼前一幕震得目瞪口呆。只见那无锋剑如弱柳扶风，飘忽间，竟然无声无息地没入一块潭底巨石，深达尺余。

拓拔野精神大振，游到剑边，双手握住剑柄，用力将剑拔出。其时一道月光斜斜射入潭底深处，拓拔野将剑身一转，登时闪过一道炫目的光芒。

他举手挡住眼睛，缓缓地移开手掌，赫然看见剑身上刻了两个小字，在月光下微微泛着金色的光晕。定睛看去，竟是“神农”二字!

拓拔野惊愕之下，险些呛了一口水，当下抱剑浮上水面。此时月将西沉，晨星稀疏，天色极黑，再过一阵，天便要亮了。

拓拔野在月下仔细端详，那无锋剑剑身果真有“神农”字样，翻转过来，另一侧剑身隐隐也有两个字：空桑。

原来此剑乃是二百余年前，木族圣女空桑仙子的佩剑，也是木族七大神器之一。当年空桑仙子在东海邂逅神农，两人一见钟情。空桑仙子将无锋剑送给神农，聊解相思。

神农在无锋剑上用金刚指刻下两人名字，当作两情不渝的见证。但是五族圣女必须为处女之身，终生不嫁。空桑仙子为此被木族长老会流放汤谷。而神农身为神帝之尊，竟不能触犯五族之约，解救心爱之人，只能目睹空桑仙子东渡汤谷，独自在南际山顶喝得酩酊大醉。

那日他心如死灰，将无锋剑抛入龙潭之中。孰料此剑在潭底沉睡两百年，竟在他化羽之日，为误入龙潭的拓拔野所发掘。两人缘分之深，实乃命运使然。

拓拔野自然不知此剑来历，但是瞧见“神农”二字，却也猜得出此剑必与神农有极深渊源，心中惊奇喜乐，不可言喻。想到此剑主人此刻怕已在山顶化为坚岩，顿时又悲从心来。

他爬到岸边，双手捧起无锋剑，又朝山顶跪下，叩了三个响头，唏嘘不已。

月已西沉，天色将亮。拓拔野决计赶快将怪兽救出，便去寻找龙马，收服上路。他再次跃入水中，口中衔剑，双手划动，很快便来到那怪兽身边。

那怪兽远远望见他口中的无锋剑，便惊恐不已，向后倒退，一直退到水底崖壁。口中发出呜呜的悲鸣，全然没有起初威风八面的姿态。

拓拔野心想：“此剑必是收降灵兽的利器，所以它才这么害怕。”想到此处，他将无锋剑握在左手，放至背后，慢慢走上前，伸手在那怪兽的脖颈上不断抚摸。

那怪兽起初十分惧怕，但也不敢躲闪，缩着头任由拓拔野抚摸。过了盏茶工夫，怪兽见拓拔野满脸微笑，只是不住地摩挲它的脖颈，并无恶意，惊惧之意稍减，逐渐放松下来。

拓拔野大乐，心想：原来这灵兽和普通动物也没什么区别。就像从前的阿黄，起初对我凶巴巴的，老是吠个不停，但是亲近一会儿，就跟我好了。

待到怪兽完全放松，拓拔野这一口气也差不多憋到了尽头，于是挥起无锋剑，用尽周身气力向钢链上斩落。

那怪兽见他挥剑，嘶声狂吼，向左侧奔去，恰好将钢链绷得笔直。亮光一闪，拓拔野在水中听见“嘭”的一声闷响，手心发麻，虎口震裂，无锋剑登时从手中震飞。剑锋与钢链的撞击之力在水中掀起一阵冲击波，将他陡然向上推了老远。

拓拔野浮出水面，稍一换气，又猛地扎入潭底。潭底那只怪兽已经不见踪影，钢链已经被斩断，拖迤在地。但是无锋剑竟也断成两截，剑锋那一半直没入岩石中，另一半则横亘在潭底。

拓拔野拾起无锋剑，心中怅惘，想不到此剑掘出不过片刻，竟成了断剑，心中颇为歉疚。他将断剑衔在口中，向上游去。

上了岸，拓拔野方始觉得周身疼痛酸软，疲惫不堪。他将断剑插在一旁，重重跌坐在草地上。这一日所遇事情匪夷所思，奇事一桩桩接踵而来。他活了十余年，流浪已久，但所有经历相加，也不如今日这般大喜大悲，惊心动魄。

正当他胡思乱想之际，突然听见一声怪异的嘶吼，扭头望去，龙潭底的那只白色怪兽从左侧丛林电蹿而出，疾风般向他扑来！

拓拔野大吃一惊，正要伸手去拔无锋断剑，已被怪兽扑倒在地！

那怪兽两前蹄夹住拓拔野两肋，让他丝毫动弹不得，歪斜着脖颈，低着头瞧他，双眼如火球滴溜溜转个不停，张着嘴，龇着牙，愣乎乎瞪了他半晌，略有所思。

拓拔野苦笑，心想这可真是自作孽不可活。怪兽突然仰天长啸，似乎颇为快活，猛地垂下头来，张开大嘴，朝他头上压了下去。

拓拔野闭上双眼，自认倒霉，想起神农重托，更是后悔不已。忽觉一条湿漉漉的东西在自己脸上、额上摩挲不已，一股股热气直喷到自己眼睑上来。睁开双眼，看见原来竟是那怪物的舌头在自己脸上乱舔，心中惊诧不已。心道：“莫非这怪物还有洁癖，进食之前，还要先将猎物舔净？”

但那怪物舔了他半天，仍未有咬他的迹象，只是一味地吐舌舐舔，口鼻中发出哼哼唧唧的响声，竟似毫无恶意。怪物呵出的热气弄得他瘙痒难当，忍不住哈哈笑出声来。

那怪物将脖颈朝后一缩，歪着头瞧他，咧嘴发出哈哈之声，仿佛在学他一般。

拓拔野又惊又喜，试着探出手，在它脖颈、头部摩挲。

那怪物也不退缩，眯了眼任由他抚摸，倒像是温良驯服的小狗。怪兽侧过头，伸出舌头舔他手，极是亲热。

拓拔野大喜，想来这怪兽也知情知义，感恩图报，当下大胆搂住怪物的脖颈，冷冰冰的鱼鳞贴在皮肤上甚是舒服。

那怪物大为欢喜，不住地摇头摆尾，口中发出哈哈笑声。他忍俊不禁，拍拍怪物的头，道：“你学得倒挺快，下次再教你说话。”自觉荒唐，纵声大笑。一人一兽相对哈哈。

拓拔野一日未眠，疲惫已极，再兼死里逃生，欢喜不尽，一颗心逐渐放下，困意迅速翻涌上来。过不多时，便抱着怪兽沉沉睡去。

待到醒来之时，已是翌日正午。阳光在树梢枝叶间灿烂地闪烁着，蓝天白云，山崖环绕，龙湫瀑布如蒙蒙细雨，漫天洒落。如此向上仰视，仿佛在俯瞰一口深井。

有一刹那，竟不知自己身在何处。

他揉着眼睛，从草地上爬了起来，龙潭碧波泠光，周侧奇花异草。身旁一只满身鱼鳞的白色独角鹿正瞪着火红的双眼看他，见他醒转，欢鸣不已。

见着这过目难忘的怪兽，拓拔野这才将昨日之事一一想起。看看烈日悬空，想起神农重托，大叫一声“糟糕”，跳将起来，摸摸怀中之物，所幸都在。

羊皮书上的字不知是用什么颜料所写，在水中浸泡许久，竟然没有一字洇开。羊皮囊中的十五颗神农丹也一颗未失，神木令倒是更加坚硬，敲起来有金属之声。

拓拔野翻开《大荒经》，按图索骥，查到南际山，在地图附近仔细搜寻，果然看到在南际山西南方向标有玉屏山三字。蜃楼城则在南际山东北方临海之处。想起神农所说，此处离玉屏山两百余里，离蜃楼城两千余里。倘若寻访不到青帝，从南复折而向北，路程相加，少说也有两千五百里，要在七日内赶到，可真是难于上青天。不知神农所说的龙马又在何处呢？

拓拔野四下眺望，龙潭中的碧水漫过岸边巨石堆，在凹洼处汇聚为溪流，蜿蜒西南，一直流过西南的山谷。

溪水所经之处，水草尤为丰茂，以他流浪素久获得的经验，这溪流附近必是动物出没饮水栖息之地。哪知引颈眺望了许久，也不见一只动物出现。

拓拔野暗暗纳闷，难道此处竟是死谷？那么昨夜的那只飞牛怪物又逃到哪里去了？

当下沿着溪流，与独角鹿一起朝西南走去，过了约莫半个时辰，终于看见远远地有几只龙头马身的怪兽在溪边垂颈饮水。

拓拔野大喜过望，心想这必定是神农所说的龙马了！只要收服一只，便可日行千里，七日内完成重托，自是不在话下。

正待发足奔去，独角鹿却已嘶吼一声，向龙马飞驰去，速度之快，竟似身边突然卷过狂风，劈过闪电。

拓拔野大为意外，岂料奇怪的事还在后头。那几匹龙马听见独角鹿的独特嘶吼，登时抬头四顾，瞧见它冲来，竟吓得四散奔逃，一只年幼的龙马惊慌失措，前蹄绊倒，全身瘫软，竟不能再爬起来。

独角鹿刹那间便冲到小龙马前，瞧也不瞧它一眼，径直飞奔，不过片刻便追上两匹骏健的龙马，还未如何，那两匹龙马便奋蹄长嘶，惊惧不已。独角鹿一声怪吼，两匹龙马立即卧倒，低声悲鸣。

拓拔野张大了嘴，惊讶得都合不拢了。

原来这独角鹿乃是水族灵兽白龙鹿，性烈难驯，极为凶猛，并且奔跑如飞，远胜龙马。

这只白龙鹿数十年前在东海沿岸为害甚众，被一路经此地的奇人用十七混金索降伏，困在龙潭之中。

几十年来，白龙鹿在龙潭底，咬死许多灵兽，尤以龙马为多。苟存的灵兽，除去少数凶顽之物，无不远远辟易，连龙潭也不敢靠近。

拓拔野虽不知究竟，却也猜出这独角鹿乃是大大地出奇。没想到自己误打误撞，因同情之心救出的水底怪物，竟是如此了得。冥冥之中如有神助。

白龙鹿受困几十年始得自由，心情极好，竟不咬噬龙马，而是转身朝着他昂首睥睨，颇有得意炫耀之态。拓拔野哈哈大笑，冲它吹了一声口哨，白龙鹿立即飞奔回来。

拓拔野拍拍它的头，与它亲热片刻，用无锋断剑在白龙鹿颈上残余的十七合金索上奋力削磨，反复十余次，钢链方才断落。白龙鹿欢鸣不已，头颈在他身上来回磨蹭，湿漉漉的舌头又朝他脸上卷来。

拓拔野连忙躲闪，笑道："口条已经吃够啦。鹿兄，我想请你带我去玉屏山，怎么样呀？"

白龙鹿似是听得懂他的话，连连点头，又发出那哈哈之声。

拓拔野大喜，用神农所教招式，翻身上了鹿背，叫道："咱们走吧！"白龙鹿长嘶声中，扬蹄飞奔，瞬息间便奔出十余里。

山谷中只听见拓拔野连连惊叫："慢些，慢些！"声音越来越远，终于听不见了。

艳阳高照，鸟语花香，龙潭谷中又恢复了宁静。

那只飞牛怪不知从何处跑了出来，探头探脑一阵，确定白龙鹿已经去远，欢鸣声中，重重跃入龙潭中，溅起老高的水花。

第二章

箫冷月明

拓拔野骑在白龙鹿背上，只觉耳边风声呼呼，两侧树影急速倒退，宛如在云端飞行。初时生怕被甩飞出去，一手反握无锋剑，一手死命抱住白龙鹿的脖颈。但白龙鹿飞奔时极为平稳，毫不颠簸，再过了些许时候，已敢松开手，随着白龙鹿的节奏驰骋前行。

出了龙潭谷，便是一片平原，草长莺飞，白云飞舞，迎面吹来的初夏午风，带着阳光的温暖气息。

拓拔野精神为之一振。他原本开朗乐观，又是十几岁的少年，忧愁难过之事从不隔夜。昨日与“半日至交”神农生死之别的感伤，今日已经淡了许多，再兼屡屡死里逃生，奇遇连连，又交了一个奇特的灵兽朋友，心中颇为兴奋。

阳光普照，暖风拂面，他心情渐渐转好，甚至开始高声唱歌。白龙鹿和着他的歌声，偶发欢鸣。平原上许多野兽远远听见白龙鹿的叫声，便惊慌四散，闻风而逃。

拓拔野心中得意，自小四处流浪，看见凶猛野兽，总得老远躲避，唯一骑过的动物，便是一匹野驴，但是骑不到十步，就被它连颠带甩，抛了下去，周围小孩无不笑得打跌。虽然他心胸广阔，并不因此与天下野驴记仇，但毕竟乃人生糗事一件。而今日，骑坐这独角白鹿，莫说野驴，就连狮子老虎也无不辟易，当真是威风八面。

自南际山往玉屏山，沿途两百余里，尽是平原与若干丘陵，极少人家。唯有经过一处山脚下时，有几处农家。

一个农妇带着女儿在河边洗衣，瞧见一个满面尘土、衣衫破烂的少年雄赳赳、气昂昂地骑着一只见也没见过的怪兽呼啸而过，登时看得目瞪口呆，好半晌才缓过劲来。

白龙鹿脚程极快，约莫过了两个时辰，拓拔野见前方丘陵起伏，大河横亘，河西几座高山卓然而立，山顶云雾缭绕，夕阳灿灿，将西侧山峰镀了一层金黄，宛如仙山。心想，两百里路程，以白龙鹿脚力，理应到了。

当下拍拍白龙鹿的头颈，示意停下。从怀中翻出《大荒经》，再仔细查看。上面写道："（南际山）又西南二百余里，曰玉屏山。山有四峰，东横大河。其上多松，中峰有天湖。"

眼前景物与书中描摹并无二致。拓拔野将书收好，觉得腹中饥肠辘辘，一路上，只在路过一片果林时，顺势摘下一些桃子果腹，此时已近黄昏，早已消化得差不多了。他决定先吃了晚饭，再上山寻找青帝。

但是附近极目望去，并无果林，也未见走兽。倒是倦鸟归林，叫声啾啾。想起神农三笑震落十余鸟雀，于是决定依样画葫芦，也仰天大笑几声。岂知虽然他笑声颇响，漫天却无一只鸟雀掉落，过了半晌，倒是一摊鸟屎疾落下来，不偏不倚，正好击中他的大腿。

拓拔野哈哈大笑："鸟儿，鸟儿，你被我吓得尿屎齐流那也罢了，怎么好端端污了我的衣裤。你可知这条裤子我只穿了四年，仅此一条，要是洗了可就得光屁股。"

那白龙鹿不知是否听懂了他自嘲之语，也跟着吁吁大笑。

拓拔野拍拍白龙鹿的头，笑道："鹿兄，看来咱们得下水捕鱼了。"当下将怀中之物与断剑抛在地上，一夹鹿腹，呼啸声中，一人一兽风驰电掣，高高跃起，跳入大河之中。

拓拔野水性极好，水中鱼儿既多且肥，不一会儿工夫，便捕了十余条两尺来长的鲫鱼，一一抛上岸去，任其在岸上活蹦乱跳。

白龙鹿饿极，在水中肆意舒展身体，如蛟龙般扭摆来去，口如闪电，牙似霹雳，瞬息间便吞了七八条大鱼。

拓拔野湿淋淋地爬上岸来，取了无锋断剑，到附近树林里东挥西砍，拿着宝剑充柴刀，收罗了一捆树枝，兴冲冲地生火搭架。

他见身上鸟粪、尘土遍布，索性将衣服除下，只穿了一件底裤。将衣裤在水里洗净，悬挂在木架上烘晾。

他十余年来在山林江湖间流浪，过的都是这种生活，早已练得手脚麻利，不过一会儿工夫，便将鱼开膛刮鳞，穿在树枝上烤得喷香。再涂上些自制作料，开口大嚼。

白龙鹿从河中跃上来，甩甩身上的水，闻得烤鱼香味，龙须大动，一路小跑过来，探出头在拓拔野身旁，抬眼瞧瞧他，又瞧瞧烤鱼，发出呜呜声响。

拓拔野哈哈大笑："鹿兄，你还没吃饱吗？咱哥俩有福同享，有难同当，你可千万别客气。"白龙鹿点头欢嘶，当真毫不客气，风卷残云，将余下的十余条鱼吃了个干干净净。

拓拔野打个饱嗝，正寻思着怎么上山寻找青帝，忽然听见远处传来马蹄之声，蹄声密集，隐隐还有呼喝之声。连忙穿上衣服，将神农赠送之物藏在怀中。

只见北边尘土飞扬，蹄声越来越响，一行黑衣大汉骑着龙马，如疾风般席卷而来。

白龙鹿闻得龙马气息，顿时昂首长嘶。那群龙马听得叫声，奋蹄惊嘶，原地乱成一团。为首一个黑衣少年大为恼怒，扬鞭呼喝，其他大汉也纷纷挥鞭策马，龙马群惊惧之下，方才小步前行。

这行队伍有三十余人，最前两骑，乃是一个老者和那个黑衣少年。老者瘦如槁木，一双碧绿的眼睛深凹下去，面上木无表情，背上斜斜插了一具桐木琴。那少年细眉斜眼，长得不丑，却满脸暴戾神色，他每挥一鞭，龙马臀上便多了一道深色血印。

后面数十大汉玄衣劲装，背负长刀，虽然高矮胖瘦不同，但神情木然，服装一致，倒似是一个模子里刻出来的。

一行人奔到近处，龙马瞧见白龙鹿昂然而立，又是一阵惊慌。黑衣少年皱眉"噫"了一声，奇道："白龙鹿！"那老者脸上闪过一道诧异神色，冷冰冰的碧眼朝拓拔野身上瞟来。

拓拔野被他瞧得有些发毛，却故意挺起胸，硬着头皮与他对望。

黑衣少年策马扬鞭，走到拓拔野身前，居高临下冷冷地望着他，满脸倨傲神色，道："小乞丐，你这白龙鹿是从哪里得来的？"

拓拔野瞧他虐待坐骑，飞扬跋扈，已然厌恶，听他如此发问，更加心中有气，翻了翻白眼，叉手于胸前道："你干吗不去问它？"

黑衣少年勃然大怒，喝道："小王八找死！"挥鞭便要当头劈下。

白龙鹿昂首扬蹄，高高站起，发出一声怪异的怒吼。众龙马登时肝胆欲裂，惊慌乱窜。黑衣少年鞭子还未落下，坐下龙马已经受惊立起，扭首后退，险些将他掀下马去。

黑衣老者一声长啸，震得拓拔野耳中隆隆作响，众龙马登时安静下来，垂头站立。

老者冷冷道："大伙儿将龙马的耳眼蒙住，别受了这畜生的惊吓。"众人纷纷取出布棉，将龙马双眼蒙住、耳朵塞上。

黑衣老者瞥了拓拔野一眼，见他虽然衣衫褴褛，但英姿勃勃，往那儿叉手一立，满脸不在乎的微笑似乎有恃无恐，还真不知他是何方神圣。当下朝黑衣少年微微一弯腰，道："公子，前面就是玉屏山。青帝御苑，多一事不如少一事。正事要紧。"

黑衣少年对那老者颇为尊重，虽然满腔怒火，却也强自按捺。点点头，朝身后大汉道："咱们走。"扭头恶狠狠地瞪了拓拔野一眼，冷冷道："小子，咱们走着瞧！"

众人叱喝声中，众马奔腾，烟尘卷舞，朝玉屏山奔去。黑衣少年还不忘回头瞪了拓拔野两眼。

拓拔野嘘了一口气，拍拍白龙鹿笑道："鹿兄威风八面，救我一次，咱哥俩两不相欠。"突然想到，这些人神色匆匆，似乎也是去找青帝的。自己对青帝身在何处一无所知，遍山寻访也非上策，不如跟着这行人，让他们为自己带路。

当下对白龙鹿道："鹿兄，咱们远远地跟在他们后面，瞧瞧他们去哪里找青帝。"白龙鹿兽中之灵，听得懂人言，连连点头。

拓拔野笃定白龙鹿能听懂他的言语，甚是欢喜，提起断剑，翻身上了鹿背，任它行走。白龙鹿一路嗅闻龙马气味，并不着急赶上，只是远远地跟在后面。

其时日落西山，夜幕已经缓缓降临。

玉屏山四峰对立，中有狭长山谷。那一行黑衣人进了山谷，又绕了老大一个弯，才在第三座山峰前停下。

拓拔野悄悄地跟在后头，停在一块巨石后面，静心观察。

天色还未全黑，但山谷中远较外面为暗，朦朦胧胧，瞧得并不真切。依稀望见山下松树林立，有一松木山门，正中三个大字"玉屏峰"。黑衣人全部下马，整顿衣冠。

黑衣少年朝山上朗声道：“朝阳谷十四郎奉家父之命，前来拜见青帝。”山上寂无回应。黑衣少年停了片刻，又大声说了一遍。一连三遍，都如石沉大海，无人回应。

黑衣少年与黑衣老者面面相觑。老者沉吟半晌，低声说了几句，黑衣少年点点头，又朝山上大声说道：“朝阳谷十四郎有家父书信及薄礼一份，需要面呈青帝。望请准许十四郎冒昧上山。”

山上依旧无声无息。黑衣少年望了老者一眼，老者点点头。

黑衣少年一边大声呼喊：“既然青帝默许，十四郎冒昧上山了！”一边与老者及两个挑着担子的黑衣大汉朝山上走去。余下大汉围成一圈，在玉屏峰山门前站住。

玉屏峰虽不太高，却颇为陡峭，尽是坚岩峭壁，唯有山门处有一条斜斜的石道迤逦而上。要想登上此山，似乎唯有此道。但山下几十个黑衣大汉团团把守，他们断然不会让自己上山。想到此处，拓拔野不免有些技穷。

拓拔野四下环顾，玉屏山四峰相对，但彼此独立，未见有山岭将之连为一脉，要想从其他山峰绕道而行，似乎也不可能。

白龙鹿却突然掉头，朝西侧山峰奔去。拓拔野吃了一惊，想要拉它怎么也拉不住，只好弯下身来，伏在白龙鹿的身上，任它驰骋。

山势颇陡，松林灌木枝丫横生，白龙鹿如履平地地在茂密的林间闪挪跳跃，向上疾奔，竟比兔子还要敏捷。

拓拔野伏在白龙鹿背上，紧紧抱住，枝丫树叶狂风暴雨般扑面而来，抽得他头上背上生疼。偶尔回头后顾，便见下面云雾缭绕，树影憧憧，周侧竟就是万丈悬崖，不免心中发毛。

奔了约莫半个时辰，天色已黑，明月初升，月光透过林木斑斑点点地照射下来。突听白龙鹿一声低嘶，后腿轻轻一蹬，腾云驾雾般高高跃起，越过松林。

拓拔野一声惊呼，在半空中逗留了不过片刻钟，便稳稳地落在平地上。此处仅仅方圆二十丈，几株松树傲然而立，巨石桀然。夜空辽阔，一弯明月挂在东侧松树之梢。竟是此峰峰顶。

白龙鹿朝着东侧低声嘶鸣。

拓拔野朝东仔细凝望，与此峰相隔二十余丈，也是一座雄伟山峰。以方位来看，应当便是那玉屏峰。

拓拔野拍拍白龙鹿头颈，苦笑道：“鹿兄，你是想要飞过去吗？”那白龙鹿竟然连连点头，低鸣应对。

拓拔野顿时愣住，忽然哈哈大笑，胸中升起万丈豪情，反手握住无锋剑，双臂合围，紧紧抱住白龙鹿脖颈，道：“走吧！”

白龙鹿低嘶一声，四蹄如飞，在瞬息间加速，猛然顿挫跳跃，再度高高飞起。

拓拔野只觉心跳突然停止，呼呼风声刹那间也充耳不闻。天地无声，万物静止。低头下望，只见下面林海茫茫，云横雾锁。

千丈高空，他一跃而过。

突然他全身一震，差点儿翻了下去。转头四顾，竟已到了玉屏山顶。白龙鹿欢声长嘶，昂首踢蹄，颇为得意。他松了口大气，这才听见自己“扑通扑通”的心跳声。

拓拔野纵身从白龙鹿背上跳了下来，坐在地上与白龙鹿相对哈哈大笑。几番绝处逢生的历险，使得这一人一兽奇异的友情更为坚固，也使得这个十余岁的少年胆识倍增。

在地上歇息了片刻，拓拔野方觉心跳渐渐平息下来。他站起身，拍拍身上的尘土，笑道：“鹿兄，咱们走吧。不知那几个家伙找着青帝没有，咱们可不能落在他们后面。”白龙鹿点头，与他一起朝山下走去。

山顶一条石径蜿蜒而下，想来就是山脚下那条石道。拓拔野与白龙鹿沿着石径朝下走了颇久，依旧没有看见任何房子。

周围尽是松树，苍劲挺拔，月光斜斜照下，人在松间月下行走，飘飘欲仙。突然听见淡淡的汩汩山泉声。拓拔野喜道：“咱们沿着泉水往下走，定能找着青帝。”当下循声觅去。

高山上无井可汲，更无河水。若有人家居住，必在山泉附近。

穿过一片低矮的松林，眼前突然一亮。只见前方巨石错落，青草夹生，一道清澈的山泉叮叮咚咚地流将下来。他顿觉口渴，跪在山泉边，双手掬起一捧水，喝了起来。泉水极为清凉甘甜，由唇入腹，立觉全身清凉，精神大振。白龙鹿也弯下脖颈喝了半晌。

沿着山泉往下走，山泉汇聚，成了一条山溪。两边松树渐少，竹子倒越来越多。溪边草地石隙长了一丛丛茂密的绿竹。

拓拔野素好管乐，昨日自己的那支绿竹笛不慎落在南际山上，懊恼不已，此时见着竹子，欢喜不已。

当下挥舞无锋断剑，斩落一截竹子，三下五除二，便做成一支绿竹笛，握着竹笛在月下端详半天，心中得意，朝白龙鹿笑道："鹿兄，你腾云驾雾的功夫很是厉害，但是做笛子的功夫那可不如我啦。"

白龙鹿扭头不理，甚是不屑。

拓拔野将绿竹笛插在腰间，突然想起一事，于是又砍下一截竹子，将无锋断剑往竹子里一插，断剑恰好插入。竹子坚韧，断剑虽然锋利，却也不能自己破竹而出。他将无锋剑连着竹鞘插在自己右腰，顾盼自雄，哈哈大笑。

又朝下走了片刻，山溪右拐，在巨石之间蜿蜒盘旋。出了巨石阵，豁然开朗，一个极大的碧湖陡然出现在他们面前。拓拔野和白龙鹿不约而同一声低呼。此处想来便是《大荒经》中所说的中峰天湖了。

湖水清澈，松竹四合，对面竹林憧影中依稀可以看见有亭台楼阁。拓拔野大喜，想必此处就是青帝居所。当下蹑手蹑脚，绕湖向亭阁处走去。

亭阁皆取松树原木与竹子建成，未施脂漆，也无钩心斗角、飞瓦流檐，仿佛只是随心搭建，随手架成，但月光下瞧来，素面朝天，别有风味。

拓拔野与白龙鹿沿着亭阁，走过长廊，绕过竹楼，登上松木高台，极目远眺，未见有任何人影，又转而走入后面的庭院之中。庭院仅有三进，围墙也不高，但是屋中寂寂，空无一人。只有风吹竹影，月舞西墙。

拓拔野与白龙鹿在庭院中站了半晌，心中怅惘，不知何去何从，突然隐隐约约听见东南方传来若有若无的箫声。

箫声寂寥悠远，淡如月色，但那曲调跌宕回旋，苍凉刻骨，竟似是在哪里听过一般。拓拔野颇有音乐天赋，尤喜管乐，无师自通，此时听见这淡淡箫声，登时心头大震，心道："天下竟有如此箫声！莫非吹箫者便是青帝？"

听了片刻，更加心醉神迷，佩服得五体投地。于是与白龙鹿循声觅去，想要看个究竟。

他敛声屏息，每一步都分外小心，穿过一片竹林，沿着一道矮矮的竹墙朝东南走去。箫声越来越近，那悲凉之乐径直打入他的心中。

拓拔野越听越觉得这曲子似曾相识，在竹墙下驻足苦苦回想，突然脑中灵光一闪，对了！这不是昨日神农与他分别之际唱的那首歌吗？心中狂喜：莫非老前辈并没有死，也赶到此处寻找青帝来了？

当下再也按捺不住，发足狂奔，白龙鹿紧紧相随。

箫声渐转高亢，如午夜潮生，浪急风高。陡然急转而下，萧瑟如秋风，淡泊如冬雨。曲声越来越淡，略有回旋，余音袅袅，终于复归寂寥。

拓拔野越过竹篱，转过亭阁，大叫道："前辈，是你吗？"

眼前湖水澄清，月轮荡漾，湖边小亭，有一缕焚香，袅袅而上。四下打量，竹影婆娑，松枝横空，夏虫密密如织，却哪有半个人影？

他心中没来由地泛起惆怅悲凉之意，心想难道前辈竟不肯见他一面，抑或是前辈终究还是死了？那这箫声呢？焚香犹在，自当不是幻觉。难道竟是前辈的鬼魂在此地为他鸣箫吗？

白龙鹿瞧他满脸空荡失落，低声嘶鸣，在他身上磨蹭。拓拔野拍拍它的头，慢慢走入湖边竹亭，在那石桌边坐了下来。

桌上一个巴掌大小的白色玛瑙香炉，玲珑剔透，炉中紫色粉末，紫烟缭绕不绝。这香味闻起来有种说不出的奇怪，淡远的幽香若即若离，超然出尘，倒像极了方才的箫声。

亭中除此香炉，别无他物。亭外正北，一堵七丈余高的石壁桀然而立，将天湖南角隔为两半。月光照在石壁上，莹白如冰雪，壁上竟有数十斗大的字。但这字不是刀笔所刻，竟是隐隐凸起，当真匪夷所思。

拓拔野勉力读了十余字，"啊"的一声，大为惊异。那壁上文字乃是："朝露昙花，咫尺天涯，人道是黄河十曲，毕竟东流去。八千年玉老，一夜枯荣，问苍天此生何必？昨夜风吹处，落英听谁细数。九万里苍穹，御风弄影，谁人与共？千秋北斗，瑶宫寒苦，不若神仙眷侣，百年江湖。"

赫然便是神农昨日所唱之歌！

拓拔野回想那箫声，和着曲调低声唱来，到迂回低婉处，不知为何竟有热泪夺眶而出。当下擦去眼泪，从腰间解下绿竹笛，放至唇边，悠悠扬扬吹将起来。他生性洒脱乐观，这悲凉之曲由他吹来，清越婉转，哀而不伤。

昨日神农唱此歌时固然已超脱生死，拈花笑对日月星辰，但心中却依旧怀有错悔当年的遗憾。拓拔野虽不知他那刻所思所想，然而由这箫声、歌词中也隐隐体会出一番人生苦短、岁月情殇的悲凉。竹笛简陋，技法质朴，但天性颖悟，笛声较之神农歌声与之前箫乐，别有一番说不清道不明的韵味。

尤其在这天湖竹亭，松间明月中听来，直如清泉漱石，晓风朝露，有出尘乘风，飘飘欲仙之感。

突然身后有箫声扬起，错落合韵。

拓拔野欣喜若狂，回头叫道："前辈！"然而月下竹间，所立之人并非神农，却是一个白衣女子。

拓拔野一见之下，只觉脑中轰然一声，天旋地转，口干舌燥，说不出一句话来。那白衣女子低首垂眉，素手如雪，一管玛瑙洞箫斜倚于唇。月色淡雅，竹影斑驳，宛如梦幻。

白衣女子放下洞箫，抬起头来。拓拔野"啊"的一声，手中竹笛当啷掉地。

月光斜斜照在她的脸上，分不清究竟是月色照亮了她，还是她照亮了明月。那张面容直如她的箫声一般淡远寂寞，仿佛旷野烟树，空谷幽兰。

拓拔野脑中一片空白，天地万物一片死寂，只听见自己"扑通扑通"的心跳声越来越响，越来越快。白龙鹿竟然也呆若木鸡，震慑于白衣女子的绝世容光。

白衣女子瞧见他不过是一个衣衫褴褛的少年，似乎也颇为诧异，淡然道："方才的笛子是公子吹奏的吗？"声音清雅，一如她的容色。

拓拔野浑然不觉，只在心中喃喃自语："天下竟有这般好听的声音。仙女！她一定是仙女！"

白衣女子见他失魂落魄，盯着自己呆看，微微蹙眉道："公子？"

拓拔野年值十四，正是情窦初开之时。此刻见着这白衣女子，刹那间情根深种，从此不能自拔。她那蹙眉之态，于他眼中看来，更是勾人心魄，不能自已。他心中扑腾乱跳，胡思乱想，忽然脱口说道："难怪，难怪！"

白衣女子道："难怪什么？"

拓拔野叹了口气，道："只有仙女才能吹出这等仙乐。"

白衣女子微微一笑，宛如冰雪初融，春暖花开。

拓拔野目夺神移，膝下发软，险些一跤坐倒。他自觉失态，颇为狼狈，心中不住地对自己说道："镇静，千万要镇静。我须得让仙女姐姐瞧见我英姿勃发的样子，可不能这么一副脓包样。"

当下一挺胸膛，负手而立。突然想起："是了！我还是斜侧着身子比较好看。"于是又微微侧过身体，目光炯炯地望着那白衣女子。

白衣女子见他片刻间扭动身子，摆了数个造型，心中不解。正待说话，突然看见他腰间所悬断剑，轻轻“噫”了一声，一双黑白分明的眼睛突然变得迷离起来，看着拓拔野缓缓道：“公子这柄剑从何处得来？”

倘是别人问起，拓拔野还要考虑种种事端，但由她口中问来，他哪里还有半分隐瞒？当下道：“这柄剑是我从一个水潭深处捡来的。可惜为了给我这位朋友开锁，把剑给砍断了。”

白龙鹿听他说到自己，立时驱身向前，在白衣女子身前昂首嘶鸣。白衣女子点头道：“白龙鹿被高九横用北海十七混金索困在龙潭里。你的真气不够，否则也不会将这无锋剑折断。”

拓拔野原来对自己毫无武功素不在意，但此刻听她说到自己真气不够，竟然说不出地难受，脸上登时红了。心中暗暗发誓：无论如何，我拓拔野定要练出一身本领，可不能让她小瞧了。

白衣女子道：“不知公子可否将此剑借我一观？”

拓拔野连忙将断剑拔出，剑锋倒转，用手指捏住剑锋，恭恭敬敬地上前递给白衣女子。未到两丈之内，便闻到一缕淡淡的幽香，其香宛若雪山冷月，无可名状，生平闻所未闻。

拓拔野心道：“倘若我每天都能闻着仙女姐姐身上的香味，便是神仙我也不做。”突然想到，倘若当真能天天闻见仙女香味，自己早已是神仙了。

白衣女子伸出左手，月光下看起来玲珑剔透，软玉温香，只此一手，便比拓拔野见过的所有女子都要美上千倍万倍。

正自神魂颠倒，忽见那纤纤柔荑如兰花般舒展开来，自己手中断剑立时如长了翅膀般从空中缓缓飞过，径直落到白衣女子手中。看得他心折不已。

白衣女子握住断剑，轻轻一抖手腕，剑上斑斑铁锈尽皆簌簌掉落。两尺长的断剑周身淡青，在月光下亮起一道白芒。

白衣女子盯着剑锋上的“神农”“空桑”，眼波如水，怔怔看了许久，一颗泪珠突然滴了下来，落在剑锋上，沿着剑锋滑落到草地上。

拓拔野吃了一惊，大为着急，不知她因何事伤心，想要发问，但又不敢开口。

白衣女子低声道：“人有情，剑无锋。这柄剑原是我族七大神器之一，想不到这两百多年的流离辗转，竟然是沉没在龙潭之底。”

拓拔野虽听不明白，但也隐隐猜出此剑与白衣女子有莫大渊源，见她睹剑伤情，心中也跟着万分难受，说道：“既然这把剑原是仙女姐姐的，今日就物归原主吧。只是这……这剑已经被我弄断了，这……这可怎么办才好？”

白衣女子微微叹了一口气，道：“剑断情殇，这也是天意，与你不相干。这柄剑在潭底两百多年，被你得到，可见上天注定你与此剑有缘。”她左手一展，断剑又凌空缓缓飞回，恰好插入拓拔野腰间绿竹剑鞘。

白衣女子妙目凝视拓拔野，道：“只是此剑本为木族神器，不能落入他族手中。不知公子是哪族人氏？”

拓拔野茫然道：“哪族？我从小漂泊不定，自己也不知道算是哪族人。”

白衣女子点头道：“既然如此，公子就将此剑收好，不要轻易出示。倘若有人见着，公子便说自己是木族人，以免招惹不必要的麻烦。”

拓拔野见她关心自己，心中快乐得如同要爆炸一般，点着头，吃吃应诺。白衣女子瞧了一眼地上的竹笛，道：“公子又是从何处听得这首《刹那芳华曲》？”

拓拔野一愣，立即醒悟她说的乃是神农所唱的曲子，心道：“原来这首曲子叫作《刹那芳华曲》。名字倒也好听。”当下一五一十，将自己如何在南际山顶邂逅神农，如何接受其临终重托，如何掉入龙潭等诸般事宜，一字不漏地说与白衣女子听。

白衣女子听得神农百草毒发，在龙牙岩物化，花容微变，极为惊讶。听说神农临终高歌《刹那芳华曲》时，不知为何，妙目中竟有盈盈泪光。

拓拔野自然不知，这《刹那芳华曲》原是四百年前的木族圣女歌思瑶亚所作，知者甚少，能吹奏、弹唱者更是凤毛麟角。

两百余年前，木族第三十六位圣女空桑仙子与神农相爱之时，曾将此曲教与神农。其时二人为五族所迫，盖因圣女沉于凡俗之情，大大悖于五族圣规，何况所爱之人竟是神帝。两人逃避众人追索，来到神农知交青帝的御苑玉屏山。在这天湖绝壁上，神农以金刚指刻下两人合作的歌词。

三个月后，神农被迫离开空桑，在南际山顶目送佳人东去，从此天各一方，杳无音信。正因此故，当白衣女子听见有人也能吹奏《刹那芳华曲》时，极为讶异，便以箫声合奏。

白衣女子沉吟片刻道：“如此说来，公子到玉屏山乃是为了寻访青帝了？”拓拔野喜道：“仙女姐姐认识青帝吗？”

白衣女子淡然道：“自然认识。”

拓拔野大喜道：“那可太好了。能否请仙女姐姐带我去拜见呢？”心中想到可以和白衣女子多待一会儿，登时大乐。

岂料白衣女子却道："可惜近年来，青帝神龙首尾，萍踪不定，我也寻他不着。"

拓拔野心下失望，正要说话，白衣女子又道："不知公子是否介意将神帝血书借我一看？"

拓拔野听得"神帝"二字，陡然一怔，既而心中大震，恍然醒悟，心中狂跳不已。原来那老人竟是当今天下至圣之尊。自己阴差阳错竟与神帝有此缘分，百感交集，一时间竟忘了言语。

又听白衣女子说了一声，这才回过神来。心中犹豫，受人重托，他自己尚不敢启开血书细看，更勿说借与人观。但他瞧见白衣女子端庄素雅，一双澄澈的眼睛坦然地望着他，心中登时软了。当下从怀中小心翼翼地掏出血书，递给白衣女子。

白衣女子隔空取到，双手展开。拓拔野瞧着她的脸容，心中颇为好奇，不知信中写了什么。

那白衣女子微微皱了皱眉，沉吟不语。她将血书折好，隔空递还拓拔野，道："公子，纵使这血书交与青帝，恐怕他也不会随你去蜃楼城。"

拓拔野奇道："这是为何？"白衣女子道："此中复杂，不一而表。公子去了蜃楼城自然知道。"

拓拔野心中大为着急，突然想到一法，咳嗽道："那么，不知仙女姐姐能不能陪我去一趟蜃楼城呢？"

白衣女子微微一笑道："只怕不能。"拓拔野此番心中失望，竟远比听到青帝不在为甚。

正当他搜肠刮肚，彷徨无计之时，突然听见天湖对岸，远远传来洪亮的声音："朝阳谷十四郎奉家父之命，前来拜见青帝！"

白衣女子微微皱眉道："朝阳谷的人来了，咱们避一避。"拓拔野听得十四郎的声音，心中正感败兴，听见她此话，心中大喜，尤其是那"咱们"二字，更是令他心花怒放，心想："原来仙女姐姐也讨厌他们。"连忙点头答应。

白衣女子衣袂飘飞，如行云流水，刹那间已经到七八丈外。拓拔野只觉得一股强大的气流将他平地拔起，随着她一路飞去，心中又惊又喜，倒突然觉得这十四郎来得颇有道理，自己可以和仙女姐姐借机多待上片刻。

白龙鹿紧随不舍。

白衣女子带着拓拔野弯了几弯，进了那三进的庭院，到后院里停了下来。拓拔野忽觉那气流突地消失，身子往下一沉，两脚稳稳着地。

白衣女子淡淡道："他们不会进到此处。咱们就在这儿站上一会儿吧。"

拓拔野心中欢喜，心道："莫说是一会儿，便是一辈子又有何妨？"然而那白衣女子将他往西侧的竹丛间轻轻一推，自己却飘到东侧的竹下，再不言语。

他心底大为失望，正想和她多说几句话，却听见那行人的脚步声越来越近，朝这边走了过来，只得作罢。

他所藏身的竹丛恰好斜斜对着庭院的三进大门，可以看见门外的那半面影墙和几株松树。月光透过松枝照在影墙上，那松枝影子纤细挺拔，仿佛白衣女子一般。

过了片刻，脚步声很近了。拓拔野立在庭院竹林之后，透过竹叶间隙与重重大门远远望去，只见那黑衣少年十四郎与黑衣老者及两个大汉从天湖边上出现，神态恭敬地缓缓走来。

拓拔野拍拍白龙鹿的头，冲它一笑，心道："还是白龙鹿脚程快。先前瞧他们不可一世的神态，还当是什么绝顶高手呢，岂知走起路来比老太太还慢上三分。"

白龙鹿知他所想，龙须大舞，得意之态溢于言表。

拓拔野不知，青帝灵感仰为人孤高傲桀，亦正亦邪，喜怒无常。天下素有"青帝怒，天地裂"之谚。十四郎等人未得青帝应诺而登上玉屏山，原已心中忐忑，岂敢再大步上山？

十四郎等人走到庭院前，躬身而立，不敢再上前。十四郎又大声报了几回，庭院中自然杳无回应。

这庭院乃是青帝居所，是玉屏山禁中之禁。十四郎自然不敢进来，只是垂手在门外静候。

青帝脾气孤傲难测，常常闭门拒客。大荒中盛传当年神帝神农氏游玩八闽，路经玉屏山，特上山造访青帝。而青帝竟闭门睡觉，让神农在门外干等了一夜。神帝之尊，两人交情之深，尚且如此，何况十四郎之流。

故而十四郎虽怀疑青帝是否就在院中，但一则使命未就，二则凭青帝之性，即使无人回应，也不敢断言定然不在院中，纵有千般不耐，也只能藏在肚里，满脸恭敬地站在门外。

拓拔野初时还全神贯注地窥望，但瞧着他们木塑般地伫立门外，一动不动，逐渐兴味索然。

白衣女子身上的淡淡幽香不断地钻入鼻息之间，惹得他心猿意马，悄悄转头看去，只见白衣女子立在绿竹下，青丝飞舞，衣袂飘飘，似有所思，仿佛仙人谪落凡尘，不由得看痴了，忽然想道：“倘若她真是仙女姐姐，便终究要回到天上去的。那我岂不是再也见她不着了吗？”心中登时大痛，泪水险些涌了上来。

却不知那白衣女子此刻心中如春水乍皱，涟漪阵起，也正在暗暗想着他。日前她上玉屏山，原只是漫游路过，顺便拜诣青帝，不想未遇青帝，却遇见这奇怪少年。

瞧他破落邋遢，不过是普通流浪儿，但不知为何，自己初一见他，便有难以名状的亲近之感，仿佛早已认识了许久，倒像是……倒像是自己的弟弟一般。这种感觉生平从未有过，当真是怪异之极。

是因为他也能吹得《刹那芳华曲》吗？能将这曲子吹得这般动听而有生气的，寥寥无几，想不到竟是一个十三四岁的少年。

他无意间竟能获得本族的无锋剑，吹得《刹那芳华曲》，可见命中注定他与族中有奇妙因缘。神帝在南际物化，竟然托付于他，也是因为神帝瞧出他的特别之处吗？

想到此处，眼波流转，忍不住朝他望去，见他两眼微红，咬牙切齿，紧攥双拳，心中微感诧异，不知其故。

拓拔野心中正想：“倘若她当真是仙女，要回天界，赶明儿起，我就遍访名山，拜师做神仙，就算是九天神界，碧落黄泉，也要见她一见。”

白衣女子忖道：“他这般难过，是因为想起神帝了吗？没想到神帝竟然会在龙牙岩上物化。倘若天下知道这件事，不知又要生出什么事端来。难道他是明知将死，才到那龙牙岩上吗？当年他在那里眼睁睁瞧着姑姑去了汤谷，今日又在那里物化。这一切当真都是天意吗？”

又想，倘若姑姑知道神帝最后还唱着那首歌，她的心里会不会欢喜一些呢？神帝将《五行谱》都传了给他，自然已经是将他视为传人了。但他年纪轻轻，武功法术全无，单身行走天下，却怀有宝书神丹，那不是如婴儿携宝过市，危险之极吗？况且蜃楼城之行，凶多吉少，他却丝毫不晓……

不知为何，她心中素来静如止水，波澜不惊，今日竟波涛汹涌，对这陌生少年的险恶未来，担心不已。而这种莫名的担心不知由何而来，更令她困惑茫然。

两人正各自胡思乱想，忽听见远处半山腰上又隐隐传来兵器交加与呼喝之声，都是微微一惊。院门外的十四郎与黑衣老者也是脸上变色。究竟是谁如此大胆，敢在玉屏山上擅动干戈？

十四郎“啊”的一声，想起山下自己布兵把守，倘若有人已经到了山腰，自然是一路杀将上来的。自己手下在玉屏山下动手倒也罢了，但到了山腰还在叮叮当当斗个不休，打搅了青帝的清梦，那不是死路一条吗？脸色顿时变得说不出地难看。但是眼下自己已经恭立门外，倘若再跑开去看个究竟，只怕青帝更为不喜，心中进退两难。

拓拔野望着白衣女子，无声地张嘴问道：“来人是谁？可是青帝吗？”白衣女子微微摇头。

那刀兵之声越来越响，突然有人喊道：“他奶奶的，木族圣地，什么时候成了水妖的地盘。”声音粗豪洪亮。

在青帝御苑，竟然有人语言如此不敬，山上众人无不吃惊。

十四郎再也按捺不住，几个翻身如闪电般朝那里奔去，口中厉声道：“大胆狂徒，青帝御苑，竟敢口不择言，还不丢下兵器，听从青帝处置！”

那人哈哈大笑：“小水妖，什么时候轮到你给灵感仰拎臭鞋？老子还偏要骂！灵感仰，你这个老匹夫！”

白衣女子俏脸薄嗔，似乎想要出去，却终究忍了下来。拓拔野心中暗忖：想来这灵感仰便是青帝了。不知他和仙女姐姐是什么关系？这胆大包天的人又是谁？敢在这里这般说话，倒也是个英雄好汉。

那人哈哈大笑，叫道：“灵感仰老匹夫，我来了！”瞬息间，远处一连传出几声闷响，接连有人倒地，一个青衣大汉高高跃上天湖边的竹楼。

第三章 少年英侠

那青衣大汉身高九尺，浑身鲜血，站在竹楼之上，神威凛凛，宛若天神。他乜斜着眼，瞧着青帝庭院哈哈狂笑："灵感仰，一别三十年，你还是这般薄情寡义，故人拜访，却躲在屋里不敢见人。是怕见了我，羞臊脸皮吗？"

十四郎喝道："狂徒敢尔！跪下受死！"身形闪动，已然攻到青衣大汉身侧，一条丈余长的长鞭朝他当头劈下。

他自打私登玉屏山，这几个时辰以来忐忑不安，手下阻挡外人不住，竟在半山腰刀兵相向，更是犯了青帝御苑大忌。此刻青衣大汉硬闯玉屏峰，正给了他转嫁责任的良机。是以搏尽全力，务求将青衣汉子一举拿下，交由青帝处罚。

青衣大汉瞧也不瞧他一眼，听得他长鞭甩到，只是斜斜挥出一掌，口中犹自笑道："灵感仰，多年不见，堕落如此，竟然屈尊和朝阳谷水妖沆瀣一气，可笑可笑！"

十四郎见他轻飘飘挥出一掌，一股强劲已极的力道突然似狂风般卷来，自己蓄劲发出的长鞭突然倒卷，竟朝自己脸上打来。惊怒之下，身子向后倒翻，借着袭来的力道，卸去攻击之力，但仓促应变，双脚着地不稳，被那力道逼得一连退了七八步，颇为狼狈。

十四郎自小傲慢霸道，器量狭小，得其父荫蔽，未尝吃过半点小亏，更是骄横日盛。此次自动请缨，出使玉屏山，乃是为了一建功勋。不料出师未捷，险些在这青衣大汉上栽个大跟头，恼羞之状，莫可言表。

那黑衣老者瞧见公子吃亏，知晓他的脾气，朝着青衣汉子冷冷道："阁下这一掌竹节刀气大力小，中看不中用。想来你就是蜃楼城的段聿铠了？"他此言一则为十四郎遮羞，二则打击青衣大汉的士气。

青衣大汉哈哈大笑：“不错。老子坐不更名，行不改姓，蜃楼城狂人段聿铠便是我！”

十四郎听了心下微微一凛，想起月前父亲在朝阳谷曾说，蜃楼城除城主乔羽之外，还有几大高手，武功法术俱臻一流之境，是东海湾内顶儿尖儿的人物。这段聿铠便是其中之一。当时他听来毫不服气，眼下来看，果有过人之处。

十四郎少年得志，一身武功由父亲在内的朝阳谷各大高手倾囊相授，法术亦得父亲指点，颇有造诣。而且天资不错，所以年方十八，一身真气却已颇为傲人，乃大荒少年一代中的高手。他自视甚高，褊狭狂妄，今日一击遭挫，恼羞惊怒迅速转变为雪耻的强烈愿望。

他当下扬鞭冷笑道：“无知狂徒，少爷适才念在青帝御苑，未发全力，你当少爷怕了你吗？”

青衣大汉置若罔闻，从身上撕下一块衣襟包扎肋间伤口，大声笑道：“灵感仰老匹夫，你怎的越活越是胆小，龟缩在屋里不敢见人吗？”声音洪亮清晰，一字不漏地传入庭院中白衣女子和拓拔野的耳朵里。

拓拔野偷偷瞄了白衣女子一眼，见她玉靥飞红，眉目之间怒意隐隐，知她恼怒青衣汉子狂言辱及青帝。

他性子开朗仗义，素来景仰侠义狂放的英雄，今夜见青衣汉子单枪匹马径闯青帝禁地，威风凛凛，谈笑伏敌，早已大为心折。

眼见仙女姐姐不喜，心中颇为矛盾，暗暗担心仙女姐姐一怒之下，出手对他。虽然那青衣汉子功夫了得，只是要与仙女姐姐动手，只怕……不知为何，他心中竟笃定白衣女子武功惊人。

那白衣女子虽然心中恼怒，却素来不喜现身人前，更厌恶与人动手，是以怒则怒矣，始终按捺不发。

十四郎见段聿铠置若罔闻，心中震怒，转身朝着庭院恭恭敬敬作揖道：“青帝明鉴，非十四郎想在玉屏禁地妄动刀兵，只是这狂徒目中无人，一再辱及青帝。十四郎忍无可忍，这才恳请青帝准许十四郎将这狂徒拿下。”

山上所有黑衣人尽皆朝庭院作揖行礼。

拓拔野微微一笑，心道：“免礼免礼。你们这么多人朝着我作揖，我可消受不起。”

黑衣老者朝十四郎作揖道：“公子，杀鸡焉用牛刀。这等货色，只需属下出马便可，何必劳动公子大驾？”

十四郎意在亲手雪恨，冷冷道：“不必。”转身朝段聿铠走去。

段聿铠浑当没有看见，只是大声呼喝青帝名讳，见庭院中始终毫无反应，已经颇感不耐。十四郎身形一变，仿佛突然折了三折，刹那间如闪电般冲天飞起，手中长鞭在空中一抖，朝段聿铠脑门劈下。

这一式闪电鞭与先前那一记看起来毫无区别。段聿铠依旧瞧也不瞧一眼，斜斜挥手一掌击出，也依旧是先前那式竹节刀。

长鞭到段聿铠头上丈余处时，突然发出凌厉的破空呼啸之声，那乌黑的长鞭瞬息弯曲，盘旋，猛地膨胀了四倍有余，鞭梢突然亮起两道幽碧的光芒，既而一道艳红色舌信急弹而出！

那条鞭子竟然在刹那间变成了一条长两丈余、宽半尺的黑色巨蛇！

拓拔野大吃一惊，眼前景象见所未见，忍不住“啊”的一声叫了出来，待要掩口，已然不及。白龙鹿也不禁发出一声怪异的嘶鸣。

巨蛇仿佛破皮出茧，全身涨裂，头部陡然间又涨大一倍，碧眼森寒，突然眯起，张开血盆大口，白牙森森，红芯吞吐，向段聿铠“嘶嘶”咬下！

段聿铠“咦”了一声，似乎颇为惊诧，双手飞舞，接连十记“竹节刀”，激起漫天狂风，将黑色巨蛇微微一阻。但是先前招式已老，太过轻敌，变招时劲道虽发，却不足以却敌。当下再不迟疑，双足一顿，猛地将竹楼踩塌，轰然一声，落到地上。

巨蛇如影随形，刹那间从破洞蹿下，弓身弹旋，穷追不已。段聿铠一招受制，先机尽失，只得双掌盘旋，护住周身，疾风般奔走，觅机反击。

十四郎立在湖边松枝上，淡青色的月光照耀下，黑衣飞舞，面色惨白，说不出地诡异。他满脸冷森森的微笑，右手屈指弹舞不已。

拓拔野瞧得片刻，心中大惊，难道那巨蛇竟是依照他的手指姿势，变换身形，步步追逼吗？

十四郎当真便是以指控蛇，借兽发力。

这“幻电玄蛇”乃水族最为凶顽的十八灵兽之一，与拓拔野的白龙鹿齐名。当年在碧水山为十四郎之父、水族四神之一的朝阳谷水伯天吴收服，以北极玄冰蚕丝封印，成为“朝阳谷七绝”之一。

水伯天吴对次子十四郎溺爱有加，将这“幻电玄蛇鞭”作为他的兵器，并独创“幻电玄蛇指”，只需读取封印诀，解开玄蛇封印，便可以施展“幻电玄蛇指”，隔空弹指，控制玄蛇的每一步进攻。

而这玄蛇自封印中出来，凶性更盛，再得“幻电玄蛇指”的驭使，更加狂性大发，威力远胜于初。

十四郎冷笑道：“狂徒，以你米粒之光，竟敢与日月争辉。你身上已有七处伤痕，流血不止。只要有血腥之气，便可以激起玄蛇的狂性。倘若你现在乖乖束手就擒，我还可以将你递交青帝发落。否则再过片刻，你就得葬身蛇腹，死无全尸！”

朝阳谷众人纷纷围在天湖边，附和呵斥：“姓段的，你那一点儿本领，在我们公子面前便如蚂蚁一般，公子只需一个手指便轻轻捏死了你！”“我们公子气量恢宏，慈悲为怀，你还不快快叩头感谢大恩大德？”

段聿铠哈哈狂笑：“老子纵横天下，什么怪物没有见过？莫说区区这么一条小蛇，就是火龙凤凰，还不是照样给老子拔光了羽毛，烤成秃火鸡吃？”

话虽如此，手上却越觉吃紧。他千里单骑，不知闯过了多少险关，身上连受七处重伤，才来到玉屏山。片刻未曾休息，就从山下一路杀将上来，精疲力竭，已如强弩之末。此刻先机尽失，步步受制，要想反败为胜，谈何容易？

十四郎大怒，口中念诀，右手如狂风疾舞。幻电玄蛇狂性大发，如黑色霹雳，连连吐芯舞尾，发起一连串的猛烈攻击。

段聿铠左脚后撤，突然一脚踩空，身子登时微微一晃。便在此时，那幻电玄蛇猛地弹跃而起，钢杵般的尾部电扫而至，狠狠拍在他的胸膛上！

段聿铠只觉嗓子一甜，一口鲜血喷射出来，身子被震得朝后飞出，重重撞在一株松树上。

拓拔野又是“啊”的一声惊呼。

这声惊呼比先前那声还要响些，庭院外众人都转头瞧来，心中均想：“青帝院中还有别人吗？不知这人是谁？竟然为段狂人担忧？”

拓拔野自觉失态，转头瞧了白衣女子一眼，见她一双妙目正凝视着自己，脸上一红，心道：“仙女姐姐不喜欢这青衣大汉，我这般担心，不知她高不高兴？”但是心中确实为段聿铠暗暗担忧，要想讨好白衣女子，而将青衣大汉视为敌人，自己又万万不能办到。当下转过头，透过竹隙，屏息观看。

段聿铠撞在松树上时，左手顺势一拨，身形盘旋，如游蛇般蜿蜒绕行，刹那间蹿到松树之梢。

十四郎听见庭院中惊呼之声，只道是青帝一方有人担忧段聿铠生死，微感犹豫，没有立即乘势攻击。幻电玄蛇盘在树下，仰颈吐芯，嘶嘶不已。

段聿铠想要大笑，一张口却又喷出一口鲜血，咳嗽几声，勉力笑道："好，好，好，这条蛇肌肉强壮，烧汤一定好喝。"

十四郎不怒反笑："狂徒，你果然是不见棺材不掉泪。"他朝庭院望了一眼，见里面寂然无声，心想："不知青帝是否顾念旧情，不忍置他于死地？倘若如此，我便废了他双手两足，然后交给青帝处置。"

一念及此，便接连舞动"幻电玄蛇指"，小指、食指、中指闪电般交错点舞，幻电玄蛇也随之舞动。

段聿铠坐在树顶松枝之上，眼见那玄蛇缓缓游动，环绕树干，游走上来，心中苦涩："难道历尽千辛万苦，来到此地，连青帝的面都未见上一面，便当真要葬身于这幻电玄蛇的腹里吗？嘿嘿，灵感仰，你果然是一点儿未变。"

想到自己身负的重任，他猛地吸了一口气："大丈夫死则死矣，只是蜃楼城万千百姓的性命都悬在我的手中，倘若在这里送命，九泉之下我有何面目见城中父老？"

当下运气丹田，积聚力量。但他受伤颇重，且疲惫不堪，以目前残余之力要想施放法术必将两败俱伤。若以武功周旋，要击败这幻电玄蛇也是难如登天。

玄蛇游走到距他丈余处，猛然高高弹起，在半空中突然又增大了尺许，张开大口，"呼"的一声喷出数十颗幽蓝的冰屑，朝段聿铠激射去。

段聿铠双足一顿，身如弯弓朝下翻去。那玄蛇似是候着此举，闪电般蜿蜒卷尾，立时将他紧紧缠住！

段聿铠只觉胸间一闷，已然被那玄蛇团团缠住，动弹不得。那玄蛇弯下头来，碧目光芒闪动，大口"嘶"的一声张开，龙牙交错，红芯在他脸上舐触，口涎一滴一滴地滴落下来。

拓拔野看得掌心尽是汗水，眼见这豪勇的狂人受制于玄蛇，性命不保，心中极为焦急，想要央求白衣女子出手相救，却知她不喜段狂人，多半不肯相助。以他自己的身手，要想挺身救人，简直是以卵击石，非但于事无补，还要搭上一条性命。

正焦急无计，听见十四郎冷笑道："段狂人，你敢只身闯玉屏峰，对青帝口出不敬之语，我还当你有多大本事，原来也不过如此。”

段聿铠被那玄蛇越勒越紧，肋骨仿佛将被绞碎一般，想要开口，却说不出一句话来。

朝阳谷众黑衣大汉七嘴八舌道：“什么蜃楼狂人，被公子爷轻轻一勾手指，就成了一条土狗。”

“早劝你投降认输，还口出狂言，当真是贱骨头。”

“呸！姓段的，我若是你早就羞得一头撞死了。觍着脸苟延残喘，也不怕天下人耻笑！”

段聿铠纵横天下数十年，何曾受过这等鸟气？功力大损之下，一时轻敌，为一毛头小子所趁，又遭这一干小人奚落，心中怒发如狂，心道：“罢了罢了，今日纵然经脉尽碎，也要将这群无耻水妖杀个干干净净！”

十四郎心中得意扬扬，说不出地畅快，轻飘飘地从松梢一跃而下，朝庭院走去。突然听见段聿铠一声雷鸣般的怒吼，众人失声惊呼。

他转头望去，大吃一惊。只见那段聿铠也不知施了什么法术，竟然将玄蛇震飞。玄蛇在半空中发出痛苦的嘶嘶声，全身突然长出嫩绿的青藤，以惊人的速度，裂肤破肚，蔓延生长。

段聿铠全身鲜血，昂首站在血泊中，对着朗朗明月发出一声雄狮般的啸吼。众人大惊，情不自禁地向后退了一步。

黑衣老者变色道：“万壑春藤绕！”

原来段聿铠盛怒之下，竟然震伤自己经脉，借这震荡之力，甩飞玄蛇，而后咬破舌尖，使出木族的两伤法术“万壑春藤绕”。他口中喷出的血滴如利箭般射入玄蛇身体，在其体内异变为藤蔓，迅速生长。

这法术是木族七大两伤法术之一，对敌方的伤害虽然极大，但对自己的经脉震伤却也极大。若非情不得已，决不用之。

段聿铠借此余勇，喝道：“小水妖，再和老子重新斗过！”隔空挥出三记竹节刀，气势凌厉无匹，十四郎挥掌抵挡不住，右肩被劈中一记，登时血流如注，又惊又骇，腾空翻越，口念灵兽诀，手弹玄蛇指，想要调度玄蛇攻击段狂。但玄蛇周身为青藤所缚，一时间竟不能动弹。

朝阳谷众黑衣人眼见少主人在段狂人接连不断的竹节刀下，狼狈奔逃，纷纷拔出背上的长刀，呼喝着蜂拥向前，向段聿铠攻去。

黑衣老者从背上取下桐木琴，双手急抚，响起怪异的琴声。琴声如陡壁飞瀑，险滩急流，夹带金属之声。

不知从哪儿突然卷起一阵阴冷的狂风，松树摇摆，竹枝簌簌。玄蛇身上的春藤突然纷纷断裂，扑簌簌地掉在地上。玄蛇昂首吐芯，尾部在地上重重一击，又有数十绿色藤蔓自体内掉落。

黑衣老者琴声更急，一波一波如狂风暴雨。琴声如浪，隐隐可见碧色光弧一道道向段聿铠飞去。

段聿铠掌风凛冽，竹节刀飞舞不断，刹那间便砍倒了五六名黑衣大汉。但那光弧射到，不得不全力阻挡。

黑衣老者这碧琴光刀威力无匹，转瞬间便将他迫住。段狂人本已是强弩之末，奋余勇而做最后一击，但三鼓气竭，又被以逸待劳的黑衣老者背后偷袭，只能苦苦硬撑。

十四郎乘机逃脱，咬牙切齿地弹舞“幻电玄蛇指”，驭使那伤痛未愈的玄蛇当空扑落，向四面受敌的段聿铠张口噬去！

段聿铠狂笑声中全力挥出一记竹节刀，将那玄蛇打得凌空翻起。肋下却露出一个空门，立时被碧琴光刀击中，晃了晃，“哇”地喷出一口鲜血，再也支持不住，重重摔倒在地。

“嗖嗖”急响，光芒怒舞，十几柄长刀同时向段狂人身上斩落。

拓拔野心中怒极，再也按捺不住，大叫道：“住手！”

朝阳谷众人大惊，刀锋在离段聿铠数寸处纷纷顿住。琴声也立时顿止。

十四郎立时默念封印诀，右手曲起。那幻电玄蛇猛地在空中一抖，瞬息间变成一条丈余长的黑鞭，飞回到他手上。

水族来人之中，谁也没有听过青帝的声音，均想，青帝庭院乃木族禁地中的禁地，两百多年来只有神帝神农氏与木族圣女曾经进去过，既然院中有人，自然当是青帝。

虽然这声音听起来甚为年轻，但青帝驻颜有术，声音如同少年也不无可能。纵然不是青帝，也必是青帝极为亲密之人。况且敢如此大呼住手的，恐怕也只有青帝本人。故而众人只道青帝发怒，噤声对望。

十四郎将长鞭往腰上一别，恭恭敬敬地拱手道：“不知青帝有何吩咐？”

拓拔野原不过瞧他们以多欺少，手段卑劣，怒极之下脱口而出。一呼出口，心中则暗呼糟糕，正不知如何收尾，听得他们将自己误认为青帝，顿时福至心灵，索性大咧咧地说道："你们将这姓段的抬到门口来。"

他不敢回头看白衣女子，心道："仙女姐姐，救人要紧，冒犯之处你就原谅他们吧。"

十四郎一愣，恨得牙关痒痒，嘴上却不得不连声称是。

几个黑衣大汉将段聿铠抬起，朝庭院走去。

段聿铠迷糊中听得声音全然不似青帝，心中暗感纳闷，他与青帝已然三十年未见，难道三十年未见，这老匹夫的变化如此之大，除了声音，连这冷酷的性情也转变了吗？倘若如此，那自己总算不虚此行。虽然心中疑惑，嘴里犹自喘着气大骂不绝。

拓拔野瞧见他们将段聿铠抬到门边，便又道："你们都转身退下去。"众人纳闷，却不得不遵命行事。

等他们恭恭敬敬地退到了十丈开外，拓拔野立即奔到大门口，将段聿铠拉进院子，岂知还不等关上大门，段狂人便睁开眼，"咦"的一声，脱口愕然道："小子，你是谁？"

十四郎与那黑衣老者听得声音，隐隐觉得不妙，回头一瞥，顿时脸色大变。十四郎喝道："臭小子，怎么是你？"

拓拔野见已穿帮，粲然一笑，道："臭小子，不是我还会是谁？"

十四郎心中惊疑不定，这小子为何会在这里？难道他竟是青帝身边的亲密扈从？抑或他就是青帝？想到黄昏时自己曾对他飞扬跋扈，冷汗登时涔涔而下。

黑衣老者心中起疑，依青帝脾性，断然不会救段狂人。这姓段的适才在外辱骂不止，倘若青帝在这庭院中，早已出来将他大卸八块了。况且青帝素好干净，几近洁癖，又怎会让这衣衫褴褛的小子侍候左右？越想越不对劲，拱手道："敢问这位公子尊姓大名？"

拓拔野正色道："在下单名一个野字。你叫我野野即可。"

十四郎冷笑道："野野？野野？"拓拔野笑道："哎。乖孙子，叫爷爷干什么呢？"段聿铠听得哈哈大笑，口中又喷出一口鲜血，心里却对这少年多了几分好感。

十四郎明白着了这少年的道，嘴上平白给他讨了个便宜，心中怒极，便欲上前抽他一鞭。

黑衣老者伸手一挡，淡淡道："这位公子，恕老夫有眼不识泰山，不知你与青帝如何称呼？听说木族族规，冒充天子门生者死，不知有没有这回事？"他话说得虽然还客气，但是语气中已经隐隐有威胁之意。

拓拔野心中大喜，知道他们仍无把握，哈哈笑道："我只是一个下人，给青帝他老人家端茶倒水，烧菜做饭。什么门生门熟的，我可谈不上。"白龙鹿昂立在他的旁边，也跟着哈哈怪叫。

拓拔野转过身，从怀中那皮囊中掏出一颗神农丹，故意大声对着段聿铠道："喂，这是青帝让我给你的丹丸，你服下吧。"

段聿铠听得是青帝所赠，正要拒绝，却见他背对朝阳谷众人，对自己眨眨眼，压低声音道："这跟青帝无关，你放心服下吧。"

段聿铠已对这少年产生莫名的信任，微微一愣，张嘴将那丹丸吞了下去。刚一入口，便觉一股热流沿喉而下，暖洋洋的炙得全身好不舒服，心中大喜，知道这是疗伤宝药，当下运气调理。

白衣女子微觉诧异，想不到拓拔野竟这般大方，神农亲赐的不世神丹居然想也不想，就送给了萍水相逢的陌生人。

十四郎与黑衣老者瞧见他赐丹丸给段聿铠，更是大惊失色，倘若这少年当真是青帝身边的要人，将丹丸赐予段狂人，那则表示木族与蜃楼城的三十年恩怨烟消云散。他们远赴千里，部署几个月的计划也将全部落空。

黑衣老者心底虽然疑云丛生，但想他既能驾驭灵兽白龙鹿，必有不同常人之处；又敢大摇大摆地从玉屏山御苑中出来，言必称青帝，即便不是灵感仰身边的红人，只怕也与他有莫大关系。眼下唯一的办法，乃是想方设法确定青帝是否就在庭院中，倘若在，则一切按旧；倘若不在，那只能试试这少年的身手，瞧瞧他与青帝之间到底有什么渊源。

当下朝着庭院行了一个大礼，道："小人朝阳谷科沙度，与少主人拜诣陛下，向青帝陛下转呈水伯的一份薄礼与书函。水伯有命，务请小人将书函亲手交到青帝手中。不知青帝能否现身？也好让小人回去有个交代。"

拓拔野道："青帝他老人家正在睡觉，你有什么东西，爷爷可以帮你转呈。"

黑衣老者科沙度盯着他瞧了片刻，见他大大咧咧，殊无畏缩心虚之态，更加难测深浅，沉吟道："这书函事关重大，必须亲手交到青帝手中。"

拓拔野扬眉大声道："这么说，你是不相信我喽？"

科沙度正是等他这句话，微微拱手道：“不敢。只是据闻青帝深居简出，独来独往，从未听说有人相伴左右。万一老夫错信他人，耽误了水、木两族的大事，岂不万死莫赎？”

拓拔野“咦”了一声，故作讶异道：“奇哉怪哉！听你的意思，青帝就连找一个端茶倒水的小厮，也得先向你汇报喽？”

科沙度淡淡道：“老夫没有这个意思。倘若公子想证明自己身份，那容易得很。只需随意施展几招青帝的绝学，让我们开开眼不就成了吗？”不等拓拔野推辞，便朝一个黑衣大汉道：“唐七，你去向野公子讨教几招，也好有个长进。”

黑衣大汉应诺一声，走到门前，恭恭敬敬地道：“野公子，请赐教。”

拓拔野心中暗暗叫苦，以他的武功杀只野狗那都是大大的困难，要打败眼前这强壮如山的七尺大汉，除非奇迹出现。况且他肚中雪亮，这阴鸷的老头要验证的不过是他的身份，纵使他鬼使神差打败唐七，施展的不是木族的功夫，依旧是凶多吉少。到时大蛇、猛兽一起扑将上来，那可糟之极矣。

饶是他胆大包天，到了此刻也不禁头皮发麻，进退维谷。

他耳边忽然传来一个淡淡而幽雅的声音：“你放心去吧。只需放松四肢就可以啦。”拓拔野吓了一跳，张目四顾，蓦地想起这是白衣女子的声音，心下狂喜。眼见众人置若罔闻，只是盯着他等候回话，心中立时明白过来：“是了！定是仙女姐姐用什么法术，只让我一个人听到她的声音。她让我放心去和这大狗熊过招，自然是帮定我了。”

想到有仙女姐姐撑腰，登时如有神助，仰起头挺起胸膛，龙行虎步地下了台阶，往门前一站，双手叉立，道：“赐教可不敢当。夜深人静，舒展舒展筋骨，也好睡觉。”

唐七面无表情，依旧是恭敬的口吻：“得罪了。”话音刚落，身形闪动，气劲哧哧激响，一连七拳击向拓拔野头部。

拓拔野虽然自小常与其他流浪儿厮斗，但与真正的武人动手却是生平头一遭。

眼见拳影如狂风，刹那间闪电似的朝自己脸部击来，心下惊慌，想要挪步已然不及。正暗自骇然惊呼：“糟糕，我的鼻子！”忽听白衣女子声音在耳畔低声道：“不要动，他这七拳全是虚招，要探你虚实。”

果然，每拳距离他面部不到寸许，便立即变向，始终在周围环走。但那凌厉的拳风还是抽得他脸上隐隐生疼。

七拳之后，唐七又狂风暴雨般接连打出四十九拳，始终虚张声势，将触即止。拓拔野心中大松，面露微笑，暗想："仙女姐姐既然讨厌段狂人，却又为何肯帮助我？"

却不知白衣女子也在心中问自己。

段狂人自三十年前那场事端后，便与木族成为死敌，木族长老会将蜃楼城众人列为公敌，决不往来，这已是青帝明令。今夜段狂人千里单骑，闯关上山，必是为神农血书中所说之事。

此人甫一上山，便出言不逊，骄狂之态让人恚怒。原本打算任其自生自灭，但目睹拓拔野路见不平，挺身而出，不知为何，她心中又起了微妙的变化，再看他为科沙度所逼，势成骑虎，终于忍不住破戒相助。

仔细想来，这其中或多或少有对段聿铠铮铮傲骨的惺惺怜惜之意，但更多的恐怕是对拓拔野的莫名关心。

唐七知道科沙度的用意，不敢立下杀手，只是虚张声势，投石问路。岂料围着拓拔野打了数百拳，竟都被他看穿，只是悠然自得地叉手望着自己，动也不动。看来这少年果然胆识过人。

围观众人也大感意外，就连十四郎亦皱起眉头："想不到这小乞丐竟然也有如此胆色。"

段聿铠服了神农丹，稍一盘坐调息，便觉丹田内正气沛然，精神大振。虽然伤口无法立即愈合，周身仍有疼痛之感，但比之先前已犹如云泥。运气周转，发觉经脉竟已恢复了七八分，又惊又喜，不知是何灵丹妙药，功效如此神奇。这陌生少年的大恩当真无以为报。

他睁开双目，只见唐七在拓拔野四周游走，掌影叠舞，而拓拔野满脸微笑地巍立不动，忍住大声叫好，心中暗奇："这少年不知是何人？小小年纪居然如此胆识过人。难道真是那老匹夫新收的天子门生？"

唐七猛地大喝一声，欺身突进，双掌齐发，一式"惊涛裂岸"，掀起滔滔掌风朝拓拔野拍去。段聿铠失声道："小心！"

拓拔野猛吃一惊，掌风猛烈，还隔三尺之距，自己却如被重物重重撞了一般，心中刚喊："仙女姐姐救我！"忽觉一股奇异的力道从背后卷来，陡然将他拔起，向后上方高高飘去。

事起突兀，他还没来得及回过神，调整一个优雅的姿势，已经飞上半空，口中“呀”地叫了一声，双手在空中乱抓乱舞。

众人见他突然臀部一撅，转眼便手舞足蹈，飘到了半空，无不又惊又奇。惊的是这叫花子般的少年竟然有如此轻功，奇的是他竟以臀部带动全身，人在半空如苍鹰搏兔，姿势怪异，却不知这是什么功夫？

唐七瞧他一下便飞到了五六丈高处，半晌不下来，不停地手脚乱舞，口中念念有词，只道他是蓄劲待发，不由得起了畏惧之心。

拓拔野从没遇过这等怪事，低头下瞰，双足虚空乱蹬，一股凉飕飕的感觉从脚底一直麻到大腿根处，心里突突乱跳，险些便从嗓子眼里蹦了出来。耳边又响起白衣女子的声音，似是忍俊不禁：“公子别怕，我不会让你摔下来的。你只管放松便是。”

他原本就不是胆小之辈，只是从没有过这种身不由己、悬在半空的感觉，猝不及防，故而才有此狼狈之态。听到白衣女子所言，心中大定，脸上一红：“我这脓包状可都让仙女姐姐瞧在眼里了。不成，需得打起十二分精神，即使跌下去，也得摔得姿态优美。”当下借着那力道，抬头挺胸。

白衣女子复道：“公子小心，我要放你下去了。”话音未落，拓拔野突然觉得脚下一空，急速下落，险些又要惊呼出声。

耳边风声呼啸，人影疾闪，忽觉那股强大的力量将他的双脚抬了起来，身在半空，双脚却不由自主地连环猛踢。“嘭嘭”连声，有人迭声惨叫，自己已稳稳地落到了地上。

拓拔野脑中嗡嗡作响，甩了甩头，方才清醒过来。只见那黑衣大汉唐七四仰八叉摔在了十丈开外的地上，口吐白沫。众人瞠目结舌地瞧着他，惊骇不已，一个黑衣大汉的口角更已垂下涎来。

段聿铠又惊又喜，拍掌叫好：“好一招‘无边落木’！”

科沙度心中迷惑不解，瞧他歪歪扭扭自半空冲下，刹那间连环踢腿将唐七踢出老远，力道惊人，似是木族中的“无边落木”，但这姿势未免也太过怪异，难道竟是青帝新创的独门招式吗？

拓拔野没想自己糊里糊涂间，便将这七尺大汉踢得不省人事，惊喜得意，笑道：“想不到爷爷我刚伸伸懒腰，他却先比我睡着了。老头子，你还要不要爷爷再教你几招？”

科沙度没探出他的虚实，反倒比先前更加糊涂了。事关重大，不确定这少年的身份，便不能确定青帝对段狂人与蜃楼城的态度，而这又可谓全局之关键。当下干笑几声，道："公子果然好身手。不过这几下连环腿五族之中皆有，也不能证明你便是青帝门下。如果公子不介意，老夫倒想与公子切磋几招。"

拓拔野有白衣女子幕后相助，胸有成竹，虽知他碧琴光刀威力惊人，心下却丝毫不惧，正要答允，望见十四郎恨恨地盯着自己，不由得怒从心起，哈哈一笑道："我素来尊老爱幼，岂能这般欺负你这么一老头儿？那个什么不三不四郎的，瞧你是个可教之才，爷爷我便点拨点拨你吧。"

十四郎微微一愣，怒火冲顶，褊狭暴躁的性情立时压过了先前的顾虑，暗想："小叫花子，你当老子怕你吗？"不顾科沙度的眼色暗示，冷冷道："恭敬不如从命。野公子，我便来讨教讨教你的惊世绝学。"

拓拔野嘿嘿一笑，将腰间断剑锵然拔出，亮起一道炫目的光芒。

科沙度见多识广，瞧见这断剑大吃一惊，失声道："无锋剑！"众人听见无不耸然动容。

无锋剑乃是木族七大神器之一，竟然在这流浪儿般的少年手中！这神秘少年究竟是何人？竟然持神剑，居圣地，难道真是青帝身边的要人？此番惊异远过于先前。

十四郎瞧见这无锋剑，气焰登时馁了一半。原本将信将疑的心中，又开始相信这少年是青帝门生。倘若如此，自己纵然胜了他，只怕于青帝面子也大大地不好看。

但若败了，岂不折了朝阳谷的威名？大战在即，自己可不能先堕了三军士气。可是话已说出，自是不能收回了，否则更是言而无信，辱及朝阳谷声名。

唯一之道，就是倾尽全力，平衡得当，与这少年斗个平手，双方皆大欢喜。倘若几招下来，瞧出他不是青帝门人，那便丝毫不能客气，将他大卸八块，方解心头之恨。

一念及此，十四郎恭恭敬敬地横鞭拱手道："野公子，咱们点到为止。"

拓拔野刚要踏步上前，忽然听到白衣女子微带愠恼的声音："公子，谁让你自作主张，点名道姓和他打啦？我不是早与你说过，这柄剑不要轻易出示吗？既然你这么有把握，那么你就自己和他动手吧，我可帮不了你啦。"

她先前传音入密，又以念力、真气遥控拓拔野施展"无边落木"，原是担心拓拔野毫无武功，被打得惨不忍睹。孰料这小子竟然得意忘形，自不量力，要与十四郎过招。要与人过招那也罢了，偏偏又要亮出无锋剑。这流言一起，匹夫怀璧，他今后还有宁日吗？担忧之下，竟然一反常态，嗔恼不已。

拓拔野听见她语含薄怒，顿时大为焦急："糟糕，我只顾自己威风，却将仙女姐姐的话抛到脑后，她自然要生气了，这该如何是好？"竟丝毫没有想到，倘若白衣女子不帮他，他怎能在十四郎鞭下避过几招。

来不及多想，十四郎一鞭已然抽到。

十四郎这一鞭原是"幻电玄鞭"的起式"玄蛇吐芯"，意在试探而不在伤人，他心中对此战颇存顾忌，这一鞭更未发出全力。岂料这一鞭斜斜劈下，拓拔野竟然闪都未闪，当肩被劈了个正着，"哎哟"一声，大叫着单膝着地。

这一下大出众人意料，无不失声惊呼。

十四郎更是始料未及。这一鞭击下时，他脑中甚至已想好了后面应对的种种招式，对方将会如何如何反击，自己又当如何如何还以颜色，不料只一下就没了后文。

时间仿佛凝固了，众人愕然地望着两人，一时反不知该如何是好。

拓拔野只觉肩头火辣辣地烧疼，拍拍裤腿，咬牙站直身，笑道："多谢。爷爷这一身衣服好久没洗了。难得你一番孝心，记得帮爷爷掸掸灰尘。"

科沙度电眼如炬，微微一笑，心道："没想到你小子这般不济。就这么一鞭便露出了底细。想来这柄剑多半也是捡来的。只是为何能跃到半空如许之久？连环腿也有如此威力？"他虽然老奸巨猾，一时也不能猜透。

科沙度暗暗给十四郎使了个眼色，十四郎再不答话，阴沉着脸，反手又是一鞭。

这一鞭比先前更快了几倍。

拓拔野只觉乌光一闪，左腿已被鞭子卷住，然后便腾空飞起。眼前明月松枝、亭台楼阁……急速乱晃，"砰"的一声，背部猛撞在地上，剧痛攻心，全身犹如散了架一般。

十四郎没想到这一击竟又如此容易得手，心道："这小子究竟是扮猪吃象，还是水仙不开花装蒜？哼，倘若真是装蒜，我便将他打成蒜泥！"当下抢身上前，左右挥鞭，如狂风暴雨般向他劈头盖脸地打去。

拓拔野瞬息间便被打出七八道鞭痕，衣衫本就褴褛，这一阵下来，更是丝丝缕缕，衣不蔽体。唯有胸膛处为了夹藏书籍丹药，多裹了几层布幅，又用手臂挡着，才不致春光乍泄。

所幸他服了神农丹后，纯阳真元沉于丹田，一经激发，立即从经脉护罩全身，所以虽然疼痛异常，皮开肉绽，却未有内伤。

他性子顽强，一边拿手臂、断剑抵挡，一边忍痛笑道："好舒服，好舒服，乖孙子按摩得爷爷我好生舒服。"

段聿铠原以为拓拔野必有不俗的武功，岂料几个回合下来，依旧只是挨打，心中大为着急，喝道："小水妖，你欺负一个小孩作甚？来来来，再与老子大战三百回合！"

弹身跳起，正待向十四郎冲去，却忽觉丹田一痛，经脉紊乱，真气在体内乱窜，全身酸软，登时又一跤坐倒。

原来他此刻体内真气正在经脉中游走调理，这一急起身，登时岔气，虽无大碍，却又得一时半刻方能起身。

正自焦急，突然身边一道白影急掠而过，那白龙鹿怒嘶长鸣，如狂飙般向十四郎扑去。

拓拔野见白衣女子始终不来救他，心中起了自怜自艾之意，倒希望自己在她面前被打得更狠些，不知她瞧见了心中会怎么想？眼见白龙鹿冲来，笑道："鹿兄，你别上来，瞧我怎样调教我乖孙儿。"

白龙鹿顿足嘶鸣不已，极是担心。

连吃了十几鞭，却始终没听见白衣女子说话，他心中没来由地一阵难过："拓拔野呀拓拔野，你当你自己是什么人？会让仙女姐姐为你担心？在她眼里你不过是个素昧平生的小乞丐而已。"一念及此，心中痛不可抑，哈哈大笑。

十四郎心中越来越肯定，这小叫花子先前不过是故弄玄虚而已。恼怒更盛，冷笑道："小子，你的嘴皮子倒比骨头还硬！"当下猛然增加力道，出鞭也更加刁钻诡异，"唰唰唰"一连三鞭，鞭鞭抽中拓拔野面颊，最后一鞭抽在他嘴唇上，登时肿起老高，鲜血长流。

拓拔野只觉湿热的鲜血从额上流入眼中，满脸火辣辣，疼得仿佛皮都要被揭下来了。心中又是悲又是怒，正想用手擦拭鲜血，眼见黑影纵横，对方又是几鞭打来，索性迎鞭而上，劈手夺去。

"啪"的一声，掌心热辣剧痛，就像被劈断了似的，五指一拢，竟然将那鞭鞘紧紧抓住，右手顺势紧握断剑，奋力朝十四郎砍去。

众人齐声低呼，惊异无比。

十四郎大惊，原以为他不过束手待毙，岂料轻敌之下，竟被他不顾生死抓住鞭子，闪电反攻。当下身形一转，堪堪避过，但那神剑锋锐无比，相隔数寸，左袖仍被凌厉剑气削去一块，臂上也被划破一道口子，鲜血长流。

十四郎又惊又怒，喝道：“小子敢尔！”猛地一脚猛踹，正中拓拔野胸口，顿时将他踢飞到丈余外。

拓拔野蜷起身，抚住胸口咳嗽，想要大笑，却笑不出来。白龙鹿悲嘶着奔到他身边，一边弯下脖子，舌尖在他脸上舔来舔去，一边朝着十四郎纵声怒吼。

十四郎视若不见，用手指蘸了蘸自己的鲜血，放在嘴中尝了尝，恨恨地瞪着拓拔野，一步步逼将上去。

段聿铠用力迫住乱窜的真气，豆大的汗珠流了满面，森然道：“小水妖，倘若你敢动他一根寒毛，段某便让你死无葬身之地！”

十四郎哈哈狂笑，挥手一鞭，“啪”地猛抽在拓拔野的大腿上：“段狂徒，你不过是鬼门关前的人，还敢说这话？我不仅要动他寒毛，还要将他大卸八块，瞧你又能将我怎样？”又是两鞭重重朝他脸上击落。

拓拔野闭眼微笑，心中气怒苦涩，忽然呼吸一窒，只觉一股强大的气浪陡然将他朝后一拉，既而向上反转抬起，登时雄赳赳、气昂昂地翻身站了起来。他心中大喜：“仙女姐姐！仙女姐姐！”

众人大奇，眼见他躺在地上，气息奄奄，怎么突然又生龙活虎地跳将起来？正疑惑间，只见拓拔野疾进如风，拳如雨点，脚若闪电，刹那间将十四郎打得东倒西歪，向后跌跌撞撞退了十余丈！

十四郎心中惊怒迷惑，一片混乱，耳边忽听拓拔野气喘吁吁的笑声：“孙子不肖，吃爷爷一掌！”右颊顿时烈火炙烧般疼痛，瞬间肿起老高。

又听见拓拔野笑道：“嘴巴太贱，须得封上。”十四郎嘴唇如被烙铁击中，痛得麻木不已。

最后又听拓拔野笑道：“心地太坏，爷爷替你修理修理。”十四郎胸膛重重被踹中一脚，登时剧痛攻心，腾云驾雾般地飞了起来，就此不省人事。

第四章 水妖龙女

明月高悬，四野沉寂，唯有风声入松，虫鸣不已。

众人面面相觑，目瞪口呆，眼前变故实在太为突然，大大出乎意料。片刻前，十四郎还趾高气扬，对着几已不能动弹的拓拔野横眉扬鞭，谁想转眼之间，情势竟完全逆转。拓拔野这连环猛击速度之快，实如迅雷不及掩耳，匪夷所思。

唯有科沙度与段聿铠隐隐瞧出了些许端倪。两人不约而同地想，这小子先前明明已气息奄奄，竟能瞬息间龙腾虎跃，一招制敌，太过蹊跷。此前连环腿击败唐七，也颇有可疑之处。唯一的解释便是，定有人在背后以念力或高强真气遥控相助。

科沙度瞧了一眼段聿铠，见他也正疑惑地向院里望去，心下更是一片雪亮，挥了挥手，众黑衣大汉立即抢身上前，将十四郎抬到一旁，敷药包扎。

白龙鹿欢嘶不已。拓拔野借着白衣女子的力量，刹那间便打倒了骄横不可一世的十四郎，快慰无比，想到仙女姐姐终究还是看不得他挨打，出手相助，心中更是欢喜。正想掉头朝朝阳谷众人得意微笑，岂料白衣女子的力量突然消失，脚下一软，跌坐在草地上。

科沙度朝着庭院朗声道："敢问何方高人，能否现身一会儿？"他此刻心中已然笃定院中的那人定然不是青帝。依照青帝脾性，必不会暗中相助，而不现身。但此人竟能遥控拓拔野，瞬息击倒十四郎，绝非常人。他想来想去，也想不出究竟是谁。

院中寂然无声。

段聿铠嘿嘿笑道："可笑，可笑之至！打不过别人，便用这法子来遮羞吗？"

科沙度心中大怒，但心想那神秘人似敌非友，修为深不可测，倘若当真斗起来，只怕自己也未必是对手。况且十四郎伤势不明，己方士气低落，明显处在下风，唯有暂时避一避。这段狂人先由得他猖狂，横竖方圆千里，水族已经布下天罗地网，还怕他插翅飞走吗？

当下向那院子拱了拱手，道："不知朝阳谷何处得罪了阁下，竟与我等为难？所谓冤家宜解不宜结，倘若朝阳谷无意间有冒犯之处，还请阁下多多担待。"等了片刻见仍无反应，只得道，"既然如此，青山常在，绿水长流，总还有相会的时候。今日我等就此别过。"

言毕挥手而退。众黑衣人抬着十四郎朝山下走去，来去如风，转眼间便走得干干净净。

段聿铠气息已大大顺畅，勉力爬起，朝拓拔野走去，抱拳正色道："小兄弟，大恩不言谢。段某这条性命是你捡回来的，今后但有差遣，只要不违背良心道义，段某一定替你办到。"

拓拔野浑身无力，脸上伤口仍在热辣辣地作痛，连连摆手，龇牙咧嘴地笑道："你的性命可不是我救的……"

他正要说"是仙女姐姐救的"，耳边又听见白衣女子淡淡地说道："公子，你我相逢之事请勿向第三人说起。"顿了一顿，低声道，"这人是蜃楼城的使者，你将神帝的血书交与他便可。江湖险恶，公子请多珍重。"

拓拔野心里一凛，难道她在与我告别吗？也不知哪里来的力量，猛地从地上跃了起来，朝院里奔去。奔得甚急，在大门处绊了一跤，继续连滚带爬地向前冲去。

只见院里月光如水，竹影摇荡，哪有半个人影？幽香犹在，丝丝缕缕钻入九转愁肠。

他心中刺痛，脑中一片空茫，望着那摇曳的绿竹，眼泪模糊了双眼。惊鸿一瞥，情根深埋，这一夜邂逅，竟让他自此永生难忘。

突然不知从何处飘来寂寥悠远的箫声，如孤云水影，若有若无，远远地去了。难道是仙女姐姐在与自己做最后的告别吗？他急忙发足狂奔，撞在段聿铠的身上，来不及说话，又朝外奔去。

月影斑驳，树木在两侧急速倒退。奔到那湖边竹亭内，空空荡荡，唯有石桌上玛瑙香炉，焚香犹未燃尽。

拓拔野将那香炉捧起，仔细端详，心中越发难过，不知今日一别，日后是否还有相见之日？心中凄惘、悲凉、迷茫……诸多情感涌将上来，翻江倒海，周身又说不出地疲乏疼痛，过不多时，便伏在石桌上沉沉睡去。

醒来时，已是翌日上午。阳光普照，湖光粼粼，玛瑙香炉焚香已尽，但那特殊的香气依旧萦绕周围。昨夜发生的事情登时一幕幕闪回脑中。

拓拔野猛地坐起身来，瞧见竹亭外天湖边，段聿铠在穿烤鱼片，白龙鹿在湖中惬意地游着，时而猛地扎入水中，叼出一尾鱼来。

段聿铠见他醒来，回头笑道："小兄弟，你肚子饿了吗？过来吃条鱼吧。"

拓拔野将香炉往怀里一塞，应诺一声，跳出竹亭，还未到湖边，突然湖水四溅，全身尽湿，白龙鹿从湖中闪电般扑出，将他扑倒，舌头在他脸上舔个不停，欢鸣不已。

拓拔野接过段聿铠抛来的鱼片，咬了半片在嘴里，将剩余半片塞入白龙鹿口中。

段聿铠道："小兄弟，我瞧你身上宝贝不少，却似乎不会武功、法术，这是为什么？"

拓拔野知他见多识广，又是一个磊落汉子，瞒他不住，也无须隐瞒，当下不好意思地一笑，将这两天发生之事完完本本地说与他听，只是根据白衣女子嘱咐，将她略去不说，而换成一个不知身份的蒙面人。

段聿铠听说神农物化，大惊失声，半晌惨然笑道："没想到神帝竟然死在了南际山上！原本还想请他老人家主持公道，现在可糟啦。"再听到神农将血书托拓拔野，送交青帝与蜃楼城乔羽，脸上变色，连声音都有些发颤："小兄弟，我便是从蜃楼城来的。能将这血书给我看看吗？"

拓拔野早已知道他是蜃楼城的人，又经仙女姐姐证实，料想他不远千里来此找青帝，只怕确与神农托付自己的事情大大有关，于是便将血书与神木令全交了给他。

段聿铠只瞧得片刻，便"啊"地跳将起来，一把抱住拓拔野，哈哈大笑道："这回蜃楼城五万百姓有救啦！小兄弟，你可真是我们的福星！"欣喜若狂，热泪忍不住夺眶涌出。

拓拔野虽有些迷惑不解，但看他这么欢喜，心里也不由得大感快慰。

段聿铠抹了把眼泪，有些不好意思，松开手笑道："小兄弟见笑了，老哥哥我一高兴就忘形。嘿嘿，神帝这封血书，可是蜃楼城里五万百姓的救命稻草。"

拓拔野心想自己任务总算完成了一半，却还不知血书中说的是什么事，当下问道："段大哥，你说能救五万百姓，这是怎么回事？"

段聿铠道："说来话长。小兄弟，既然你是神帝的使者，不如你还是随我去一趟蜃楼城，路上我将这前后因果讲给你听。"生怕拓拔野不去，又加了几句，"蜃楼城是大荒最美丽的海上岛城，好玩得紧。你到了那里就是我们的贵客，想住多久便住多久，最好永远也别走啦！"

拓拔野本就四海为家，习惯了到处流浪，听说那里好玩，登时大感兴趣，心想反正神农便是要让他将这血书交与蜃楼城主乔羽的，眼下又多了一位导游，那自是再好不过啦，当下点头应允。

段聿铠大喜，道："太好了！事不宜迟，咱们现在就出发！"依旧将血书包裹神木令，交还给拓拔野。

两人骑上白龙鹿，向山下进发。白龙鹿见段聿铠要跨将上来，似乎颇不情愿，嘶鸣着昂首踢蹄，待到他骑上来后，又猛烈颠簸了一阵，险些将拓拔野抛了下去。费了半晌工夫，白龙鹿方才不情不愿地朝山下奔去。

山路极陡，下山时远比上山惊险，所幸白龙鹿没再使性子，奔跑如飞，又平又稳。有几次腾越时，拓拔野身上无力，险些翻身摔落，亏得被段聿铠及时拉住双臂，方才稳住。

两人一兽有惊无险地奔了不到半个时辰，终于下了玉屏峰。

段狂人对附近地形了如指掌，指引着白龙鹿抄捷径，向千里之外的蜃楼城一路疾驰。

出了玉屏山，便是万里平川。东北方，那蓝天碧野交接处，一条黛青色的山脉蜿蜒起伏。段聿铠指着那远山道："以白龙鹿的脚力，今天日落前，我们定然可以赶到那东始山。"

云淡风轻，白龙鹿跑得飞快。途中，段聿铠将蜃楼城、青帝与朝阳谷之间的种种瓜葛断断续续地说了一遍。

原来三十年前，蜃楼城本是木族城邦，是木族与水族在东海的交界点。蜃楼城主乔羽和段聿铠等人那时都是木族中颇有声望的年轻高手，列身当时"大荒八十一勇士"。

大荒553年，水族黑帝闭关苦修，将族中之事交与圣女乌兰丝玛与四大水神之首的"黑水真神"烛龙共同执掌。当年年末，水族碧藻城因反对烛龙而被灭城，城主季晟山被杀，其妻携子女、千余难民奔投木族。

青帝不愿因此与水族生隙，以昔年五族大荒书规定五族不得干涉彼此族内之事为由，拒绝收留。碧藻城妇孺老弱闻讯纷纷自杀。

乔羽、段聿铠等人心中不忍，将剩余难民收入蜃楼城。烛龙虽碍于青帝之面，未再追究，但青帝以为蜃楼城此举，乃是对他的大大不敬，一怒之下在长老会议中决议将蜃楼城众人赶出木族，永不往来。

神农为免蜃楼城遭受刀兵之祸，特下令封蜃楼城为“自由之城”，独立于大荒五族之外。

自此之后的几年中，五族中皆有大量难民慕名涌入蜃楼城，蜃楼城因此成为各族难民的庇护所、游侠的圣地。但一旦进入此城，将永不能回归五族。故蜃楼城除了“自由之城”的雅号外，还有别称“不悔城”。

拓拔野听得津津有味，道：“段大哥，这么说蜃楼城里全是不受五族欢迎的人喽？”

段聿铠哈哈笑道：“那也不一定。不过很多人确实都是不满族内的统治，才投奔蜃楼城的。但是蜃楼城也并非人人都可以进来。倘若是在族内作恶多端而被驱逐出来的，我们断断不会收留。”

拓拔野道：“那么神帝血书中说的又是什么事呢？段大哥你又为何到这玉屏山来寻找青帝？”

段聿铠嘿嘿一笑，道：“一个月前，蜃楼城外东海上，许多渔船纷纷沉没，都说是撞见了裂云狂龙。”

拓拔野奇道：“裂云狂龙？是什么东西？”

段聿铠道：“水族的灵兽，也不是什么了不得的凶兽。所以当时乔城主就带了一些人出海，想将这禽兽降伏了。谁想没有遇见裂云狂龙，倒遇见了大荒十大凶兽之一的蓝翼海龙兽。传说凶兽一旦出现，天下便要大乱。”

拓拔野吐舌笑道：“这等厉害！”

段聿铠道：“那日乔城主拼着命斩杀了蓝翼海龙兽，自己也受了极重的内伤。我们原以为这事已经了结。岂料过了半个月，水妖朝阳谷来了使者，竟然说那蓝翼海龙兽是朝阳谷的护谷圣兽，乔城主杀了怪兽，便是与朝阳谷为敌。当时便向我们下战书约战。”

拓拔野早已瞧朝阳谷十二分不顺眼，同仇敌忾，怒道：“奶奶的，哪有这等不讲理的！”

段聿铠冷笑道：“水妖要是讲理，那还叫水妖吗？朝阳谷天吴那个老狐狸，瞧见乔城主身受重伤，蜃楼城力量大损，竟然趁火打劫，真他奶奶的不要脸到了极点。”

他越说越生气，猛地一拍大腿道：“不过最可气的还是灵感仰那老匹夫。蜃楼城上上下下许多人，不管怎么说，当年都是木族中人。我和乔城主你可以不管，但这些老百姓你可不能不救吧？可是这个老匹夫竟然对水妖说，蜃楼城早就不是木族城邦了，他管不着，爱咋的咋的。”

拓拔野恍然道：“所以段大哥这才大老远跑来向青帝讨个公道？”段聿铠道：“对。老子一路上杀了几批水妖，千辛万苦才赶到玉屏山，谁想那个老匹夫不敢见我，竟然脚底抹油，溜之大吉，真他奶奶的不要脸！”

拓拔野点头道：“敢情神帝那张血书，也是让青帝出面化解这场事端了？”段聿铠叹道：“想来神帝听说了这事，来不及赶到蜃楼城，就在南际山顶百草毒发了，不得已之下，才请小兄弟你拿血书请灵感仰出面调停。”

拓拔野皱眉道：“眼下咱们没找着青帝，这血书还有用吗？”段聿铠笑道：“当然有用。这封血书加上神木令，那便是神帝亲临。即使没有灵感仰，天吴也要乖乖地退兵。”

正说话间，西北边突然雷声隐隐。两人抬头上望，碧空万里，艳阳高悬，哪有变天的迹象？

雷声滚滚，越来越响。两人循声望去，只见西北边山脚处冒起阵阵烟尘。白龙鹿昂首长嘶，极为兴奋，似是遇见了什么有趣的事情一般。

段聿铠面色微变，翻身落地，将左耳贴在地上听了片刻，跳起身来道：“不好！像是大批怪兽朝这里奔来了。咱们得快些走。”拓拔野闻言反倒大感兴趣，张望不已。

段聿铠跃上鹿背，双腿一夹鹿腹，想催它快跑，岂料白龙鹿丝毫不理会，只是原地打转，嘶鸣不已，直到拓拔野拍了拍它的脖颈，方才恋恋不舍地朝着东北方飞驰而去。

西北那烟尘越来越浓，声音越来越响，拓拔野终于听清，不是雷声，确实是千万兽蹄同时奔跑发出的震天巨响。

白龙鹿欢声长嘶，远处突然传来一声怪异的吼声。

拓拔野心中好奇，转头眺望。那尘土迎风怒卷，遮天蔽日。突然，从那灰蒙蒙的尘土间，奔出了一只巨大的怪兽，然后是第二只，第三只……成千上万的怪兽瞬息间同时涌现！挟带着漫天尘土，向着他们狂风怒涛般地席卷而来。

蹄声隆隆如急风暴雨，大地仿佛都开始晃动起来。万千嘶吼鸣叫声此起彼伏，如同惊涛骇浪，震得拓拔野的双耳嗡嗡作响。

两人一兽急速狂奔，左侧遥遥处，无数怪兽如怒海般汹涌奔流。

段聿铠大声道："这些怪兽不知受了什么惊骇，才会这般玩命地狂奔。"拓拔野从未见过这等盛况空前的壮观场面，心中激动远胜于恐慌，忍不住大声长啸。

段聿铠心想："这小子不知天高地厚，可没想到兽群冲将上来，会将自己踏成肉泥。嘿嘿，我段某号称狂人，竟然比不上这小子啦。"他微微一笑，也仰天长啸。啸声激烈壮阔，在这一片洪声巨响中竟然清晰激越。

白龙鹿听见二人长啸，亦跟着昂首嘶吼。奔在最前面的那数十只怪兽离他们尚有千丈之遥，听见白龙鹿的吼声突然惊慌失措，尖叫着乱作一团。后面的兽群涌将上来，登时将它们踏倒。

一时间悲鸣四起，尘土迸扬，兽群如撞击在礁石的巨浪，四面八方地奔散开来。

蓦地，从西北边远远地传来奇异的号角声，宛如鬼哭狼嚎，说不出地难听可怖。兽群听见号角声惊惧更甚，继续潮水般向东边涌来。

段聿铠眯了眯眼，冷笑道："我当是谁，原来是水妖龙女。"他嘿嘿一笑道，"小兄弟，这吹号角的是朝阳谷的妖女，这些怪兽都是怕她怕得紧，才这般没命奔逃的。"

拓拔野大感兴趣，道："难道她有三头六臂吗？"

段聿铠哈哈大笑："三头六臂没有，倒有三宫六……"他一想拓拔野还是毛头小子，当下住口嘿嘿而笑。

拓拔野瞧他笑得怪异，心下更为好奇，当下道："段大哥，不如咱们去会她一会？"

段聿铠哈哈大笑，摇头道："小兄弟，倘若是平时，我定然带你去见识见识。只是今日我们身上的这些东西太过要紧，什么也比不上及时赶回蜃楼城重要。"

拓拔野虽知如此，却依旧心痒难耐，究竟是何方神圣，竟能让这千万怪兽惊怖如此呢？

距离东始山不过十余里了，日已西斜，晚霞如火，在天际流转变幻。

那群怪兽越来越多，越奔越近。冲在最前的是数十只插翅豹，时而狂奔，时而滑翔。朝后望去，各种怪兽皆有，一大半是拓拔野见所未见的怪物。不时有怪兽力竭摔倒，被踩成肉泥。

号角声渐渐转高，激越入云，兽群惊怖益盛，悲吼着相互践踏，转眼便有数百只龙马、羚羊被沙皮象等巨大怪兽踩倒，淹没在万千蹄掌之中。

拓拔野瞧得心下不忍，愤愤道："奶奶的，哪有这么打猎的！"段聿铠嘿嘿笑道："小兄弟，她要捕猎的，可不是这些禽兽，而是咱们。水妖为了堵截蜃楼城的救兵，早已在方圆千里内布下了重重阻兵。老哥哥我来的时候就是杀了几批水妖闯过来的。"

拓拔野"咦"了一声，笑道："难道你说的那水妖龙女会算命，竟然一早就知道咱们会上这儿吗？"

段聿铠道："水族法术中原本就有'洞渊眼'。要瞧见咱们那也不是不可能。况且昨夜，小水妖被你打成重伤，科老妖灰溜溜地撤走，必不甘心，定然要在这里埋下伏兵。"

拓拔野艺虽不高，胆却颇大，听了倒颇为兴奋，笑道："段大哥你武功盖世，小弟我洪福齐天，加在一起百战百胜，怕她作甚！"

段聿铠被他激起满腔豪气，哈哈大笑道："小兄弟，想不到你年纪轻轻，便和我段狂人一样胆大包天。好，咱俩一起携手并肩，杀他个落花流水……"

话音未落，忽然听见一个阴阳怪气的声音说道："一个是年少无知，不知天高地厚，一个是老而糊涂，自欺欺人，加在一起必死无疑！"

声音来自后上方，循声望去，只见半空中一个人面鸟身的怪物嗜嗜而笑，满面狰狞。拓拔野吓了一跳，笑道："段大哥，这个鸟东西又是什么玩意儿？"

段聿铠冷笑道："这是水妖的家奴，专门伸头探脑通风报信的。是水妖里第一等下贱的东西。"

原来这怪物名叫般旄，原本是朝阳谷的家奴，因罪受罚，被天吴用法术封印成似鸟似人的怪物，成了刺探消息的信使。性情阴鸷，喜欢搬弄是非，不仅在其他各族中臭名昭著，即便是在水族内，也深为人所厌恶。

般旄大怒，嗜嗜怪叫，突然扑将下来，它不敢袭击段聿铠，只是向拓拔野探爪抓去。

段聿铠哼了一声，右手屈指而弹，一颗绿色光球从指尖激射而出，将般旄打个正着，鲜血激射。那怪物惨叫一声，扑腾翅膀着朝上疾退，嗤嗤怪叫着，远远地逃走了。

眼见已到东始山脚下，段聿铠道："小兄弟，这畜生定然报信去了。眼下水妖势众，咱们倘若还这么朝前走，只怕要落入他们的埋伏中。不如我们分头走。老哥哥我先去引开水妖，他们不知道你身上的血书，定然想要拿我。你先越过这东始山，到山阴东面的那个大水潭等我。我带水妖兜个圈，明日一早必在那里与你会合。"

拓拔野知道他担心自己受累，这才冒险引开追兵，倘若自己不答应，只怕他更为着急，且徒然浪费时间，当下点头答应。

段聿铠拍拍他的肩膀："小兄弟，能认识你当真是我段某的福气。"顿了顿道，"老哥哥还想向你借这白龙鹿一用。它脚程极快，定然可以甩开水妖。"

拓拔野抚摩白龙鹿脖颈，在它耳边道："鹿兄，这位段大哥是我们的好朋友。你一定要带他脱险。明天一早，咱们自会再见面。"

白龙鹿扭颈嘶鸣，极是不舍。

段聿铠叹道："小兄弟，不知道你有什么魔力，这白龙鹿原是水族极为凶顽的灵兽，许多水妖也降不住它，怎么偏偏就与你这般亲热？"

当下从怀中取出一张一人大小的淡绿色薄纱，道："这是隐身纱，你只需将自己裹在里头，旁人便瞧不见你。你先裹上它，在山上避一避，待到水妖过去了，你再翻山过去。"

拓拔野心下感动："这等救命的宝物，段大哥自己舍不得用，却将它借了给我。这等好朋友，真是没的说。"点头接过。

段聿铠回头瞧那兽群越来越近，排山倒海地涌将过来，当下道："事不宜迟，明日水潭相见。"双臂一振，将拓拔野高高抛起，稳稳地落在东始山的丘石上。

白龙鹿昂首奋蹄，嘶鸣不已，在原地转了好几圈，这才恋恋不舍地朝东电掣而去。

拓拔野脚下巨石离地约有六丈高，正是绝佳的观景台。四周绿树环合，夕阳挂梢。他索性坐了下来，将那隐身纱围住全身。过了半刻钟，那兽群奔得近了，身下巨石都开始颤动起来。

兽群未到，尘土先行。刹那间狂风卷舞，灰蒙蒙的尘土漫天席地盖了过来，周遭一片昏暗。

万兽奔腾，大地震动。

突然，一只插翅豹闪电般掠过，既而是第二只，第三只……无数怪兽狂潮怒浪般卷掠而过。

拓拔野从未在如此近的距离瞧见如此多的怪兽齐头狂奔，心脏怦怦乱跳，兴奋不已。他突然想起了几年前在东海险崖上俯瞰怒潮的情景。“浪涛”不同，壮观仿佛。

耳边隆隆作响，除了强烈的震动与嘈杂的嘶吼声，什么也听不见了。脚下兽群席卷，汹涌呼啸，龙马、狮虎、牛群、沙皮象……穿梭如流，偶有巨大不知名的怪兽奔腾而过，所夹带的凛凛狂风险些将他卷倒。

夹在中间的是数百只巨型龙兽，所过之处飞沙走石，就连山上的树叶也跟着簌簌飘落。一只双头龙兽不知被什么绊倒，狂吼一声，有如小山倾倒，横阻在路当中。

后方惊嘶四起，灵巧些的动物纷纷转向，如潮水般分流；那些动作稍迟缓些的，避之不及，纷纷冲踏而上。那双头龙兽吃痛狂吼，巨尾横扫，顿时将踩撞上来的猛兽甩飞出去，两只野猪重重撞在山岩上，摔将下来，又被纷至沓来的兽群如潮淹过，顷刻毙命。

那诡异的号角声更加近了，每吹一声，兽群便惊慌狂乱，自相践踏。

一只长牙猛犸狂性大发，悲吼声中长鼻卷舞，将周围的其他猛兽卷住，四下乱抛。几只独角羊被高高抛起，落下时正好接连撞在盾甲剑犀的犀角上，立时肚破肠穿。

南侧一只野牛受了惊吓，低颈狂冲，猛地将利角扎入前方狼马的后臀，狼马长嚎声中，一口又咬在旁侧羚羊的脖颈上。兽群顿时一片混乱，就如同乱石中的急流，回旋激撞。

“砰”的一声，一只健硕的豹尾羊被猛犸用力甩起，在空中画过一道优美的弧线，重重地摔在拓拔野身前，四脚抽动，眼见是活不了了。

拓拔野吸了口气，喃喃道：“多谢猛犸兄，小弟今晚不用打猎了。”话音未落，又有几只野兽被摔飞上来，乒乒乓乓地撞在一起。

接着上空“咿呀”连声，几只翼龙鸟张翼滑翔，从他头顶掠过，突然变向俯冲，抓起眼前的猛兽尸体，呼啸而去。

号角声越来越近，兽群狂奔，后面的数百只猛兽惊骇若狂，竟然自己猛撞山壁，倒地身亡。

过了一刻钟，兽群怒潮终于奔流而尽。

尘烟漫舞，声如潮去。几十只跑在最后的猛兽悲鸣不已，纷纷倒地，双目哀怜地瞧着后方，全身簌簌发抖。

拓拔野心中升起寒意，不知那水妖龙女究竟有何等手段，竟让这些狂野的灵兽如此畏惧？

号角声连绵不断，鬼哭狼嚎，他呼吸一窒，心脏仿佛随着那号角声忽而狂跳，忽而停顿，难受已极，一丝又麻又痒的感觉从心肺处缓缓升起，爬过胸腔，爬过嗓子眼，又向头顶爬去……

拓拔野心中一凛："好奇怪的感觉！定然是这号角声的古怪。"忙用手指死死堵住耳眼。虽然仍能听见号角，但那瘙痒难过之意已大大缓减。

却见那数十只野兽满地打滚，发狂似的嘶吼悲啸。那号角声突然停了下来，猛兽也跟着立时停止嘶叫翻滚，伏在地上一动不动，死了一般。

拓拔野缓缓松开手指。四周死一般的沉寂。微风吹过，树叶沙沙作响。

忽然听见了轻缓有序的足蹄声，听来像是几十只巨型猛兽一齐行进的声音。然后响起一个慵懒娇媚的声音："那白龙鹿倒跑得真快，发狂的兽群都追它不上。"

拓拔野心中怦然一跳，这声音甜腻入骨，倒像在哪儿听过似的。忍不住从岩石后伸出头，想瞧瞧发出这般动听声音的究竟是怎样的女子。

刚一探头，便吓了一跳，只见数十只巨大的怪兽昂首并进，每只怪兽皆高三丈，龙头象身，遍布鳞甲，四蹄有鳍，肩处均有一对肉翼。

每只象龙兽的耳朵都用丝绵堵住。背上均坐着一个黑衣人，背负长刀。瞧那装束，似是朝阳谷水妖。

再往后看，眼前一亮，差点儿吹出一声口哨。那群象龙兽正中，是一只格外高大狰狞的黑色龙兽，昂首睥睨，极为凶暴倨傲，龙兽背上赫然坐着一个美若天仙的女子。

那女子发红如火，肤白胜雪，穿着黑丝长袍，领口斜斜直抵腹部，酥胸半露，一个碧玉环子为纽扣，在腰下裁开，莹白修长的玉腿一荡一荡。她双眉如画，眼波似水，浅浅的一抹微笑，瞧起来风情万种，妖冶动人。耳垂有两个黑色的耳环，细细一看，竟是两条长三寸的小蛇。

这女子比之仙女姐姐，虽不如她清丽脱俗，不食人间烟火，但美艳妖娆，浮凸勾人，更为鲜活，尤其对少年男子更有莫大的魅惑力。

拓拔野看得口干舌燥，瞥见她纤腰斜斜挂着一只淡青色的透明弯龙角，心中突然一凛："是了！难道这美女便是段大哥所说的水妖龙女了？方才的号角声也是她吹出的吗？"

果然，头顶又传来啫啫之声，那人鸟怪物"般旄"扑扇着翅膀，落在一只龙兽的颈上，朝着黑衣女子恭声道："亚圣女，段狂人骑着白龙鹿逃往东南方，那男孩却不见了。"

黑衣女子咯咯笑道："段狂是想和我捉迷藏吗？我可累啦，叫科沙度陪他玩儿吧。那男孩嘛，伤了十四郎，总得找到他给十四郎赔礼才是。"突然眼波一转，朝拓拔野这儿瞟来。

拓拔野大吃一惊，连忙缩身后退，想起自己裹着隐身纱，心中稍定。

那黑衣女子媚眼如丝，竟朝着他嫣然一笑，酒窝深深，眼中仿佛要滴出水来。拓拔野心里一阵乱跳："难道这妖女竟会瞧得见我吗？"瞧着那妖冶的笑容，目眩神迷，脑中空白。

黑衣女子微笑凝视着他，樱唇微启，齿如编贝，轻轻地咬了咬丰盈鲜艳的下唇，右眼微微一眨，突然发出一串银铃般的笑声，拍了拍龙兽脖颈，电掣而去，远远地抛下一句："段狂就留给科沙度，我可不管啦。"

众人扬鞭，象龙兽奔驰如飞，尘烟弥漫，转眼间消失得无影无踪。般旄也啫啫怪叫着盘旋腾空，朝东南方飞去。

过了半晌，烟尘渐渐散尽，满地的怪兽缓缓地爬了起来，茫然四顾，一瘸一拐，呜咽悲鸣，渐渐走得干干净净。远远地，从那天地交接处，又传来号角凄越之声。

拓拔野长嘘了一口气，将隐身纱取下卷好，满腹心事地朝山上走去。不知那妖女方才瞧见了他吗？倘若瞧见了，又为何不将他擒住？段大哥和白龙鹿能否逃出水妖的追堵呢？

他猛地甩甩头，抛除杂念。当务之急，便是找一条捷径，穿过这东始山，明日天亮前，赶到山阴东北的水潭。

当下他从怀中取出《大荒经》，找到“东始山”那页查看。“东始山上多苍玉。有木焉，其状如杨而赤理，其汁如血，曰芑，可以伏兽。泚水出焉。东北流注于海，于山阴成潭，多美贝，多紫鱼……”心中大喜，只要找到那泚水山溪，顺流而下，便可找到段狂人所说的水潭。

拓拔野自小在山野间流浪，熟知山形水势，很快便找到了东始山上唯一的山溪，顺流跋涉。

溪流清澈，游鱼可见，溪底果然遍布苍玉。

他拾了一些苍玉边掷边走，瞧见林木苍翠，间夹红色文理的杨树，想起书中所述，拔出断剑在这芑树上轻轻划了一道口子，登时冒出一股殷红色的汁液，流淌如鲜血。探头舔了舔，味道酸甜，倒也颇为爽口。

此时日已西沉，暮色渐重，拓拔野不由得加快了步伐。一路上未见任何野兽，连归林倦鸟也未见一只。想来是让那黑衣女子的号角给吹跑了。那黑衣女子瞧来那般美艳动人，难道真是个心狠手辣的女魔头吗？想到那黑衣女子的绝世风姿，心中又不由得怦怦大跳。

他不住地将这黑衣女子与昨夜的白衣女子相比较，相比之下，还是白衣女子让自己更为倾倒，确非黑衣女子所能及。然而黑衣女子的诱惑力鲜活生动，也是难以抵挡。他心猿意马，猛地举起手狠狠摔了自己一个耳光，喃喃道：“段大哥身处险境，你却记挂着追杀他的妖女，当真是浑蛋一个。”

定了定神，抬头望去，月朗星稀，已是入夜，却不知段大哥摆脱了水妖没有？

这一路胡思乱想，顺流徒徙，不知不觉又走了两个时辰，终于越过东始山，来到那东北面山脚的水潭。

东始山山势不高，泚水汩汩流淌，幽然成潭，潭水漫过周遭巨石，蜿蜒成溪，迤逦朝东。

水潭周围尽是高挺茂密的芑树，枝叶参差，层层叠叠，暗影投映，只有潭中心被明月照得雪亮。潭西一块巨石桀然兀立，石上平整宽阔。

拓拔野双手一撑，跃上石去，在那巨石上舒舒服服地躺了下来。双手枕于脑后，跷着二郎腿，仰望星群。凉风习习，枝影婆娑，两天来从未这般放松过。

他想着这两日来的奇特遭遇，神农、白衣女子、段狂人、朝阳谷水妖、黑衣女子、白龙鹿……穿花舞蝶似的从眼前一一闪过，困意逐渐涌将上来，过不多时，沉沉睡去。

也不知过了多久，耳边仿佛听见有人呢喃之声，温柔娇媚，身在梦中也不由得面热耳烧起来。

他猛地睁开眼，坐了起来。石上空荡，并无旁人，环首四顾，大吃一惊，“啊”的一声惊呼。

潭中碧水荡漾，月光照得明亮，一个红发女子侧身背对着他，不着寸缕地站在水潭中央，一边用手撩水，泼洗着自己浮凸玲珑的身子，一边低低地哼唱着他梦中听到的似歌非歌的曲谣。腰身盈盈，不堪一握，衬着那湿漉漉的火红长发，更觉肌肤晶莹如雪。

拓拔野咽了一口口水，揉了揉眼睛，确定这并非梦境。心中突突乱跳，长了这么大，从未见过裸体的女子，一时间连呼吸都险些停止。

那红发女子慢慢地转过头，月光倾泻在她妖媚的脸容上，美目流盼，唇如花开，嫣然笑道：“小鬼头，还没瞧够吗？”容光艳若桃李，妖娆夺目，赫然竟是那黑衣女子！

拓拔野目瞪口呆，冒出一身冷汗，刹那间心中转过千万个念头，这妖女是无意间到此，还是故意在此等候？难道她已经知道他是谁了吗？倘若如此，段大哥是否已经落入水妖的手中呢？自己是应该立即逃之夭夭，还是静观其变？

目光四扫，不见其他黑衣人，只有那只黑色象龙兽昂首伫立潭边。念头百转，瞬间已做出了决定，事已至此，只能镇定应变，探出妖女口风，再觅机逃走，或者寻法救出段大哥。

当下索性双手撑在身后，笑嘻嘻地道：“如此良辰美景，再加上这等美貌的仙姑，怎么瞧得够？”

那龙女咯咯笑道：“啊哟，年纪轻轻地便如此口甜舌滑，倒真讨人喜欢。”缓缓转过身，正面对他，双臂高高举起，到脑后盘卷秀发。姿势曼妙，瞧得拓拔野呼吸如窒，眼都有些直了。

见他魂不守舍的模样，龙女似乎颇为欢喜，双眼火辣辣地盯着他，眼角眉梢尽是浓浓春意。

却不知拓拔野虽然血气方刚，却绝非单纯好色之徒，这等关键时刻，更知当收敛心神，神魂颠倒的模样倒有七成是装扮出来，故意迷惑龙女的。

龙女脸颊晕红，哧哧笑道：“小色狼，先前在那山上，两只眼睛就瞧成这样了吗？”拓拔野心中一沉，暗呼糟糕，却故意装傻道：“山上？难道仙姑在山上看见我砍柴吗？”

龙女啐了一口，笑道：“坏小子，既然知道我是仙姑，还想骗我吗？你身上的味道姐姐可闻得清清楚楚呢。”

原来这龙女乃是水族朝阳谷天吴的妹妹，东海雨师国国主，芳名雨师妾，善驭龙，故号龙女。但她声名最昭著之处却是喜好男色，尤喜年轻男子。

她天赋异禀，可以在很远的地方闻着男子的味道，并可以根据气味品鉴出男子的长相好恶。

是以下午拓拔野虽然隐身，却依然被她发觉。她闻着拓拔野身上的气息，立即大为倾倒，那气味中有说不出的阳刚之魅，比她闻过的所有男人都要美妙百倍。故而她虽猜出这隐身之人便是打伤侄子十四郎的流浪少年，却不忍当众将他擒下，支开手下后，独自循味而来，在水潭处将他觅个正着。

当时瞧见拓拔野躺在巨石上，虽已睡熟，衣衫褴褛，却掩不住勃勃英姿，登时芳心大动，隐隐之中，又有一种说不清、道不明的奇异感觉，仿佛从前曾在何处见过这少年一般。

拓拔野不明就里，心中纳闷：“闻得见我的味道？在玉屏山下的河里，我可是洗过澡了。”低下头不住地嗅闻自己周身。

雨师妾瞧得有趣，忍不住咯咯娇笑，花枝乱颤，身上曲线也起伏不已。拓拔野咬牙拧了一把自己的大腿，暗暗道：“拓拔野，段大哥生死未卜，你可不能被这妖女迷惑。”

雨师妾嫣然笑道：“小傻瓜，既然你觉得身上有味道，不如下来和姐姐一起洗个澡吧。”

拓拔野想起怀中的神农血书与神木令，这两件东西事关重大，万万不能被妖女见着，当下强按住怦怦的心跳，结结巴巴道：“仙……仙姑，我娘不许我在姑娘面前脱衣服。”

雨师妾咯咯笑道：“小傻蛋，那你娘有没有不让你和仙姑一起洗澡呢？”拓拔野挠挠头，道：“我娘没说。”

雨师妾眼波如水，闪闪发亮，柔声道：“小傻蛋，仙姑不看你脱衣服，你脱完衣服再下来一起洗澡，好不好？”

语声沙哑柔媚，听得拓拔野浑身酥麻，心猿意马，忍不住便想跳下水去，暗想："罢了罢了，舍不得蚯蚓钓不着鱼，要打探出段大哥的消息，就得和这妖女周旋到底。"当下清了清嗓子，道："仙姑可不能骗我，你转过身，我脱了衣服便下去。"

雨师妾抿嘴而笑，果真转过身。

拓拔野以最快的速度从怀中取出血书、木令、书籍，指尖碰触到白衣女子留下的玛瑙香炉，那张清丽寂寞的脸容宛在眼前，心中陡然一震，顿觉眼下的自己竟是如此龌龊不堪，羞惭之念大起，愣在当场。

雨师妾柔声道："小傻蛋，好了吗？"

拓拔野猛地清醒过来，口中胡乱应诺一声，将所有东西用隐身纱裹好，塞到巨石下的缝隙里，正想逃之夭夭，又听见雨师妾咯咯笑道："小傻蛋，连衣服都不会脱了吗？让姐姐帮你吧！"

拓拔野呼吸一窒，只觉一股强大的气浪旋风般迎面卷来，将他的衣服瞬间剥离，落叶般散落一地，他就这么赤条条地站在月色中，站在那个妖媚女子的视线里。

又惊又窘，正不知该如何是好，忽然看见雨师妾耳垂上的两条小蛇动了动，接着乌光一闪，臂上刺痛，低头望去，那两条蛇竟已咬住了他的右臂。

拓拔野大吃一惊，抬头望向雨师妾，忽觉头昏眼花，天地旋转，一股妖异的炽热之气自丹田蹿起，顷刻间燃遍全身。

雨师妾缓缓升上水面，踏波款款行走，沙哑的声音在他耳边回荡："小傻蛋，别害怕，这两条催情蛇只会让你更加快乐的。尽管放松，让姐姐带你去一个最美妙的世界……"

拓拔野周身火热，血脉偾张，视野突然变成一片桃红色。黛紫色的夜空、红色的月亮、桃红色的美女、红发飘摇……周遭一切变得迷乱不堪。他听见自己急促的喘息、沉重而快速的心跳，喉咙与身体里仿佛有烈火在燃烧。

欲念如狂，世界纷乱，他听见雨师妾咯咯的娇笑声，闻到馥郁的体香，触手滑腻，感觉到曼妙的肢体如游蛇般缠绕上来，湿润温暖的嘴唇压在了自己的唇上。脑中轰然一声，发出一声怪异的怒吼，用尽周身力量，仿佛要将这怀中的女人寸寸碾碎！

月色温柔，夜风呢喃。碧潭中水波翻涌，岸边那只黑色的象龙兽冷眼旁观，摇了摇巨大的尾巴。

第五章 蜜意浓情

迷迷糊糊中，那股奇异的欲火越烧越烈，拓拔野脑中混沌，双手本能地搂紧怀中的女子，胡乱吻去。那咯咯的笑声、喘息声、呻吟声……在他耳边回旋跌宕，更让他意乱情迷，不能自已。

雨师妾双耳上的那一对黑蛇，乃大荒有名的“催情蛇”，是水族第一大神“黑水真神”烛龙在北海蛇岛寻着，送与她的。

雨师妾以七七四十九种媚药混合，制炼出当世无双的第一春药，日夜喂服这两条催情蛇，更使得蛇牙毒腺中尽是催情素。一经咬中，情欲高涨而不能自抑，非得立时寻欢不可。

龙女娇媚无双，世人见之已是难以自持，再加上这两尾蛇为红娘，可谓屡试不爽，也不知诱惑了多少年轻男子。

拓拔野正欲火熊狂，忽然听见两声淡淡而清远的箫声，遥远如皎月，短暂如流星，刹那间便淡不可闻。

他心中大震，如醍醐灌顶，瞬时清醒：“仙女姐姐！是仙女姐姐！糟糕！倘若被她瞧见我与妖女这样，我有何面目再去见她？”心中羞惭后悔之念翻腾汹涌，刹那间竟盖过了鼎沸的情欲。

瞬息之间，他对白衣女子与黑衣美人的比较立即有了结果。

他一口狠狠地咬在自己的左臂上，剧痛与血腥使他刹那间更清醒了一些，接着用尽周身力量，将怀中温软滑腻的胴体陡然朝外猛推，耳中听到雨师妾讶异的惊呼，背下一滑，被反推力送下巨石，“扑通”一声，冰凉彻骨，顿时掉入水潭之中。

潭水森冷，烈焰般的欲情瞬息冷却下来。拓拔野在水中舒展身体，潜泳了一阵，脑中也渐转清晰，想到那两声突然响起的箫声，急忙冲出水面，大声叫道：“仙女姐姐！仙女姐姐！”

夜空碧辽，树影四合，四下里一片寂静。只听见一个银铃般的笑声：“小傻蛋，是在找我吗？”

拓拔野大喜，扭头望去，心立刻又沉入谷底。雨师妾全身赤裸地坐在石沿，双腿摇荡，笑吟吟地瞧着他。

他心中失望，又是一阵难过，仙女姐姐定是瞧见我放荡不堪，生气走了。天地浩渺，又能上哪里找她解释去？

他猜得不错，那白衣女子虽然在玉屏山上与他悄然而别，但终究暗自牵挂，不知他是否能平安到达蜃楼城，在山下徘徊许久，又尾随而来。

她远远地跟在后面，只想护送他一程。岂料他竟把持不住，与这水族妖女缠绵，虽然是催情蛇之祸，但终究不可恕，恼怒之下，便想拂袖而去，但思虑再三，终于以箫声千里传密警醒，然后飘然而去。

雨师妾见他被催情蛇咬噬，竟能在情浓似火、欲发如狂时突然抽身而去，心中惊诧之极，十年来这可是第一个。想不到这少年竟有这等自制力，可谓异类。不恼反喜，越发激起了征服之念：“果然是上佳之品，难怪气味这般独特，可绝不能让他从手心里逃了去啦。”

见他失魂落魄地浮在潭心，半晌怔怔不语，只道这小子年少单纯，未曾见过此等香艳场面，茫然无措，当下招手笑道：“小傻蛋，快来姐姐这里呀。水里太凉，姐姐帮你暖暖身，好不好？”

拓拔野此时正说不出地失落难过，想到仙女姐姐将从此小瞧自己，永不理会，心如刀绞，顿时觉得万事了无兴味，懒得回答。

雨师妾叫了数声，见他只是不答，不由得着恼，难道这小鬼头当真吓傻了吗？娇嗔道：“小傻瓜，你要在这水里待到天亮吗？”

拓拔野心中一动，想起与段聿铠的约定，忖道：“是了！我须将她稳住，待到天亮，段大哥来此，必能将我救走。”当下振作精神，故意摇了摇头，作害怕状，道：“仙姑，你那两条蛇好生古怪，咬上一口，全身便像发烧似的，我可不敢上去。”

雨师妾扑哧一笑：“胆小鬼，小蛇有什么可怕的？你不喜欢，姐姐就将它们丢了。”果真伸手将那两条蛇摘下，抛了出去。手法奇准，两条蛇齐齐落入龙兽背上皮囊之中。

她被这少年激起了好胜之心，也不愿倚助春蛇，暗想，凭自己的妖娆娇媚，又岂能不叫这乡野小子裙下称臣？

不料拓拔野还是摇头道："不成，不成。仙姑会使妖术，让我浑身发热，生病似的，又舒服又难受。再说，我娘也不让我抱光溜溜的姑娘，要让她知道了，非打我不可。"

雨师妾柔声道："傻瓜，仙姑这不是妖术，这是仙法，让你做神仙一样地舒服快活。"

但任她如何引诱，拓拔野只是装傻充愣，胡扯八道。起初雨师妾还笑吟吟地挑逗，摆出各种让人血脉偾张的撩人姿势，见他始终呆子似的不解风情，终于越来越恼。

生平也不知有多少男子一瞧见她，便惊为天人，死乞白赖要做入幕之宾；今日倒好，栽在这个黄毛小子的手里，成了殊无吸引力的石美人。从未有过的挫败感涌上心头，与体内那炽热的情欲交织在一起，又怒又急，险些便想来个霸王硬上弓。

拓拔野见她柳眉微蹙，阴晴不定，心下也暗暗发虚，生怕她恼羞成怒，两条小蛇又飞将上来，咬上几口，从此一失足成千古恨，无颜再见仙女姐姐，当下大声道："仙姑，我上去了，但你可不能又用妖术让我生病发烧……"

雨师妾笑道："你乖乖地听姐姐话，姐姐自然会好好疼你。"素手招展，气浪卷舞，一记"碧海潮生"，登时将他从水中湿淋淋地吸了过来，不偏不倚地跌到她的怀中。

拓拔野正要逃开，已被她蛇一般的玉臂搂个正着，伸手去推，岂料正好按到那软香滑腻的胸脯，大惊之下只好松手，身子一歪，登时压到她的身上。

雨师妾脸上莫名地一阵烧烫，顺势将他紧紧抱住，笑吟吟地道："小坏蛋，现在这么不老实，就不怕你娘骂了吗？"

拓拔野情急之下，想起当日在山上遇见野熊，避无可避，索性倒地装死，从熊嘴下逃脱性命，今日情景仿佛，故技重施，当下双眼一翻白，假装昏迷。

雨师妾一怔，只道自己力道太大，将他搂得昏了过去，连忙松开手，小心翼翼地将他平放在巨石上，自己侧卧，将他轻轻抱住，一边掌心用劲，将真气输入他体内，一边在他耳边轻吻低语："小坏蛋，你可醒醒，别吓坏姐姐啦。"

拓拔野只觉一股真气窜将进来，在自己五脏六腑游走，说不出地麻痒，加之她又不停地在耳边亲吻呵气，强忍片刻便再也按捺不住，哈哈大笑起来。

雨师妾大喜，亲了他脸颊一口，道："小坏蛋，让姐姐白担心。"拓拔野见她满脸欢喜，语出真心，微微一愣，也有些感激。

他假意打了个呵欠，伸着懒腰，道："仙姑，我困了，明天一早，还要上山砍柴呢。不如早点儿睡了吧。"

雨师妾由他胡说八道，嫣然道："好啊，姐姐就陪小傻蛋睡觉。"左臂舒展，抱住拓拔野，将头靠到他的耳边，右腿横跨，压在他的身上。拓拔野不敢多想，将头一歪，过一会儿，鼾声大起。

雨师妾一怔，想不到他竟然真的睡了。凝视着他的侧脸，心中突然泛起奇异而温柔的感觉，这一幕似曾相识。但如此亲昵地与一个男子贴在一起，臂股相缠，气息互闻，却又已经是很久远以前的事了。

月光如水，林涛阵阵，身旁这少年的呼吸心跳清晰可闻，那阳刚醇香的男性气息丝丝脉脉窜入鼻息，令她说不出地安宁喜悦，过不多时，竟也沉沉睡去。

拓拔野只是假寐，并未睡着。鼻息间尽是浓香腻嗅，耳朵被她的发丝与气息弄得痒不可当，那柔软温暖的肢体缠绕周身，更令他心里突突直跳。心想，这妖女对他似乎也并无恶意，只是天生多情而已。但自己已对仙女姐姐情有独钟，因此无论如何也得守身如玉。

月已西沉，再过一个多时辰，天便要亮了。倘若天亮时段大哥来到此处，将他救出，那固然是好，但若是段大哥已经落入水妖手中，自己岂不是坐以待毙吗？不若眼下趁着妖女睡熟，先悄悄逃走，到天亮时再设法回来与段大哥会合。说不定还能设法救出段大哥也未可知。

当下将雨师妾的手臂轻轻抬起，搁到一旁，翻身下了巨石，探手入石隙，将那用隐身纱裹住的一包宝贝掏出。穿上破裤，正要蹑手蹑脚地离开，突然看见那只巨大的象龙兽冷冷地瞧着他，心中一动。

想起《大荒经》中所说，这东始山上芑树的汁水可以伏兽，想来也可以驯服这只怪兽。倘若如此，自己便可以用这芑树之汁驯服象龙兽，逃之夭夭。当下拔出断剑，在一株芑树上划出一道口子。剑锋入木，"哧"的一声轻响，在这拂晓时听起来格外清晰。

雨师妾翻了个身，口中低低地呢喃了一声。

拓拔野心中一紧，大气也不敢出一口。过了片刻，见她甜寐依旧，方才抽出剑，用竹剑鞘盛了那汁水，悄悄朝那龙兽走去。龙兽瞪着双眼，似乎颇为奇怪，不知他要做什么。

拓拔野也不知怎样用这芑树之汁驯服怪兽，正想喂他，却听见身后雨师妾冷冷地道："小鬼头，想要逃走吗？"

拓拔野心下大惊，转头笑道："我给仙姑的这头牛喂水呢。这牛长得好奇怪，一身鱼鳞，敢情是要在水里耕田吗？"

雨师妾屈腿坐在巨石上，似笑非笑地盯着他，眼中却冷冰冰的尽是嗔怒之意，淡淡道："你们这些臭男人，不管俊的丑的，大的小的，全都是薄情寡义的坏东西。臭小子，你也想趁我睡着，一走了之吗？"

这"也"字用得颇为奇特，拓拔野思绪飞转，心道："听这意思，难道这妖女从前被人甩过吗？这可糟了，老账新账全都算到我头上啦！"

正待撒腿飞奔，雨师妾突然探手在空中虚抓一把，又是那式"碧海潮生"，气流如旋，登时将他从地上拔起。拓拔野眼前一花，已然重重跌到巨石上，摔得浑身散架一般。

雨师妾探手去抓他的胸口，"咦"了一声，似乎颇为惊异。拓拔野暗呼糟糕，果然，龙女闪电般从他怀中掏出了那包东西，打开一看，花容失色，失声道："神木令？"

她眯着妙目，上上下下打量了他半晌，仿佛第一次看见，道："小坏蛋，这神木令你从哪里得来的？"

拓拔野心想事已至此，只有孤注一掷了，当下索性枕着双臂，跷起二郎腿，笑道："原来你也识得这神木令。见到神木令，那便是如神帝亲临。仙姑妹子，还不跪下接驾？"

雨师妾心中惊疑不定，难道这小子竟真是神帝使者？倘若如此，听科沙度所说，他与蜃楼城段狂人在一起，岂不成了朝阳谷的敌人吗？神帝又在何处？为何派了这小子，自己却偏不现身？

心念百转，脸上却是从容淡定，咯咯一笑，百媚横生，先前那幽怨愤懑突然无影无踪，伸手托起拓拔野下巴，凝视着他的双眼，哧哧笑道："小鬼头，花样倒挺多。你以为姐姐会相信你吗？你从哪儿寻来这么一块烂木头？随便刻上几个字，便想骗吃骗喝？"

拓拔野叹道："原以为仙姑妹子只有身上的某些地方大，没想到最大的却是胆子。神木令也敢拿来开玩笑，真是厉害。"

雨师妾瞧他不怀好意地朝自己胸上瞄来，双颊一烫，啐了他一口，笑道："还当你真是个老实巴交的小傻瓜，原来也是个油嘴滑舌的小坏蛋。瞧你这德行，还能是神帝使者吗？我可不信。"当下又翻看其他东西。

拓拔野瞧她要翻开那张血书，便嘿嘿笑道："这可是神帝的密旨，随便乱瞧要被挖出眼珠的。仙姑妹子眼睛这么漂亮，还是好好保护的好。"

雨师妾哼了一声，笑道："小鬼头，拿神帝吓唬我，了不起吗？你不让我看，我就偏要看。"但心中终究畏惧神帝神威，只是随意一展，便又合上。举起那盛装神农丹的皮囊，瞟了一眼拓拔野，见他满脸微笑地瞧着自己，便探入手指，夹出一颗丹丸。

黄豆大的紫色丹丸，无甚味道。雨师妾闻了片刻，不知是何丹药，从眼角里偷瞧拓拔野，却见他翘首企盼，嘴角偷笑，似是盼她将药丸吞进去一般。

殊不知拓拔野生怕她识出神农丹，这热切之态乃是伪装出来，让她为难的。雨师妾将那神农丹在指尖上旋转个不停，媚声道："小坏蛋，这药丸又是什么东西？"

拓拔野正色道："这是神帝用八十一种草药提炼的神丹，吃了可以驻容养颜，长生不老。仙姑妹子，你可以尝尝。"

雨师妾听了颇为欢喜，正想抛入口中，忽然领悟："这小坏蛋必是想让我吞下这毒药，他好乘机逃跑。"哼了一声，道："小鬼头，这么好的神丹，你全吃了吧！"用手挤开他的口，陡然将那袋药丸尽数倒了进去。

拓拔野来不及反抗，那十四颗神农丹便骨碌碌地滚入口中，忽觉喉咙里蹿起一条火龙，滑入腹中，熊熊燃烧，蔓延至五脏六腑。丹田内原已沉寂下来的那股真气又腾地蹿起，刹那间全身仿佛掉入火山烈焰之中，热浪贯脑，他"啊"的一声仰天长呼，一道紫气从口中冲天飞起。

雨师妾瞧得花容失色，又见他周身皮肤如波浪般翻涌起伏，瞬间由白转红，由红转紫，由紫转青，由青转白，反复不已。那一张俊秀的脸猛然间变为紫青，面目扭曲，说不出地可怖。他昂首振臂，狂呼不已，周身肌肉突然膨胀，须臾间全身增大了一倍有余。

雨师妾心中大惊，极为懊悔，想要上前，却见他怒吼一声，一掌击在那巨石之上，轰然声响，石屑飞溅，尘粉纷扬，那巨石竟然被劈成了几瓣。但他这一掌击下，自己也晃了几晃，突然一头栽倒在地。

神农丹乃是神农历游天下，采集数百种至为珍罕的药草精制而成，纯阳之药，一颗便可贯通经脉，聚气养神。十四颗齐齐入腹，威力实在太过霸烈刚猛，真气瞬间如火山喷薄，不仅将周身经脉尽数打通，便连骨骼肌肉也随之扩张。

两日前潜埋在他体内的那道真气也跟着激迸交融，与丹丸一起化为十五道汹汹炁流，以排山倒海之势，在他体内周转不息。势如狂涛，稍有隙缝便要决堤迸流。倘若是经验老到的高手，自可凝神引导，将真气输入丹田及其他蕴气之处，逐一化解吸纳，真元倍长。

但拓拔野素无经验，更无临对之策，只能任凭这十五道霸道已极的真气在体内横冲直撞，皮肤竟如波浪般翻涌不息。体内的狂热与骨骼、肌肉暴涨的疼痛使他几欲发狂，胡乱间拍出一掌。

这一掌击出，登时将真气导引至掌心，力量雄浑无匹，竟将巨石应声击碎，但那反冲之力撞将上来，便如被十五股巨浪同时击中一般，他只觉气血翻涌，天旋地转，眼前一片黑暗，耳边听到雨师妾焦急的呼喊与抽泣声，然后什么也感觉不到了。

天昏地暗，迷迷糊糊，也不知过了多久，他才重新醒转。

体内烈焰熊熊，喉咙里火烧火燎，四肢却冷如冰雪，簌簌发抖。勉力睁眼四望，四围漆黑，鼻息中尽是甜香馥郁的成熟女人体味。身子不断地颠簸起伏，震得腹中更为难受。他扭动了一下脖子，这才发现自己竟是枕在龙女的胸口。

耳边听到她惊喜得发颤的声音："小坏蛋，你醒了吗？"眼前突然一亮，阳光刺目，他连忙将眼睛闭上，过了半晌方缓缓睁开。

阳光明媚，雨师妾那张妖艳的脸上满是欢喜、担忧、急切与懊悔，杏目中滢光闪动，突然扑簌簌地掉下泪来。见他无恙，又破涕为笑，伸手擦了擦脸上的泪水，道："臭小子，你已经昏迷了一天一夜，姐姐可担心坏啦。"

拓拔野喉中干渴，发不出声来，只是伸手指指自己的嘴。雨师妾柔声道："想要喝水吗？"取过一个羊皮壶，小心翼翼地放到他的唇边，先滋润了一下他的嘴唇，然后一点一点地倒了进去。

清凉甘甜，竟是露水调匀的花蜜。蜜水入腹，体内燥热稍有缓解，他的精神也振奋了一些。这才发现自己是斜倚在雨师妾的怀中，全身被黑色长袍裹住。两人正骑着象龙兽朝前飞奔。

雨师妾抱住他的腰，朝上扶正。拓拔野坐直了，四下环顾。阳光耀眼，树木倒掠，似是在山丘原野之间奔走，只瞧得片刻，便又头昏眼花，烦闷恶心之意涌将上来，腹内那燥热之气直贯脑顶，登时又昏了过去。

再次醒来时，已是夜里。他斜斜地靠在一株榕树上，榕须在夜风中轻轻摇摆，面前一条大河，波光粼粼。雨师妾在河边清洗某物，身侧横亘了一只小山般大小的怪兽尸体。

见他醒来，雨师妾欢喜不已，跑过来和他说话。但他耳中轰隆作响，竟一句话也听不真切，只瞧见她美艳的笑靥上沾了点点污泥，仿佛春泥桃花。拓拔野微微一笑，伸手去擦她脸上的泥点，她突然抓住他的手，怔怔地望着他，眼泪又扑簌簌地落下来。

拓拔野体内热浪翻滚不息，寒热不定，正想说些什么，胸口又被几道真气狠狠撞着，窒闷之下，重又昏迷。迷迷糊糊间，听到雨师妾的呼唤，感觉到柔软的手指轻轻分开他的嘴唇，温软湿润的嘴唇压在他的嘴上，将一股冰凉苦涩的液体灌了进来。

如此昏昏沉沉，也不知过了多久，依稀觉得靠在雨师妾的身上，软玉温香，似乎依偎着跑了很长的路，吃了许多研磨的汁液，或酸或甜或苦，有时还掺杂着她冰凉的泪水，苦涩的滋味在舌根泛开，一滴滴渗入他的心底。

第三次醒来时正是黎明，晨星寥落，朝露在草地上闪闪发亮。他躺在厚厚的羊毛毯中，头枕在龙女修长柔软的腿上，雨师妾痴痴地瞧着他。

东方鱼肚白，万缕霞光突然冲天而起，一轮艳红的红日喷薄而出。阳光照在她的脸上，镀上了一层金光，她眼角的那滴泪珠滑过洁白的脸颊，在朝阳下闪过七彩的炫光。

拓拔野呆呆地望着她，心想："倘若她不是水族的妖女，倘若我没有遇上仙女姐姐，定要亲她一口，将她的泪水吻去……"眼前突然闪过了许多画面，似曾相识，稍纵即逝。心中大痛，狂热的真气随之瞬间爆发，"啊"的一声大喊，再度昏迷。

此后断断续续醒来多次，有时瞧见雨师妾在研磨一些奇异的花果，有时瞧见她在清洗怪兽身上取出的各种珠子，有时瞧见她怔怔地望着自己，双眼红得如同桃子。恍惚之间又吃下许多奇奇怪怪的汁液。冰凉的汁液滑过咽喉，全身清凉。体内燥热之气也逐渐停息。

那夜醒来之时，雷声滚滚，乌云翻卷，暴雨倾盆。

他与雨师妾坐在一个透明的淡黑色气罩里，雨水击打在气罩上，光波晃动，无法渗入，沿着四周倏然滑落。

雨师妾赤着身子，盘腿而坐，双手抵在他的胸上，一股清凉的力道源源不断地涌将进来，周身运转，将他体内的真气导引得川流不息，舒服之极。

他突然发觉她的肩膀与手臂上多了十几条细长的血丝，恍恍惚惚地想起，曾瞧见她近身搏杀巨大的怪兽，剖取怪兽体内的珠子。难道这血丝便是与怪兽搏斗时留下的吗？可她有驾驭万兽的苍龙角为何又要贴身相搏呢？

诸多困惑涌将上来，迷糊间又沉沉睡去，梦中隐约感受到吹气如兰的气息与潮湿温暖的吻。

大雨滂沱，闪电接连亮起，照得拓拔野沉睡的脸如玉石雕琢一般。脸上微微挂着一丝无邪的微笑，是在梦中想着她吗？

雨师妾温柔地望着拓拔野，痴痴地想。

十六年来，自己再也未曾喜欢上任何男人。想不到今日竟会对这个十四岁的少年如此动心。那日见他发狂倒地，她心中懊悔，难过不已，竟然无缘无故地痛哭失声。

此后只要瞧见拓拔野在梦中痛苦呻吟，她便忍不住心如针扎，流泪难过。这三天流的眼泪居然比前十六年间加起来的还要多。

难道命中注定她要与这少年有一段未解的缘分吗？否则，为何第一眼瞧见他时，便似曾相识？听见他说话的声音，看着他嬉皮笑脸的样子，又为何无缘无由地怦然心跳？早已决定了不再为任何一个男子牵肠挂肚，又为何为了这陌生的少年意动神摇？

他体内沉埋了十五道霸道已极的真气，冲击肆流，如果不加引导，三日之内必然将脏腑爆裂、骨骼尽碎而死。

当日她以真力疏导他体内真气时，竟被那雄浑的真气震飞出数丈之外，劲力之强，当真匪夷所思。

这几日带着他四处奔走，杀死了十七只巨型灵兽。生怕苍龙角的凌厉声音，重伤拓拔野，她不得不徒手搏杀十七只怪兽，取它们的灵珠与诸种仙草灵果混合，研磨成清凉敛气的药水，日日喂他服下，这才将那至刚至烈的真气逐渐降解。

每夜至阴时分，她便要与他赤身相对，以纯阴元炁引导他体内的至阳真气缓速周转，散布到丹田以及全身蕴气大穴。今夜疏导之后，那十五股真气已逐渐化入他经脉与气穴之中，日后只需每日运气导引，便可逐渐吸纳为用。

只是他伤病一好，会不会又像那夜那般悄然离去呢？就像……就像十六年前的那人一样？想到此处，她登时心中剧痛，眼泪又不自禁地涌了出来。

昨日禁不住好奇，展开神帝的血书偷看。她冰雪聪明，稍加推断，便猜到来龙去脉。但想到神帝已死，非但没有丝毫庆幸，反而有说不出的担忧。以他大哥的性情，倘若知道神帝已死，真会善罢甘休吗？这少年身为神帝使者，未来的命运又当如何？

整整一夜，她痴痴地坐在拓拔野的身侧，思绪万千，柔肠百转，直至天明。

翌日拓拔野醒来时，晴空万里，阳光媚好。体内那兴风作浪的真气已大为安分，虽仍偶有蹿起，但那郁热烦闷的感觉已经一扫而空。丹田内热气周转，精神奕奕。

他依旧靠在雨师妾的胸口，那甜美的气息扑鼻而来，不由得怦然心动，悄悄抬头一望，雨师妾正凝视着他抿嘴微笑。妖艳依旧，只是脸容颇有些憔悴，想来这几日奔波转徙，很是劳累。

拓拔野心中暗暗感激，泛起异样的感觉，忍不住侧头吻在她雪白柔软的臂膀上。雨师妾“啊”的一声，浑身酥软，竟然满脸飞红，有些害羞，伸手重重地掐了一把拓拔野的大腿，嗔道：“讨厌。小坏蛋一醒来便这般不老实。”

拓拔野吃痛，大呼小叫。雨师妾大惊，又是一阵轻抚呵护，见他嘴角泛起狡猾的微笑，方知上当，挥手轻轻地打了他一耳光，“呸”道：“病好了吗？这般精神。早知不替你医，让你再昏上三天。”

拓拔野微笑道：“痛在我身，疼在你心。我要是再昏迷，仙姑妹子岂不是要哭干眼泪吗？”

雨师妾咯咯笑道：“美得你！什么‘仙姑妹子’‘仙姑姐姐’地混叫，姐姐叫雨师妾，你可记住啦。”

拓拔野道：“雨师妾？又是雨，又是湿，又是泣的，难怪这么多眼泪。”他挺挺胸道，“我叫拓拔野。”

雨师妾哧哧笑道：“脱了衣服撒野吗？”两人哈哈大笑。

他们坐在象龙兽的背上，奔跑如飞，四野尽是高高低低的树木和起伏不定的丘陵，鸟语花香，蝶舞翩翩。以太阳的方位来看，当是往正北方而去。

拓拔野想起与段聿铠的约定、自己身上的重要信物，以及蜃楼城的使命，登时清醒过来，昏迷三天，眼下距七日之约不过两天了，心中大急，问道：“眼泪袋子，咱们这是上哪儿去？”

雨师妾瞟了他一眼，微微一笑道：“你是想赶到蜃楼城去吗？”拓拔野心想：“我们终究还是敌人。”心下微感难过，点头不语。

雨师妾沉默片刻，低声道：“小傻蛋，你可知蜃楼城已被数万水族兵团围困，几日之内便会破城吗？你现在赶去，便是自寻死路……”

拓拔野摇头道：“受神帝所托，不能不去。”

雨师妾心想倘若他当真去了蜃楼城，那便是与水族为敌，纵然大哥碍于神帝之命，暂且退兵，但这梁子一旦结下，将永无化解之日。日后与他再相见，想要如同今时今日，只怕也再无可能了。

想到此处，心如刀绞，咬了咬嘴唇，道：“只要你进了蜃楼城，那便是我朝阳谷的敌人，今后可就没有回头的路啦。不如……不如将那神木令交与其他人，然后跟我一道回雨师国去吧？”

拓拔野瞧她目光热切，俏脸上满是期盼哀求的神色，想起这三日来她对自己的诸多照顾，心中一软，险些便要脱口应允，但旋即警醒，倘若自己随她而去，必将辜负神帝所托，一场战祸将无法避免。当下又狠心摇头。

雨师妾心中失望，有说不出的难过，却嫣然一笑，道：“小傻蛋，你当姐姐真的稀罕你吗？我这就把你丢到蜃楼城去，你可别后悔。将来如再相见，再这么没羞没臊地又亲又抱，姐姐老大耳刮子抽你。”说完，便掉转象龙兽头颈，朝蜃楼城方向风驰电掣而去。

拓拔野心中也是难受已极。这三日里，两人之间已发生了微妙的变化，在他心底，此刻的雨师妾也远非初见时的那个冶荡妖女了。倘若当真就此别离，他也会思念不已吧。

两人强按心中的惆怅，说说笑笑，一路驰骋。傍晚时分，来到了启罗山脚下。雨师妾道：“再往东四百余里，便是蜃楼城地界。前面有个驿站，今晚我们便在那里歇脚吧。”

其实四百里路程，以象龙兽脚力，当夜便可赶到，但她实在不愿立刻与拓拔野分离。

拓拔野笑道：“正好，我肚子也饿了，咱们先去吃点东西。”正说话间，南边响起呼喝声，蹄声急促，尘烟漫舞，两人扭头望去，只见一行各色衣裳的大汉骑着龙马等灵兽疾驰而来。

拓拔野微觉诧异，大荒中五族服色各异，决不混淆。除了五帝、五族圣女与巫祝可以稍微随意地着装之外，金族族人必须穿着白色，木族族人须穿着青色，水族族人穿着黑色，火族族人穿着红色，土族族人穿着黄色。每族中寻常族人服色纵有变化，也是在其主色范围之内。譬如雨师妾便可以穿着深紫以及黑为主色的花纹衣服。

但像他们这么服色各异，五彩斑斓而成一队的，实在罕见。五族中人若非特别缘故，绝少混杂，不知他们是谁？

那行人奔得甚快，转眼就从两人身边掠过，瞥见一红发艳女穿着黑色长袍，将一个俊秀的少年裹在怀中，似乎都颇为诧异，纷纷回头。

一个大汉瞧见雨师妾腰间的苍龙角与耳垂上的催情蛇，面色大变，低声嘀咕了几句，众人似乎都很吃惊，又纷纷掉头望去，除了被她艳光所慑的恍惚神态，更多的是鄙夷恐惧。

雨师妾知道他们认出了自己，对于各族视自己为淫荡妖女，早已习以为常，不以为忤，但今日瞧见他们不屑的目光，却不知为何羞惭恼怒，登时便想发作。

那行人不敢多看，策马扬鞭，绝尘而去。

拓拔野心想自己必定也被他们视作水妖，而且还是雨师妾的玩物，微微有些尴尬，旋即又想：“拓拔野呀拓拔野，龙女姐姐一片真心待你，费尽周折才救了你一条小命，你却在乎这些不相干人等的想法，那不成了禽兽也不如了？”当下故意大笑道：“这些人当真可笑，没见过美男美女吗？眼巴巴地这等羡慕。”

雨师妾脸色稍霁，咯咯笑道：“你很美吗？我看是臭美得紧。”

两人不愿超过那行人，于是让龙兽缓步慢行。但过不多久，身后叱呵声起，又有一批各色衣服的人策马奔来。与他们擦肩时，也都露出鄙夷不屑的神情，但忌惮雨师妾，不敢多瞧，匆匆忙忙地朝前奔去。

短短一刻钟，竟有四批这般装束的大汉疾掠而过。

雨师妾恍然大悟，咯咯笑道："小傻蛋，这些家伙跟你可都是一伙儿的，也是去蜃楼城帮忙的。"拓拔野"咦"了一声，道："我瞧里面还有穿黑色衣服的，那不是水族的吗？"

雨师妾哼了一声道："那都是从本族叛逃出来的。五族里好些人，不愿受族规束缚，或者犯了事，在族里待不下去了，便从族里逃出来，做无家可归的孤魂野鬼。这些人便是野鬼啦。"原来这些人都是从各地赶来的大荒游侠，去蜃楼城助阵的。

雨师妾瞟了他一眼，叹道："都是些傻蛋。明知是火坑，还要往里跳。"拓拔野微微一笑。雨师妾道："被他们瞧见你和我一路，只怕你到了蜃楼城，也没好果子吃啦。"

她屈指一弹，将路边一株梧桐树打得反弹回来，左手轻轻抓住树枝，右手五指曲张拂扫，转眼便从树叶中抽出一大团绿丝。

拓拔野见她手指穿梭不停，抽出一捆又一捆的绿丝，甚为不解，问她她只是笑而不答。过不多时，她道："够啦。"纤纤素手从绿丝间穿过，也不知使了什么法术，手臂一振，便抖出了一卷青色布匹。

她侧着头抿嘴笑道："我给你做的这件衣服，你可不许丢掉。要是下回我瞧见你穿了其他衣服，我可不睬你啦。"拓拔野方知她是给自己做新衣，笑道："要是这衣服洗了呢，我岂不是要光屁股？"

雨师妾不理他，三下五除二，竟真的裁出一件衣衫，将拓拔野从怀中拖出，套入那衣衫之中，大小肥瘦恰好合适。拓拔野啧啧称奇，雨师妾白了他一眼道："抱了你几天，难道连你的尺寸还不知道吗？"

两人相对大笑。

拓拔野从她温软香腻的怀中出来，不知怎的，竟隐隐有点儿怅然若失。两人整顿衣冠，骑着龙兽继续前行。

日落时，两人来到了驿站。驿站颇大，有两层楼，俱是用金刚木建成，远远望去倒像是一座城堡。门外拴了百余匹龙马，里面人声鼎沸，甚是热闹。

两人将龙兽牵到门前，众龙马纷纷惊嘶让开。进了大门，厅堂内百余大汉的目光齐刷刷地瞧了过来，面色纷纷大变，互相使使眼色，手都轻按到兵器上。这些汉子中一大半都是先前在路上遇到的五族游侠。

雨师妾袅袅娜娜地走了进去，看也不看他们一眼，牵着拓拔野的手，径直到角落里的空位上坐下。

见她叫了堂倌点酒菜，只管与那青衫少年谈笑，似无敌意，众人稍稍放心，均想："这妖女单枪匹马，即使真动起手来，咱们也不惧。多一事不如少一事。"当下纷纷恢复原状。

不过片刻，驿站内剑拔弩张的紧张气氛消失殆尽，众人又开始觥筹交错，喧闹谈笑，逐渐忘了在那角落之中还有一个驾驭百兽的水族龙女。但仍有不少人被她容光所惑，心旌摇荡，借着酒劲儿，不时地偷偷瞥望。

拓拔野已经数日未曾好好吃过东西，加之被那十五道真气冲透经脉后，肌肉骨骼急剧扩张，所需能量倍增倍涨，是以胃口更增。酒菜一上来，便风卷残云，狼吞虎咽。

雨师妾瞧得莞尔，心中忽然闪过一个奇怪的念头："倘若能永远这么待在他身边，瞧着他这么吃我烧的饭，比起做什么雨师国主、水族亚圣，都要快活得多啦。"这么想着，她的脸上不禁热辣辣地一阵烧烫。但想到十六年前的往事，想到与这少年分手在即，顿时又是一阵酸楚凄惘。

忽然听见一个大汉大声道："石头姥姥不开花！咱们这一路也不知闯了多少关，才来到这儿，经过的八座木族城池，竟然一座也不放我们通行。难道木族真的和那帮水妖凑一块儿了吗？"

见众人转头看来，他忙又不好意思地抱拳笑了笑："各位水族的好朋友，我可不是说你们。"十几个黑衣汉子笑着举杯示意。

一个青衣大汉道："齐兄弟，木族和蜃楼城的梁子都结了三十年，没有帮着水妖围攻蜃楼城便不错啦。"

那姓齐的大汉愤愤道："石头姥姥的，封锁所有捷径，不让咱们过境，那和帮着水妖打蜃楼城又有什么两样？"

一个黑衣汉子道："我听水族的朋友说，科老妖带着十四少去玉屏山找青帝，岂料玉屏山上上下下连个人影都没有。想来是青帝不想蹚这浑水，自行躲起来了。科老妖倒是在山上遇着了蜃楼城的段狂人。"

拓拔野听到他们谈及段狂，登时竖起耳朵倾听。那青衣大汉笑道："段狂人我也瞧见啦。前天在东始山下，他骑着白龙鹿在等人，还顺带帮我们宰了几个水妖呢。”

雨师妾心中一动，笑吟吟地盯着拓拔野，暗想，原来那日你在那里等的是他。拓拔野微笑不语，知道段狂人安然无恙，悬着的一颗心终于放了下来。

那姓齐的大汉笑道：“要是科老妖和段狂人打起架来，这一战倒有的瞧啦。”一个黄衣汉子沉吟道：“段狂人跑到玉屏山找青帝，倒真是奇怪，只怕这次蜃楼城真是困境重重。”

众人都纷纷点头，面有忧色。

那青衣汉子又道：“乔城主杀蓝翼海龙兽时受了重伤，前些日子听说在海上和水妖对峙时又折了好几个猛将，眼下城里人心惶惶，都觉得蓝翼海龙兽的凶兆难以化解。”

众人又纷纷感慨一阵，均是担忧蜃楼城的局势。这些人自四面八方赶来，路上得了不少消息，又是一路闯将过来的，是以对目前形势颇为了解。

拓拔野听了一阵，大约知晓了全局。蜃楼城是东海湾的一个岛城，海上已被水妖包围，切断海路，陆上又尽是水妖的阻兵，木族城境连日封闭，禁止交通。蜃楼城已经是重兵围困下的孤岛。这些人明知前途凶险，仍是义无反顾地前去增援，这份侠义委实难得。不由得对他们增加了许多好感。

姓齐的汉子对那黄衣大汉笑道：“陆平兄弟，这次西边水妖最多，你能冲得过来当真了得。”

黄衣大汉陆平脸上一红，叹道：“齐兄弟笑话了。倘若不是路上有高人相助，我哪能到达这里？”

原来那日他与十余个游侠约好同行，到了子桐山时，被水族的狂兽群冲散，又遇到百余名朝阳谷水妖，激斗良久逐渐不支，危急之际被一个白发男子所救。

听到此处，又有几十个人齐声惊呼，纷纷道：“那白发男子是否带着一个小女孩，腰间插了一支珊瑚笛子？”

陆平大奇道：“正是，难道你们也瞧见他了吗？”

这几十个大汉七嘴八舌，十分惊异。原来这厅堂中竟有六成人都受了白发男子的援助。

陆平皱眉道：“那位恩公所施的武功与法术，似乎也是水族的，颇为高明。陆某生平见所未见。”

水族的游侠中也有人受过那白发人的援助，纷纷点头，大家猜了一阵那人的来历，遍数水族中声名显赫的游侠，均对不上号。

拓拔野心想："这人腰间插了一支笛子，倒和我是同好。"忽见雨师妾满脸奇怪的神色，眼波流转，似笑非笑地想着什么，颇为好奇，问道："雨师姐姐，你在想什么？"

雨师妾嫣然一笑，道："没什么。"

此时外面忽然卷起一阵狂风，窗户乒乓大作。乌云蔽月，树影摇曳。龙马惊嘶不已。众人纷纷起身，面面相觑，难道是水妖追来了吗？

过了片刻，大门"吱呀"一声推开了，一个青衫汉子牵着一个约莫十岁的小女孩的手走了进来。那男子长长的白发束于脑后，面容清俊，两撇八字胡俊逸挺秀，满脸萧索寂寞，青衫鼓舞，腰间斜斜插了一支珊瑚笛子。

第六章 妖夜风云

众人目瞪口呆地瞧着那白发男子，鸦雀无声，拓拔野心想："难道这便是他们所说的白发人吗？这可巧了，说到便到。"

那人虽然落寞憔悴，眉目之间却有着说不出的昂然高贵之气，令人不敢逼视。身边小女孩冰雪雕琢，小仙女一般，双眼滴溜溜地四下转动，牵着他的手，左顾右盼，似乎觉得众人的表情颇为有趣。

陆平上前三步，一揖到底，大声道："陆某子桐山遇困，多亏恩公相救，没齿难忘。恳请教恩公尊姓大名，日后也好在家中立牌烧香。"受他援救的数十人纷纷上前，恭恭敬敬地作揖答谢。

白发男子淡然一笑，道："乡野村夫，贱名不足挂齿。身在江湖，路见不平，拔刀相助，原是再寻常不过的事，你们不必太放在心上。"他这几句话淡淡说来，却似有种不可违抗的力量。一时间众人不敢再多询问，只是恭恭敬敬地行了大礼，慢慢退回到自己座位上。

那白发男子眼光一转，恰好朝拓拔野这里望来。目光如电，停在雨师妾的脸上，微微显出惊诧的神色，稍纵即逝。

拓拔野心中一动，眼角余光瞥见雨师妾也正笑吟吟地盯着那男子。白发男子拉着小女孩，径直走到拓拔野桌前，坐了下来。雨师妾目光温柔如水，嫣然道："好久不见。"

那白发男子也微笑道："好久不见。"他笑起来的时候胡子微微上翘，虽然脸容落寞依旧，但如阳光乍现，温暖灿烂。

拓拔野心中又惊又奇，难道他们二人早就认识吗？瞧雨师妾这般欢喜的模样，难道竟是旧相好？心中突然感到酸溜溜的一阵疼痛。

众人心中惊惧远胜拓拔野，白发男子倘若与这水族妖女是故交，那么岂不是成了他们的敌人吗？此人武功法术深不可测，是友则大福，是敌则大祸。

那小女孩似乎对雨师妾颇为不喜，皱着眉头道：“你是谁？是我爹爹的老相好吗？”

众人纷纷竖长耳朵。雨师妾一愣，笑得花枝乱颤，朝白发男子道：“这是你女儿吗？年纪小小便晓得吃醋啦。”

那小女孩哼了一声，指着拓拔野道：“他才吃醋呢。我看他瞧我爹爹的时候，浑身都冒酸气。”

拓拔野一口酒喷了出来，洒了自己一身，忙不迭地擦拭。雨师妾咯咯娇笑，素手悄悄捏了一把拓拔野的大腿，笑道：“是吗？我可没瞧出来。小妹妹，你叫什么名字？”

那小女孩翻了翻白眼，道：“我为什么要告诉你？”白发男子拍拍她的头，道：“管教无方，对她太过迁就，养成了这刁蛮性子。”

雨师妾笑道：“你对女孩还是这般束手无策，当年这样，如今对自己女儿还是这样。”

她凑到拓拔野耳边，柔声道：“小傻蛋，他可是我青梅竹马的老相识，你别吃醋，只管喝酒。”

拓拔野被那女孩当面拆穿，颇为狼狈，听得此言，脸上微红，却听那白发男子微笑道：“这位小兄弟是你的朋友吗？最近受了什么伤吗？”雨师妾道：“被你瞧出来啦，他体内有十五道真气，每日翻江倒海地折腾。”

白发男子伸出右手，搭在拓拔野的脉上，岂料手指甫一接触拓拔野的脉搏，立刻被震得朝后一缩。

雨师妾笑道：“是不是很厉害？我可是被震飞了好几丈呢！”

白发男子点了点头，道：“小兄弟，你体内真气极强。这原本是好事，但你丝毫不懂御气调息之法，眼下虽然真气被分散镇住，但这也非长久之计。倘若真气被激发出来，就会一发不可收拾，危及性命。”

拓拔野笑道：“我的性命是雨师姐姐帮我捡回来的，多活一天便赚了一天。”

白发男子道：“那也无须如此悲观，只需学习御气方法，每日调息，时日一久，就自然化为己用。只是在这之前，不要与人争强斗胜，如果遇到真元极强的高手，激起你体内所有真气，那便有危险了。”他语速缓慢，说话间自有一种让人镇定相信的力量。

拓拔野点头称是。

厅内众游侠见他们四人低声谈笑，似乎颇为亲密，尤其瞧那妖女时而与少年耳鬓厮磨，时而与那白发男子眉目传情，心中均是大大不安。虽然水族龙女的威名如雷贯耳，但未亲眼所见，故而还不如何畏惧，但那白发男子神鬼莫测的功夫，却是历历在目，想不敬畏都难。

众人正心中惴惴，忽然又听见窗外狂风大作，树木倾倒，远远传来急促的蹄声，门外龙马惊嘶阵阵，突然一阵狂风卷了进来，驿站的烛灯全灭了。

一片漆黑中，蓦然听见一声怪异的琴声铿然响起，琴声如险浪狂涛，隐隐夹杂金属之声，听来尤觉诡异。

众人纷乱骚动，拓拔野心下一凛，这琴声仿佛在哪里听过，忽听一个水族游侠叫道："是科老妖！朝阳谷的科老妖追来了！"

"锵啷"拔刀声响作一片，那姓齐的汉子叫道："石头姥姥不开花，老子跟他拼了！"

众人群情激愤，纷纷叫骂，对水妖穷追猛打的行径都已忍无可忍。突然一盏灯亮了，回头望去，只见那白发男子手里举着烛火，立身道："各位先别急着动手，那人是来找我的。"

众人都有些意外，一个木族游侠叫道："他来找恩公的麻烦，那便是找咱们大伙儿的麻烦，咱们更加不能放过他了！"

众人哄然应诺。

白发男子微微一笑道："诸位放心，他不是来找我打架的。大家都先把兵器收起来吧。"群雄面面相觑，终于还是勉强将刀剑插回鞘中。堂倌连忙将灯重新掌上。

琴声铿锵，阴风阵阵，烛火摇曳，众人的影子在墙上长长短短变幻不停。那蹄声越来越近，侧耳倾听，少说也有数百之众。

拓拔野心想，这科沙度在玉屏山上对自己颇为忌恨，自己又借仙女姐姐之力重伤小水妖，此番相见，不知他会怎样。雨师妾与自己坐在一旁，岂不是让她为难吗？转头看她，烛光下，她的脸艳若桃李，水汪汪的眼睛正温柔地凝望着自己，对周遭一切充耳不闻，唇角眉梢尽是浓得化不开的柔情蜜意。

蹄声如暴雨般卷席而来，狂风卷舞，烛火明灭不定，众游侠屏息凝神，手依旧按在刀柄上，掌心满是汗水。

门前黑影层层掠过，兽吼马嘶，半晌才停息下来。转眼间水族数百人便将这驿站团团围住。

琴声突顿，响起一个苍老而阴冷的声音："六侄子，三叔不远千里来看你，也不出来迎接吗？"果然是科沙度的声音。

那白发男子淡淡道："十二年前我与科家已经恩断情绝，三叔难道忘了吗？"

水族游侠中有人失声道："科汗淮！你是'断浪刀'科汗淮！"

听得此语，众人无不耸然动容，先前的诸多困惑也一扫而空。陆平等人更是长长地嘘了一口气。

十年前，"断浪刀"科汗淮可谓大荒无人不知的名字，是水族青年一辈中的超一流高手。年仅二十时，他便以一记"断浪刀"击败当时风头极健的火族第二高手战神刑天；并曾在三天内孤身连败火族四大世家十六位大将、三位仙级高手，被誉为"大荒五十年后第一人"，是水族年青一辈的偶像。

科汗淮身为水族七大世家科家的年青一代翘楚，被水族寄以厚望。黑帝破例出关，亲自召见他，御封为龙牙侯，并许诺要将次女下嫁于他，风头之盛，一时无两，声望直追水族四神。

岂料他竟然辞婚不娶，挂冠而去。科家大怒，族中长老逼他为驸马，他坚决不从。虽然黑帝宽厚，不以为忤，但他却因此被科家所恶。

大荒574年，水族羽马城反对黑水真神烛龙，被定为乱党。水族围剿羽马城，科汗淮本为右军使，但他却下令三军辟易千里，让羽马城众人从容离去。烛龙盛怒之下，夺其官爵，削为平民。科家更是借此将他逐出家门。

此后科汗淮行踪不定，成为水族游侠。传闻他短短两年间，降伏一百三十一只灵兽，四处行侠仗义，击败五族中诸多行为不端的高手。大荒576年，据称参加金族圣女西王母的蟠桃会后，他在昆仑山顶消失，从此杳无音信。

大荒中关于他的传闻有很多，但大多都是说他在蟠桃会后，被水族八大高手围攻，已葬身昆仑。

今日这些游侠中虽然也有见过科汗淮的，但他当年风流倜傥，喜穿乌金长衫，腰挂六尺长的断浪刀，绝不似今日模样。是以竟没有人认出。众人均想："不知他为何头发尽白？又为何不再用断浪刀，而改用笛子？"

科沙度道："血浓于水，哪能这般说断便断？"停顿了一下，道，"这十年你杳无消息，老太太无时无刻不在想你。前些日子有人在子桐山附近瞧见你，老太太知道后，无论如何也要让我将你带回去。”

科汗淮自小母亲病故，由他奶奶带大，情同母子。十二年前他离开科家，唯一不舍之处，便是再难与他奶奶相见。科沙度自然对此了然在胸，故意以此为说辞，诱他回族。

果然听科汗淮道：“老太太这些年身体可好？”科沙度叹道：“你走后她便卧病不起。这几个月病情日重，只怕是熬不了多久了。”

科汗淮面色微变，忽然听见雨师妾传音入密咯咯笑道：“你可莫听他骗，老太太身体结实得像牛，再活个百八十年都没问题呢。”

大门缓缓推开，科沙度慢慢地走了进来。

驿站群雄怒目相对。科沙度冷冷地扫了众人一眼，瞧见雨师妾与拓拔野，微微一愣，拓拔野虽然服了神农丹后骨骼、肌肉大为变化，但五官却是丝毫未变，一眼便可认出。不知这小子有什么际遇，几日之内竟变化若此？碧眼光芒一闪，皮笑肉不笑地揖手道：“属下参见亚圣女。”

雨师妾懒洋洋地道：“免礼了。你这一路奔波，也很辛苦，坐下吧。”科沙度点头称是，却不坐下，道：“这小叫花子没和段狂人一路，属下还以为躲到哪儿去了，没想到竟被亚圣女抓住。亚圣女神机妙算，属下佩服之至。”

他心想，雨师妾极好男色，必是将这少年收作面首，自己抢先一步开口，再向她讨这少年，她总不好意思不给吧？

岂料雨师妾咯咯一笑道：“科沙度，我可不知道他是谁。我来这儿是和科大哥叙旧的。你们叔侄重逢，就这么点儿话说吗？”

科沙度道：“我和六侄子多年未见，当然有许多事要好好聊聊，所以特地来请六侄同我一道回北单山，与科老太太、叔伯兄弟团圆。”

姓齐的汉子哈哈笑道：“什么团圆？还不是怕科大侠帮着蜃楼城和你们打架吗！”众人七嘴八舌地道：“打不过人家，就搬出老太太，嘿嘿，朝阳谷的水妖就是厉害。”

科沙度听若罔闻，盯着科汗淮道：“浪子回头金不换。六侄，只要你重回北单山，向老太太磕头认个错，咱们不就又成一家人了吗？咱们团结一心，科家重整旗鼓的日子那还不是指日可待？”

科汗淮微微一笑道：“三叔的建议很好。我一定会随你回北单山的。”科沙度心中大喜，面上却不动声色。众人则大吃一惊，便连雨师妾也甚是惊讶。

科汗淮顿了顿，道："不过这里到北单山七千余里路，处处都是水族的军队，一路上太不太平。只有等到哪天这些军队全撤走了，我才能安心回去。"

众人松了一口气。科沙度心中大怒，眯起双眼，冷冷道："六侄子，十年不见，你这胳膊肘外拐的毛病怎么还是没能改一改？烛真神宽厚慈悲，特赦你返回水族，官爵复位，俸禄双倍，这等机会可是千年一遇。你不为自己着想，也该为你女儿着想吧？"

话中威胁之意暴露无遗，众人听了无不激愤，却听那小女孩咴咴笑道："我可不想回什么北单山，和你住一块儿，瞧着你连饭都吃不下去呢。"

众人哈哈大笑。

科汗淮淡然道："三叔，我习惯了粗茶淡饭，布衣草履，消受不了荣华富贵。烛真神的好意心领了。至于我想去哪里，什么时候回北单，那是我的自由，旁人管不着吧？"

科沙度冷冷一笑道："你的臭脾气当真是一点儿也没变。烛真神的脾气你也知道，非友即敌。既然你执意与本族相抗，帮着外人说话，那我们也没有法子。三叔仁至义尽，你自己多保重吧。"

他转身朝着众游侠冷冷道："两天之后，朝阳谷便要与蜃楼城开战。这条道路已经封锁，这驿站天亮以前将被夷为平地。各位倘若想游玩，尽可以去其他地方，别掺和到这浑水里来。"

众人大骂，一人道："他奶奶的，老子不去蜃楼城，难道去你家旅游做客吗？"有人语出粗俗，道："想来你老婆定然好客得紧，那咱们便勉为其难，光顾光顾吧。"

科沙度只是不理，转身朝雨师妾躬身道："亚圣女，属下先行告退。"雨师妾还未说话，却听见拓拔野冷冷道："且慢。"

众人朝拓拔野身上望去，不知这少年是何方神圣，突然大咧咧地说话。科沙度心想，且瞧你狗嘴里吐出什么象牙来。当下回身冷冷地瞧着他。

拓拔野听科沙度喋喋不休地说了半晌，威逼利诱，尽是要让科汗淮转投水族，不帮着蜃楼城，心中老大不耐，再听到他口吐狂言，要将这里夷为平地，更是心头火起，心想："他奶奶的，不出点镇得住场面的东西，还压不了他这猖狂之气。"

当下挑了挑眉毛，道："我有一件事不明白。这夷平驿站、攻打蜃楼城的命令，是你下的呢，还是水族烛真神下的？"

科沙度冷冷道："老夫可没这等权力，自然是烛真神。"

拓拔野皱眉道："不知是烛真神大呢，还是神帝大？"科沙度微微一愣，还是答道："自然是神帝大。"

拓拔野哈哈笑道："不知道科老爷子识不识得字，认不认得这个牌子呢？"从怀中缓缓掏出神木令，高举过头。

厅中众人无不吃惊，科沙度变色道："神木令！"

拓拔野突然厉声道："见此神令，如帝亲临！科老妖，还不跪下听旨！"

科沙度措手不及，只得"嗵"的一声跪了下来，心中惊疑之极，转过千百个念头："这小子怎会有神木令？是了，难道在玉屏山上，藏在院中的神秘人竟是神帝吗？"脸色登时惨白，说不出地难看。

见科老妖跪立当场，形势急转而下，众人无不大快，但没有一人敢笑出声来，心中又是惊喜又是困惑："这少年是谁？为何竟有神木令？"

拓拔野嘴角泛起一丝得意的微笑，口中却依然厉声道："神帝有令，水族所有军队立即退回自己领地，永不进攻蜃楼城。敢违抗者，五族一同讨伐！"

科沙度大惊，又听到拓拔野懒洋洋的声音："科老妖，听明白了吗？还不领旨？"他只得伏地磕头领旨，缓缓站了起来。群雄大喜，微笑相望。

拓拔野眼见自己一出手，便化解了一场浩劫，心中得意，暗想："早知这牌子如此好使，何必藏到此时？"挥手道："行啦，你退下吧，赶紧带着水妖走得越远越好。我要吃饭啦，瞧见你便大大破坏胃口。"朝那小女孩眨了眨眼睛。小女孩咯咯笑个不停。

科沙度心中怒极，却又无可奈何，只得转身走了出去。众人哄笑声中，窗外蹄声骤响，人影闪动，转瞬间偃旗息鼓，走了个干干净净。

群雄欢欣鼓舞，极为振奋，纷纷上前向拓拔野行礼。拓拔野一生中还从未像今日这般受众人瞩目，心中得意，偷眼望去，只见雨师妾微笑着凝视着自己，悲喜交织。

陆平道："蜃楼城真是得道多助，想不到连神帝也出面帮忙。不知少侠怎生称呼？"

拓拔野颇有些不好意思，报了姓名。众人纷纷以"拓拔少侠""神帝使者"

称呼，一时间弄得他面皮微红，连忙喝酒掩饰。

驿站老板是个矮矮胖胖的老头，原以为这驿站将被水妖清除，正心中惴惴，岂料奇峰突起，形势陡转，自己的生意又得以保全，狂喜之下几乎痛哭失声，大声宣布今日所有酒菜免费。

群雄更加大喜，三五成群，觥筹交错，喝得烂醉。酒一入肚，胆子更加大了，开始与科汗淮、拓拔野推杯换盏，称兄道弟。

科汗淮不惯与人热络，只是杯到酒干，并不说话，心中却也颇为欢喜，心想倘若此事这般了结，那当真再好不过。但隐隐又有一丝莫名的担忧，总觉得以烛龙、天吴等人的脾性，此事绝不会这般轻易了结。

拓拔野天生海量，又素喜结交朋友，立时与那群游侠混得火热。短短数日内，自己奇遇不断，竟从一个流浪儿变成众人景仰的“神帝使者”，犹如梦幻。

突然想起雨师妾，转身四下寻找，却见她俏生生地站在屋角，烛光黯淡，瞧不见她的脸容，只瞧见红发飘舞，赤足如雪。他心中一荡，朝她走去。

雨师妾瞧他满脸通红地走来，心想：“这个小傻蛋已经亮出了神木令，那就是与水族势不两立了。终于到了相别的时候，从今往后，我还能再见着他，和他这般亲热地说话吗？”想起与他一见如故，朝夕相处，想起从今往后敌我殊途，相见无期，心中又如刀绞一般，泪水再也禁不住，夺眶而出。

烛光将她的俏脸映得明明灭灭，一颗泪珠晶莹剔透，悬挂在下巴上盈盈欲坠。拓拔野心中疼惜，伸手去擦拭，说道：“眼泪袋子，怎么又掉眼泪啦？”

雨师妾扑哧一笑，纤指将眼泪拨落，流到掌心。张开手掌，泪珠在掌心微微晃动，突然腾起丝丝白气，那滴泪珠顿时变成了一颗珍珠似的透明珠子。

她从头上轻轻拔下一根红发，从那泪珠间穿过，穿成链子，然后挂在了拓拔野的脖颈上。

拓拔野笑道：“这是什么？”

雨师妾低声道：“小傻蛋，这是姐姐为你流的最后一滴眼泪。只要今后你能日夜挂在胸前，我便欢喜不尽啦。”

拓拔野明白她是在与自己告别，心中大痛，酒意全消，紧紧抓住她的素手，想说话，脑中却一片混乱，什么也说不出来。

雨师妾强忍心中的酸痛，微笑道：“傻瓜，你都已将那神木令亮出来，从今往后，姐姐想不做你的敌人都不成了。”

她朝科汗淮瞧了一眼，他与那小女孩正盯着他们。雨师妾脸上晕红，道：“我已经和科大哥说过了，他这一路上会好好保护你。到了蜃楼城，他会教你御气调息的法子，你好好练，将这体内的真气都化解了，那时就有本事啦。”

拓拔野怅然道：“我……我还能见到你吗？”

雨师妾咯咯一笑：“要是你想姐姐了，可以偷偷到雨师国来找呀，你不是有一本《大荒经》吗？”

拓拔野点头，忽然望着她耳上的催情蛇，笑道：“这两条蛇可别再随便飞来飞去乱咬人啦。倘若遇到别人，可没我这般老实。”

雨师妾嫣然一笑：“小傻蛋，你吃醋吗？”她咬了咬嘴唇，眼波一片迷蒙，竟似比美酒还要醉人，柔声道，“江湖险恶，你多保重。”红唇如花，轻轻压在拓拔野的唇上。

拓拔野心中一颤，忽然想起仙女姐姐在与他离别之时说的也是相似的话，眼前美人如玉，吹气如兰，樱唇辗转，丁香暗度，他突然心想：“我究竟是喜欢这个妖女多一些，还是喜欢仙女姐姐多些？”脑中混乱，一时竟无法呼吸。

那香甜的唇瓣蓦然离去，纤纤玉手也从自己手中抽离。耳边听到雨师妾银铃般的笑声，只见她红发飘舞，衣袂如飞，刹那间便到了门外。龙兽嘶吼，蹄声如雨，瞬息远去。

拓拔野追到门边，屋内人声鼎沸，杯盏碰错；屋外风吹树浪，月隐黑云，人影全无，只有一缕幽香犹在怀中。

夜风阴冷，乌云聚散。

雨师妾骑着象龙兽电也似的狂奔，面颊冰冷，珠泪纵横。直到奔离驿站数十里处，她才放任自己肆意地哭出声来，心中的难过悲痛，竟远甚于自己的预估。

十六年前，那人抛离自己，绝情远去时，她也如今日这般伤心。原以为自己的眼泪已于那时流尽，想不到十六年之后，自己竟又为一个十四五岁的少年如此难过。所不同之处，当日是那人悄然离去，而今日却是她自己抽身而退。

以她的脾性，断断不会让自己心爱之物徒然失去。但不知为何，始终未曾想过将拓拔野强留身边，带回雨师国去。自己宫中的数十男嫔，不都是这般掳去的吗？

与拓拔野在一起的这短短几日，只盼着他能快乐，他笑了，她比他还要欢喜；他难过了，她比他还要伤心。这感情来得如此突然又如此不可思议，短短三天内便情根深种，不能自已。

是因为他宛然旧识的音容笑语？还是因为他身上魔魅的气息？或者是因为上苍注定他是她的第二次劫难呢？在驿站中瞧着他被众人蜂拥、意气风发之时，突然觉得自己距离他好生遥远，仿佛他注定是属于另一个世界的。

这种宿命的无奈感竟比当初的被抛弃更令她疼不可抑。原想与他一道度过难忘的最后一夜，但她于那刻发觉，倘若自己在他身边待到翌日黎明，她将再无法离去。她之后的日子，会不会比这十六年来更为伤心呢？

咸涩的泪水流过面颊，滋润着她的嘴唇。拓拔野的气息还在唇间缠绕，但是明日这味道将逐渐淡去，终将消失甚至无法记忆。想到此处，她心中更为难过，猛地一拍龙兽，龙兽嘶吼，狂奔而去。

突然龙兽惊惧嘶鸣，猛然顿住，险些将雨师妾掀飞出去。前面的林间小路上，雾气迷蒙，影影绰绰站着一个黑衣人，面目被一个乌木面具罩住，一双眼睛在夜色中精光四射。

木面人负手而立，盯着雨师妾叹了一口气道："你喜欢谁都可以，为什么偏偏要喜欢那个来历不明的流浪儿？"

雨师妾仰起俏脸，泪光闪闪，冷冷道："我偏就喜欢他，你管得着吗？"

木面人道："平日你怎生任性都也罢了，但这次事关重大。那小子身上的神木令来历殊为可疑，又拿此令要挟咱们，决计不能放过。倘若不能生擒，那便让他连发丝也不能剩下一根。"

雨师妾俏脸凝霜，叱道："你敢！"肩头颤动，极是生气。

那木面人道："就算我念着你，不对他下手，旁人也会放过他吗？烛真神的命令，又有谁敢违抗？"

雨师妾冷笑道："好。眼下他和科汗淮在一起，我倒要瞧瞧你们能拿他如何。"

木面人道："科汗淮背族叛祖，天地不容，给他改新的机会，又不识好歹，那也是非死不可。"

他顿了顿，盯着雨师妾一字字道："倘若你现下回去，将他们擒住，那便是奇功一件。"

雨师妾冷冷道："倘若我不回去呢？"木面人凝望她半晌，叹道："你为何这等固执？那小乞丐有什么好？你非要帮着他不可？”

雨师妾咬唇道：“十六年来，我就喜欢了这么一个人，你为什么偏要杀他？”眼中珠泪欲流，忍不住哽咽，“倘若他死了，我……我……”喉中窒堵，竟说不出话来。

木面人摇头道：“你便是再伤心也没有用了。”他的目光望向驿站方向，缥缈游离，低声道，“此刻那里只怕已经血流成河。”

烛火摇曳，那颗泪珠在烛光下剔透欲滴，拓拔野轻轻抚摩着，心中依旧是迷茫一片。忽然瞧见那小女孩手托着腮，饶有兴味地盯着自己，大眼扑闪扑闪，满脸尽是狡狯的微笑。

拓拔野脸上一红，道：“你笑什么？”

小女孩摇摇头道：“我左瞧右瞧也瞧不出你好在哪里，为什么她就那么喜欢你呢？唉，女人心，海底针。”

科汗淮叱道：“纤纤，你小女孩家知道什么？”

那女孩纤纤道：“我可不小啦。再说这家伙又有多大？那还不是和爹爹的老相好又亲又抱的吗？”

科汗淮拿她没辙，只有苦笑，朝着拓拔野摇头道：“小兄弟，小女素来口不择言，你只当没听见便是。”

拓拔野正要回答，忽然卷进一阵阴风，将桌上蜡烛吹灭。不知何时，窗外已经乌云密布，黑压压地笼罩上空。

树木摇摆，越来越剧，整片树林翻卷如浪。龙马惊嘶声此起彼伏。接着狂风大起，飞沙走石，黄蒙蒙的一大片铺天盖地卷了进来。

驿站内的灯火登时全熄灭了。众游侠已喝得脸红心跳，咬着舌头道：“怎的今晚风刮个不停？堂倌，快来掌灯！”

科汗淮忽然起身，气运丹田，沉声道：“各位小心，有敌人来了。”声音虽不大，却清清楚楚地传入每个人的耳中，众人登时为之一醒。

屋外风声呼啸，“咔啦啦”地倒了几株大树。突然听见四面八方传来鬼哭狼嚎的声音，凄厉狞邪，悠悠荡荡，说不出地可怖。群雄酒意全消，纷纷拔出兵器，骂道：“什么东西，在这里装神弄鬼！”

科汗淮道：“火族的朋友，请点燃三昧真火。大伙儿背靠背围成一圈，听我号令。小兄弟，你和纤纤站在圈子里面。”

众游侠对科汗淮极是敬仰，欣然从命。

群雄围成一圈，将拓拔野和纤纤护住。几个火族游侠点燃一个暗紫色的火折子，火焰跳跃，任凭狂风卷舞，越烧越亮。

那凄厉的嚎叫声越来越响，仿佛就在窗外、头顶。阴风阵阵，众人身上的鸡皮疙瘩都冒将起来。

科汗淮大声道：“故人来访，为何藏头缩尾？出来吧。”

一人冷冰冰地道：“一别十年，科兄风采依旧，可喜可贺。”突然哭声四起，狂风怒舞，“砰”的一声巨响，几只巨大的红蟒似的东西破墙而入，尘土激扬，那几条东西纵横飞舞，猛地向上卷起，钩住屋梁。

“咯嗒嗒”巨响声中，偌大的驿站屋顶竟被硬生生拔起，稻草般被卷得七零八落，在空中飘舞。四壁迸飞，桌椅“哗啦啦”四下倾倒，尽皆腾空而起，从众人头顶掠过，抛到了远处树林中。

刹那间，众人周围空荡无物，站在一片空旷的平地上。

群雄“啊”地齐声惊呼，只见夜色下，一只巨大无比的怪兽昂然而立，蓝幽幽的巨眼如鬼火燃烧。

那怪物高约七丈，通体鲜红，身形如巨大章鱼，九只硕大的触手如巨蟒般游走跳动，想来适才撞破墙壁、卷走屋顶的便是这九只触角。口中万千触须在风中张舞。

章鱼怪上坐着一个蓝衣人，长得倒算清秀，只是那张脸惨白得接近透明，青筋条条可见，眼睛似闭非闭，偶一张开，精光暴射。身形瘦长，坐在章鱼怪上如弱柳扶风，随时会被刮倒。

他腰上挂了一柄长约八尺的长剑，剑身如他一般细长。四周六十余颗骷髅环绕飞舞，骷髅黑洞洞的双眼似有萤火闪动，口中竟发出惨烈的凄号之声。

水族游侠见到此人，脸上纷纷变色。

此人姓海，无名，所以叫作海少爷。性格阴郁好杀，心胸狭窄，睚眦必报。居于北海白水宫，年幼时沉于海底险些淹死，大荒传闻他实已淹死，现在的这个不过是幽灵而已。故又有人称“水鬼海少爷”。

他每杀一人，必取其头骨，制成“水鬼灵仆”，据称可以封印死者亡灵，驭鬼杀人。被他的“水鬼灵仆”咬中则必死无疑。

坐骑灵兽是北海九爪章鱼兽，水族凶兽，嗜杀成性，勇悍绝伦，性子倒是与他自己颇为相近。

十年前，他忽然消失，不知所终，想不到今日却出现在这里。

科汗淮淡淡道："十年前紫石崖一别，以为海兄当洗心革面，没想到一点儿长进也没有。早知如此，当日我便该取你一臂。"听得此言，众人隐隐猜出海少爷昔年的神秘失踪必与科汗淮有关。

海少爷面色微变，依旧冷冰冰地说道："只要科兄有本事，莫说一只手臂，今日连我的性命也一并拿去。"他将十年前的那一次败战视为生平奇耻大辱，十年来潜藏北海，日夜苦练，便是为了一雪前耻。眼下见科汗淮当众揭短，心中愤怒已极。

科汗淮原非如此刻薄之辈，说此话不过是为了激怒海少爷，见他已然动怒，便又道："既然海兄如此慷慨，那么科某便恭敬不如从命了。"缓步走出，昂首立身。

海少爷苍白的脸上突然泛起奇异的桃红，仰天大笑，笑声凄厉，竟比那骷髅发出的悲嚎还要可怖。

他森然道："科汗淮，海某十年来每时每刻都在等待今日。当年听说你葬身昆仑，海某简直痛不欲生。上苍有眼，让你活到今日。"

阴风惨淡，乌云压顶。

十数支三昧火炬光芒闪烁，照得海少爷的脸上阴晴不定，恍如鬼魅。六十余只骷髅凄号旋转，在空中盘旋成一道圆弧，随着他的手指缓慢飞舞。那九爪章鱼兽触手扬舞，体内红光明暗闪烁，发出低沉而怪异的吼声。

狂风的呼号声越来越大，森冷的寒意丝丝渗入众人体内，四周尽是腥臭之气，令人烦闷欲呕。群雄甚为紧张，屏息静观。

拓拔野感到那腥臭之气如波浪般，一道道汹涌拍来。体内的真气自然而然被微微激起，热流在经脉缓缓周转，过得片刻，那烦闷之意稍减，气浪的排击感也不如先前明显。突然想起纤纤，急忙移身挡在她的前面。

海少爷手指一转，那六十余只骷髅哄然散开，漫天旋转，厉嚎着向众游侠扑去。

科汗淮喝道："全部后退！"十指飞弹，十道蓝光闪动，将冲在最先的十个骷髅射中，如事先计算好了一般，次第撞在后面的骷髅上，乒乒乓乓，击得冲天飞起。

便在科汗淮弹指之际，章鱼兽突然怒吼一声，向前疾冲，六只巨大的触角以雷霆万钧之势猛击而下。同时亮光一闪，海少爷的长剑向他当头斫去。这一剑看似平平无奇，却包含诸多变化，更有开山裂地之力。

众人惊呼，海少爷这声东击西的狡计虚中有实，又可谓一石二鸟。

科汗淮闪电般掠起，在六只触角的空隙间穿过，六只触角猛击在地，轰然巨响，尘土石块四下激溅，地上赫然多了六道深一丈余的裂坑。

剑光迎面劈到，他屈指一弹，一道蓝光电射剑锋。火光激迸，强大的气浪将两人震得向后退去。科汗淮借势后掠，在十丈之外站稳。海少爷如树叶般飘忽不定，又轻飘飘地回到章鱼兽身上。

两人心下均是一凛，适才这一击，看来并无普通之处，却已发出至少六成的力道，竟不能将对方击倒。

科汗淮真气流转不息，衣袂翻飞，朝外层层鼓起。十年再战，海少爷的真气虽有长进，但武器与招式似乎并无变化。但他并不因此掉以轻心，倘若海少爷没有必胜的把握，又怎敢来此挑衅？他必是将撒手锏雪藏，待自己轻敌大意之时迅猛攻击。当下凝神戒备，静待良机。

海少爷剑光纵横，章鱼兽触角如巨蟒飞舞，向科汗淮接二连三地攻去，每一击皆是千钧之力。地上尘土碎石四下飞溅，尘烟弥漫。科汗淮只守不攻，外人瞧来似是他为海少爷压迫，不断闪避而无还手之力。

骷髅在空中翻滚哀嚎，突然又疾冲而下。众人兵刃飞舞，叮叮当当，将骷髅击飞，骷髅去而复返，鬼哭狼嚎地不断攻来。

拓拔野与纤纤站在中心，被群雄保护得颇为安全，透过重重人影，望见科汗淮游龙般闪舞，在章鱼兽的触角与道道雪白的剑光中腾挪闪避。

纤纤不住地叹气，拓拔野奇道："你叹什么气？担心你爹吗？"

纤纤摇头道："这病痨鬼的修为太过稀松平常，砍砍柴，捕捕鱼哪，那也罢了，要与我爹爹斗，哼哼。"她噘嘴哼鼻音的模样颇为有趣，拓拔野忍不住哈哈笑了起来，与雨师妾分别后的郁闷之意稍解。

人影翻飞，巨兽嘶吼，转眼间，那两人便斗了一百余合。

海少爷除了最初一剑气势滔滔之外，随后一百余剑虽然剑势凌厉，但如银蛇吐芯，蓄劲不发。科汗淮也是如此。两人只是互相试探，未尽全力。

科汗淮微笑道："海兄这十年潜心苦练的，就是这么一点儿雕虫小技吗？"

海少爷脸色转为惨绿，冷笑道："科兄也没什么长进呀，倒是嘴上功夫犀利了不少。"突然手臂也转为惨碧之色，通身泛起幽绿的光晕。手腕一抖，"哧"的一声响，那长剑突然断裂，漫天剑光迸散为点点银光，急风暴雨般地朝科汗淮射去。

科汗淮双掌拍出，气浪翻涌，将那漫天银珠倒射回去。

海少爷手腕转动，银珠刹那间凝集，竟然重新聚合为那柄长剑，长剑仿佛熔化了，在空中如水一般流动，上下左右，回旋如意。

众游侠瞧得目瞪口呆，水族游侠中有人惊呼道："春水剑！白水宫的春水剑！"

海少爷傲然道："正是春水剑。科汗淮，今日我要拿你的血来祭此剑。"剑光如水，倾泻回旋，聚散分合，无孔不入，瞬息间将科汗淮全身罩住。

春水剑是水族白水宫的玄秘绝学，据说已经失传四百多年。据说由白水宫第三代宫主海石光所创，可以化剑为水，也可以化水为剑，运转如意，聚散随心。有"水族第九神兵"之誉。

之所以失传，据说是因为四百年前的白水宫主认为"春水剑"太过妖异，练此法术，需将自身经脉倒转，使得血液冷热不定，以自身血液的顺流、逆流、聚散离合来控制手中之物的变化。春水剑消耗真元极大，倘若自身真元减弱到不足以控制春水剑时，手中液体倒流至体内，周身血液逆转，非死即伤。

不知海少爷从何处觅回这失传的心法，冒险修炼。

春水剑已经四百年未现于天下，知者虽众，见过者却没有一个，更不用说知晓如何破解了。

剑无形而聚散无常。剑光如水银泻地，分流合聚，不可阻挡。科汗淮猝不及防，被逼得急速飞退。饶是他武功卓绝，刹那之间，衣袖仍被刺穿了十数个洞，而那章鱼兽九爪扭转飞扬，又让他不得不分心两用。

海少爷面目扭曲，狂笑不已，春水剑光芒纵横，道道银光划破夜色，直欲刺透乌云而去。

周遭树枝断折纷飞，在尘土中旋舞。而树梢草地的夜露被春水剑吸引，四面八方凌空飞起，汇聚而来，漫天晶莹，蔚为壮观。那春水剑凝集露水，越来越大，越来越长，银带般飘舞不定。

众人瞧得手心满是汗水，大气也不敢喘一口，相比之下，那些呼啸而来、凄嚎而去的水鬼灵仆倒没让他们这般担心，刀剑挥舞，便可将它们击飞。大半的时间都在紧张地观看科汗淮与海少爷的对决。

那姓齐的汉子叫作齐毅，与拓拔野已颇为熟稔，不住口地与他解说诸种险恶之处，拓拔野听得入神，心想：不知我何时才能有这么一身本领？纤纤却大为不屑，只是摇头叹息，倒像是非常担忧海少爷一般。

突听众人齐声惊呼，那章鱼兽九爪并飞，将科汗淮全身紧紧缠住。

海少爷狂吼声中，春水剑猛然炸开，在空中弹吐回旋，变成数十道剑光从四面八方激射向科汗淮。他这一剑倾力而发，势在必得。剑即是水，而且是圆转如意、变化多端的水。

科汗淮大喝一声，周身衣裳暴涨，青光隐隐，护住全身，“噗”的一声，章鱼怪发出一声狂烈的痛吼，九只触角如受电击，蓦然收缩，朝后翻卷疾退。

科汗淮右臂衣袖“哧”地裂开，一道青色的气芒破衣而出。

纤纤拍手笑道：“爹爹的断浪刀出鞘啦！”

众人又惊又喜，心下均想：“科大侠的断浪刀不是长六尺，白如冰雪吗？怎的今日只见青气？”正迷惑间，只见科汗淮右臂挥舞，那道青光蓬然纵横，气旋飞舞。

春水剑几十道强劲无比的剑光突然在空中迸碎，飞花碎玉般洒落开来，落入气旋之中，回旋斗转，又被那道青光吸附。猛然间，那青光暴涨十倍，将春水剑尽数吸纳，变成一道长四丈余的无形长刀。

科汗淮侧身昂立，右臂高举。气旋回转，青光吞吐，无形长刀迎风傲立。

海少爷面色惨碧，满脸惊愕，突然捧住胸，喷了一口鲜血。

他倾尽全力砍下的这一剑，居然被科汗淮轻而易举地化解，所有滔滔真气竟被他的“断浪气旋斩”一举吸纳。十年不分寒暑的苦练眼看付诸东流，心中之颓唐悲愤远比内伤的疼痛为甚。

众人欢呼雀跃，鼓掌叫好。那漫天骷髅仿佛也在刹那间失去力量，突然自半空纷纷跌落，在地上翻滚呼号。

海少爷盯着科汗淮，眼中失落、悲愤、难过、惊疑、仇视诸多神色闪烁不定，咳嗽着喘息道：“这便是你的……你的‘断浪气旋斩’吗？”

科汗淮淡淡道：“科某的气旋斩不过是这十年在东海上百无聊赖时随心所

创，比不上白水宫春水剑博大精深。但是比海兄略强之处，在于科某一腔正气，气随意转，所以气刀不可阻挡。而海兄的水剑虽然气势滔滔，但是心不正气不纯，故而无根。倘若海兄能摈除心中邪念，必可练成浩然正气，那春水剑打败科某也不无可能。”

他苦口婆心，仍希望海少爷能就此领悟，斩断心魔。

海少爷哈哈狂笑，森然道：“随心所创的气刀便要比我白水宫数百年的神兵更强吗？科汗淮呀科汗淮，你未免也太狂妄了！”他脸色由惨碧转为苍白，又逐渐泛起一丝艳红之色，全身簌簌发抖，摇摆不定。

齐毅等人哈哈笑道：“病痨水鬼，你也不必怕成这样吧？”“烂木奶奶的，我看他不是水鬼，是胆小鬼。”众人对海少爷原本就是鄙夷多于畏惧，此刻更是讥嘲笑骂，不绝于口。

海少爷厉声长笑，全身突然瘫了下来，仿佛液体般熔化了。众人惊呼声中，那九爪章鱼兽的头顶蓦然裂开，竟将海少爷整个吞了进去。

章鱼兽嘶声狂吼，周身陡然膨胀，又忽然缩小，九只巨大的触角胡乱翻舞击打，将几块巨石轰然击裂。

有人突然醒悟，惊道：“人兽合一，这病痨鬼要和章鱼怪并体！”

众人正议论不已，忽听四周狂风怒啸，隐隐有怪兽嘶吼，林间簌簌，黑影闪动，仿佛有千军万马隐伏其中。

第七章 千里围猎

乌云层层翻涌，如同海浪般滚滚奔腾。

阴风从耳边呼啸而过，发丝飞舞，凌乱如她的思绪。雨师妾三处大穴被制，唯有头颈还能转动。她被木面人横置于龙兽背上，仰面朝天，动弹不得。龙兽极惧那木面人，朝驿站狂奔。

木面人摇了摇头，道："如果你这些天没有给那小子疏导真气，耗费真元，又怎会一招不到便被我制住？你这多情的性子，何时才能改上一改？"

雨师妾冷冷道："我宁可多情，也不愿像你这般无情。"木面人默然不语。雨师妾咬牙道："如果拓拔和科大哥有什么三长两短，我便回雨师国，终生不再踏进大荒！"

木面人过了半晌，淡淡道："倘若他们识时务，转戈相向，或许我可以网开一面。但科汗淮的性子，你又不是不知道。只怕是宁为玉碎不为瓦全。"

这时距离驿站已经十分近了，还未听到任何杀伐之声。木面人心道："难道科汗淮这般不济，这么快便被拿下了吗？"心中却隐隐有些不安，当下一掌拍在龙兽背上，龙兽惊嘶狂奔。

奔到驿站周侧处，木面人大吃一惊，雨师妾瞧不见前面的景象，但见他目中惊诧的神色，登时放下心来，咯咯笑道："他们已经走了吗？原来你的伏兵都是些土雕泥塑，经不得流水一冲！"

眼前树木断折，残垣断壁，一片狼藉。地上深坑纵横，横七竖八地倒了许多人，也不知是死是活，但放眼四顾，又哪里有科汗淮等人的踪影？

突听天上嗜嗜怪叫，正是那人鸟般旄。般旄扑簌翅膀，落在地上，俯首颤声道："主上，龙牙侯还……还是那般了得，海少爷和水鬼军团全都拿他不住，让他们跑走了。”

木面人大怒，厉声道：“他们朝哪里走了？”般旋极为害怕，颤声道：“他们似是担心东边有埋伏，向北边走了。”

“北边？”木面人一怔，喃喃道，“好一个科汗淮，竟朝北走了！当真有胆有谋。”

驿站东面不到两百里便是蜃楼城的海岸，如是常人，必定往东而去。正因如此，水族已经在东面布下至少三道防线，守株待兔。岂料科汗淮不往东，也不往西，竟往北边水族边界而去。

水族征调之兵大多布于东、西、南三个方位，阻断来自土族、火族和金族的游侠援兵。北边由于是朝阳谷势力范围，反倒处于真空状态。科汗淮原为水族右军使，熟知水族用兵之道，度势行兵，避实就虚，让水族伏兵候了个空。

木面人道：“海少爷怎生败给科汗淮的？”他十年未见科汗淮，不知他有何长进，需要问个明白。

般旋道：“海少爷的春水剑起初将科汗淮打得落花流水，眼见便要将他杀死，岂料科汗淮突然使出什么‘断浪气旋斩’，竟然将海少爷的春水剑吸了过去……”

木面人眯起眼，道：“以气为刀，化水为漩，不愧是龙牙侯。海少爷潜修近十年，难道就这样败了吗？”

般旋道：“海少爷自然不甘认输，又与章鱼怪人兽合一，变成一个章鱼怪和科汗淮相斗。但是不过战了三合，便被科汗淮的断浪气旋斩劈断兽甲，砍掉一只手臂。”

雨师妾听得咯咯娇笑，道：“原来堂堂白水宫主连科大哥三招都抵挡不住。你们的伏兵可当真了得。”

却不知海少爷人兽合一之时，已因水剑倒流、血液逆转而负重伤。他性子偏执，执意为之，自然大败。

木面人更为惊异，望着地上那被劈为两半的章鱼兽，徐徐道：“水鬼军团呢？”

般旋朝那地上横七竖八的尸体瞧了一眼，道：“他们死伤很多，没能拿住科汗淮。让他带着五族反贼朝北边跑了。海少爷像是极受打击，径自朝东走了。水鬼军团大多赶着去追杀反贼，现在恐怕已在三十里之外。”

木面人突然哈哈大笑，道：“驿站往北，便是天壁山。现在东南西北全都是我水族雄兵。科汗淮呀科汗淮，我倒要瞧瞧你有什么飞天入地的本领，能逃出我千里围猎！”

天壁山自南向北两千余里，峭直险峻，阻断东西。山高千仞，东面是陡坡，西侧则是绵延不绝的悬崖峭壁，如同刀削斧凿，不可攀缘。传闻盘古开天辟地，精疲力竭，将斧头随手往大地上一劈，天壁山就此被砍去一半。

天壁山的西边是万里荒原，虽夹杂着森林河流、丘陵盆地，但更多的是开阔无遮挡的原野。科汗淮等人既已奔到这天壁山的西侧，便再无法越过山脉，进入蜃楼城了。

唯一的方法，便是向北绕过天壁山的断谷，再朝南折向东方；或是掉头杀回驿站，绕过山脉最南端，朝东挺进。

此时距朝阳谷与蜃楼城开战之日仅有两天，纵然科汗淮朝北拐过天壁山，再朝东朝南，抵达蜃楼城，最快也是七天之后的事了。七天之后，蜃楼城已灭，拓拔野手中纵有神木令，又有何用？

想到此处，木面人心情大畅，朝般旄挥手道：“你继续跟踪科汗淮，有任何异状，立即回报。”

般旄点头领令，松了一口长气，展翅嗜嗜尖叫而去。

木面人低头瞧着雨师妾，微笑道：“没法子，还得借你苍龙角一用。”

乌云散尽，月朗星稀，众游侠骑着龙马，风驰电掣地朝北疾奔。

众人谈笑风生，回味适才的那一场大战，兴奋不已。齐毅哈哈笑道：“石头姥姥不开花，好久没杀得这般痛快了。跟着科大侠真是惬意！”

科汗淮抱着纤纤，策马微笑道：“朝阳谷不会轻易放过咱们。他们知道拓拔兄弟身上有神木令，定然会想方设法在我们赶到蜃楼城之前除掉，杀人灭口。”

陆平摇头道：“朝阳谷这些水妖可当真胆大包天，连神帝的使者也敢追杀。”

科汗淮淡淡道：“水伯天吴或许没有这个胆量。但是烛龙野心勃勃，又有什么事做不出来？”

拓拔野听他们说了许久，心中迷惑，插口道：“烛龙是水族的大神吗？”

科汗淮道：“正是。此人三十年前代掌族中大事，便党同伐异，将长老会中反对他的人尽数赶出。水族一百六十余城中有七十余座城的城主被扣以谋反之名，满门问斩。这些年，族中剩下的侠义之士寥寥无几了。”说到难过处，微微摇头。

陆平道："科大侠，水族这次为何要以蓝翼海龙兽为借口，围攻蜃楼城？烛老妖究竟打的什么主意？"

众人心中都有这个疑问。蜃楼城不过是大荒的一个小城，又在东海之上，并无重大战略意义，何以水族倾力而出，志在必得呢？

科汗淮瞧了众人一眼，微微一笑，道："请问各位为什么要离开族里，做一个四处漂泊的游侠呢？"

众人七嘴八舌地回答。拓拔野听来，大多是因为族中日益腐败，少数贵族与巫祝权力日大，长老会名存实亡，百姓日益清苦，等等。

科汗淮点头道："三十年前，蜃楼城尚未独立于五族之外时，所有游侠只能在五族边境处游猎为生。人数少得很。自从蜃楼城成为自由之城后，游侠集聚，天下归心，声势一天比一天浩大起来。"

众人纷纷点头，倘若没有蜃楼城作为精神归宿，他们中又有多少人有勇气与族中决断呢？

科汗淮道："蜃楼城号称自由之城，吸纳五族所有游侠，早就被五族所仇视。如果不是当年神帝下诏庇佑，恐怕早就被灭城了。这几年神帝飘忽不定，大荒上尽是他已经化羽登仙的传闻。神帝一死，天下无主，又有谁能继任呢？"

拓拔野道："敢情那个什么烛龙、烛蛇的想做神帝吗？"

科汗淮微笑道："想做神帝的又何止他一人？但是神帝可不是单凭武力便可以自封的，需要有让天下臣服的德行。既然五族都视蜃楼城为眼中钉，那烛龙便将它铲除了。这么一来，他岂不成了五族的英雄？"

科汗淮平日不喜多言，众人只道他不善言辞，岂料此番听他分析局势，入情入理，均大为佩服。

科汗淮道："烛龙此次唆使朝阳谷动兵，还想试探神帝。倘若他还在世，必会阻止。那么他纵然退兵，也会在五族中留下美名。"

众人眼睛都齐刷刷地朝拓拔野望来。

拓拔野一愣，忽然醒悟，心想："神帝化羽这件事如果眼下传扬出去，大伙儿恐怕都要着慌。要是落到水妖耳朵里，那就更加不得了。"当下哈哈笑道："烛龙简直是做梦，神帝身体结实得很，前些日子他把神木令交给我时，还在东海游泳，抽龙筋跳绳玩儿呢。"

众人大喜。科汗淮道："所以咱们必须在这两日内赶到蜃楼城，拓拔兄弟和这神木令都不能有半点闪失。"众人道："这个自然。拓拔少侠是蜃楼城的救星，也是咱们大荒游侠的救星。"

拓拔野微笑不语。纤纤歪着头似笑非笑地盯着他。这一路上不管众人说什么话，她都充耳不闻，只盯着他看，仿佛他脸上有什么好玩的物事一般。

此时天已将亮，身后的水鬼追兵似乎也不敢追来，只是远远地跟在后面。

科汗淮道："朝阳谷要调兵追来，没有那么快。咱们先就地休息，养精蓄锐。等到明日再和他们捉迷藏。"

众人哄然叫好，纷纷下马，在树林里休息。群雄喝了许多酒，走了很长的路，又激斗良久，都已颇为疲惫，此刻有科汗淮相伴，心中大定，不一会儿便都沉沉睡去。

拓拔野倚着树干，想起这几日的奇遇，想起仙女姐姐，想起雨师妾，心中波澜起伏，丝毫没有困意。低头瞧着胸前的泪珠坠，手指把玩，眼前耳边尽是雨师妾的音容笑语，不由得痴了。

忽听旁边一人笑道："瞧你这么宝贝，干吗不放在嘴里含着？怕化了吗？"回头一看，只见纤纤双眼亮晶晶地凝视着他，脸上依旧是那狡黠俏丽的微笑。

拓拔野笑道："小女孩知道什么？快睡觉吧。"

纤纤鼻头一皱，吐舌道："好了不起吗？明儿我也掉几颗泪挂在胸前。"侧头假寐了片刻，偷偷睁开眼，见拓拔野依旧怔怔地看着泪珠坠，忍不住又重重地哼了一声，以示不屑。

拓拔野脑海中尽是白衣女子与雨师妾的身影，耳边回响的也尽是苍龙角与箫声，心中迷茫淆乱，怎么也睡不着觉。从怀中掏出神木令把玩了一会儿，又取出《大荒经》在三昧火炬下翻看。

他想查查眼下方位，按书上所述，眼下当在天壁山西边。书上写道："……又北三百里，曰天壁山。南北两千里，西侧如被斧斫，桀然而断。曰为盘古开天地时所劈。其势险峭，不可攀越……"

忽听南边远处隐隐传来凄厉的号角声，时断时续。拓拔野一怔，猛地跳将起来，大喜道："雨师姐姐！"

众人纷纷醒转，满面惊疑。陆平愕然道："这……这不是龙女的苍龙角吗？"

拓拔野笑道："不错！定是她放心不下，又赶回来看我……们来啦。"原想说“看我来啦”，但话到嘴边，觉得不妥，又生生加上了个“们”字。纤纤哼了一声，道：“好生臭美。”

苍龙角号声凄烈，龙马惊嘶，众人听了也是一阵莫名的恐惧。科汗淮沉吟道：“拓拔兄弟，只怕这次来的不是龙女。”

话音未落，南边远远地传来滚滚闷雷。众人举头望天，颇感诧异，拓拔野却突然一惊，脱口道：“兽群！有兽群朝这儿奔来了！”

科汗淮淡淡道：“有人取了雨师妾的苍龙角，驱使发狂的兽群来追赶咱们。事不宜迟，快些走吧。”

群雄心想，以龙女真气法术之强，竟被人夺去苍龙角，此人定是了不得的人物。只有拓拔野明白，雨师妾定是因为这几日为他疗伤，大耗真元，才会被人所制，心下更为歉疚。

众人翻身跃上龙马，呼喝着拍打鞭策。龙马听到身后传来的苍龙号角，颇为惊慌，不待催促，纷纷撒开四蹄，朝北狂奔。

此时正是黎明前最黑暗的时刻，虽然在旷野之上，无所遮挡，但二十步外一片漆黑，群马疾奔，也颇为惊险。众人大声呼喝，以免互相撞上。

身后号角声隐约不断，那千军万马似的群兽奔腾之声也越来越近，如春潮怒水，决堤奔腾。

如此狂奔了半个时辰，东侧天空渐亮。向东望去，已可以看见数十里外的天壁山如黑色巨墙绵延不绝，迤逦南北。

黑红色的云团在山顶翻涌，几缕金光刺破云层。天空逐渐变成湛蓝色，明艳纯净。接着万缕霞光破云而出，天壁山镶上一层闪闪的金边，天地陡然明亮。满天的云层也镀为金红色，朝霞流舞，变幻莫测。

又过了片刻，一轮红日从黛色群峰跳出，冉冉上升。万里荒原一片金光，晨风清爽。

众人精神大振，觉得浑身有使不完的力量，纷纷仰天长啸。拓拔野瞧得有趣，也气运丹田，仰颈长啸，体内真气随着经脉滔滔周转，这一声啸呼竟然声透长空，绵绵不绝。

众人佩服不已，心道：“原来拓拔少侠身怀神功，却不轻易示人。”

拓拔野又惊又喜，忍不住又试着运气调息，几次下来，一声比一声高亢。待到后来，纤纤颇为不耐，塞着耳朵，叫道：“行啦行啦。把千里外的母猫都招来啦。”这才作罢。但他对于调息运气终于有了粗浅的认识，心中欢喜不尽。

时值初夏，万里荒原碧草没膝，繁花似锦，东侧是千仞绝壁，西边是一片低矮的丛林，一望无际。

正北远处，丘陵如碧浪起伏。朝阳艳丽，碧空如洗，白云飞舞不息，百余骑在这辽阔的荒原上急速驰骋。马蹄踏下花草纷飞，蝴蝶翩翩随来。

众游侠心情极佳，谈笑风生，有人叫道：“稀泥奶奶的，倘若没这可厌的水妖，今日咱们倒可以在这里好好打猎，晚上打打牙祭，简直妙极。”齐毅道：“兄弟高论，不如咱们今日就将水妖当禽兽宰了，抽筋扒皮，打打牙祭。”

众人大笑，有人叹道：“要是水妖个个都如科老妖、海水鬼一般心毒肉厚，那可大大不妙。吃了不崩掉牙，也要拉肚子。”

拓拔野瞧着前面锦缎似的大地，心想：“倘若能在这荒原之上与仙女姐姐或是雨师妾并肩驰骋，游猎为生，那比神仙还要快活。”

又奔了半晌，身后的群兽奔腾之声越来越响，号角声也越发洪亮起来。

众人扭头望去，只见南边烟尘滚滚，黑压压的一片猛兽如潮水般席卷。天上数千只翼鸟龙尖声长叫，密密麻麻地飞来。

齐毅骂道：“石头姥姥不开花，水妖果然给我们送野味来了。”拓拔野笑道：“不如咱们索性掉头，将它们冲个七零八落。”群雄哈哈大笑，摩拳擦掌。

科汗淮眼睛一亮，目露嘉许之色，缓缓道：“此计大妙。那兽群是受了身后苍龙角的惊吓，才发了狂似的朝前飞奔。倘若咱们继续朝北走，以龙马的脚力，终究要被兽群追上。那时被兽群冲击，极为危险。倒不如掉头南奔，至多与兽群迎面擦肩而过。我以‘气旋斩’开路，大伙儿小心跟上，应该不成问题。只要能冲到兽群背后，他们便无法再驱使兽群回头尾追我们了。”

众人面面相觑，从未有人想过正面冲撞发狂的兽群，即便是拓拔野，适才所说也不过是一句戏言而已。

群雄想了片刻，觉得此计虽然冒险，却出其不意，而且似乎也要远较这般没命地奔逃安全，不由得热血沸腾，齐声叫好，对科汗淮的敬佩之意又增加了几分。

正欲掉转马头，朝南冲去，科汗淮又道：“且慢。此刻这兽群气力很足，来势汹汹。咱们要正面冲撞需冒极大风险。眼下它们距离此处还有小半个时辰的路程，咱们放慢龙马的速度，以逸待劳，等它们精疲力竭之时，再掉头冲撞。”

群雄称妙。于是依照科汗淮所言，用布帛将龙马双耳紧紧堵上。听不见那苍龙号角，龙马果然平静了不少，缓缓而行。

天空中突然嘈杂声四起，“咿咿呀呀”，众人回头望去，见那数千翼鸟龙已经如乌云般铺天盖地地飞了上来。

翼鸟龙是极为凶猛的禽龙兽，双翅尽展时可达两丈，喜在平原上猎杀奔跑的动物，眼下为苍龙角所驱，更是狂性大发。大半翼鸟龙的双爪上均抓了一只猛兽，并不啄食，飞了半晌又高高掷下，摔得骨断肠破，然后再捕猎其他猛兽。这数千翼鸟龙赶将上来，必要俯冲攻击群雄。

众人纷纷回身弯弓搭箭，“唰唰唰”，如漫天飞蝗，接连不断地怒射而出。

翼鸟龙接连不断地轰然坠落，重重地摔在草地上，尘土飞扬。但它们数量实在太多，虽有数十只殒命坠落，大多数仍展翅滑翔，前赴后继地涌来，眼看便要冲到群雄头顶。

科汗淮高声道：“大伙儿用刀剑招呼，砍它脚爪便可。”抢先掉转马头，突然全身衣裳鼓舞，右臂挥扬，“哧”的一声，那“断浪气旋斩”又迎风怒放。

这次的“断浪气旋斩”冲出两丈有余，青气回旋，在朝阳下变幻着七彩的光芒。

漫天翼鸟龙呼啸着俯冲而来，瞬间犹如刮起一道狂风，长草、花海贴着地皮翻涌起伏。

龙马长嘶，鬃毛飞舞。众人眼睛被狂风吹得有些睁不开，用手挡在额前，眯眼望去，那乌云般的翼鸟龙群顷刻飞到面前。

科汗淮大喝声中，断浪气旋斩又暴涨了丈余，青光飞舞，彩光炫目，半空中宛如蓦然起了一道无形的光墙。

“噗噗噗”，连声骤响，凄厉的叫声连串而起，鲜血激射，羽毛纷飞，转眼便有二十余只翼鸟龙撞到气旋斩的光墙上，自行送命。

科汗淮气刀纵横，挥舞如风，众人瞧得眼花缭乱，只觉那狂风突止，尽皆被断浪气旋斩挡住。

“断浪气旋斩”是科汗淮当初在东海古浪屿时，每日在海浪中所练而成。起初以断浪刀阻击潮浪，后因断浪刀在海啸中断折，索性弃刀，转而以手御气，而成气旋斩。

断浪气旋斩既在海浪中练成，抗冲击能力原就极大，以抗击海啸之力，来阻击这数千翼鸟龙，虽非牛刀宰鸡，也相差无几了。

漫天翼鸟龙簌簌陨落，尖叫之声不绝于耳，在他们周围堆积如小丘。翼鸟龙群突然分成三块，试图从上方与科汗淮左右两侧掠过，再蓦然集结，俯冲向众游侠。

科汗淮喝道："孽畜敢尔！"气旋斩竟然又暴涨了一倍，卷舞翻飞，刹那间又斩杀数十只翼鸟龙。

漫天血雨，在阳光下闪着妖艳的光泽。但鸟群太多，终有不少绕过断浪气旋斩，怪叫着向群雄俯冲而去。

漫天的翅膀、尖叫声交织在一起，如网一般撒了下来。众人拔刀斫砍，鲜血四射，羽毛簌簌飘落。

拓拔野也拔出无锋剑，胡乱挥砍。两只巨大的翼鸟龙怪叫着朝他当头扑下，劲风凛冽，腥臭扑鼻。众人失声惊呼，想要扑救已然不及。

拓拔野惊慌之下，右掌仓促拍出，体内真气突然如火山喷发，怒河滔滔，在经脉内急速周转，瞬间汇聚到了右掌掌心。

"砰"的一声震响，那两只翼鸟龙距离他尚有四尺之远，便被雄浑无匹的掌风击得尖声怪叫，向后翻转抛飞，重重地撞在草地上，脚爪抽搐，翅膀扑腾，眼见是活不成了。

众人大声叫好，就连科汗淮也不禁露出惊诧的神色。拓拔野素无根基，竟然能无师自通，调气发力，一掌击死两只翼鸟龙，实是出乎他的意料。

正自惊佩，拓拔野突然身形摇晃，"呀"的一声摔下马去，众人失声惊呼，其中以纤纤的叫声最为响亮。

原来适才这一掌击出，掌风击在翼鸟龙身上，反弹回来激起巨大的气浪，拓拔野强撑了片刻，终究还是平衡不住。

他跳起身，哈哈大笑，心中欢喜之意难以言表。见又一只翼鸟龙扑来，"呼"地又是一掌拍出，岂料这一掌未能调动真气，眼前一花，衣领突然一紧，被那翼鸟龙抓了起来，顿时感觉天旋地转，刹那间便凌空飞起三丈多高。

众人呼声不绝，投鼠忌器，不敢贸然相救，忽然听到科汗淮的声音："拓拔兄弟，双手抓住它的脚爪，气沉丹田，往地上冲落。"

拓拔野猛一吸气，平定住怦怦心跳，双手上探，牢牢抓住那翼鸟龙的双爪，凝神聚气，想着"气沉丹田"四字，周身真气缓缓流转，逐渐汇聚到丹田处。这种感觉奇妙已极，心中惊喜，猛地一沉气，脚下果然如悬了千钧之物，慢慢地朝下沉落。

周围黑影闪动，几只翼鸟龙纷纷朝他俯冲围攻。突然青光四闪，鲜血溅了他一身，那几只翼鸟龙连叫也来不及叫上一声，便被断浪气旋斩劈成了几段。

拓拔野抓住翼鸟龙的双爪，向地上缓缓降落。翼鸟龙双爪踢弹，甩不开他，用力拍翼，猛地又上升了丈余。

拓拔野心中一慌，真气四散，登时腾云驾雾地被那翼鸟龙向北拖去。蓝天白云摇摇欲坠，大地荒原急速倒退。

众人正欲弯弓射箭，科汗淮摆手阻止，一字字地大声喊道："小兄弟，你的真气足可控制几十只翼鸟龙，不要着慌。只管聚精会神地调气，将它拖到地面来。"喧闹的众人中，唯有他气定神闲，毫不着急。

纤纤看得提心吊胆，拽着他的衣裳，迭声直叫："爹爹，你快将他救下来呀。"科汗淮一边挥舞气旋斩，斩杀不断扑来的翼鸟龙，一边昂首眺望，淡淡道："放心，他自己可以下来。"

纤纤大急，跺脚娇嗔道："爹！你瞧他都快变成风筝了，哪能下得来呀！"

话音未落，便见拓拔野拽着翼鸟龙缓缓下沉，这回任它如何挣扎，也不能上升分毫。越落越快，终于"嗵"的一声，连人带鸟，双双摔落在草地上。

众人齐声喝彩。纤纤这才放下心来，破涕为笑。

拓拔野将那翼鸟龙朝外一抛，竟将它摔出了六丈有余，骨折而死。十几年来，他从未想到自己竟然能有这等惊人之力，怔怔地看着自己双手，心中又是欢喜又是迷茫。

群雄士气大振，抖擞精神，激战翼鸟龙群。龙马奔腾，翼龙回旋飞翔，断浪气旋斩气势如虹，无可抵挡，也不知杀了多少鸟兽。

拓拔野初通调息御气之道，虽不能将体内真气的威力发挥至极致，但对付翼鸟龙兽却已足矣。双掌胡乱挥舞，气浪澎湃，居然也击倒了好几只迎头扑来的翼鸟龙。心中惊喜得意，远比起前些日在玉屏山顶，借白衣女子之力击败十四郎来得快意多了。

真气一旦流转开来，就如长河奔腾，越来越顺畅，他意到力至，绵绵不绝，打到后来，忍不住仰天长啸。

刀光剑影中，只有一人的眼光从始至终，绝无旁顾，只是聚焦在拓拔野身上。那便是纤纤。她坐在科汗淮的身前，目不转睛地瞧着这俊秀少年，脸颊发烫，心里突突直跳，有种说不出的异样感觉。

她自小跟着父亲在古浪屿长大，从未见过外人。此次来到中原，拓拔野是她瞧见的第一个年龄相近的男孩。但他又绝不似一个孩子，虽然年仅十四，却聪慧洒脱，颇有豪侠之风，加之俊秀倜傥，笑容可亲，叫人见了忍不住欢喜。不知不觉中，对他便有了亲近之意、记挂之心。

方才瞧见他被翼鸟龙抓至半空，她紧张得连心都要跳出咽喉来，竟是从未有过的着急害怕。也是在这一刻，她突然发觉，这认识不过一日的少年居然已经在她的心底扎下根来。

纤纤一抬头，见父亲凝视着自己，微微一笑，脸上登时无缘无故一阵烧烫，又羞又恼，道："爹，你看什么！"却无法将自己的目光从拓拔野身上移转开来。

又过了片刻，翼鸟龙群终于"咿呀"悲鸣，展翅向北飞去。遍地堆积的尽是鸟尸，少说有一千来只。群雄欢声高呼，击掌相庆。

这时南面的发狂兽群已经奔得颇为近了，蹄声震天动地，嘶吼声、悲鸣声、呼啸声……如波浪相击，嘈杂而又整齐地席卷而来。

尘土弥漫，冲在最前的兽群横跨近六里长，潮水般汹涌澎湃，气势汹汹。群雄高声呼啸，一边拍马北行，一边回头顾望，等候最佳的反击良机。

阳光在千里镜的镜片上闪烁着炫目的光芒。

木面人骑着龙兽，迎风立在南边一座百余米高的山丘上。从此处眺望，四面一览无余，正是指挥作战的绝佳所在。透过长四尺的千里镜，他可以清清楚楚地望见众游侠在荒原上策马奔腾的场景。

瞧见众游侠突然放慢速度，闲庭信步般悠然而行，木面人心中疑惑，忖道："科汗淮，你又想要什么花样？哼，这次不管你怎生困兽犹斗，也是徒劳了。"

千里镜缓缓移动。西侧千里丛林隐隐有尘烟滚动，东侧天壁山峭立绵延，南侧群兽奔腾，如潮汹涌。

在他所立的山脚下，更有数千名骑兵列队而立，旌旗招展，龙马嘶鸣，只等他一声令下，便群起追击。

木面人放下千里镜，低头乜斜着雨师妾，悠然道："妹子，你说以数万发狂的野兽、两万精锐之师，去围猎这百余乌合之众，是不是有些小题大做呢？”

雨师妾心中焦急忧虑，脸上却如春花灿烂，咯咯笑道：“在小小一个驿站，你还抓他们不着。到了这万里荒原之上……哼哼，我倒要睁大眼睛仔细瞧瞧。”

木面人左手把玩苍龙角，默然不语。

天空上传来啃啃叫声，般旄招展翅膀落在地上，俯首道：“所有军队都已奉命集结，各就各位。请主上下令。”

木面人淡淡道：“传令，三军合围，抓住瓮中之鳖。”

众游侠正缓步而行，忽见西北侧数十里外的丛林中尘土飞扬，迷迷蒙蒙地出现了好多旌旗，猎猎招展，隐隐还能听到巨象的嘶鸣声。

众人大凛：“定是水妖的伏兵。”正猜疑间，一个眼力甚尖的水族游侠叫道：“他奶奶的，是北海八大天王！”

拓拔野眯眼望去，旌旗在阳光翻飞鼓动，果然写着“八大天王”四个字。烟尘卷舞，蹄声如潮，也不知有多少人马正从那里狂奔而来。

齐毅见他不知此人，便稍加解释。

八大天王是水族北海猛犸城的城主，善使丈余长的象牙斩，有万夫不当之勇。之所以称八大天王，是因为他身上有八处地方远较常人为大，据说一只手掌便能盖住狮虎的头部。

麾下猛犸军团有“水族第三军团”的美誉。尤其他亲率的八百猛犸骑兵，骁勇剽悍，战无不胜，也是水族历年来与他族交战的精锐之师。但从眼下的烟尘旌旗来看，来者似乎远不止八百骑兵。

众人勒马不前，纷纷望向科汗淮。

科汗淮沉吟道：“猛犸军团善于野战，这荒原辽阔，正是他们最为擅长的战场。咱们与他们硬拼，定然不是对手。眼下只有立即掉转方向，冲过兽群，让兽群将猛犸军团冲散。咱们再掉头跟随在兽群的后面……”

群雄拍掌称善，笑道：“妙极妙极！水妖给咱们送来这群开路先锋，怎能不好好利用？”

当下众人掉转马头，用布帛将龙马的眼睛蒙住，策马扬鞭，呼啸着朝南边疾奔而去。

苍龙角急促地吹奏着，兽群如潮，漫野狂奔而来。

大地震动，洪声巨响，诸种野兽发狂嘶吼的声音从四面八方而来，响彻天地。迎面扑来的狂风中，灰蒙蒙的尘土夹带着浓烈的腥臭气味，仿佛海浪般将他们吞没卷溺。

群雄斗志昂扬，呼啸着拔刀疾行。拓拔野只觉周身热血都已沸腾，涌上头顶，跟着大声长啸。

但在这一片轰鸣声中，连自己的叫声都听不见了，耳边轰隆作响，转瞬间已经被尘烟吞没。隐隐约约瞧见，纤纤从前面回过头来，一双明亮的大眼正瞬也不瞬地凝望着自己。

木面人透过千里镜望去，瞧见众游侠突然勒马掉头，排成蛇形长队，利箭一般射向兽群，大吃一惊，忍不住“咦”了一声。

他原想以兽群逼迫游侠北行，再以猛犸军团等万余精兵迎头痛击，将彼等一举歼灭。岂料这行人竟然掉头冲向兽群，大大出乎他的意料。虽然心中不信这帮乌合之众能冲出发狂兽群的冲击包围，但万一真被他们奏效，全盘计划势必落空。

科汗淮果然胆大心细，擅出奇兵。不但修为卓绝，更是难得的将才。难怪当年被誉为“大荒五十年后第一人”。倘若今日让他逃脱，必是极大的祸患！

木面人心中震动，挥舞令旗，山下数千精兵在科沙度等人的率领下，策马疾奔，朝北冲去。

雨师妾此时已经能微微动弹，但浑身乏力，仍无法抢回苍龙角，瞧那木面人失声惊呼，挥动令旗，知道事态必有变化，当下伸手夺过千里镜，勉力坐直，举镜远眺。

但见万里荒原，尘烟滚滚，西北方有万余骑兵冲出丛林，向南狂飙挺进，影影绰绰看见猛犸大象，旌旗如林。在他们的围追之下，科汗淮等百余人正风驰电掣向南疾奔。

再向南望去，数万野兽密如蚁群，翻卷如潮，黑压压地急速移动，眼看着便要与他们迎头相撞。

雨师妾心急如焚，四下搜索，忽然瞧见一个熟悉的身影半立于龙马背上，衣袂飘飞，神采飞扬，不是拓拔野又是谁？欢喜、难过、担忧……突然一齐涌上心头。泪痕犹在，却忍不住扑哧一声笑了出来，低声道：“小傻蛋，不知天高地厚。生死关头，还要什么威风？”

拓拔野生平从未见过这等壮观场面，几日前在东始山上观眺群兽狂奔，已觉惊心动魄，但比之今日身处其中，又不能同日而语。漫天席地的烟尘将碧空红日遮得昏黄一片，耳边什么声音也听不清，只觉得山崩地裂，有如几万个金锣皮鼓一齐奏响。

前方兽群巨浪般层层涌近，依稀瞧见不少猛兽力竭倒地，被万千蹄掌践踏而死。巨象、狮虎、犀兕、龙兽密密麻麻，一眼望不到头。澎湃如潮，转眼即将淹没群雄。

科汗淮立身大呼：“大伙儿排成六人一列，跟在我的后面。兵器全部朝外，火族的朋友在最外面，点起三昧真火。”字字清晰可闻。众人齐声得令，迅速变阵，狂风般挺进。

科汗淮右臂陡然高举，“哧”的一声，青气回旋，光芒吞吐，断浪气旋斩再次出鞘。他猛然大喝一声，右臂正劈前方。

断浪气旋斩暴增至七丈余长，当空掀起狂飙巨浪，迎头斩入奔在最前的兽群之中。

“轰”的一声巨响，仿佛海潮中突然掀起巨浪，十余只巨兽顿时被气旋斩劈成几段，飞至半空，血雾弥漫。兽群大乱，惊嘶声中，纷纷向两侧翻涌奔逃。两翼兽群自相践踏，悲鸣嘶吼，景象惨烈。

科汗淮气旋斩大开大合，光芒万丈，刹那间便杀开一条血路，带着群雄冲入茫茫兽群之中。

两百里以外的山丘上，木面人望着科汗淮带领群雄在兽群内左冲右突，所向披靡，目瞪口呆，一时间竟连苍龙角都忘了吹奏。如潮的兽群竟被科汗淮如此轻而易举地切入，实在出乎他的意料。

雨师妾咯咯笑得花枝乱颤，道：“哎哟，这便是你的天罗地网吗？我瞧也不怎么结实嘛，被乌合之众一冲就破。”

木面人不搭理她，举起苍龙角继续呜呜咽咽地吹将起来。雨师妾哧哧笑道：“你这吹的又是什么号？吃喜酒，迎新娘吗？”

那木面人虽然真气极强，但对于吹号驭兽却是一知半解，仅能以这苍龙角的恐怖叫声逼得群兽发狂，没命地狂奔，但如何分解调度，转向合围，乃至进行诸多阵势上的变化，便一窍不通了。

倘若是由雨师妾吹这苍龙角，众游侠纵有通天之能，也绝无可能从这数万野兽的重围中逃离而出。

木面人熟知雨师妾性情，那群人中，一个是青梅竹马，一个是她情之所系，要让她吹这苍龙角，她便是死了也不愿意。要真把这苍龙角给了她，她定然立即驱散兽群，让他们逃个干干净净。

当下不管她如何冷嘲热讽，只是不理，气运丹田，驭兽狂奔，冀望能将众游侠踩死于乱蹄之下。

雨师妾举着千里镜眺望，芳心乱跳，紧张已极，脸上却语笑嫣然，对木面人极尽挖苦嘲笑之能事，以分其神。

兽群狂奔，众游侠如同一叶扁舟在万里怒浪中跌宕沉浮，迎风破浪。科汗淮的断浪气旋斩狂飙般将众兽分离，所到之处，兽惊如狂，死伤无数。

两翼三昧真火熊熊燃烧，将狂奔而过的猛兽隔离于数尺之外。拓拔野被众人护在中心，但他时而昂首长啸，时而挥掌，将斜冲而至的猛兽轰然击退，气浪竟颇为惊人。雨师妾瞧得又惊又喜，心想，难道这小傻蛋这么快就已学会调息御气的方法了吗？

拓拔野策马飞驰，两侧狂风凛冽，腥臭逼人。群雄仿佛掉进风暴中的大海，在惊涛骇浪中逆风奋进。

举目望去，咫尺之外，尽是各种怪兽闪电般交错掠过。那尖锐的苍龙号角越来越激越，群雄中不少人不得不撕下布帛塞住耳朵。兽群越加发狂，咆哮着自相践踏、撕咬相斗。

无数的野兽或力竭倒地，或被撞飞跌倒，转眼便被身后涌来的兽群踩成肉泥。猛犸群呼啸而来，几只野猪顿时被它们高高抛起，从众人头顶飞了过去。

顷刻间又有几只猛兽被挑起掷出，一只巨大的狮子重重地撞入游侠队中，将边侧火族游侠手中的三昧火炬撞飞，狮子继续朝里翻身急滚，被两个游侠的长枪猛然刺穿身体，悬挂半空。

紧随在猛犸后方的那数十只象鼻龙兽，性情更加狂烈，长鼻卷舞，接二连三地将前面的野兽抛出，四下散落。

两只獠牙虎当空摔落，径直向拓拔野撞来。拓拔野运气挥掌，有惊无险地将其击飞。群雄刀剑挥舞，护住上空，一会儿工夫，又挑飞了十数只落下的猛兽。

突听众人惊声长呼，左前方三只丈余高的象鼻龙兽受惊转向，并肩狂奔，巨掌扬舞，向他们疾冲过来。

科汗淮冲在前面，气旋斩正挥斩正前方的那几只巨型猛犸，一时间竟没有瞧见。

几个木族游侠挺起长枪，猛然刺去，象鼻龙兽来势极猛，兼之皮糙肉厚，奋力刺出的长枪不能伤它分毫，倒险些将游侠震落马下。一支长枪扎在龙兽肚子上，来回摇荡，另外两支戛然断折。

象鼻龙兽狂吼声中，长鼻猛抽而来，立时将一个游侠拦腰卷住，眼看便要抽离甩出。

拓拔野大喝一声，不顾一切地从马背上跃起，右手拔出无锋断剑，奋力斩下。亮光一闪，两尺余粗的象鼻竟被硬生生砍断。

那游侠惊魂未定，与拓拔野一起从半空摔下，被周围众人接个正着。还不等回过神，另外两只象鼻龙兽又已咆哮着撞了上来。

拓拔野避无可避，情急叫道："将我抛起来！"众游侠微一犹豫，还是将他高高抛起。身在半空，心中默念："上苍助我！"凝神聚气，滔滔流转，刹那间将浑然真气引至掌心，"呼"的一掌朝那象鼻龙兽拍去。

掌风凛冽，如狂飙忽起，连带着三昧真火摇曳喷涌。那两只象鼻龙兽被迎面撞个正着，竟浑身着火，硬生生地朝后移了几尺，蹄掌在地上拖出几道深深的印痕。

后方的猛犸群狂奔上前，长长的獠牙正好扎入两只象鼻龙兽的腹中，象鼻龙兽嘶声痛吼，侧身翻倒，又被兽群潮水般踏过，登时殒命。

拓拔野自半空落下，正好骑在一名游侠的龙马上。众人击掌叫好。突然脚下一震，龙马嘶鸣，绊到几具野兽尸身上，翻身摔倒，两人又被高高抛起。

黄土飞扬，身在半空，轰隆声中，听到咿呀怪叫，几只巨型兀鸟拍翼飞来，猛地将两人抓起，朝北飞去。

拓拔野反手一剑将那兀鸟双脚斩断，又猛地一掌将另一只兀鸟打落下去。他这剑术、掌法虽然胡乱使出，全无章法，但真气浩然，力道惊人，竟是不可抵挡。

群雄将二人接住，欢声长呼。

经此混乱，拓拔野心中大定，自信更是成倍增长。虽然周侧万兽狂奔，惊天动地，但已不如起初那般扰乱心境。浑身热血沸腾，沉浸于兴奋与狂喜之中。想当年连一只野驴都不能奈何，被它颠得满地打滚，今日竟然挥洒如意，斩杀翼鸟龙，击退象鼻兽，万兽群中高歌猛进，过瘾至极。

两百里外，有一人比他还要欢喜。

雨师妾放下千里镜，笑靥如花，仰头望着木面人，叹了口气，缓慢而骄傲地说道：“你瞧见了吗？那个少年便是我喜欢的小流浪汉。他的名字叫作拓拔野，你可千万别忘啦。因为过不了多久，这个名字就要传遍整个大荒。”

第八章

咫尺天涯

狂风卷舞，烟尘滚滚，科汗淮一马当先，气势如虹，神威凛凛直若天兵。

他神力惊人，那断浪气旋斩接连挥舞了许久，竟无半点光芒减退之意，反而气势更盛，所向披靡。海潮般的狂兽也不知被他斩杀了多少，群雄势如破竹，一路杀将出去。

如此冲锋陷阵狂奔了一刻来钟，终于即将冲出兽群。点了点人数，竟只折了一人。众游侠大声欢呼，士气高涨，心中均是说不出地畅快。

前方忽然战鼓咚咚，号角阵阵，似有千军万马包拢上来。几个骑术精湛的游侠站立于龙马之上，极目远眺，瞧见二十余里外，又卷起一线白浪般的尘烟，旌旗猎猎，呼声隐隐。定是水妖的追兵迎面冲上来了。

众人大骂："他奶奶的，杀不完的水妖！"

科汗淮大声道："出了兽群，咱们立即掉头。"

群雄齐声答应。有人笑道："咱们来回颠倒，和水妖捉迷藏玩儿，气也将他们气死！"众人哈哈大笑。

这百余名五族游侠原是由各地自发跑来的，素无一起协同作战的经验；经此一日一夜，患难与共，彼此间都产生了极深的信赖感和默契，同心协力，又有大荒奇侠科汗淮指挥调度，俨然已是一支行动统一、变幻莫测的精兵。

昨夜五族游侠突围北行，已大大出乎木面人意料，今日突然瞧见彼等转向南折，冲透数万狂兽的冲击，更加让他目瞪口呆。但这二者相加，都不如群雄再次北折让他感到惊讶。

他原以为科汗淮定是打算趁己不备，杀个千里回马枪，冒险突出群兽包围，然后向东南杀将出去。所以下令南部数千精兵列队稳步北行，以逸待劳，歼灭科汗淮疲惫之师。

岂料科汗淮等人竟然又掉头朝北，让自己的计划再次落空。自己布下的兽群陷阱，反倒成了他们杀向八大天王的开路先锋。震惊之下，不禁再次涌起对科汗淮的敬畏之心，忖道："这厮果然是胆大包天，神鬼莫测。当今族内，实无将帅可与之匹敌！"

雨师妾慵懒地伸了个懒腰，笑道："大哥，好戏看完了，不陪你玩啦。你的这帮手下实在太过差劲，不看也罢。快将苍龙角还我，今日我便回雨师国去。蜃楼城的事我可不想再管了。"

木面人冷冷道："先别着急，好戏才刚刚开场。你的科大哥还攥在我的手掌心里，我不急着一下捏死他，先慢慢地收拢起来，倒要瞧瞧他怎生插翅飞出我的五指山。"

他想，科汗淮狡计多端，倘若再这般急于求成，只怕还要被他瞅空脱身而去，不若稳扎稳打，步步为营，将其包围后，逐步缩小包围圈，待其精疲力竭，最后再一举歼灭。

当下招来般旎，授以密令，然后吹响进攻号角。科沙度等人听得号令，立即下令三军，全速前进。

群雄尾随在兽群之后，大感轻松。然而龙马原非强壮耐力的灵兽，狂奔了这许久，早已精疲力竭，倘若再奔下去，必将不支倒地。

游侠纷纷从腰间抽出套兽索，呼喝着抛掷出去，将前方强壮的狂兽套住，然后腾空跃起，骑到它的背上，再以布帛塞住其耳，减轻它因苍龙角受到的发狂苦痛。

拓拔野虽然真气充沛，却不知纵气腾越之术，瞧见众人都轻轻松松地凌空跃到奔驰中的猛兽身上，自己却是一筹莫展，不由得有些心急。科汗淮以简单的口令稍加传授，再略微鼓励。

拓拔野胆大聪明，一学即通，当下深吸一口气，猛地凌空抄腿，用力朝前跃起，只觉耳边风声呼呼，眼前一花，已在半空，忍不住大声惊呼，急速落下，恰好骑在一只斑牛身上，被它奔腾颠簸，上下跌宕，惊险万状，险些翻将下去。

纤纤先是失声惊呼，既而伏在插翅豹的背上咯咯笑个不停。

兽群奔得极快，虽然水族追兵纵马狂奔，但是与他们的距离仍未见缩短，始终在四五十里之间。群雄并肩驰骋，心情极佳。

北边猛犸军团等水族精兵，不敢与发狂的兽群正面冲击，不得不朝后退去。过不多时，八大天王得到般旄所授的木面人密令，当下兵分两路，一路朝北继续后退，一路则撤回西面丛林之中。冀望兽群过后，斜背面插上，对众游侠重新形成合围之势。

苍龙角也停了下来，四野偃旗息鼓，只有呼呼风啸以及群兽奔腾的声音。兽群受苍龙角驱使才发狂似的奔跑，听不见号角，自然逐渐平息下来。如此又奔了小半个时辰，兽群开始四下逃散。

时近黄昏，荒原上群兽都已逃逸散尽。残阳如血，晚霞满天。万里平原上花草凋零，足迹狼藉，一无遮挡。远远可以看见西面、北面、南面均有水族围兵层叠逼近。但他们似乎并不急于压近，而是保持阵形，互为犄角，要将群雄困在天壁山下。

这一日群雄南北折返将近六百里，虽将水妖的部署完全打乱，暂时逃过大劫，但距离天壁山的最北端仍遥不可及。

三面受围，要想越过东边这陡立千仞的绝壁，也绝无可能。群雄之中，只有科汗淮等寥寥数人能攀上这天壁山，翻山而去，其余的唯有在山下束手就擒而已。而若想强行突出水族包围，众寡悬殊，胜负不战已分。

想到此处，群雄心中都颇为忧虑，白天时欢悦的心情大打折扣，纷纷望向科汗淮，不知他是否有脱敌妙计。

科汗淮见众人情绪渐转低落，微微一笑，道："水族追兵的气焰已经被咱们削了大半，不敢追得太紧。今夜咱们到天壁山下稍作休息，到黎明时再朝南杀出去。他们只道我们要北行，定然在北面加强兵力。后日便要与蜃楼城开战，南面精兵今夜定要调遣大半到蜃楼城海岸。咱们再杀个千里回马枪定能奏效。"

昨夜以来，他屡出奇计，应验不爽，众人敬佩不已，听他说要趁着天未亮时再向南杀出，虽有疑虑，但都点头领命。

当下众人索性朝东而行。水族追兵见他们突然又东折而去，都大为不解，只能疑窦重重地继续朝东收缩包拢。

日落时，群雄已到了天壁山下。长河落日，风萧马嘶，河畔炊烟袅袅，众人开始烧汤烤肉。

水族追兵则在二十里外安营扎寨。一时间荒原上重又恢复了安宁祥和的景象。倦鸟归林，蝙蝠横飞，暮色逐渐降临。

群雄颇为疲怠，吃了些烤肉后，精神方才重新振奋起来，篝火熊熊，谈笑风生。拓拔野烧了两只烤全羚羊，脂香四溢，美不可言。

众人狼吞虎咽，险些连舌头也咬断吞入肚中，一边撕扯大嚼，一边赞不绝口。齐毅大叹携带的美酒在兽群中洒落，惋惜不已，又破口大骂水妖，累得他连美酒都喝不成。

纤纤长居海岛，不喜食这腥膻之物，虽然肉味浓香，亦不肯一试。拓拔野对这聪明伶俐的小女孩颇为喜欢，将她当作了妹妹一般，为逗她开怀，便又跳入大河中捕了十几尾鱼，烤成草香鱼再送给她吃。纤纤极是欢喜，一连吃了两条鱼方才止住。

科汗淮微笑道："拓拔兄弟，你烤的鱼叫作什么鱼？居然有这等魔力。这小丫头素不喜欢吃东西，今晚竟然一口气吃了这么多，真是奇怪……"

纤纤小脸一阵晕红，嗔道："爹！那还不是因为你手艺太差？若是有他一成功力，我也不会这么瘦啦！"

她柔弱的身子在晚风中瞧来更加不盈一握，令人起怜。科汗淮天不怕地不怕，似乎唯独怕这宝贝女儿，微笑不语。

拓拔野哈哈笑道："倘若如此，那可再简单不过了。以后你每日三餐全都包在我身上，将你喂得白白胖胖。"

他生性洒脱，随口说来，却令纤纤大为欢喜，嫣然一笑，道："大丈夫一言既出，驷马难追，说过的话可不许赖皮！"

拓拔野笑道："只要你不嫌弃我烧的菜难吃便可以了。要是将来你吃腻了，那也不许反悔，要捏着鼻子灌下去。"

科汗淮微微一笑，起身朝河边走去。纤纤见父亲走开，脸上忽然一红，低声道："好啊，那你便捏着我的鼻子，帮我灌下去吧。"

拓拔野原不过将她看成小女孩，随意谈笑，忽然发觉落日余晖映照在她的俏脸上，红晕如霞，皱起的鼻头说不出地娇俏可爱，不由得微微一怔，只笑了一笑，便将到了嘴边的话咽了下去。

科汗淮走到河边茂密的竹林中，在遍地的竹叶上坐了下来，从腰间取出那支珊瑚笛子，在手指间轻轻把玩了一会儿，放到唇边吹将起来。笛声清越孤高，如皎皎明月，浩浩清风。

众人都在篝火边高声谈笑，只有拓拔野听到那笛声，登时大为倾倒，心想：

"笛如其人，科大侠的笛声如此超然出尘，比我听过的所有笛声都要好听得多了。"当下缓缓走上前，坐到竹林间倾听。

火云聚散，暮色渐深，苍茫夜空与万里荒原连成一片。大河边篝火熊熊，欢声笑语。淡淡的笛声中，一弯明月从天壁山顶缓缓升起。

清风徐来，月影疏淡。拓拔野盘腿坐在满地竹叶之上，低头闭目聆听笛声。地上竹叶突然沙沙作响，一阵独特的清香扑面而来，闻那气味，当是纤纤无疑。纤纤蹑手蹑脚地走到拓拔野身边，小心翼翼地坐了下来。

月光照在拓拔野俊秀英挺的脸上，眼睫浓密，嘴角挂着一丝微笑。她芳心突然一阵急跳，心想："拓拔大哥长得跟爹爹一样俊，难怪龙女对他这般着迷。不知他喜不喜欢那个妖女？"她装作听笛，眼睛却不由自主地瞥向他脖子上那颗泪珠坠，小小的心里第一次涌起了酸溜溜的感觉。

科汗淮一曲既终，微笑道："拓拔兄弟也喜欢吹笛子吗？"

拓拔野睁开眼，不好意思地挠头笑道："鲁班门前岂敢弄斧？我只是胡乱吹吹，比起科大侠，那可不知道差了多少倍。"

纤纤听说他也会吹笛，登时来了精神，跳了起来，便去抢科汗淮的珊瑚笛，让他吹上一曲。

拓拔野笑道："不用，我吹惯了绿竹笛的。"当下挥剑斩了一段竹子，迅速制成一支光洁滑润的绿竹笛，冲着纤纤一笑，放到唇边吹将起来。

笛声清脆悠扬，比之科汗淮少了一分深邃清幽，多了一分欢快跳脱，宛如林间黄莺、山中飞瀑，令人精神为之一振，尘心如洗。

曲子并不复杂，乃是拓拔野随心吹奏，但变化多端，婉转莫测，常在意想不到之处出惊人之音，高亢低回却又浑然天成。

一曲吹罢，林外响起成片的掌声与叫好声。群雄也为他明亮高亢的笛声吸引，他们虽不通乐理，但那笛声欢乐愉悦，在这困境之中尤其鼓舞人心，大受欢迎。

纤纤拍手笑道："爹爹，你输给拓拔大哥啦！这么多人都叫好呢。"拓拔野连忙摆手，连称不敢。

科汗淮露出一丝奇怪的神色，目光炯炯地望着拓拔野，微笑道："拓拔小兄弟年纪轻轻便有这等造诣，真是音乐奇才。科某有一曲，曲调晦涩，不知能否与我一同吹奏？"

拓拔野一听有难奏之曲，登时来了兴致，连连点头。两人面对面坐着，科汗淮从怀中取出一张羊皮纸，用石子压住，放在拓拔野的面前。羊皮纸上写满了上古音符组成的曲子。

拓拔野年幼时四处流浪，曾跟从一个老乐师漂泊了一阵，是以对这些音符倒不陌生，一看之下，“咦”了一声，抬头诧异地望着科汗淮。

科汗淮微笑道：“拓拔兄弟是否觉得这首曲子无法吹奏？”拓拔野笑道：“既然有人写得出来，那便必定可以吹奏。”

两人将笛子放至唇边，微一点头，一齐吹将起来。

笛声方一奏起，便如峭崖险浪，高陡铿锵，登时将众人吓了一跳。这曲子纤纤常听父亲奏起，但每次吹得一半，便突然止住，对这怪异艰涩的曲子，她倒是没有任何惊异，兴致勃勃地盘腿坐着倾听。

笛声高越，竟如海啸般一浪高过一浪，虽不刺耳，但听起来宛如周身被巨浪高高抛起，还未落下，便又被更高的巨浪抛掷更高处，令人说不出地紧张难受。

突然之间，笛声急转而下，一泻千里，又成绝壁瀑布、疾涛猛浪。竹林沙沙作响，竹叶倾舞。

狂风忽起，满地竹叶卷舞纷飞，众人闭眼伸手格挡竹叶，忽觉自己便如在险浪狂涛之中，被狂泻而下的水浪冲得摇摇晃晃，功力稍差的游侠更是不由自主地跌坐在地。

笛声疾响，有如狂风骤雨、巨浪滔天。接着层层回转，仿佛黄河九曲、泰山十八盘，又如急流小舟在蜿蜒险滩中从容摆渡，每一次都在至为险要之处陡然折回，豁然开朗。每次转弯之后，笛声更高，逐渐又变回起初那节节攀升的巨浪磅礴之势。

群雄耳边风声呼呼，睁眼望去，竹林乱舞，月光暗淡，林外大河突然波澜汹涌。内息翻涌，忍不住要去抵抗这险急笛声，但越是抵抗越是觉得体内翻江倒海，说不出地难受。

笛声在最高处，突然如火山爆发，炸将开来，又如雪崩冰融，汇成怒流春水。

笛声绵绵浩荡，犹如大河奔腾，迂回百转。忽听巨浪澎湃，惊涛裂岸，乱石穿空，千雪迸放，似是到了渺渺东海、万里大洋。

海啸狂风，滔天巨浪，风暴一阵比一阵可怖。突然铿然脆响，风停浪止，一切戛然停顿。

众人睁眼望去，拓拔野不好意思地转了转手中断为两截的竹笛，笑道：“这竹子忒不结实。”

科汗淮跃起身来，脸上第一次露出难以掩抑的欣喜，笑道：“妙极，妙极！有拓拔兄弟相助，明日黎明定可成功突围！”众人从未见科汗淮这般狂喜，听得他所说之话，无不既惊且喜，纷纷站了起来。

科汗淮拍着拓拔野的肩膀，喜悦不胜，笑道：“小兄弟，你可真是上苍派来的不世奇才。蜃楼城有救了！”

科汗淮素来稳重，极少如此盛誉一人，拓拔野受宠若惊，只是挠头微笑，不明所以，看着众人那惊喜敬慕的神情，更加有些不好意思。

科汗淮玩转手中的珊瑚长笛，微笑道：“拓拔兄弟，这笛子可不是普通的笛子，而是东海龙神送给科某的一件龙族封印神器。”

众人都颇为惊讶。大荒时，各族皆有神器，神器分为三种：一为祈天神器，曰为“天神之器”，古时一般由族中圣女掌管。二为驭兽神器，曰为“封印之器”，古时一般由族神、巫祝掌管。三为对战神器，曰为“战兵之器”，古时一般由五帝掌管。

后来五族帝神为了奖赏族人，常将神器作为赏赐，族中神器因此渐渐流入民间，不再为帝、女、神所专有，这三种神器的分界也日渐模糊。

封印神器的神奇之处，便在于它可以封印灵兽乃至人类的元神，将其收纳变化为各种物事。这支珊瑚笛子既然是东海封印，是大荒五族之外的神器，必定也有封印的灵兽。

科汗淮道：“这支珊瑚笛子封印之物，不是普通的灵兽，而是三百年前，被神帝思拓成之击杀于东海之滨的珊瑚独角兽的魂灵。”

众人失声惊呼，极是惊异。

珊瑚独角兽乃是三百年前现身大荒的十大凶兽之一，出现时倾灭十八城，长江泛滥，百姓颠沛流离。思拓成之大战三昼夜方将其杀死，但也因此大耗真元，在此后与裂天兕等凶兽的对决中力竭而死。

科汗淮道：“当年的东海九大龙王悄悄将珊瑚独角兽埋在深海，割下它的珊瑚角，做成这支笛子，又以这支笛子封印它的魂灵。”

陆平点头道：“难怪。珊瑚独角兽是死于惊涛骇浪之中，要解开封印，驭使它的魂灵，便当吹奏出惊涛骇浪般的封印曲。”

这其中的道理便与雨师妾的苍龙角是一样的。当年苍龙被黑帝击杀，取其角制成封印，吹奏时驭使苍龙魂灵，从而驾驭百兽。

科汗淮点头道："正是。这曲子是当年目睹神帝击杀珊瑚独角兽的九大龙王凭借当时记忆合力写成，但是从未有人能将它吹奏出来。便是科某，也无法完整吹出。所以这封印也从未解开。"

他叹了口气，道："想不到拓拔兄弟天纵奇才，竟能将这世间第一艰涩的曲子毫不费力地吹奏下来，倘若不是这绿竹笛太过脆弱，突然断折，科某今日必定可以随着拓拔兄弟将曲子吹完，解开封印……"

众人面面相觑，心中对拓拔野又多了一分由衷钦佩之意。纤纤目光闪闪，尽是欢喜之色。

科汗淮微笑道："拓拔兄弟既有极强的音乐天分，体内又有充沛真气，若由你我二人一同用这珊瑚笛吹奏《金石裂浪曲》，或许可以驭使珊瑚独角兽，带着大家杀出重围。"

众人目光齐刷刷地盯在拓拔野身上，钦佩、期待、欢喜……交糅混杂。有一人的眼光越过拓拔野头顶，怔怔地瞧着天壁山崖，突然脱口道："咦？那……那是什么？"

众人回头望去，只见天壁山离地两丈余高处，赫然多了一道宽三尺、高丈余的狭长裂缝，月光照得一片雪亮，裂缝边隐隐刻了几个白字：桃花源。

地上碎石、尘土累累堆积，想来这裂缝原是被岩石密密实实塞挡起来的，被适才科汗淮与拓拔野的笛声合奏的声浪震裂落地，方才重现天日。

桃花源？这三字好生熟悉，像是在哪里见过一般。拓拔野皱眉苦想。是了，昨夜在《大荒经》上瞧见过这三个字！

当下从怀中掏出《大荒经》，翻到天壁山这一页，果真看见："……又北三百里，曰天壁山。南北两千里，西侧如被斧斫，桀然而断。曰为盘古开天地时所劈。其势险峭，不可攀越。其东有桃花源洞，相传为盘古一指洞穿。长三里余，可由此穿越天壁……"

拓拔野"啊"的一声，狂喜难抑，振臂大笑道："妙极！咱们可以离开这里啦！"

众人瞧见那隙缝之时，心中隐隐已有侥幸之意，听得此言，无不欢呼如沸，有些游侠竟在地上翻起筋斗来。

有人低声道："嘘！可别让水妖听见啦。"众人全部噤声，另一人笑道：

"他奶奶的，听见了又能如何？石头洞这么窄小，等他们钻过去时，咱们早就已经到了蜃楼城里喝酒吃肉啦。"众人哄笑。

当下金族游侠一齐凝聚"幻镜真气"，在那"桃花源"的洞口前立起一道六丈来高的幻镜屏障，远远望去，丝毫瞧不见那条裂缝，倒是影影绰绰看见山下或坐或躺，围了许多游侠。

众人则绕过那幻镜，跃上桃花源的洞口，次第朝里走去。

洞中一片漆黑，湿气甚重，鼻息之间尽是青苔的气味。科汗淮走在最前，手持三昧火炬，侧身朝里走。洞中空气稀薄，倘若是寻常火炬早就熄了，但那三昧真火却甚是奇怪，反倒越烧越亮。

拓拔野觉得空气有些窒闷，按照科汗淮所说，凝神调气，周身循环流转，烦闷稍减。手掌所触处，洞壁青苔遍布，极为湿滑，脚下尽是碎石，每踩一步便咯吱直响。

纤纤毕竟是小女孩，对这黑暗神秘的山洞没来由地颇感害怕，虽然跟在父亲身后，却常常杯弓蛇影，发出尖锐的惊叫声，不住地朝后缩退，往拓拔野的怀中躲去。拓拔野不得已，只好拉着她的手朝里走。

纤纤的小手被拓拔野紧紧握住，感觉到他温暖的掌心和好闻的气息，心中逐渐平定下来，脸上发烫，竟然渐渐忘记了害怕，闭着眼睛，亦步亦趋地随着他往前走。

突然听见"叮咚、叮咚"清脆悦耳的滴水声，众人心中大喜，倘若前方有水，则必有出去的道路，当下回头传递信息，纷纷加快了步伐。

火光摇曳，洞中明暗不定，拓拔野心想："世事当真难以预料，七日之前，我还是在南际山上游荡的流浪儿，今日竟与这些英雄好汉一道去拯救大荒自由之城。短短几天认识了这许多朋友，莫名其妙得到一身真气。上天对我，还真是不薄。只是不知道雨师姐姐眼下怎样了，仙女姐姐又在哪里呢？往后的道路，难道便如同这山洞般神秘而不可猜度吗？"

水声越来越响，湿气越来越重，眼前突然一亮，前方竟是个可容纳数百人的大山洞，一道亮光从那石洞大堂的正顶直直地照射下来。

拓拔野抢前几步，抬头望去，顶上竟是一个深井似的天然石洞，直径约三丈，一直通向千仞高的天壁山顶。

此时月正中天，由这石洞朝上望去，竟恰巧可以看见如钩弯月。峰顶的山泉便经过这石洞，水帘似的汩汩流下，一丝丝地滴入脚下的石沟之中，汇成洞内的小溪，朝东流去。

小溪流到东侧石壁，又从石壁下方那高不盈尺的石沟中流了出去。举起火炬四下扫望，偌大的山洞里，除了这顶上的千仞“天井”，以及东侧的这道石沟之外，竟然别无出口。

过不多时，群雄陆续进入这大石洞中。查遍四壁，都找不到任何出口或是机关。要想从这“天井”或是从那水沟出去，除非变成小鸟、鱼虾。眼见时间流淌，脱身无方，大家不由得又开始沮丧起来。

科汗淮站在东侧石壁旁，沉吟不语，突然伸出手，在石壁上反复敲打，回音空洞。众人大喜，叫道：“这石壁之后必有通路！”

科汗淮沉吟道：“奇怪。但这石壁不像是岩石，难道其中另有玄机吗？”示意众人远远避入甬洞，缓步走到距东侧石壁丈余处，右臂高举，“哧”的一声，断浪气旋斩吞吐出鞘。

群雄纷纷朝后退开，塞上双耳，屏息静观。

科汗淮低喝一声，右臂青光蓬然猛冲，断浪气旋斩以雷霆之势朝前刺去。“轰”的一声巨响，地动山摇，石土飞溅，洞中四壁石头簌簌震落。

尘烟散尽，众人举起火炬望去，出乎意料，东侧石壁并未被洞穿，只是震落了一地的石块，露出青黑平滑的平面。

游侠中有人吃惊道：“北海玄冰铁！这山壁是北海玄冰铁所铸！”

科汗淮面色凝重，沉吟道：“定是有人用北海玄冰铁将这出口完全封住。以我的断浪气旋斩，还不足以劈开玄冰铁。”

拓拔野凑身上前，借着火炬的光芒，看见玄冰铁上刻了一行小字：玄冰为界，水木相安。青木灵感仰、黑水汁光纪盟誓于大荒536年。

众人这才知道，原来这面玄冰铁墙竟是五十年前，木族青帝与水族黑帝在此划地为界时立下的界碑。青帝、黑帝在天壁山划界之事素无人知，想来是他们不欲妄动刀兵，而私下在此盟誓立界。但这和平之举，今日竟害惨了为自由之城的和平奔走的游侠们。

科汗淮道：“这面玄冰铁的后头，必定便是天壁山的东侧。只要打通玄冰铁墙，咱们黎明前便可以赶到蜃楼城。”但要如何打通，却是一件大大的难事。众人在洞中坐了下来，冥思苦想。

拓拔野心想，不知神帝的《大荒经》中有无破解之法？当下又翻出书来，反复查找。

《大荒经》原是记录大荒各地地理风俗、宝藏灵兽的奇书，书上记录，北海玄冰铁乃是将金族的玄铁，放入木族金刚木所引燃的火族三昧真火中，炼烧四十九年，而后再以土族的七彩土包裹，沉入北海，由水族的北海寒冰自然寒化四十九年而成。

因此玄冰铁兼有五行特点，刚柔并济，极难断折，是大荒炼制兵器的最佳原料。因所产甚少，用玄冰铁制成的兵器寥寥无几。

他又反复翻了几遍，方才看到《北海经》上有一行小字写道："玄冰铁既以五族神器铸成，则唯以'五行合一'之法方能破之。"心中大喜，但不知"五行合一"为何意，突然想起那本《五行谱》，当下又翻了出来，仔细查找。

《五行谱》果有一章名为《五行合一》，定睛看去，只见那上面写道："五行相生相克，无某一至强之法。天下无敌之术，在于抛除成见，五行合一。然当今天下，五族壁垒森严，各行其是。要寻一通晓五行之人，何其难矣。倘若五族归心，以五族人杰，手脚相接，肝胆相照，经脉互联，必可成浩然正气，则无坚不摧，无敌天下矣。"

拓拔野大喜，将这页拿与科汗淮看。

科汗淮皱眉思索，道："五行合一，天下无敌，科某早已听说。只是要将五行合一，则必要寻找五个修为几乎一样的五族勇士，联体传导真气，否则真气稍弱的一人，必将被其余四道真气冲断奇经八脉，极为凶险。"

拓拔野原本欢喜的心情登时被浇了一头冷水。世人修为相差极大，要找五个真气几乎一模一样的人，那可真不容易。

科汗淮目光突然一亮，低声道："拓拔兄弟，科某有一个方法可以一试，不过可能要你冒上极大风险。"

拓拔野大喜道："冒险我不怕，只要大家能冲出这天壁山，赶到蜃楼城，便是粉身碎骨我也愿意。"

科汗淮点了点头，目有嘉许之色，道："你小小年纪，便有如此胆识豪气，难怪神帝会将此事托付给你。"当下召集众人，说出他的大胆设想。

他要五族游侠按五行各自列队，席地而坐，以手掌抵于前一人后背，然后按木生火、火生土、土生金、金生水的五行规律，木族第一人将手掌抵于火族最后一人的后背，火族第一人将手掌抵于土族最后一人的后背，如此排成一字长队，水族群雄列于队伍最前，而他又列于水族队列的最前。

他将五族相生导引的浩然五行真气，经由自己的经脉，再输入拓拔野的体内。由于拓拔野原非五族中人，体内强势真气也非五族中的任意一种，想来应不会受五行相克之苦。

而他体内无属性的强大真气，恰恰可以如大海一般吸纳五行真气，而汇成浑然一体的强大力量。唯一忧虑之处，便是拓拔野是否能调动、掌控汇聚而来的浩然真气。倘若他无法及时将真气导引到北海玄冰铁上，而在体内迸爆开来，不仅他一人经脉尽碎，所有人只怕都要经脉断裂，非死即残。

众人面面相觑，颇有忧虑。齐毅跳将起来大声道："石头姥姥的！老子这条命本就是捡回来的，要不是科大侠，早就死好几回了。就算今日死在这儿，好歹有个墓穴可以埋葬！"

众人被他一激，豪气顿生，纷纷跳将起来，决意殊死一拼。

当下科汗淮将拓拔野叫到一旁，将自己毕生所创的潮汐流口诀毫无保留地传授与他。口诀简单，仅有百余字，教的乃是如何天人感应、调息御气，但其中深意自非一时半刻所能领会。

科汗淮拣其至关紧要之处细细教诲，拓拔野生性聪明，一听即懂，恍如醍醐灌顶，喜不自胜。

如此过了半个时辰，拓拔野在他的传授下，自行导引体内真气，果觉流畅通达，随心所欲，比之日里又强了十倍有余。以他之天资，再加上科汗淮的教佐，可谓突飞猛进。

拓拔野心中狂喜，自知便在这短短半个时辰里，自己的修为已经上了数个台阶，再不是从前那野驴也驾驭不住的流浪少年了。

科汗淮见他已基本弄通要诀，可以导引真气，这才让众人布成"五行长蛇阵"。

拓拔野盘膝坐在玄冰铁墙之前，将意念全集中在丹田，默诵着"天人合一、气如潮汐"这八字，缓缓将真气流转起来。

此时月已西偏，月光虽不能照入洞中，拓拔野却在意念中感受到那新月清辉。体内真气如同午夜潮生，周转澎湃，在经脉中汹涌如海。突然背上一热，一道热力、两道热力、三道热力……无数道真气滔滔不绝地从后背涌入，在体内滔滔周转，汇入既有的十五道真气之中。

他逐渐可以辨认出五种不同的真气。五种真气两两相生，首尾循环，仿佛五道河流滚滚东流，虽然浪花激溅，波涛汹涌，但终于汇成浩荡大洋。

体内真气如潮水般越涨越高，越流越急，撞击得他五脏六腑难受不已。毕竟他刚刚学会潮汐流，即便是不世天才，要在这短短时间内，完全学会控制这海啸般的真气，也殊无可能。

科汗淮见他衣服鼓舞，“哧”的一声破了一道口子，既而又破了一道，全身簌簌摇摆，知道他难以驾驭体内真气，当下运气进入他的经脉，帮他周转真气。

科汗淮此举极为危险，对方体内真气远远大于自己，稍不留神，被对方失控的真气涌将进来，则经脉立碎。他只运气片刻，额上便冒出黄豆大的汗珠来，涔涔而下。

纤纤站在数丈之外，瞧见父亲面色惨白，从未有过的吃力，心中担忧害怕，连大气也不敢喘上一口。

众人真气绵绵一线，面色无不惨白，唯有拓拔野周身衣衫鼓舞，头颈通红。突然听见他一声大喝，双掌齐齐拍出。

轰然巨响，如十万个焦雷齐鸣，众人耳中塞了布帛，却仍被被那嗡嗡的轰鸣声震得几欲晕去。浩大的气浪狂涌上来，登时将他们抛飞出去，撞落在各个角落里。

纤纤尖叫声中，山洞内石屑如雨，仿佛整座山要崩塌一般。尘烟弥漫，什么也瞧不见了。

也不知过了多久，群雄方才悠悠醒转，只见那面玄冰铁墙上竟被震穿了一个两丈见方的口子，月光如水，从洞口外斜斜流淌而入。

众人齐声欢呼，从地上爬起来，互相拥抱。大荒至为坚硬柔韧的玄冰铁墙竟被他们合力击破。只要五族团结、五行合一，果然可以天下无敌。

拓拔野坐在地上，看看自己的双手，再看看那玄冰铁墙，简直难以置信。适才发出那一掌时，体内真气如火山喷薄，彼情彼景，就和数日前误服神农丹一样。多亏科汗淮在背后适时发出一掌，将他所有真气推到双掌掌心，导引释放出巨大的力量。

回头寻找科汗淮，他正牵着纤纤，微笑走来。纤纤挣脱父亲的手，奔到拓拔野身边，上下打量他，蹙眉道："拓拔大哥，你没事吧？"拓拔野一愣，哈哈大笑道："我现在再好不过了。"

群雄大难不死，彼此情谊又增加了几分，纷纷过来拉起拓拔野，谈笑甚欢。齐毅笑道："拓拔少侠，你这一掌可把咱们大伙儿憋了几天的气全给出啦。真他奶奶的过瘾。"

有一金族游侠从地上捡起玄冰铁的断片，眉飞色舞道："妙极妙极！平白得了这许多玄冰铁，可以打上几把快刀了！"

众人大呼赞同，纷纷将地上的玄冰铁纳入袖中。有些没拿到的，便讨了一块玄冰铁，在那墙上乱凿，想撬下几片来。

群雄谈笑声中，朝外走去。

清风徐徐，豁然开朗。明月虽已西斜，却还未被山顶遮盖，月光将眼前照得一片雪亮。四野开阔，桃树离合，不知名的野花绚烂地开了一地，花瓣上的夜露闪闪发光。从洞中流出的山泉汩汩而下，注入山下的小溪之中，在月色里晃动着银亮的粼光。

眼前安宁寂静，万籁无声，只有淡淡夏虫交织着叮咚流水。想起山的那一侧，当真有恍若隔世之感。

拓拔野蓦然没来由地想起玉屏山上，那刻在石壁上的歌词来："朝露昙花，咫尺天涯。"人生变幻莫测，果真比那浮云还要无常。

群雄下了山，在那溪流边饮水洗漱，就地歇息。

此时众人心中如释重负，安平喜乐，说不出地轻松，喝了几口甘甜的泉水，倒头便睡。这一觉睡得颇为香甜，虽然不过一个时辰，便被科汗淮叫醒，却觉得精神大振，仿佛浑身充满了使不完的力量。

拓拔野翻查《大荒经》，笑道："妙极了，这儿距离蜃楼城海岸只有三十里地！"

科汗淮点头道："眼下咱们没有坐骑，唯有徒步前行。不过不打紧，只要太阳没出来，洞口的'幻镜'不灭，水族围兵便断然不会发觉。咱们全速步行，天明时必定可以到达海边。"

当下众人朝东疾行。拓拔野起初不知如何轻身纵跃，更不会御风飞掠，群雄中几个擅长御风飞行术的游侠倾囊相授，过不多时，他竟也能提气疾行。奔了一个时辰，渐渐运用自如，仗着体内的雄沛真气，甚至可以腾云驾雾地长距离跳跃，心中欢喜难以描述。

黎明时分，终于到达岸边。海上乌云横锁，晨星寥落，乳白色的朝雾弥漫在沙滩上，阵阵海风侵寒入骨。

正要四下寻找渔船，忽听海上传来号角声，白雾之中突然隐隐约约出现了几十艘小船，箭也似的飞来。“嗖嗖嗖”，箭如飞蝗，破空射来。

群雄不知来者是敌是友，连忙拔出兵器格挡。科汗淮长声道：“古浪屿科汗淮，拜谒蜃楼城乔城主！”

乱箭顿止，有人大声道：“倘若是科大侠，请借断浪刀一观。”

科汗淮当下挥舞“断浪气旋斩”朝海中劈去，轰然巨响，海浪激射十余丈高，漫天洒落。那几十艘小船所在海面却仅微波荡漾。

海上那人喝彩道：“果然是科大侠！小人蜃楼城宋奕之，适才多有得罪。”

科汗淮道：“两军交战，谨慎为上。不知乔城主身体康复了吗？”

寒暄交谈中，蜃楼城的快船已急电般驶到海边。众人上前相互抱揖行礼，自报门庭。

那宋奕之是个高瘦的男子，两眼炯炯，瞧起来十分精明干练。他正与科汗淮相谈，听见拓拔野自报姓名，耸然动容，上前跪倒道：“蜃楼城全城上下感谢拓拔少侠冒死前来相救。神帝洪恩，何以为报！”

拓拔野吃了一惊，连忙将他扶起。交谈之下，这才明白那日段聿铠等他不到，一路寻将回去，到了蜃楼城将此事禀报后，又带了数千精兵重新出城寻找。

拓拔野不好意思地笑道：“惭愧惭愧，那日我被雨师国龙女所擒，所以段大哥寻我不着。段大哥的伤全好了吗？”

宋奕之道：“托少侠洪福，已经康复。要不怎会这么生龙活虎地四处寻找少侠呢？”众人大笑。

群雄登上快艇，朝蜃楼城划去。约莫过了半个时辰，朝雾散尽，乌云开处，一轮红日自海上跳出。万里绿海，金光粼粼，众人沐于阳光之中，心情振奋。

突然，纤纤极为兴奋，拽着拓拔野的衣襟，手指前方叫道：“拓拔大哥，你瞧那是什么！”

东南滔滔碧海中，一座雄伟瑰丽的城池连着海岛，破浪拔天而起。那城池似以白玉、水晶、珊瑚等物为砖石，借着山岛之势构筑而成，高十余丈，飞檐流瓦，钩心斗角，在朝阳下变幻着万千光泽，剔透玲珑，宛如梦幻。

宋奕之对着纤纤笑道："这便是蜃楼城了。虽然比不上古浪屿风景绝佳，但也好玩得紧。"

群雄纵声欢呼。拓拔野心中兴奋不已，历尽千辛万苦，终于来到这大荒自由之城。

阳光灿烂，碧海金光。湿咸的海风徐徐吹来，将连日来跋涉的疲惫一扫而光。快艇如飞，向着蜃楼城疾驶而去。

第九章

蜃楼城之夏

这一日，是几年来蜃楼城最热闹的一天。早有探兵快船如梭，赶回蜃楼城将神帝使者莅临的消息传遍全城。

蜃楼城万人空巷，五万城民都涌到城门港口，争相一睹神帝使者与断浪刀科汗淮的风采。群雄刚从港口登陆，便听到礼炮轰鸣，黑压压的人群站在海岛、城楼发出震耳欲聋的欢呼声。

群雄激动，振臂高呼。拓拔野心中更是如海潮澎湃，周身热血沸腾，连日来的艰辛困苦全都忘得一干二净。

除了城主乔羽重伤无法出门之外，蜃楼城几乎所有的长老、将领尽皆赶到港口迎接，个个看起来都是雄姿英发的当世人杰，豪爽洒落，众游侠不禁大为心折。

蜃楼城众将听宋奕之引见拓拔野，纷纷拜倒。拓拔野虽知他们乃是因自己神帝使者的身份，感激圣恩，方才行此大礼，但心中难免惴惴，颇为不好意思，连忙一一扶起。

众人自报姓名，蜃楼城群雄听得科汗淮大名时，更是耸然动容，喜形于色，无不恭敬行礼。双方中有些乃是相识多年的故人，此次重逢，更是欢喜不尽。

人头耸动，姓名繁杂，一时间拓拔野也记不住许多名字，倒是一个红胡子大汉长相雄奇、名字有趣，叫作烈九，一下便记住了。

拓拔野笑道："这名字当真有趣。烈酒，烈酒。倘若与人打架，无须动手，只需呵上一口气，就能将他熏得醉倒。"

众人大笑，心想："这神帝使者少年心性，果然如段大哥所说的那般可亲。"心下对他又多了几分亲近之意。

烈九哈哈大笑，他说起话来有些口吃，张大了嘴，发不出声，眨巴了半晌眼睛才挤出一句话道：“醉倒了他，他还……还……还得给我酒……酒钱呢！”众人又是一阵大笑。

蜃楼城群雄拥簇着拓拔野、科汗淮等人朝城里走去，人潮退让，欢声雷动。

拓拔野耳边不断听到有人议论道：“这便是神帝使者吗？果然年轻得很。”“啧啧，年纪轻轻，又长得这般俊俏，难怪连水妖龙女也对他这般着迷啦……”他赫然竟已成为蜃楼城的传奇英雄，连绯闻八卦也跟着不胫而走。

拓拔野从未受过如此关注，心中自不免有些得意，朝着人群微笑挥手，神采飞扬，瞧在众人眼里，更觉魅力平增，不由得又是一阵骚动。

放眼望去，不少年轻美貌的姑娘挤在人群里，朝他秋波频传，笑靥如花，拓拔野心中怦怦一阵急跳。

纤纤撇了撇嘴，冷笑道：“瞧你得意得连自己叫什么都记不得啦。哼，见了美貌姑娘，便将你的那位眼泪袋子姐姐全抛到脑后了吗？”

拓拔野一愣，这小姑娘牙尖嘴利，自己辩她不过，这次又被她噎了个正着，只好装作没听见，笑了笑，去拉她的手腕。纤纤一甩手，想要挣脱开来，但被他指掌紧握，脸颊烧烫，突然气力全无。

拓拔野虽然不过十五岁，但自小流浪，成熟颇早，兼之误服十四颗神农丹，骨骼肌肉都膨胀变化，倒似十七八岁的少年。他与纤纤走在一起，宛如一对璧玉兄妹，也不知羡煞了多少蜃楼城的父母。

蜃楼城依岛筑城，城墙极为雄伟，昂首望去，桀然天半。楼台琼宇更是鬼斧神工，瑰丽万端，瞧得众人目不暇接。

一路上，宋奕之指点建筑，给众人解说诸多旧事典故，让人大长见识。拓拔野听得津津有味，事事新鲜。

这蜃楼城原是三百多年前，木族青帝采东海珊瑚、龙宫水晶与昆仑白玉筑成，原为木族祭天之圣地。后因木族南迁，这蜃楼城便逐渐成为木族在东海上的要塞。

城墙堡垒乃是由三百年前第一巧匠君素光设计，坚固雄伟，有东海第一城之称。同时又极为典雅瑰丽，一砖一瓦尽是精雕细琢的艺术品。

城中极为干净整洁，街道全由鹅卵石与海底细沙铺成，两侧遍植丈余高的东海珊瑚树与大荒各地的奇花异草。民居错落有致，尽是白玉与青柚木等海底奇木所建，镶嵌水晶窗户，风格变化多端，或为亭台流檐，或为圆瓦庭院，虽然相差迥异，看起来倒也颇为和谐。

原来这三十多年来，众多游侠归集蜃楼城，其中颇多能工巧匠，是以楼房式样翻新出奇，乔羽又素来宽容自由，海纳百川，城中建筑更加风格多样，方圆十里的岛城竟成了大荒各族所有建筑的微缩与集合地。

一路走来，更是令众游侠大开眼界。绿海环绕着红树，蓝天映衬着白楼，玲珑剔透的水晶窗在阳光下闪烁着炫目的光芒。

众人随着他们浩浩荡荡地走在后面，满城尽是夹道欢迎的百姓，他们服装各异，五彩缤纷，丝毫不受当时族规限制，欢喜之情溢于言表。

如此走马观花走了半晌，来到城东的“集贤苑”，这里是蜃楼城接待贵宾之处，也是昔年水族圣女及青帝祭天时的下榻之所。

集贤苑坐落在城东巨岩之上，巨石悬空，朝东海探出数十丈。苑中楼台全部由水晶与沉香木建成，犹如一座座透明的四方盒子，玲珑剔透，异香扑鼻。

宋奕之等人安顿好众游侠之后，方才告退。群雄连日奔波，到达目的地，心情一旦放松，那困乏之意立时又涌将上来。当下各回房间，吃了些海鲜蔬果，沐浴休息。

拓拔野的房间恰好对着南面大海，打开水晶窗，阳光绚烂，凉风送爽，下面是一片艳红的珊瑚林，火焰般燃烧到海边。金黄色的沙滩迤逦环绕，碧浪一波波地涌上来。

拓拔野凭窗眺望了好一会儿，才依依不舍地沐浴休息。躺在床上，心中兴奋，翻来覆去，脑中尽是这几日发生的奇事，又看了一会儿泪珠坠与那白衣女子的玛瑙香炉，才不知不觉地沉沉睡去。

一觉醒来，已是傍晚时分，宋奕之等人已在集贤苑等候，请拓拔野与科汗淮前往碧木楼会见乔羽。

一路上，不少人认出神帝使者与断浪刀，纷纷行礼。过不多时，到了一座古朴的青藤木楼房前，想来便是乔城主府邸，看起来颇为普通，甚至远不如一些民宅富丽堂皇。

大门口两个卫兵见是宋奕之，连忙将大门打开，进屋通报。片刻后便有一个十四五岁的少年大步走出，拜倒道：“家父受伤，行动不便。蚩尤代父接迎神帝使者大驾。”

拓拔野连称不敢，将他扶起。那少年抬头瞧见拓拔野，轻轻“咦”了一声，似是对他如此年轻颇为惊讶。两人年纪相仿，身高虽是拓拔野高了些许，身形却不如他强健。

蚩尤古铜色皮肤，肌肉结实，眉目英挺，脸上尽是桀骜不驯的神色，虽然恭敬行礼，但依旧不卑不亢，傲气凌云。

拓拔野笑道：“我和你差不多大，你叫我拓拔便是。”蚩尤道：“不敢。”神色却放松了许多。

转头瞧见白发飘飘、青衣鼓舞的科汗淮，蚩尤脸上顿时露出狂喜敬佩的神色，行礼道：“这位想来就是断浪刀科大侠了？蚩尤慕名已久，今日始得拜见，三生有幸。”

科汗淮微微一笑，道：“果然虎父无犬子。贤侄年纪轻轻，便有大家风范，难得。”

众人边说边往里走。里院更为朴素，四院环合，庭中种了几株梧桐，蝉声密集。

众人随着蚩尤掀开布帘，进了主房。

房中颇为宽阔，阳光透过水晶窗照射进来，一个中年汉子斜躺在床上，形容憔悴，一双虎目仍是光芒闪闪。

他起身微笑道：“神帝使者与科兄为敝地甘冒奇险，生死相助，满城百姓无不感铭于心。在下不能远迎，真是失礼之至。”

科汗淮摆手道：“乔城主孤身独斗蓝翼海龙兽，为民除害，负伤在身，再出此言，可要让科某汗颜啦。”

众人齐笑。拓拔野见乔羽受伤如此之重，兵临城下，犹自如此乐观淡定，大为心折。乔羽目光炯炯望着他，叹道：“英雄自古出少年。段狂人的赞誉果真一点儿也不假。”

拓拔野脸上一红，笑道：“段大哥过誉了。其实真正的英雄豪杰是这四面八方赶来的游侠。明知前途凶险，依旧一往无前。那才是真正的难得。”

乔羽点头微笑，道：“年轻人如此谦恭，更是难得。不知神帝他老人家还好吗？”

拓拔野心中诧异，心想，难道段大哥竟没将此事告诉他吗？突然明白，段聿铠必是担忧这消息影响城中士气，且血书与神木令还在他身上，下落不明，公布此事不到时机。想不到他瞧起来粗豪，却也颇为心细。

但眼下他已经来到蜃楼城，此事无须再隐瞒，当下肃容道："实不相瞒，七日前神帝已经在南际山上羽化登仙了。"众人大惊失色，齐齐惊呼，便连科汗淮也陡吃一惊。

拓拔野朝科汗淮苦笑道："科大侠，昨日凶险，我怕影响士气，所以才不得已说谎。"

科汗淮点了点头，道："你做得很对。"乔羽怅然若失，半晌方叹道："是吗？这……这可真是大荒百姓的损失。"

拓拔野从怀中取出神帝血书与神木令，交给乔羽道："神帝临终遗命，托我带令牌与血书到此，令水族立即退兵。"乔羽展开血书，才看得片刻，热泪便滚滚而下。

乔羽折起血书，道："此事关系重大，暂时不能让外人知道神帝驾崩。须得让水族退兵、签订和约之后，再昭告天下。"众人点头称是。

神帝驾崩的消息若是传到大荒，天下不知又要生出什么波澜来。众人心中都隐隐有些不祥之感。群雄又聊了一阵，乔羽体力不支，脸色越来越难看，豆大的汗珠淌了一身。

科汗淮知道他身受重伤，勉力支撑了许久，微弱的真气已经散开，当下拍拍拓拔野的肩膀，起身告辞。

乔羽笑道："蜃楼城百姓今夜要宴请各位。奕之、蚩尤，你们带着诸位贵宾到海滩上赴宴吧。"

宋奕之与蚩尤躬身领命，带着两人退了出去。

众人来到西面珊瑚海滩时，夕阳已被对岸天壁山吞没，淡蓝的夜空中星辰隐隐，凉风习习。

沙滩上人头涌动，一堆堆的篝火熊熊燃烧，映红了张张笑脸。纤纤远远瞧见他们，便一路奔了过来，一只手拉住科汗淮，一只手拉住拓拔野，朝里走去。

沙滩上欢声笑语，人们围坐篝火烧烤牛羊、海鲜，喝着自酿的美酒。年轻的游侠们与姑娘围着篝火，跳着舞蹈，五弦琴的欢快旋律响彻沙滩。

拓拔野一边为众人烤炙拿手的焦骨鱼，一边与周围游侠谈笑。

突听轰声巨响，众人掉头望去，岛心山丘有人燃放烟火，一道道绚丽的烟花划破夜空，漫天绽放。沙滩上响起沸腾的欢呼声。

爆声连响，深蓝的夜空瞬间开满了层层叠叠的烟花，一朵朵五彩缤纷，变幻多端。

声声海浪，徐徐夜风，拓拔野手中端着烤鱼，一转头瞧见纤纤正笑吟吟地望着他，秋波迷离，在篝火的照映下，跳动着火焰的光泽。

那眼神这般熟悉，又这般动人。让他想起了谁，又忘记了谁。他心中突然怦怦乱跳，一阵迷茫，手指一松，烤鱼掉在了沙滩上。

蜃楼城的夏天，就在这漫天烟花中悄悄来临。

翌日凌晨，宋奕之、科汗淮率领三百名精兵携血书与神木令，直奔朝阳谷围兵的大本营，出乎意料，前日还旌旗林立、帐篷密布的朝阳谷营地，今日竟已空空荡荡，人影全无。只有灶坑炭木依旧星罗棋布。

宋奕之领军朝南疾驶，沿途经过七个朝阳谷营地，无一不是如此。想来定是水妖眼见狙击科汗淮、拓拔野不成，知道大势已去，索性悄然偃旗息鼓，连夜拔寨撤退。

蜃楼城军民听得水妖撤兵，无不欢欣鼓舞，又大大热闹了一番。乔羽仍有所疑虑，又陆续派遣九路探兵，侦骑四出。终于确定所有水妖围兵昨夜已全部撤回水族境内。

傍晚时所有探兵全部返回蜃楼城，段聿铠也率领数千精兵赶回城中。

段聿铠刚登上港口，便有人报神帝使者已安全到达，白龙鹿虽未听见拓拔野的名字，却似乎已闻着他的气息，欢声长嘶，昂首踢蹄，险些将段狂人抛将下去，然后猛地撒开四蹄，欢鸣着朝城里狂奔。

众人见段狂人在一匹似龙似鹿的灵兽上颠簸乱舞，大呼小叫，无不好笑。

拓拔野正与群雄在集贤院中吃饭，忽听得外面远远传来欢嘶之声，大喜过望，跳将起来，朝门外奔去。

他刚到院中，白影一闪，狂风卷来，已被某物扑倒在地，一条湿漉漉的舌头随之舔将上来，将他从头到颈，彻底扫上一遍，温热的鼻息喷得他瘙痒难当。

拓拔野哈哈大笑，双臂将它搂住，道：“鹿兄，可想死我啦！”那白龙鹿嘶鸣不已，似是在说：“我也想死你啦。”

突听有人气喘吁吁地笑道：“这个畜生，闻见你的气味，就发了狂似的乱奔，将我跌得一身泥。”抬头望去，一个大汉浑身泥土，笑呵呵地站在门口，正是多日不见的段聿铠。

拓拔野大喜，两人曾患难与共，此番重逢，更为亲热。苑中群雄闻得声音，纷纷出来，互相介绍，俱极欢喜。

纤纤瞧见那白龙鹿，颇为喜爱，上前抚摩它的头，笑道：“拓拔大哥，它是你的朋友吗？长得可真奇怪。”

拓拔野笑道：“正是，不过它可傲慢得很，不睬别人。”岂料那白龙鹿似是对纤纤颇为驯服，眯了眼任她抚摩，低嘶不已。拓拔野大为讶异，纤纤则大感得意，咯咯笑个不停。

当夜，蜃楼城再次全城欢宴，乔羽也勉力出场，与拓拔野、科汗淮等赶来援助的群雄敬了数十杯酒，这才告退。

此后十余日，蜃楼城依旧侦骑四出，始终未见水族有何异动。

乔羽又派遣五路使者，将神帝圣谕分别送至五族都城，递交长老会，一场战祸就此出人意料地消弭于无形。举城上下，对拓拔野、科汗淮等人都极为感激。

和平既定，自第三日起，便有游侠陆续告别而去。

拓拔野与科汗淮也欲告辞，却被乔羽等蜃楼城军民苦苦挽留，几次人已到了码头，又被拉了回来。

盛情难却，何况拓拔野素以四海为家，离开此地，也不知将往何去，纤纤又在岛上玩得乐不思蜀，是以两人决计在蜃楼城中住上一段时日。

既已在蜃楼城住下，科汗淮索性以沛然真气帮助乔羽疗伤，重新打通、修复他的奇经八脉。

拓拔野对医药颇有兴趣，又得了神农的《百草谱》，四下为乔羽寻找疗伤奇药。岛上五族游侠带来的诸多奇花异草中，也有不少相符。他配出数味良药，与蜃楼城的巫祝不断地切磋讨论，改进药方。

如此双管齐下地治疗，过得几日，乔羽始有好转之势。举城上下，都颇为欢喜。乔羽之子蚩尤对拓拔野、科汗淮二人更是大为感激。但乔羽经脉震毁，原非短时内可以康复，拓拔野翻遍《百草谱》，倒是寻着几味极为有利的猛药，可惜遍岛上下，都没有这些奇草。

蚩尤起初虽然颇为矜持，与拓拔野相遇时恭敬有礼，但毕竟是十五岁的少年，时日一久，便露出原形来。

拓拔野又素来外向开朗，极易与人交成朋友，而且对蚩尤不知怎的，心中很有好感，有心与之结交。十几日下来，两人已成了颇为熟稔的朋友。

蚩尤性子狂野桀骜，勇敢顽强，虽然话语不甚多，却颇富威信，在岛上乃是诸多少年的领袖。跟随蚩尤的一帮少年听说拓拔野诸种壮举，佩服得五体投地，每日围着他，缠着说些路上趣事。

拓拔野连比带画，口沫横飞，叙述间不免有所夸大，直听得众少年眉飞色舞，啧啧称奇。关于仙女姐姐与雨师妾一节，拓拔野只是轻描淡写地提过，但已令众少年干吞馋涎，悠然神往。蚩尤素来喜欢冒险，对拓拔野的经历也是大为倾慕。

一干少年终日厮混，越加熟稔亲密。纤纤也终日跟着拓拔野，形影相随，直如兄妹。拓拔野一则颇为喜欢她，二则苦于摆脱无法，只好由她。

众少年见她是断浪刀科汗淮的千金，无不大献殷勤。加上她娇俏可爱，更被众人奉若公主。

这一日吃完午饭，拓拔野约了蚩尤在城南沙滩相见。他趁着纤纤不注意，悄悄溜了出去，一路飞奔，逃也似的到了岛南沙滩。

艳阳高照，白沙碧水，海风中满是湿咸温热的气息。沙滩上横七竖八地搁了几十艘渔船，五颜六色，错落有致。

十几个渔家少女在海边晾网，瞧见拓拔野，时而嫣然微笑，眼波频传，时而交头接耳，发出咯咯脆笑声。

拓拔野分花拂柳，一路微笑招呼，众少女被他那温暖的微笑引得芳心剧跳，连手中的活儿都情不自禁地停了下来，直到他走出好远才缓过神，纷纷红了脸互相取笑。

远远地听见蚩尤呼喊，循声望去，却见他站在一艘白色的小艇内挥手。拓拔野飞奔入海浪之中，跳上小船，笑道："怎的就你一个人？"

蚩尤笑道："带你去一个地方。"拓拔野见他说得神秘，登时起了好奇之心。

两人齐齐摇桨，朝东边峭石林立的礁岩群驶去。拓拔野在蜃楼城住了近月，早已颇为熟悉，知道那边兀石嶙峋，暗礁遍布，极少人去，心中更加诧异。开口问了数次，蚩尤只是微笑。

拓拔野好奇之心更盛，不知蚩尤要带他去的究竟是什么地方。小船绕过一块巨大的尖石礁，便到了暗礁区。太阳已过中天，酷热阳光被岛石与礁岩遮蔽，煞是阴凉。

蚩尤似是对这一带极是熟悉，哪里有暗礁，哪里有钩绊，他仿佛闭了眼也能知道一般。小船左折右转，过了片刻在一片环立的礁石中停下。

巨礁围合，正前方一块七八丈高的巨大石壁兀然峭立，昂首望去，阳光恰好在那石沿上迷离闪耀。

拓拔野笑道："便是这儿吗？"蚩尤不答话，只说了一声："随我来！"突然一头扎入海中，水花四溅。

拓拔野好奇心大盛，也猛吸一口气，跃入水中。海水清凉，极是惬意。他水性颇佳，在水中睁开双眼，见蚩尤如游鱼般灵活自如地朝深处游去，便紧随其后，翩然游动。

海水灰蓝，远处迷蒙一片，影影绰绰可以看见暗礁林立，鱼群穿梭。蚩尤绕到那巨大石壁的东南下方，在一个四尺来宽、一丈余长的隙缝旁停住，轻轻招手。

拓拔野游上前去，随他钻入那隙缝之中。

里面一片漆黑，海藻迎面拂来，如弱柳扶风。蚩尤拉住拓拔野的胳膊，急速上升。草藻乱舞，拓拔野右腿险些被缠住，顿了顿，终于在一口气即将憋尽之前，冲上了水面。

眼前一片明亮，拓拔野大口喘气，伸手挡住光线，过了片刻，才眯着眼四下扫望。坚岩陡壁，环水包合。南侧石壁高约六丈处，有几个数尺宽的大洞，阳光恰好从石洞中斜斜射入。

四周石壁上青苔遍布，水光摇荡。北面石壁上有一个极大的洞窟，幽深不知底。蚩尤便湿漉漉地坐在那洞窟前的岩石上，微笑道："就是这里了。"

拓拔野游到边上，由蚩尤一拉，攀爬上去，左右环顾，笑道："这儿倒是个秘密好玩的所在。"蚩尤回道："此处除了我和你，再没有人知道了。"

少年常有自己的隐秘之地，唯有至为亲密的好友，才能分享。蚩尤今日将拓拔野带到此处，那自便是将他视为极好的朋友了。

蚩尤性子桀骜狂野，虽然受父亲影响，言语不多，勇猛顽强，颇具领袖气质，但是外冷内热，内心深处却是率性而为。

拓拔野随和不羁，开朗风趣，两人性格虽不同，却相得益彰。相处时日虽不久，在蚩尤心里，却仿佛早就认识了一般。况且拓拔野对蜃楼城与乔家都有大恩，这份交情便更为厚重。

拓拔野闻言大为感动，他从小流浪大荒，受人白眼，虽然生性开朗乐观，但毕竟觉得孤单落寞。十几年来的好友，除了当日的小狗阿黄，便是白龙鹿。自遇见神农以来，虽然认识了不少英雄豪杰为忘年交，但比之同龄知交的感觉自然又大大不同。

这半月里，与蚩尤等一干少年厮混，实是一生中至为快乐的日子，心中早已将他们当作极好的朋友。今日见蚩尤将他独自带到此处，真挚之情不言而喻，心中又是欢喜又是激动，忖道："这一生一世都要与他做最好的朋友。"

两人忽然都有些不好意思，默默地坐在石窟沿上。阳光闪耀，凉风穿隙，石壁上水光荡漾，清凉舒爽。

蚩尤跳将起来，道："拓拔，你随我来。"取出三昧火折子，"唰"地打亮，朝洞窟里走去。

那洞窟地上凹凸不平，水洼深浅各异。岩壁上水珠颗粒流淌，极为潮湿。偶有水蛇从脚下蜿蜒而过。

火光跳跃，前方幽深黑暗，空洞寂静，水珠声叮咚作响，伴着他们的脚步声更显清脆。

拓拔野微笑道："这里这么隐秘，你是如何发现的？"蚩尤并不回答，却问道："我们这城叫作'蜃楼城'，你可知是因何而来吗？"

拓拔野虽然对大荒中许多事情不甚了解，但流浪已久，对神怪传说却是颇有耳闻，道："既是叫蜃楼城，想必与蜃怪有关了？"

蚩尤点头道："对。据说三百年前青帝在此建城的时候，瞧见海面上蜃气云结，五彩斑斓，漂亮得很。那蜃气变成巨大的城楼，足足过了三天才逐渐消散。青帝认为这是神仙的意旨，便让人依照那蜃气城楼的模样，建造出这蜃楼城来。自那以后，每年青帝都要到这儿来祭拜天地。"

拓拔野笑道："难怪这城这般漂亮，像是神仙府邸。"

蚩尤对蜃楼城极为喜爱自傲，听他赞赏，心中也颇为欢喜，笑道："是啊，青帝虽然糊涂，却也办了一件好事。"

眉头一皱，又道："可是今日的青帝却是不折不扣的乌贼笨蛋。先人留下的第一名城，竟然置之不理，任由水妖攻占，真他奶奶的紫菜鱼皮！"想到青帝不发救兵，登时怒从心起，既将拓拔野视为好友，也不再如从前那般拘束，口头禅便脱口而出。

拓拔野听他说“他奶奶的紫菜鱼皮”，大觉新奇，颇感有趣，哈哈大笑，也道：“是极是极，真他奶奶的紫菜鱼皮！”

两人哈哈大笑，四壁回音，极是畅快。

这一笑之后，又觉彼此之间亲密了数分，比之方才的略微拘谨有了很大的不同。

蚩尤道：“蜃楼城中每个月都会瞧见一到几次的蜃气幻景。但即使是同一次蜃气，瞧在每人的眼中也不尽相同。听我爹说，这是由于蜃珠极为奇特，又叫作梦珠，你有什么愿望都会被那蜃珠映像到蜃气之中。在你眼中瞧见的，便是当时你的梦想。”

拓拔野奇道：“竟有这等事？这倒有趣得紧。”蚩尤目光闪动道：“我八岁那年，随爹到海上猎兽，瞧见蜃楼城上空是千军万马，狂奔急骋。当时我只道是天兵天将杀将下来，吓得险些尿了裤子。”

拓拔野哈哈大笑。

蚩尤道：“我跟我爹说了后，他却欢喜得很，说我有救济天下的雄心。嘿嘿。”拓拔野笑道：“倘若当时是我，恐怕瞧见的尽是肥鸡乳猪。”

蚩尤道：“十二岁那年，我在海上又瞧见那千军万马的蜃气幻象。我想起爹说的蜃珠，便想寻来看看这宝物究竟是怎生模样。于是便仔细观察那蜃气收放的方位。过了几个月，我发现虽然每次蜃气凝结之处不同，却总是随着当时的阳光变化。我又在岛上找了半年，却仍然什么也没有发现。”

拓拔野心想：“若是换了我，多半便要放弃了。”他性子随和，只喜逍遥自在，没有执着于一物的渴求，听蚩尤这般百折不回地寻找蜃珠，颇为诧异钦佩。

蚩尤扬眉道：“如此又过了两个月，我将一年来记录下的每次蜃气方位与当时的太阳位置，反复计算，估计那蜃珠大约便在此处。”

拓拔野吃了一惊，讶然道：“在这里？”

蚩尤点头道：“对。那日又是蜃气凝集的日子，我悄悄地摇船到附近等候，快到傍晚时，果然让我瞧见几道彩气从这石壁上射出，被那阳光一照，便在远处形成幻景。我想蜃怪定然便藏在那石壁之后！但那石壁太高，我爬不上去，便决定潜水寻找。换了几口气，终于让我发现了此地。”

拓拔野又惊又奇，正要说话，却听蚩尤道：“咱们到了。”

前面突然刮来一阵寒风，火光摇曳，隐隐听见“哗哗”的水声。往前走了几步，绕过一个石柱，豁然开朗。

四壁空阔，闪闪发光，似乎有无数贝珠攀附其上。四处蓝光纵横，如流萤幽舞。

正中一个巨大的水潭，水光潋滟，翻卷漩流，不断地“咕咚”作响，冒出透明的气泡，离水飞出，在幽光下闪烁着森冷的色泽。

拓拔野先前只道外面那处地方，已是蚩尤说的神秘所在，没想到这山腹之中，竟然别有洞天。水气清寒，流光迷离，他仿佛置身于一个仲夏的梦中。

蚩尤低声道：“这里就是蜃怪的老巢。”拓拔野微微一愣，道：“什么？”

蚩尤仿佛生怕惊动旁人，低声道：“随我来。”沿着边上峭壁，灵豹般跳跃，瞬间便跃到了左侧一个高高的凹陷处。拓拔野也随之跃上。

蚩尤道：“今天是本月的一次大潮，正好是那蜃怪现身吞吐蜃气的时候。你且留心看那水潭。”

拓拔野大感好奇有趣，定睛凝望。

水潭汩汩声响越来越大，涡漩湍急，水浪一层层向上翻卷，水面片刻间便升高了两三尺。水泡越来越多，四处悠然飘舞。

水面越涨越高，距离他们脚下也不过近丈而已。想来这洞内的水也是与外通连的海水，此时正值涨潮。

突然浪花喷涌，整个水面犹如炸将开来一般，登时将拓拔二人浇了个湿透。万千晶莹的水珠中，一个巨大的银白物事高高飞起，在空中翻了几番才悠悠荡荡地飘落在水面，随着涡流缓缓盘旋。

那怪物竟是一个纵横约两丈的巨大蛤蜊，银白色的壳扇上也不知有几千几万道岁纹，虽然紧紧闭拢，却闪闪发光，七彩炫然，仿佛有宝珠匿藏其中。

拓拔野从未见过蜃怪，心下激动，屏息凝神观望。

蜃怪缓缓地张开壳扇，方一开张，便有一道炫目已极的幻彩流光闪电般射出，撞到那洞壁上，反弹激射。

刹那之间，洞壁之内彩光交错飞舞，粲然夺目。四壁贝珠被那幻光映照，更加熠熠生辉。

蜃怪的壳扇一点点张开，彩光更强，流离纵横，朝着他们进来的甬洞电射出去。突然之间，阳光仿佛被蜃气牵引，竟从那甬道之中折射而入，洞内登时一片明亮，便连那翻涌涡旋的潭水，也折射出万千幻彩，光怪陆离。

拓拔野只觉眼花缭乱，触目尽是炫彩流光。那万千纷乱光芒逐渐汇融交合，延展伸缩，蓦地眼前一亮，仿佛超离于这岛腹洞穴。

放眼望去，万里碧空澄蓝似海，白云聚散，繁花似锦，青山如带。碧水环合，木屋寥落，牛羊悠然于山坡之间，炊烟袅袅于夕阳之前。

只觉心旷神怡，似乎乘风翔舞，在那惬意自在的天地间漫游。远远地，听见风入竹林，水声淙淙，那木屋前，一个美丽女子正在微笑呼唤。

那笑容绚烂熟悉，温暖如淡淡斜阳。一时之间记不起是谁，正恍惚间听见蚩尤道："你瞧见什么了？"登时一惊，幻光绽破，蜃景迷离，又回到这洞窟之中。

转头望去，蚩尤满脸光彩绽放，眉目之间神采飞扬，料知他定然又是瞧见那千军万马的壮阔景象，是以这般意气风发，当下笑道："没什么，像是小时我住过的地方。"

蚩尤突然右手一指道："拓拔！你瞧见了吗？那蜃景中有你！"声音极是激动，突然哈哈大笑，捶了拓拔野一拳，道："他奶奶的紫菜鱼皮，你穿的金甲银铠，比我还要威风，哈哈。"

拓拔野见他沉浸蜃景之中，不禁失笑。可是放眼望去，并没有瞧见自己，倒是瞧见蚩尤骑着一只怪兽在万里草原上奔驰，挥手朝他致意。身后雪山皑皑，风吹草低。当下笑道："我也瞧见你啦！他奶奶的，你骑的又是什么怪物？"

两人看得投入，浑然忘我。

拓拔野瞧见的蜃景中，景象变幻，但都是极为美丽开阔之地。人物也是走马观花，白衣女子、雨师妾倏然闪烁，巧笑嫣然，恍然若真，令他心跳如狂。待到后来，便是当年的阿黄也跳将出来，衔了一块肥肉欢吠不已，结果被白龙鹿一口抢去，溜之大吉。

正莞尔间，忽觉光芒稍敛，拓拔野心中一凛，凝神望去。只见那蜃怪的壳扇已经张到最大，正开始缓缓闭合。蜃怪贝肉莹白，一颗拳头大的透明珠子光芒夺目，七彩蜃气便是从那珠子发出。

他心中一动，突然想到前几日遍翻《百草注》时，似乎瞧见其上写道："以海仙草研梦珠粉，取燕窝、新雨和之，可复经络。"心中狂喜，猛然起身叫道："蚩尤，你爹的伤有救了！快取出那蜃珠！"

第十章
海上潮生

蚩尤全身大震，失声道："什么？"这半月来，目睹拓拔野采草配药，颇有灵效，心中对他极为信赖，听他这般说，心中惊喜若狂，猛然跳起。

那蜃怪颇通人性，仿佛能听懂他们所说一般，壳扇突然急速合拢。

拓拔野叫道："别让它合上！"白光一闪，右手拔出无锋剑，不及多想，便跳入涡漩急转的水潭。急流汹涌，冰冷彻骨。

蚩尤自幼便随同父亲出海渔猎，身手极为矫健，也颇有些经验。当下闪电般扑向蜃怪，恰好跳入那蜃怪的两片壳扇之间，大喝一声，脚踏下壳，双臂一振，将那蜃怪压将下来的上壳扇死死撑住。

就在这刹那间，拓拔野从水中蹿出，跃入蜃壳之中，运转真气，奋力一剑斩下，劈斫蜃珠所附肌肉。

"噗"的一声，剑锋瞬息没入。突然彩光暴闪，炫目迷离。那蜃怪发出"呜呜"怒吼声，巨大的蜃壳陡然上下夹击。力势千钧，蚩尤只觉眼前一黑，双膝、臂肘剧痛酸软，登时跪倒下来。

他生性桀骜倔强，素不屈膝，大吼一声，弓步支撑，用尽全身力气，竟将那蜃壳又朝上顶起寸许。

拓拔野大惊，叫道："蚩尤快撒手！"剑锋弯转，又全力刺入。

蜃怪痛吼，丈余长的软舌狂乱卷舞，将他拦腰缠卷，连人带剑摔将出去，重重撞在那洞壁之上。

蜃壳交相压合，蚩尤终于抵受不住，单膝跪下，以肩膀、后颈连同双臂苦苦撑住。

拓拔野被震得痛彻骨髓，体内真气又开始蠢蠢欲动，翻江倒海，极是难受。哈哈笑道："好畜生！"眼见蚩尤已然不支，奋力调转真气，激生脚底，猱身扑上。

便在此时，那蜃怪长舌飞舞，将蚩尤双腿缠住，瞬息拉倒。"哧"的一声，一股金黄色的液体激射而出，蚩尤重心已失，避之不及，左肩登时被喷个正着。

"哧"的一声轻响，青烟蹿腾，蚩尤左肩立时被灼烧一个寸许深的洞来。饶是他素来坚忍顽强，也忍不住吃痛低吼一声，险些晕过去。

拓拔野大骇，惊怒之下真气蓬然流转，力贯右臂，陡然电斩而下，将蜃怪卷住蚩尤双腿的长舌斩成两段！

蜃怪狂吼一声，又是一股黄金似的水浪怒射而出。拓拔野来不及多想，本能地拍出左掌，掌风汹汹，竟将那股液体尽数打回。

哧然响声中，青烟大炽，那蜃怪软体被自己的灼液烧出数十个洞来，剧痛如狂，怪叫声中，双壳怒拍。蚩尤左肩剧痛，使不出力来，奋力一脚蹬在壳贝上，却不能阻挡分毫，眼见便要被双壳卡夹。

拓拔野招式已老，"扑通"一声掉入水中，脑中飞转，心道："难道这壳贝比那玄冰铁还要坚硬吗？"心中登时有了计议，叫道："蚩尤，快躲进去。"

蚩尤无法跃出蜃壳之外，只好奋力朝里滚去。

"咄"的一声，蜃壳紧紧闭拢，登时将两人分隔开来。

幻光蜃气陡然消失，洞中大转黑暗，只有壁上贝珠幽光闪烁。蜃怪滴溜溜地急速飞旋，突然往下一沉，朝那涡漩中心钻去。

拓拔野笑道："想走吗？捎我一程！"双手握剑，猛刺而下，"咯嗒"一声脆响，断剑扎入蜃壳三寸余深，紧紧卡住。拓拔野用尽全力，紧紧抓住那剑柄，猛吸一口气，随着蜃怪陡然下沉。

那蜃怪螺旋着急速下沉，周围冰冷的水流跟着急速涡旋，强大的离心力几乎将他甩将出去。

拓拔野咬紧牙关，死死抓住剑柄。周围水流一片漆黑，什么也瞧不见。后背突然重重地撞到一处凹石，剧痛攻心，险些岔气。

过了半盏热茶的工夫，那蜃怪突然不再旋转。他方松了一口气，忽觉周围海流说不出地怪异，涡流之中似乎有某种极为强大的吸力，一张一缩地吞吐，将他与蜃怪一顿一挫地朝某处吸引。

那吸力突然急剧增强，仿佛无数只手将他拽住，闪电般朝里拖去。他身不由己，双手险些挣脱，大骇之下，真气胶着，将剑柄紧握，与那蜃怪狂乱飞转，随着黑暗的涡旋海水，任意东西。

海水越来越急，转得他胸闷气堵，说不出地难受，那一口气早已将憋尽，脖涨脸红，忍不住便要张嘴，终于苦苦守住。脑中昏昏沉沉，心想："不知蚩尤在壳中怎样了。"意识渐转模糊，只有双手紧紧地抓着那剑柄，丝毫不敢松动。

不知过了多久，胸中只觉便要迸爆，忍不住便想吸气，刚一张口，登时呛了一大口咸涩的海水。睁开双眼，隐隐约约看见有些亮光在上方摇荡，心想："既有亮光，应当离海面不远了！"

当下抖擞精神，气运丹田，将真气灌注到双脚，蹬踩着全速上浮。那蜃怪似乎也已精疲力竭，沉重的身体被断剑紧紧卡住，任由他朝上拖去。

片刻之后，拓拔野终于冲出海面，大口呼吸。阳光耀眼，天旋地转，海上波浪摇曳，清凉的海风如甘露般流淌全身。那窒闷欲爆的感觉瞬间消散，仿佛全身都要飘扬起来一般。

突然想到蚩尤还在蜃怪壳中，连忙将那蜃怪拖出海面，用力拍打蜃壳，叫道："蚩尤！蚩尤！"

过了片刻，那壳中也传来几声拍击声，虽然不甚响亮，却已令拓拔野大为宽慰，贴在蜃壳上叫道："你再等一会儿，马上就可出来了。"

那蜃怪漂浮在海面上，一动也不动，仿佛死了一般。拓拔野心中微有歉疚之意，叹道："蜃老兄，对不住。为了乔城主，也只有得罪了。"

当下蓄积真气于左掌，猛地击在断剑破入处。"砰"的一声，蜃壳裂开几道裂缝。蜃怪微微一震，再无其他反应。

拓拔野注力断剑，沿着那裂缝徐徐剖割，猛地一挥，将那蜃壳掀成两半。探头望去，蚩尤躺在蜃怪软体旁，疲怠已极，右手中握着那蜃珠，笑道："寻了四年的珠子，总算到手啦。"

原来这蜃怪被拓拔野斩断软舌，反溅灼液，已经重伤。困兽激斗，又消去许多力气。蚩尤与之奋力相搏，终于将它掐得半死。

拓拔野拉出蚩尤，并肩坐在蜃怪壳上，海风轻拂，阳光摩挲，望着渺渺烟波，团团白云，心中又是欢喜又是激动。

拓拔野仿佛突然想起，奇道："他奶奶的紫菜鱼皮，我们不是在岛腹里吗？怎的到了这大海上？"

蚩尤听他说自己的口头禅，甚为有趣，哈哈大笑道："怎的这紫菜鱼皮到你嘴里，就变了一番滋味？"转头四望，道，"想来那岛腹水潭有连接外海的暗流，将我们卷到这里来了。"

大海上这样奇怪的事情不少，蚩尤自小耳闻目睹、亲身经历都已颇多，是以并不吃惊。

蜃珠在蚩尤手中变幻光泽，万道蜃气冲天飞起，在阳光中迷离纵横，集结成各种瑰丽莫测的奇幻景象。

两人并肩而坐，观望万里碧空上那浩瀚雄奇的蜃景，虽然眼中幻象不同，但心中的激动却是一样的。想不到彼此初次合作，竟就降伏这罕见的蜃怪，取得世间瑰宝。

在蚩尤心中，突然有一个奇怪的感觉，手上这寻觅了几年、能为父亲疗伤带来奇效的蜃珠，它所带来的激动和欢悦，还远远不及自己这意外而珍贵的友情。两人心中喜悦，竟丝毫没有想到当如何回去。

太阳西斜，蚩尤这才将蜃珠纳入怀中，紧紧裹好，道："回去吧。"拓拔野点头道："走。今晚便给你爹熬上一盅药。"

蚩尤起身张望，道："蜃楼城应当在西北方向。恐怕有二十里远。"他在海上不知经历过多少风浪，对蜃楼城周围海域又颇为熟悉，稍加辨别，便知端底。

拓拔野笑道："不如咱们游回去，看看谁先到。"

蚩尤哈哈大笑道："那你输定啦。"

休息半晌，两人体力都已恢复，心情又佳，仿佛全身都有使不完的劲儿。拓拔野跳入海中，拍拍蜃怪，道："蜃老兄，得罪了。你回到海里再化蜃珠吧。"那蜃怪悠悠荡荡地在海上漂了半晌，渐渐地沉了下去。

突然海浪激涌，那蜃怪在海中急剧翻滚，发出低沉而悲戚的吼声。拓拔野正诧异，忽听蚩尤低喝道："不好！"只见那蜃怪突地往下一沉，旁边海面冒出两个黑色的三角鱼鳍。

蚩尤一拽拓拔野，道："快走！龙鲨来了！"话音未落，海面上又接连冒出十余个黑色的三角鳍，急速地朝他们游来。

蚩尤"哧"地撕下一块衣襟，紧紧地裹住左肩伤口，道："他奶奶的紫菜鱼皮，这群畜生想是闻见血腥味了。咱们快走！"

两人全力游离，起初那群鲨鱼还围着争相咬噬那蜃怪，但不过片刻工夫，已经风卷残云，不留丝缕，于是纷纷掉转方向，朝他们追来。

蚩尤深知鲨群之可怕，眼下两人孤身陷于汪洋之上，赤手空拳，无船无帆，无法用平时的猎鲨战术来对付鲨鱼。但若是一味逃命，又怎可能游得过这一群闻着血、饿得发狂的龙鲨？一边飞速游泳，一边苦苦计议。

拓拔野当年在大荒流浪之时，曾被狼群围困在大树之上，若非一群游侠经过，早已成了群狼腹内之物。那恐怖的感觉记忆犹新，如今又在海上遇见远胜群狼百倍的鲨群，心中也不由得起了敬畏之意。

但他越是惊惧之时，越是表现得满不在乎。盖因从小流浪江湖，每遇野兽，若稍稍表现出一点儿怯懦之意，那野兽便立即扑将上来。倘若满脸微笑，落落大方，反而令野兽迷惑畏惧，不敢贸然上前。

习惯成自然，后来每到紧张时，就微笑着自我放松，慢慢地，反倒养成了镇定自若的心理调节能力。

蚩尤见他不惊反笑，悠闲自得地游泳，微微诧异，笑道："你笑什么？鲨群就快来了，还笑得出来？"

拓拔野笑道："我笑这群鲨鱼忒也倒霉，我现下一身臭汗，灰头灰脸的，吃了也败胃口。"

蚩尤见他如许镇定，心下大为佩服，受他影响，那稍微慌乱的心绪也迅速平定下来，哈哈大笑道："他奶奶的紫菜鱼皮，敢情我昨日没洗澡也是上天注定吗？活该鲨鱼倒霉。"

他虽受父亲熏陶，内敛坚忍，但与开朗乐观的拓拔野在一起时，总觉得没有任何羁绊，还原出自己桀骜狂野的本性与童心，即便是这样的危急关头，也嬉笑怒骂，率意自如。

拓拔野笑道："原来你是不爱洗澡的臭鱿鱼，哈哈，妙极。"

蚩尤见他拿自己的"尤"字开玩笑，忍俊不禁，骂道："他奶奶的紫菜鱼皮，就算是臭鱿鱼，也强过你这灰头灰脸的乌贼。"两人哈哈大笑，一时之间竟将眼前的危险抛到九霄云外。

拓拔野笑道："你想出什么法子了吗？"

蚩尤回头瞧了一眼，见最前的一只鲨鱼距离他们已经不过十余丈之遥，当下道："如果有船，自然好办，但现在咱们连块木板也没有，要与鲨鱼对拼，必定是凶多吉少。只能各个击破，等它们嗅着血腥，自相残杀时，再全速逃命。"他虽然勇猛好胜，但思路缜密，绝非一味胡来的莽徒。

拓拔野眼睛一亮道："是了，你的三昧火折子还在吗？"

蚩尤讶然道："难道你想火烧鲨群？"探手入怀，将那火折子取出，"啪"的一声，火焰跳跃。

拓拔野哈哈笑道："这点火苗烤条黄花鱼倒还罢了，烧鲨鱼可不够火力。"将真气调集右掌，猛然拍出，那三昧火焰登时"呼"地蹿起数丈高，笑道："要想让二十里外的人瞧见，火焰需得有多高？"

蚩尤恍然大悟，摇头道："乌贼，纵然他们瞧得见，但相距二十多里，等他们来了，我们也只剩下骨头了。除非这附近有巡海船只。"

拓拔野道："也只有赌一赌了。"抓住火折子，真气愈强，那火焰又陡然蹿升了丈余。

说话间，鲨群破浪，黑鳍摆舞，已经追将上来。蚩尤喝道："先杀一只！"不顾肩膀疼痛，转身朝最前的鲨鱼冲去。

拓拔野道："让我来！"拔剑在手，左手高举火折子，转身游去。

那鲨鱼突然拧身甩尾，力势千钧扫将而来。蚩尤往下潜沉，拓拔野猛然提气跃起，双双避开。

鲨鱼嘶然跃起，张开血盆大口，白牙森森，朝拓拔野咬去。蚩尤在水中奋起神力，紧紧抱住鲨鱼尾鳍，往下拖去。他神力惊人，那鲨鱼跃到半空，竟被硬生生朝下拉了数尺。

拓拔野火折子一扫，火焰熊熊，将那鲨鱼右眼扫中，趁其吃痛狂乱之际，从它右侧落下，断剑闪电般切入鲨鱼头部，顺势剖开一道三尺多长的口子，鲜血激射，海水中立时弥漫开强烈的血腥味。

拓拔野避开喷洒的鲜血，迅速游开。方才游出几丈远，回头望去，那条鲨鱼已经被众鲨围住，疯狂撕咬，刹那之间血肉模糊，已经可以瞧见森森白骨。

两人边战边退，伤了三条鲨鱼，诱使鲨群不断地自相残杀，暂停追击。但那血腥味随着海风扩散开来，不多时竟又引来了十余条鲨鱼。

火光冲天，太阳已逐渐西落，海水也渐转冰冷。但始终没有瞧见船只。眼看晚霞满天，夜幕将至，而那鲨群竟越来越多，两人心中不由得泛起寒意。

左面海上突然又冒出二十余只三角黑鳍，既而右面海上也冒出十余只三角黑鳍。转眼之间，他们竟已陷入近百只鲨鱼的三面包围之中。

拓拔野笑道："他奶奶的紫菜鱼皮，就咱们这三两肉，也够它们分吗？"蚩尤此时反倒了无惧意，哈哈大笑道："一个鱿鱼，一个乌贼，一起葬身鱼腹，也算是死得其所。"

拓拔野拍拍蚩尤的肩膀，微笑道："鱿鱼，你是我这辈子第一个好朋友，没想到也是最后一个。"蚩尤心下激动，笑道："妙极，咱们到了黄泉，还是牛头马面，做一等一的朋友。"

两人哈哈大笑，眼见逃生无望，心中反而说不出地平静，胸中升起万千豪情。

浩荡笑声中，两只巨大的鲨鱼一左一右，闪电般扑了过来。

拓拔野笑道："他奶奶的紫菜鱼皮，咱们即算死了，也不能让这群泥鳅好过。臭鱿鱼，瞧我怎样将它们打成鱼肉酱！"气运丹田，右掌调集磅礴真气，猛然拍去。

右面那只鲨鱼被他那狂冽的掌风击中鼻尖，鲜血飞溅，惨嘶声中，倾尽全力，甩尾向他雷霆似的拍来。

拓拔野哈哈大笑道："再吃我一掌！"丹田突然热气陡升，潜藏在数十个穴道里的真气层层激爆，急速汇成滔滔洪流，急剧膨胀，不随掌心导引出去，反倒在体内逆转，直冲脑顶，双耳轰然一声巨响，大吼一声，直直翻倒。

恍惚间，隐隐约约瞧见蚩尤移身挡过，朝那鲨鱼扑去。

耳边风声呼啸，怒浪飞卷，仿佛有号角与"咻咻"利箭破空之声。眼中一片缭乱，金星乱舞，人事不知。

不知过了多久，拓拔野方才悠悠醒转，头疼欲裂，全身隐隐作痛。甫一睁开双眼，便听到一个清脆悦耳的声音叫道："醒来啦！拓拔大哥醒来了！"既而又有嗡嗡作响的嘈杂人声。

视线模糊，只瞧见一片缤纷影像。过了片刻，那些影像才逐渐清晰。最先映入眼帘的，是纤纤那张玉琢似的小脸，乌溜溜的大眼睛喜不自胜地凝视着他，双颊晕红。

接着耳边传来一阵欢嘶，一条湿漉漉的舌头凑上前，在他脸颊上舔个不停，自是白龙鹿无疑。

过了片刻，周围那些人影终于可以瞧得分明，但终究还有些费力。一一望去，正是科汗淮、段聿铠、宋奕之等人。

拓拔野努力回想，才将海上之事一一记起。吃力地扫望了两遍，不见蚩尤踪影，心中“咯噔”一响，哑声道：“蚩尤呢？没事吧？”

宋奕之微笑道：“多谢圣使关心。少城主受了点皮肉伤，现在回去休息了。”拓拔野闻言心中大定，又沉沉睡了过去，直到第二日晌午才醒转。

醒来时感觉已大为舒畅，脑中虽还有些晕眩，但比之此前的涨痛难当已是不可同日而语。睁眼环视，屋中只有纤纤与白龙鹿。纤纤见他醒转，欢喜不已，拍手笑道：“好啦，爹爹说得没错，你没事啦。”

拓拔野伸手抚摩欢跳的白龙鹿，微笑道：“我怎么回来的？还以为一睁开眼，会看见鲨鱼的胃囊呢……”

纤纤俏脸一板，嗔道：“说谁呢？你才是鲨鱼的胃囊！”哼了一声，又道，“昨日那位宋叔叔带了船队在海上巡游，瞧见你们的火光就赶过去啦。正好瞧见你昏倒在海上，那个傻乎乎的蚩尤竟然挡在你身前徒手和一只鲨鱼搏斗。如果不是宋叔叔及时赶到，你们现在连骨头也剩不下一根啦。”

拓拔野心中一阵温暖，蚩尤为了保护他，舍命相搏，能交到这种好朋友，死亦何憾？

纤纤似笑非笑地凝视着他，道：“你们倒胆大得很，偷偷地溜出海找蜃珠、斗鲨鱼……”脸色突然一变，叉着腰，凶巴巴地道，“这么好玩的事，为何不叫上我？今后再落下我，瞧我还理不理你！”

拓拔野啼笑皆非，道：“是是是，小的知错了。科大小姐息怒。”纤纤哼了一声道：“甜言蜜语，多半是口蜜腹剑。”但神情已经大转柔和。

拓拔野莞尔，逗了她几句，她便又咯咯笑了起来，道：“瞧你认错积极，便饶你一次吧。”

拓拔野双手一撑，正要爬起，突觉全身无力，又瘫软下去。纤纤急道：“你还没好呢！爹爹说，你至少还得躺上三天。”

原来他到蜃楼城十余日，除了寻草熬药，便是终日与蚩尤等人满岛游玩，竟无一日练习潮汐流，调息御气。体内浩然的真气加上残余庞杂的五行真气长久不得疏导，又开始在经脉间胡乱游走。

昨日与蜃怪相斗始，他屡次强行调用真气，使得原已开始岔乱的炁流更为紊乱。待到他与那鲨鱼相斗时，连续运气，体内真气冲撞迸爆，将他经脉震伤，昏迷不醒。

昨日他们被救回之后，城中名医纷纷赶到集贤苑为他诊断。但甫一搭脉，便被震飞，伤筋断骨，不一而足。幸而科汗淮及时赶到，将他真气疏导分散回各处大穴，这才避免体内失控的真气将他奇经八脉震断。

纤纤绘声绘色讲述众名医为他把脉，反被撞飞的混乱情形，听得拓拔野忍俊不禁，哈哈大笑。

白龙鹿也学他笑声，哼哈不止。打听蚩尤情形，方知他虽受了十余处伤，但都只及皮肉，无甚大碍。只是回来之后，盖因连累圣使遇险，被乔羽责罚，七日不得出门。

拓拔野一连休养了三日，方才好转。每日上门看望之人络绎不绝。五族灵丹妙药堆满了他的床头。纤纤则终日与白龙鹿一起，陪在他的身边，夜里等他睡下后才恋恋不舍地回房去。

内伤既愈，拓拔野前往乔府探望蚩尤。蚩尤见了他大喜道："乌……圣使，你没什么大碍吧？"本想喊"乌贼"，但见有外人同来，便改称圣使。

待到其他人退出后，两人才相对哈哈大笑，相互擂胸捶背，"乌贼""鱿鱼"不绝于耳。

门外众人隐隐听见了都大是诧异，均想："这两人怎的一见面便讨论海货，难道少城主关了这几天，想换换口味吗？"当下心领神会，传令膳房。

此后接连几天，乔府晚膳中，冷菜热菜均是乌贼与鱿鱼，花样翻新，层出不穷。

拓拔野痊愈之后，将那蜃珠研磨小半，与寻来的海仙草一道依法制药，乔羽服用后果然恢复神速，三日之后竟已能起身自行打坐调息。众人极为欢喜，对拓拔野的感激之情又增加了几分。

拓拔野、蚩尤两人经此事之后，颇有同生共死之感，友情弥足珍贵，日益深厚，彼此之间，都将对方视如兄弟一般。蚩尤受父亲责罚，不得出门，拓拔野便常常前去看他。是以虽然被关于房内，蚩尤倒也不嫌寂寞。

在众人面前，他依旧是少年老成、勇武傲然的少城主，但在拓拔野面前，便如寻常少年一般，嘻哈笑骂，不亦乐乎。

这一日拓拔野睡至半夜，忽听有人轻叩房门。当下起身开门，正是科汗淮。他低声道："拓拔兄弟，你随我来。"拓拔野心中诧异，不知何事，但依旧掩上门，尾随而去。

此时圆月当空，天蓝如海，海浪声声。

科汗淮领着他绕过集贤苑，穿过珊瑚林，到了海滩上。潮湿的海风迎面扑来，耳中尽是海潮汹涌澎湃的洪声巨响。

正值月圆之夜，也是本月潮汐最盛之时。深蓝色的大海层层叠叠涌起排排巨浪，万马奔腾般卷向海滩，又朝后倏然退去。如此反复，不一会儿便淹没了百余米的海滩。

科汗淮道："拓拔兄弟，那日在桃花源里，我教你的潮汐流还记得吗？"

拓拔野方知他半夜拖自己来此，是重新传授纳息御气之道。想到这些日子以来，自己耽于玩乐，才导致那日气息岔乱，在海上将自己震晕，不禁有些面红，点头道："记得。"当下将那三百余字的口诀脱口而出，琅琅背诵了一遍，一字未差。

科汗淮点头道："很好。这口诀原本不过是我在潮汐海浪中练功时，所创的纳息御气的方法，没有什么稀奇。但是对于拓拔兄弟眼下的情形，却是再适合不过。"

拓拔野那日在洞中学了皮毛，便进展神速，自知此言非虚。《潮汐诀》虽只有三百余字，然而博大精深，不明白之处仍然甚多，倘若他倾囊相授，必定受益匪浅。喜道："那就多谢科大侠了！"朝他伏身拜倒。

"不是师徒，不必行此大礼。"科汗淮右手虚空一托，拓拔野不由自主地朝后拔身后退，"你我颇为投缘，这点小事算不得什么。再说答应了雨师妾的事情，我又岂能失信？"

当下与拓拔野一道坐在沙滩上。明月当空，海风吹拂，他淡然说来，逐步讲解这潮汐流的精妙之处。

科汗淮道："潮汐流所练的不是气，而是意念力。倘若要练气，需得从最为简单的炁流练起。但你体内真气充沛，已经足够了。你需要修炼的是，如何'以意御气'。真气不管有多少种属性，都如这水流。深山瀑布也好，冰山春流也好，要想练成浩然真气，都得汇水成溪，再聚合为江河。

"所有江河支流汇合处，必是最为凶险的所在。这便好比你体内真气，来自不同属性，不同地方，在经脉间游走，要想汇合，必要相交，但相交之时，便是至为凶险的时候。稍有不慎，经脉便要被震伤冲断。"

拓拔野感同身受，连连点头。科汗淮道：“倘若这水流太过凶猛湍急，势必要毁坏甚至淹没河床。你可知如何才能将这支流顺利汇合，而不让河床毫发无损呢？”

拓拔野沉吟片刻，目光一亮道：“是了！倘若我能将河床加宽，多一点儿回旋的余地，自然便能使得河流顺利交汇！”

科汗淮微笑道：“正是如此。因此随时随地改变经脉，便是潮汐流的第一要义。”拓拔野颇有茅塞顿开之感，连连点头。

科汗淮道：“真气如洪流，势不可当，经脉便如河道，阻之则崩。最好的办法，就是因时应势，变化如意，将这滔滔江水导引到你想要去的任何地方。”

拓拔野皱眉道：“可是经脉又当如何改变呢？”科汗淮道：“意在气先，气随意走。经脉可以由你的意念来调整。”

科汗淮不急着教他控制意念力的方法，又往下说道：“黄河九曲，千古长存，便是因为常常改变河道的关系。只是这九曲之处，其实早已不一样了。但即便是黄河、长江，也不是至强之水，至强之水……”

拓拔野脱口道：“至强之水自然是大海。”

科汗淮颔首道：“正是。不管江河如何泛滥，到了这海洋中便消失得无影无踪。海纳百川，有容乃大。要想将五湖四海的真气浑然合一，你便要有大海般的容量。”

拓拔野瞧瞧自己的肚子，又瞧瞧眼前那波涛汹涌的大海，笑道：“我的饭量至多是两斤牛肉而已。”

科汗淮微微一笑，右手指在拓拔野丹田处：“你的大海在这里。”

他盯着拓拔野困惑不解的脸，一字字地说道：“练气先练意。意守丹田，将它变为万里汪洋。所有真气到此，便如江河入海。那时无论是冰泉还是山溪，都不过是海洋的水滴而已。”

拓拔野在心中不断重复：“经脉是河道，丹田是汪洋。意在气先，气随意走。”反反复复念了几十遍，只觉得这道理仿佛十分浅显，却又说不出地艰深。他先前诸多苦痛，便是因为体内真气太盛，如黄河泛滥，冲击全身，倘若能将周身真气如江河般导入丹田气海，那自然妙不可言。但是丹田方寸之地，如何容下许多真气，脑中仍是一团迷雾。当下相问。

科汗淮指了指中天圆月，又指了指呼啸奔腾的大海，微笑不语。拓拔野心中更加糊涂，心想："难道这与月亮有关吗？"突然心中一动，隐隐想明白了某处，但又说不出来。

海浪轰响，潮汐高涨，逐渐已漫到他们脚边。

科汗淮道："你瞧这大海，平常时和风丽日，微波不惊，但一旦发怒起来，便海啸狂风，不可抵挡，什么岩石大山，也挡它不住。但是，拓拔兄弟，你知道这日夜的两次潮汐是因何而起吗？"

拓拔野摇头。科汗淮淡然道："那是因这天上的月亮引起的。"拓拔野大为奇怪，心想："月亮引起潮汐？那太阳岂不是要引爆火山吗？"

科汗淮道："大荒所有星象家观测到，每逢月圆之夜前后，必然有较大潮汐。虽不知是何缘故，但是必定与这月亮有关。月亮离地千万里，竟能影响大海涨落。你的念力为何不能控制你体内的真气呢？"

这句话如晴天霹雳，登时将拓拔野震得愣住。

科汗淮道："真气汇集丹田，就像大海。你的意念力就像月亮，每日影响大海涨落，将真气回涌到全身经脉，循环周转，再回到海洋之中。感应天地之力，化而为一，万里汪洋，涨退随心，恣意来去。这就是潮汐流的修炼之道。"

拓拔野听得心如鹿撞，热血沸腾，连呼吸仿佛都突然停顿。仿佛眼前黑布陡然被揭，突然瞧见了一个从未见过的光明世界。

科汗淮道："以意御气，以气养意。在每日的潮汐中接纳江河百川，循环周转，所以大海才会有这样的活力与能量。"

他见拓拔野满脸顿悟的狂喜，微微一笑道："其实这不过是极为粗浅的道理，潮汐流原也不是什么艰深难懂的神功。眼下你体内诸多真气，如黄河大潮，肆意奔流。倘若不知控制，必成大害。但若是持之以恒，每日两次修炼潮汐流，则可以将它纳入丹田气海，化为己用。"

拓拔野听到"持之以恒"四字，不由得面上又是微微一红，笑道："科大侠放心，我一定每日认真练功。"

科汗淮微笑道："如此便好。月有盈缺，但修行却不可以偏废。潮汐流的根本在于修炼你的意念力。倘若你意念坚定强大，如朗朗明月，那你体内真气潮汐自然可以随心所欲。"

他突然微举右臂，"哧"的一声，青色真气蓬然冲出，淡淡道："断浪气旋斩的气旋出鞘，是因为我的意念力出鞘。它力量的强弱决定于我意念的坚定与集中。”气旋斩随意吞吐回旋，忽大忽小。

他接着又道：“但是修炼意念力的方法，只能意会而无法言传。有九字口诀你可以牢记于心：意守丹田，念散意不散。你的意念力扎根于丹田气海，但力量却可以传达千里之外。”

意守丹田，力达千里，这是何等境界！拓拔野听得悠然神往。

倘若是其他人听到科汗淮的这一番话，定然要大吃一惊。意气双修，虽不是新鲜的言论，但以意念改变经络走向，随心所欲地控制真气，却是闻所未闻，石破天惊。

大荒上古有遗训：“奇经八脉乃人体之根本，如日月星辰之于宇宙，其行有律，不可妄自逆转，否则如天崩地裂，万劫不复矣。”普通人别说改变经络，就算是御气调息，也必须按照一定的规律在经脉间循行炁流，否则很可能走火入魔，轻则重伤，重则殒命。

拓拔野毫无根基，也没有修行真气的经验，对他这番话自然不会有任何的惊疑排斥，欣然全盘接受，反倒理解得更为简单透彻。

科汗淮又在沙滩上，用手指画出人体周身大穴及经脉图，道：“你体内真气被雨师妾与我分别蕴藏在了十六处大穴。但这只是权宜之计，需得由你自己将这十六处真气，逐步吸纳入丹田气海。因此你需将这经脉与穴道图熟记于心。”科汗淮逐个指点拓拔野身上各穴，直至他能准确无误地一一说出。

科汗淮起身，拍拍身上的沙子，道：“拓拔兄弟，以后之事，我可无法再帮你什么了。需得由你自己慢慢领悟，逐步将真气消化吸纳。你天资极好，想来不是难事。但千万记住，贵在坚持。只有持之以恒，才能水到渠成，到达‘以意御气，调整经脉’的境界。”

他望望天上明月，又望望汹涌海浪，道：“趁着今夜潮汐，你可以好好感应这天地间的玄机。等到海水漫过你膝盖之时，便可以回房休息了。”

科汗淮不再言语，径自转身回集贤苑。

拓拔野独自盘膝坐在沙滩上，面对圆月潮汐，心中波涛汹涌，默念潮汐流口诀：“……练气先练意，意在气先，气随意走。百川入海，气入丹田。气如流，意如月。天人合一，以意御气，气如潮汐……”

当日在桃花源洞中，时间紧迫，科汗淮不过授其口诀，拣紧要之处加以解释。拓拔野即便天资绝顶，仓促间也不过学会些皮毛而已。今夜听他深入浅出，娓娓道来，再反复默诵这口诀，心中大有所悟，喜不自胜。比之当日初窥门径的狂喜，又多了一分顿悟的澄宁。

当下摈除心中杂念，意守丹田。耳中轰鸣的潮声逐渐淡去，心中一片宁静。不知过了多久，只觉丹田处空空荡荡，脑中尽是科汗淮所绘的经脉与穴位表图，渐渐地竟然当真感到自己体内经脉纵横，如江河流淌。诸多真气宛如湖泊一般，隐隐鼓动。

他集中意念力，让膻中穴的真气随着经脉流向丹田，过了一会儿，那里的真气竟然真的朝外一鼓，朝着丹田涓涓涌去。虽然气流缓慢，但意到气随，源源不绝，此中畅快自如，远非此前真气乱窜、无法自控的感觉可以比拟。

拓拔野又惊又喜，依样画葫芦，逐一感应其余穴道内的真气。炁流随心周转，徐徐流入丹田，果然如同江河入海，空空荡荡。气海隐隐如大潮涨起，又缓缓退下。如此反复，不知过了多久，忽然觉得腿上冰冷，睁开眼一看，波涛如雷，白浪滚滚，已经涌到他的腿上。

月如玉盘，清辉普照，海面上一道长长的白光，摇曳波荡。他心中说不出地宁静欢悦，仿佛已与这午夜大海同化为一体。

第十一章 圆月弯刀

此后二十余日，拓拔野每日涨潮、退潮之时，必悄悄来到海边沙滩，盘膝修行“潮汐流”。

他悟性甚高，很快便将其要义了然于心。只是还有些细微之处始终不得其解，想起科汗淮所说，一切需靠自己慢慢领悟，便暂不焦急，循序渐进。三日之后，体内真气已经可以随意缓慢周转。

此后进展神速，一日千里，逐渐将体内三处穴道蕴藏的浩然真气吸纳入气海之中。但他体内真气实在过于强沛，要想完全消解，远非一月之功所能奏效。

白天与众游侠相处之时，拓拔野也向他们讨教五族绝学。神帝使者相求，自然无人敢不应允，纷纷倾囊相授。他东学一招，西学一式，一个月下来，也学了不少庞杂的五族武功。

闲时则与蚩尤拆招，蚩尤神力过人，武功、法术素有根基，拓拔野自然不敌，但如果只是单纯以真气相斗，蚩尤则必败无疑。

初时，拓拔野御气调息尚不圆转如意，待到十几日后，气随意转，意到气到，拆招之时，蚩尤便渐渐落在了下风。好在两人玩闹第一，蚩尤虽然好胜，但对拓拔野素来佩服，又是至交，对于胜负也是毫不在意。

拓拔野修行潮汐流一些时日，对武学之道兴致日浓，想起神农授予他的那本《五行谱》，便取出来翻阅。但那语句太过艰涩，只瞧了片刻，便头昏眼花，于是又收起不看。闲时则依旧与蚩尤以及众少年漫岛游玩。

蜃楼城的夏天凉爽而美丽，岛上城民保留大荒昔时淳朴、平等之风，虽对乔城主等十分敬仰，却是出自由衷的钦佩感激，绝非畏惧。生活颇为悠闲，渔猎耕种，知足安乐，没有任何严酷律例束缚，和大荒的其他城邦截然不同。

拓拔野自小父母双亡，流浪天下，从未体会过家的感觉。到了这蜃楼城之后，人人友爱，家家和睦，彼此之间宛若亲人。科汗淮亦师亦父，纤纤如妹，又有蚩尤等不少好友，十余年来，从未这般温馨安定、发自内心地快乐过。每日夜里睡觉时，嘴边也总是噙着微笑，便连那梦也是彩色煦暖的。

在他心中，早已不知不觉将这里当作自己的家。内心深处，也希望从此不再漂泊。唯一美中不足之处，便是夜深人静之时，常常会想起那缥缈如幻的白衣女子和那蜜意浓情的雨师妾。

但月有盈缺，世无圆事，若非如此也便没有潮涨潮落，这也算是他修行潮汐流的一点儿感悟。

岛上少女美丽多情，对这年轻俊秀的神帝使者颇为钟情，常有少女尾随拓拔野，或是在集贤院门前远远地候着。若非那古灵精怪的纤纤与不怒自威的蚩尤形影相随，只怕早有许多少女要上前与他搭讪了。

拓拔野瞧见那些美貌少女，虽然难免心动，偶尔也会与她们开些玩笑，但不知为何，想起白衣女子与雨师妾，心底便生起愧疚之意，那荡漾的心波顿时又被对她们的思念所代替。偶尔失眠之时，便将那玛瑙香炉与泪珠坠取出来，睹物思人，神飘万里。

快乐的时光总是流逝得飞快，弹指之间便到了八月十六。

八月既望，是大荒的弯刀节。

这一日是大荒中所有勇士搏杀猛兽，证明自己勇气与能力的时刻。尤其对于大荒年轻男子来说，也是迈入成年的狂欢典礼。每一年的这一天是仅次于春节的盛大节日。

八月既望正午之前，所有人都需将猎杀到的猛兽拉到城中心的广场上，由长老们评鉴，选出最凶猛难驯的猛兽。猎杀它的主人也将被赐予“月牙弯刀”，评为当年的弯刀勇士。

蜃楼城中历年来的弯刀勇士都成了现今的肱股人物。譬如段聿铠曾搏杀巨翼虎鱼，宋奕之曾活擒九节龙。

每年到了这个时候，所有少年都跃跃欲试，梦想由此一战成名。但是也总有许多少年因此葬身兽腹。成长总是需要用鲜血和勇气来证明的。

眼见离弯刀节只有三天了，各家张灯结彩，筹备庆典，城中勇士纷纷出海或登陆大荒，寻找最凶猛的野兽。

便连段聿铠也忍不住与少年人一较高下的少年豪情，悄悄驾船朝东海而去。只有宋奕之等人犹豫再三，留下来照看乔羽。

蚩尤等少年摩拳擦掌，准备了甚久，自十日前便数次出海，寻捕各种凶兽，屡有斩获。

拓拔野见猎心喜，又素喜欢冒险，自然不愿错过，岂料他还未开口，蚩尤便如知道他心事般，尴尬地笑道：“好兄弟，对不住。我爹有令在先，这次是决计不能带你出海了。”

原来有了那次海上群鲨围噬的前车之鉴，众人便极为担忧，拓拔野贵为帝使，对全城又有大恩，倘若有个闪失，谁也承担不起。

蚩尤与拓拔野交情极好，众人皆知，因此乔羽早已暗暗严令蚩尤，决计不能再如当日，带着圣使冒险出海。蚩尤父命难违，虽然心中也极想与拓拔野一道合作捕杀凶兽，但也无计可施。

况且自那次东海斗鲨之后，纤纤又终日如影随形地黏在拓拔野身旁，他若出海，她必然觉得好玩，也定跟着去。因此岛上群雄虽与拓拔野交好，却谁也不敢提带他出海之事，见了面都顾左右而言他。

几日来，不断瞧见蚩尤以及一些交好的少年扛着狮虎得意扬扬地回城，拓拔野心中又是懊恼又是羡慕。

蚩尤知他郁闷，也避而不提海上之事，拓拔野忍不住问起，便只淡淡道：“没什么意思，不过杀了一条海虎兽。”却不知越是轻描淡写，越是激起拓拔野的想象，只觉那淡淡话语之后，有无穷的乐趣与危险潜在，心中如被海刺虫蜇过一般，麻痒难当。

白龙鹿似乎也颇感遗憾，每每蹲踞窗边，忧郁地眺望窗外大海，或是突然嘶吼，一溜烟出门，遍岛追逐龙马走兽，盖是将彼等想象为海中恶兽。

到了八月十四日，有人在东海上瞧见数月之前的裂云狂龙，消息传来，登时举城震动，半日间又有许多人结伴出海，想将它合力收服。

拓拔野听了更加心痒难搔，但也只能徒呼奈何而已。裂云狂龙非比寻常凶兽，岛上少年虽有见猎心喜如蚩尤者，也被强令不许下海；海上未归的，也有巡游舰纷纷寻觅找回。

八月十五正是当月大潮，当夜拓拔野到海边时，海潮汹涌，已经漫过珊瑚林，唯有集贤苑南墙下的那一片礁石仍高矗于波涛之上。他涉过海水，攀上礁岩，在一块平坦而较少贝壳的岩石上盘膝坐下，继续修行潮汐流。

夜空乌云遍布，那轮圆月在飞涌的云层中穿梭。

海浪澎湃，层层叠叠地涌将上来，激撞在礁石上，轰然巨响，拍击起两丈多高的浪花，密雨般洒落。

涛声轰鸣，狂风呼啸。黑漆漆的海面上巨浪奔腾，仿佛整个海平面在不断摇曳倾斜。

拓拔野在礁石上坐了片刻，想着明日夜里的弯刀节，始终定不下神来。风浪越来越大，潮水又涨高了近丈，就在他脚下数尺处汹涌咆哮。

突然远远地望见东面的沙滩上，有几个黑影推着一艘柚木船朝海中而去，心中登时起了警觉之意，立即提气跃下礁岩疾奔，口中喝道：“是谁！”

那几人登时一惊，回过头来，月光照在他们脸上，竟是蚩尤与四个甚为要好的少年。其中两个是孪生兄弟，一个叫单九晟，一个叫单九锋。另外两个一个高大强壮，叫阿三；一个虎头虎脑，叫阿虎。

蚩尤吐了一口气道：“拓拔，怎的是你。我还当是宋六叔呢。”

原来这几日蚩尤等虽然捕猎了不少灵兽，但总觉离“弯刀勇士”尚有差距。听说裂云狂龙出现，心痒难搔，虽被宋奕之等人禁止下海，但眼见明日便是庆典，再也坐等不住，想趁着夜里宋奕之等人忙于准备明日庆典之时，偷偷溜将出来，下海碰碰运气。

五人约了一道出海，忌惮乔羽严令，不敢将消息透露给拓拔野，岂料刚到沙滩便偏生被他撞见。

拓拔野瞧他们神色，心中了然，故意嘿嘿笑道：“你们胆子倒不小，竟然背着乔城主和宋副领悄悄下海。要是现在被抓住，明日庆典可别想再参加啦。”

单九锋等人面面相觑，苦着脸连连作揖。

蚩尤对他肚里卖的什么药一清二楚，微微一笑，心道：“他奶奶的紫菜鱼皮，这‘乌贼’想搭顺风船。”果听拓拔野声调一转，道：“不过，倘若你们带上我一起出海，自然就没人知道了。”

众少年大喜，纷纷望向蚩尤。蚩尤沉吟不语。

拓拔野拉过他，低声道：“咱们可是说过有福同享，有难同当，他奶奶的紫菜鱼皮，你小子背着我出海，实在太没有义气。”

蚩尤皱眉道："'乌贼'，你知道什么？这次的怪兽极为凶险，比上次的鲨群还要厉害十倍。况且我爹可是三令五申，决计不能让你再出海。"

拓拔野臂上用劲，将他一勒，道："好小子，你爹不也三令五申，禁止你们这几日下海吗？要么带我去，要么谁也别去。"

蚩尤苦笑道："他奶奶的紫菜鱼皮，交友不慎。"心中犹疑不决。众少年见他们嘀咕半天，没有决议，眼见风浪渐大，心下着急，纷纷催促。

半晌，蚩尤终于伸手与拓拔野击掌道："好！但是到了海上你可得听我的。还有，明日回来后，倘若当真捕杀了那怪兽，你可千万别只图显摆，说你有份。"拓拔野大喜，欣然应诺。

当下众人一道将船推到海面上，纷纷跳入舱中。这艘柚木船共有六个座位，十支长桨。状如橄榄，涂满蜡油，可以合拢潜水，透明的树脂化石窗经得起十二级的风浪，是性能极佳的中小型潜水柚木船。

狂风啸舞，海浪涌来，将柚木船冲得摇晃不已。众少年都是久经风浪的海岛男儿，迅速入座合舱。

拓拔野从未坐过这种潜水船，瞧着两舱壁缓缓合拢，终于完全封闭，透过船尾与船头的树脂化石窗，还能望见舱外的海面，大感新奇。

蚩尤坐在船尾掌舵，四少年训练有素地将船撑离岸边。白浪接连拍打，在树脂窗上留下阵阵白沫。船身急剧摇荡，过得片刻，已经进入海上。

众少年运桨如飞，柚木船迎风破浪，如梭前行。

蚩尤颇有乃父之风，镇定自若，一边掌舵转向，一边下令调速，张弛有道，节奏掌握得颇为契合，柚木船在风浪间有惊无险地冲了出去。拓拔野微笑，心想："难怪科大侠说虎父无犬子，这小子倒真是个遇乱不惊的大将之才。"

柚木船出了港湾，风浪减缓，船速更快，朝东方急速前进。出了蜃楼城二十海里，风浪稍稍转小，但隔窗望去，仍是巨浪滔天。

船身在波涛中跌宕起伏，震得拓拔野五脏六腑翻江倒海，说不出地难过。他虽然水性极佳，但毕竟没有经历过海上的大风浪。蚩尤见他脸色难看，扬眉笑道："这点儿小小的风浪你便吃不消，那还出海降什么龙，伏什么兽？"

拓拔野强笑道："我？嘿嘿，这船摇来摇去，真是说不出地舒服。要是再猛烈些，正好可以翻筋斗。"暗暗运转潮汐流，御气流动，烦闷欲呕之意登时大减。

众少年见他强撑，无不哈哈大笑。

又行了十余海里，狂风大减，海面平静了许多。乌云离散，明月藏露不定。海面上明明暗暗，波光聚合。

阿虎突然叫道："那是什么？"

众人望去，海面上悠悠荡荡漂浮着一个黑色的东西，相隔十余丈，月光迷离，瞧不真切。当下齐力摇桨，飞速靠近。

相距两丈时，终于看清乃是一具尸体。众人将舷舱摇开，用桨将那尸体钩近。一看之下，蚩尤等人大吃一惊，齐齐惊呼。这死者竖眉怒目，面上满是悲愤神色，竟是三日前出海的蜃楼城第一舵手戚老大。

戚老大为人和蔼，和这帮小辈极为熟稔，蚩尤从小跟着他出海，亦师亦友，此时见他浮尸海上，又是惊骇又是悲伤，竟什么也说不出来了。过了片刻，倒是阿虎"啊"的一声，率先号啕大哭。

拓拔野与戚老大也有过数面之缘，惊骇难过，忽然冒出一股不祥的寒意。蚩尤忍住心中悲痛，咬牙将戚老大拉上船来，仔仔细细地检查了一遍。但奇怪的是，周身上下竟看不出一处伤口。

海上鲨鱼、龙鱼甚多，如果有细微伤口，渗出些许血腥，也早被瓜食得一干二净。倘若是被风暴沉船，卷入海底，以戚老大的水性，保命自然不在话下。即便是被海水淹死，腹中自当有大量海水，肺部肿胀，但他显然不是。究竟他是怎么死的？众人心中疑窦重重。

万里波涛，冷月无声。一阵狂风刮来，海水起伏，扑溅在身上，冰寒彻骨。

众人全身鸡皮疙瘩泛起，环顾四周，天黑海暗，云影如魅，仿佛有妖魔鬼怪藏身于憧憧黑影之中。拓拔野虽然胆大，也不禁有些发怵。海面上突然又出现了几十个沉浮的黑影，随着海浪悠悠荡荡地漂来。

蚩尤抓起千里镜凝神眺望，低呼一声。众人立知不妙。那几十个黑影竟然全是浮尸。漂得最近的几个，在月光下瞧得分明，正是蜃楼城里的水手，其中两个与蚩尤颇有交情。

圆月当空，光晕昏黄，显得更是凄凉惨淡。柚木船随波漂荡，众人木立船上，心中惊怖。不过片刻工夫，海上又漂过几十具浮尸，无一不是蜃楼城中人。人人都是体无伤痕，死不瞑目。

半个时辰之内，竟漂过百余具浮尸。众人浑身冷汗涔涔，仿佛突然掉进了一个深不见底的冰窟。海上究竟发生了什么事？为何这些饱经风浪的水手，竟会无一例外地神秘死亡？

单九晟捏紧拳头，咬牙道："一定是裂云狂龙！戚大叔他们定然是被它的双翼拍死的。"

蚩尤摇了摇头，沉声道："倘若是被凶兽袭击，即使没被撕裂，也必定被震断骨骼、内脏。戚大叔不是死于猛兽之手，而是死在阴毒的妖术之下。"

他自幼随着父亲东奔西走，眼界颇宽，在少年中素有威信，听他如此说，众人都纷纷点头。

拓拔野心中的不祥之感越来越强烈，脑中瞬间闪过无数念头，仿佛想到了什么，一时却无法理清。

忽听单九锋低声说道："瞧他们个个死不瞑目，遇难时一定极为悲愤冤屈，心有不甘……"

拓拔野灵光一闪，诸多疑问浑然贯通，脱口道："水妖！一定是水妖！"众人一惊，蚩尤脸色大变。

拓拔野霍然站起，大声道："是了，水妖要进攻蜃楼城！他们并未死心，当日撤兵不过是缓兵之计，想让我们放松警惕，趁着这几日弯刀节，城里勇士四出寻找猛兽，岛上兵力空虚时，再大举进攻！"

蚩尤一拳击在船舷上，恨恨道："不错！他们定然已经埋伏在海上，只要我们有人出海，便以多攻少，各个击破。"

拓拔野越想越是契合，道："今夜又是月圆之夜，潮汐大涨。水涨船高，蜃楼城的城墙相对矮了许多，更易攻破。蚩尤，蜃楼城最矮的一处城墙在哪里？"

蚩尤道："在北面。曾经被海啸毁坏过，大潮时城墙离海面只有一丈！"众人面面相觑，倒吸了一口凉气。

他们毕竟年轻，虽然猜出事情大概，仍有众多细节之处推断不出，饶是如此，浑身已被冷汗浸透，又惊又怒。

蚩尤咬牙道："立即全速返航！如果来得及，立即下令全城戒备！"众人应诺，各就各位，正要圆舵返航，突然海面狂风大作，拔起数丈高的大浪，险些将柚木船掀翻。

北面十余丈外，突然出现一个巨大的漩涡，海水疾转，强大的引力将柚木船朝漩涡吸去。

蚩尤喝道：“海里有妖怪，大伙儿将船身稳住，千万别翻了！”从腰间取下断月弩，张弓搭箭，“嗖嗖嗖”接连三箭，径射漩涡中心。

箭如闪电，海面上蓦地洇开几股血丝。接着，只听一声暴吼，漩涡迸炸开来，巨浪滔天。

船身剧晃，险些翻倒。这柚木船设计得颇为巧妙，船底纵轴以青铜木贯穿，重心极稳，即便风浪大，也不易翻沉。

众少年纷纷挽弓搭箭。巨浪层叠喷涌，狂吼声中，一只巨大的怪兽冲天飞起，破云而去。

拓拔野抬头望去，那怪兽在凌空霍然张翼，身形如海蛇，长约四五丈。头上两对犄角，背鳍尖锐如刀，双翼横张时约莫六丈来宽。凶睛寒光闪烁，甩颈发出狂暴的怒吼，獠牙交错，红芯吞吐。

阿三失声叫道：“裂云狂龙！”众人心中大凛。想要寻它之时，踪影全无，不想与它相遇时，却又偏生跳将出来。

蚩尤喝道：“放箭！”众少年连珠箭发，破风激射。

那裂云狂龙突然收起双翼，怪叫着翻身曲弹，闪电俯冲，气势汹汹。以它的身型重量，从这么高的地方猛冲，直若泰山压顶，势必将柚木船击得粉碎。

眼见箭矢没体，却不能阻挡它分毫，蚩尤顿时被它激起豪勇剽悍的本性与好胜之心，喝道：“先杀了这妖兽，再全力返航！”

正待出手，却听拓拔野大声道：“鱿鱼，我将那妖怪引开，你射它双眼！”拓拔野素来胆大，这些日子修行潮汐流进展神速，正想试试修行成果，不等蚩尤回答，已凝神提气，朝着裂云狂龙迎面高高跃起。

众少年惊呼失声，想要阻拦已经来不及，只有住手停箭，眼睁睁地瞧着他撞向裂云狂龙，心跳如擂。

蚩尤大骇，虽知拓拔野近来真气突飞猛进，仍不由得为他担心，喝道：“将船摇开十丈，只要那妖兽一扑下来，立刻射它双目，别伤了拓拔！”

众人领命，八桨齐飞，瞬间便划到了六七丈外。蚩尤迎风伫立船头，张弩搭箭，时刻准备射出。

拓拔野体内真气汹汹流转，刹那间便已冲跃到了裂云狂龙的前方。那妖兽赤红的凶睛光芒暴射，怒吼着翻身飞卷，巨尾电扫，以开山裂地之势朝他迎头拍来。

拓拔野所学招式却是东鳞西爪，不成系统，好在反应灵敏，真气又极为充沛，随意使出的招式威力便已十分惊人。眼见那巨尾扫来，身在半空躲避不得，索性将真气调至双掌，一式水族最寻常的“排山倒海”拍了出去。但这最为寻常的招式由他使来，竟也气浪滔滔，声势猛烈。

“嘭！”气浪如飙，裂云狂龙的巨尾被击得轰然反甩，整个身躯也被带着朝后上方飞旋而起。妖兽吃痛咆哮，双翼朝着他猛然夹击。

众少年失声大叫，蚩尤大喝一声，“嗖嗖嗖”三箭连珠怒射，尽数没入狂龙背间。但那狂龙痛吼中，双翼毫不滞迟，依旧闪电夹击。

狂风呼啸，迫得拓拔野无法呼吸，他突然想起金族游侠所教的那一招“昆仑飞雪”，叫道：“好凉快！”猛地朝上一翻，堪堪从妖兽的巨翼中间避过，接着空中又是连续两个筋斗，高高翻飞而起，“锵”的一声，断剑白芒一闪，犹如暗夜闪电，破空飞舞。

“哧！”剑锋恰好划过裂云狂龙的左翼末梢。断剑削金断铁，仅此一划，立刻将它左翼连骨带肉砍去一块。

妖兽吃痛狂吼，甩头喷出一道黑色的毒液，朝他射去。

拓拔野身在半空，避无可避，又想起当日一掌反击蜃怪灼液的情景来，依样画葫芦，接连又是三招“排山倒海”。掌风如墙，毒液尽数反弹飞溅，喷在裂云狂龙的身上，登时青烟缭绕，灼穿出几十个巴掌大的焦洞。

裂云狂龙痛极嘶吼，急速朝下冲落，似是想潜入冰凉的海里减轻灼烧的痛苦。

一旦放虎归山，后患无穷。蚩尤张弩连射，“哧哧”破空之声接连不断，妖兽双眼立时被十余支长箭射中，张翼狂吼，下落之势稍有减缓。

拓拔野此时已摔入海中，左掌朝海面奋力一拍，海浪狂涌，反冲之力将他高高掀了起来。他借势翻身急冲，一剑恰好刺入那妖兽的左眼。

妖兽周身猛地收缩，朝上抛起三丈来高，咆哮着想要将他甩开。拓拔野应变极快，左臂死死抱住它头上的犄角，右手拔出断剑，猛地刺入它的右眼，大声喊道：“蚩尤！”

蚩尤心领神会，将断月弩一抛，猛地从船中跃起，踏波疾行，右手从腰上反拔出一柄四尺长的弯刀，左手自后背抽出一根六尺长的伸缩铜棍，刀柄与棍头对接，“锵”地并成一柄十尺长的大刀。

裂云狂龙嘶声狂吼，甩脱不开拓拔野，巨尾摆舞，和他一起冲入大海。

当是时，蚩尤踏浪冲到，大喝一声，挥刀奋力朝妖兽颈上斩落。妖兽双目尽盲，不能视物，但感到那锋锐无匹的破风杀气，惊吼声中，胡乱摆尾。

刀光一闪，贴着拓拔野的后背，狂飙似的劈入裂云狂龙的颈骨，被紧紧卡住，鲜血激溅。裂云狂龙悲声狂吼，大浪滔天。

蚩尤立时撒手，翻身跳跃，避过它卷扫而来的长尾，翻身骑在它的头颈上，和拓拔野一起重重撞入汹涌的海浪之中。波浪激溅起数丈高，十余丈外的柚木船急剧摇荡。

这几下一气呵成，兔起鹘落，四少年瞧得眼花缭乱，都忘了喝彩。直到两人一兽掉入波涛汹涌的大海，才击掌叫好。

掌声刚响起，波浪四涌，那裂云狂龙又冲天飞起，拓拔野紧紧抱着它的犄角，拔出断剑，奋力刺入妖兽犄角间的软肉。那处正是它大脑与神经中枢所在，剧痛若狂之下，妖兽震天嘶吼，将他甩飞出四五丈远。

蚩尤趁机握住卡在裂云狂龙颈骨的大刀刀柄，环绕着它的脖颈，顺势朝下一旋，“咔嚓”一声，登时将妖兽头颈硬生生斩断。

狂龙的头颅惨叫着直没海里，无头之躯在半空展开巨翼，胡乱扑扇了半晌，这才从空中重重坠落。

拓拔野与蚩尤从海中湿淋淋地跃出，被四少年拉上船去，瘫坐在船舱内，大口大口地喘着气，将裂云狂龙的头丢在一旁，相对击掌大笑。

这两个少年初生牛犊不怕虎，一个真气超强，一个勇悍绝伦。这只肆虐东海的妖兽竟然被他们合力杀死，今年的弯刀勇士非他们莫属了。

海风呼啸，风中尽是血腥的气息。圆月高悬，浪潮更急。众少年掉转船舵，朝蜃楼城飞速划去。此刻他们心中只有一个念头：无论如何，要在水妖进攻蜃楼城之前赶到！

距离蜃楼城仅有二十海里时，右前方海面上突然出现了两艘巡弋的战舰，虽然没有升起旗帜，但从船身与帆布的样式来看，当是水妖之船无疑！

众少年大骇：“难道水妖已经来了吗？”心中陡然抽紧，冷汗涔涔，纷纷朝蚩尤望去。就连拓拔野也忍不住紧张起来。

蚩尤心中剧跳，脸上却是不动声色，冷冷道：“我们来时没有瞧见任何水妖，他们必是刚刚到来的先锋船舰。大家沉住气，赶在他们之前进城！”当下下令圆舱下潜，沉到海面下十五丈处，换上手摇桨全速航行。为免泄露任何踪迹，透气管也完全收起。舱内浑浊闷热。

蚩尤一边透过船尾的潜望镜观测前方，一边掌舵。四少年半伏着，全力摇桨。拓拔野坐在船头，透过树脂窗朝外眺望。前方一片漆黑，什么也瞧不见。只有在咫尺之距，看见一些海鱼翩翩游过。

蚩尤等海岛少年，自小便在风浪中长大，乘坐潜水船航行更是不知多少次，早已练得海底视物的好眼力。在这一片混沌漆黑中，蚩尤至少可以看见三丈外的东西。

海面波涛汹涌，海下却极为平静。因此虽然改为手摇桨，但船速却快了不少。过了小半个时辰，料想已经远远将那水妖船舰抛后，蚩尤吐了口气道："上升，换气。"

此时舱内空气已经浑浊不堪，甚为窒闷。潜水船上升到离海面两丈处，那根透气管缓缓地升出海面，打开气孔。清凉新鲜的空气登时充溢全舱。

又航行了片刻，蚩尤面色稍霁，道："大伙儿加把劲，再行三海里，便是龙门道了。"

众少年神色大为放松，哄然应诺。

原来蜃楼城海岛距海面八九丈处，有一个极为秘密的通道，连通到岛内最低处的落花湖。打开那龙门道的暗闸，便可以随着海水冲涨到湖中去。尤其涨潮之时，外面海平面大大高过落花湖，由外而入更加轻而易举。

众少年将所有桨都抽回舱中，那根通气管也缓缓收回。只在船头处迅速弹出一根铜棍，用来顶开龙门道的暗闸机关。众人点燃三昧灯，仔细检查所有船缝，稍有漏水，便以相思蜡立即封好。

舱内烛光摇曳，众少年脸上神色不定，蚩尤、拓拔野四目交会，笑了笑，紧张、期待、恐惧诸多情感混杂翻涌，都从彼此的眼中读了出来。龙门道将至，蜃楼城的命运可能就将由他们改变。

突然船身急晃，开始飞速打转。

众少年惊呼声中，蚩尤抢到潜望镜前一看，脸上微微变色，忍不住骂道："他奶奶个紫菜鱼皮！水妖已经来了！"

众少年立即将三昧真火熄灭，拓拔野透过树脂窗，眯起眼睛向外眺望，只见海中灯光点点，影影绰绰似有无数潜水船环绕四周。

大难在即，众人都是血气方刚的少年，不悲反怒，胸中激起拼死一搏的豪情。敢情刚才在海上遇见的水妖船只不是前锋，而是殿后。但水妖又怎么知道龙门道，在此聚集守候？

柚木船突然失控，被急速被吸入一个涡流中，舱内众人东倒西歪，骂不绝口。

蚩尤心中一沉，忖道："难道水妖已经发现龙门道，打开暗闸了吗？"窗外黑影飞闪，那些潜水船也被吸入涡流，一道急旋飞转。

船身不断地撞到旁边的硬物上，螺旋翻转着地往前冲去。窗外突然一片漆黑，"砰"的一声，船头似乎撞中暗礁，震得众人翻倒在地。

此后，船身磕磕碰碰，朝前上方疾行。好在柚木船极为结实，只有某处裂缝有海水涌入，喷到阿虎脸上，立时又被阿三用相思蜡封好。

那龙门道果然已被打开，海水挤压着冲进密道，形成急速旋转的涡流，将闸门外的船只都卷了进来。

黑暗中，蚩尤忽然咬着牙冷冷地说道："城里定然有内奸。"这龙门道极为隐秘，要开启这机关更是难上加难。若非里外呼应，水妖纵然发现，也绝难开启。

听得此话，众少年沉默不语，城中居民相互亲爱，直如家人，要他们相信被家人出卖，实是痛苦之至。但眼下局势，却又不由得他们不信。

约莫过了一盏茶的工夫，柚木船突然如被巨浪冲击，高高抛起。

窗外一亮，月光透过树脂窗倾泻进来，黑影闪烁，周侧又有许多潜水船被高高冲起。船身在最高处暂停了刹那，然后便笔直下落，重重地砸在落花湖中，直将众人震得险些昏厥过去。

四周已是火光熊熊，杀声震天。

落花湖中泊了几十艘水妖潜船，湖心波浪喷射，一艘又一艘的水妖船只破空冲起，又高高落下。从那些船里接连不断地跃出黑色劲装、背负长刀的水妖，奔上岸去。瞧这情形，水妖已经攻入城中有些光景了。

众少年心中压抑了许久的担心与愤怒，仿佛都随着舱盖打开的瞬间爆发出来。

蚩尤不待船身停稳，便开舱跳出，叫道："拓拔，你们去摘星楼找宋六叔，调集人手。我去找我爹爹！"他孝心极重，担忧父亲安危，丝毫等待不得，踏浪飞奔，早去得远了。

拓拔野想起纤纤，不知那古灵精怪的小丫头现在身处何地？但想到她应该和科汗淮在一起，心中稍定。

突听有人厉声喊道："小叫花子，拿命来！"拓拔野转身望去，只见一个细眉斜眼的黑衣少年满脸杀气，挥舞长鞭，从十余丈外踏波冲来。竟有这等巧的事，来者居然是玉屏山上斗过一场的朝阳谷少谷主十四郎。

众少年正心中悲愤，闻言大怒，纷纷拔刀骂道："臭小子，不想活啦，对拓拔大哥没大没小，爷爷宰了你喂螃蟹！"

拓拔野心中一动："这小水妖来得正好，捉了当人质，到时叫他老爹往东，他还敢往西吗？"精神大振，眺望他身后，只有一个瘦小的瘸子和一个凤眼斜挑的美貌少女，却不见那碧琴光刀科沙度。

那美貌少女顿足道："十四郎，不可造次！"十四郎听若不闻，瞬间已经冲到了拓拔野身前，一连七鞭电扫而至。

如果是一个月以前，拓拔野定然被打得落花流水，奄奄一息，但现在早已非吴下阿蒙，看着他迎头劈来，居然避也不避，气定神闲地乜斜着他，笑道："不肖孙子，见了爷爷居然如此无礼，还不快跪下谢罪？"突然伸手一掌拍出，气浪狂卷。

十四郎猝不及防，虎口被震得酸麻剧痛，长鞭差点儿脱手，身子一晃，"扑通"一声，双膝结结实实地跪在了船板上。

那日玉屏山上，十四郎被他三拳两脚打得不省人事，引为生平奇耻大辱，后来得知这小子是假借他人之力，更加恨得咬牙切齿。今日重新邂逅，怒不可遏，见他周围尽是十三四岁的少年，只道可以手到擒来，肆意凌辱，岂料被他轻挥一掌，便将自己打得跪倒在地，又惊又怒，险些晕了过去。

拓拔野笑道："这才像话，来，给爷爷磕上三个响头。"右掌压住他的头顶，用力朝下一按，十四郎梗着脖子想要起身，却觉泰山压顶，不由自主地趴倒在船板上，连叩了三个响头。

众少年哈哈大笑。十四郎又是羞愤又是惊怒，大吼一声，喷出一口鲜血，竟然昏了过去。

其实以他的修为，未必不是眼下拓拔野的对手。虽然拓拔野真气超强，但临敌经验不足，招式寥寥，更不会丝毫法术。倘若十四郎全力以赴，斗到百招之后，就可占到上风。但他小觑拓拔，太过托大，一旦失利，又心浮气躁，不知所措。这才被拓拔野一招击倒。

水妖大乱，纷纷奔来。那美貌少女又惊又急，叫道：“臭小子，你想对十四郎怎样？”娇躯一拧，蜻蜓点水似的贴着水面疾奔而来。

眼见敌人众多，拓拔野对四少年低声道：“你们快往北走，去找宋六叔。我抓了这小水妖，引开他们，到摘星楼会合。”

四少年对他极为信赖，更无犹豫，应诺一声，飞也似的穿船踏水，朝北岸跑去。

第十二章 一夜倾城

拓拔野朝前疾冲，反手抄起十四郎将他扛在肩上，提气奔跃。迎面撞上那美貌少女，听她喝道："快放下十四郎！"声音虽然凶巴巴的，却是说不出地娇媚。

拓拔野心中一荡，登时起了促狭之意，将十四郎朝她抛去，笑道："美人有令，岂敢不从？给你！"

那少女一愣，似是没想到他这般爽快，当下伸手接住。拓拔野乘势冲过，突然探头在她脸颊上深深一嗅，幽香扑鼻，笑道："好香。"那少女惊叫一声，十四郎从她手中脱落坠地。

拓拔野反手抓住他，扛在肩上，顺势一转，到了少女左侧。相距咫尺，见她俏脸飞霞，秋波流转，尽是娇怯惊慌的动人神态，心中大动，在她耳边轻轻吹了一口气，赞道："这边也是一样地香！"

少女惊叫声中，全身酥软，险些坐倒在地。拓拔野哈哈大笑，扛着十四郎飞奔而去。

忽然呼吸一窒，一股极为凛冽的杀气迎面袭来，拓拔野心中一凛，猛地将肩上的十四郎甩到身前挡住，右手拔出无锋剑横在他的脖颈上。那道森冷无匹的杀气立时顿止。

定睛望去，前方站着一个瘦小的瘸子，手里握了一根蓝色冰柱般的拐杖，不住地低头咳嗽。

拓拔野笑道："你们听好了，我胆子小得很，一害怕手就会发抖。手抖不要紧，但是万一不小心将我乖孙子的脑袋切下来，那就不太好了。"众水妖投鼠忌器，全都不敢上前。

那瘸子慢慢地抬起头来，五十来岁，面黄肌瘦，一双眼睛却光芒暴射。他朝拓拔野笑了笑，道：“年纪轻轻手就会抖，那到了我这年纪可怎么得了？”

拓拔野突觉头晕目眩，寒意扑面，右手蓦地僵住，接着“咯啦啦”一阵脆响，右臂连着断剑竟裹上了一层蓝色的坚冰，再也不能动弹。

那瘸子嘴里喃喃自语，拓拔野却渐渐什么也听不见了，只觉那股奇怪的寒气越来越盛，从右手直穿浑身经脉，蓝色寒冰跟着迅速蔓延。转眼之间，上半身就结了一层厚厚的坚冰。

拓拔野心中大凛：“不知这瘸子用的是什么妖术，这等厉害！眼下形势危急，没时间和他纠缠，必须一招将他击败。”当下意守丹田，默诵潮汐流。真气如大潮渐涨，将侵入经脉的寒气逐步逼退，越来越暖。

却不知此刻这瘸子的心中，比他还要惊异百倍。瘸子是水族北海寒冰宫主人风道森。其寒冰真气独步大荒，素有“寒宫风，天下冷”之谚。

他手中的寒冰杖是收罗了万千北海冰蚕魂灵的封印神器，一经释放，便如千万冰蚕同时附身，缠绕结丝，瞬间就能将人冰冻而死。以他刚才释放的寒冰真气之强，拓拔野这等年纪的少年早该立刻冻毙了，岂料居然只能将他局部封住。这少年体内真气之强，当真匪夷所思。

更让他惊异的是，这少年周身经脉被寒冰真气侵入之后，竟还能一丝丝将寒气迫出。

风道森不敢怠慢，默念封印诀，寒冰杖蓝光流离变幻，隐隐看见白丝飞舞，拓拔野身上的冰层越来越厚，急速朝下蔓延。

拓拔野虽不能动弹，但意念如流，将丹田内的真气一点点地调往左臂，越来越多，越来越急，犹如钱塘大潮，汹涌东流。这是潮汐流中颇为难懂的“倒海流决”，即将丹田真气集中调入某处穴道，攻其一点，不计其余。

拓拔野原先并未完全参透，但此时此景，全身封冻，唯有几线经络尚通，顿时福至心灵，全力一搏。

众水妖只道他已束手就擒，纷纷欢声长呼。那美貌少女站起身来，目不转睛地盯着拓拔野，脸上突然又是一红，冷冷道：“风宫主，你快将这臭小子敲成冰块！”

拓拔野突然纵声长笑：“我若成了冰块，娘子你岂不是要守寡吗？我又怎么舍得？”周身寒冰突然寸寸崩裂，“砰”地四面激炸开来。左掌狂飙掀卷，朝风道森胸口拍去。

众人大惊，那风道森反应极快，瞬间向后滑出九丈有余，饶是如此，仍被他那排山倒海的气浪当胸猛撞，气血翻涌，差点儿喷出一口血来。

拓拔野偷袭成功，猛然提气，扛着十四郎闪电般直冲上岸，大声笑道："爷爷带孙子兜风去也。"转眼间便已去得远了。

风道森又惊又骇，难以置信，这少年体内真气之强，远远超出他的预估，只能用"深不可测"四个字来形容。那蓬然爆发的炁流直如熔岩喷薄，势不可当，倘若这小子知道如何善加利用，自己空门大开，只怕早已命丧当场。

想到这里，他全身冷汗涔涔而出，暗呼侥幸。想不到十年闭关寒冰宫，大荒中竟是人才辈出，此番重出的雄心立时被浇了一头冷水。

摘星楼在城西，离落花湖不远，乃是宋奕之与蜃楼城御卫军的据地，此时当已血流成河。拓拔野对岛上地形已极为熟悉，扛着十四郎，穿街过巷，拣了一条最为便捷的小路抄近狂奔。

城中四处都是乱军怪兽，旌旗纷卷，弯刀胜雪。那玲珑剔透、各呈风姿的五族建筑都已陷入熊熊烈火之中，残垣断壁，尸横遍地。这大荒最为美丽的自由之城，一夜之间竟成涂炭，满目疮痍。

拓拔野悲怒伤心，难以言表。在他心底，这蜃楼城便如自己的家一般，眼睁睁看着家园被焚毁，克敌突围的欢喜之情荡然无存。

一路上瞧见不少相识的死者，状极凄惨。一个少妇与她的双胞胎孩子被乱箭射死在家门口台阶上，张口瞠目，满脸惊怖。那双胞胎孩童拓拔野认得，曾缠着要他颈上的泪珠坠，天真可爱之态犹历历在目，却已成了枉死冤魂。心中悲痛，泪水瞬间模糊了视线。

大荒和平既久，他从未经历刀兵之祸。眼见妇孺无辜惨遭屠戮，想起当日在南际山顶，神帝所说的战祸忧虑，登时心有戚戚，更觉悲楚。

再往前飞奔，尽是熟识之人的尸体。岛上人虽近五万，但彼此友爱，无不相识。这一月多来，拓拔野早也将他们视为亲人。此时此情此景，割心裂肺，每行一步，心中的悲痛便加深一分，到得后来，几如重雾阴霾，压得透不过气。

恰巧十四郎悠然醒转，才刚呻吟出声，便被拓拔野盛怒之下一掌击昏。一路上许多穿着黑衣的水妖迎面奔来，平添怒气，也纷纷被他一掌击飞。

他体内真气浑然流转，与海上大潮隐隐契合，气势极盛。每一掌拍出都有开山裂石之力，所到之处，无不披靡。越打越是顺手，信心越足，心中悲愤之意稍得缓解。

绕过一座山丘，更高处便是摘星楼。奔到附近，并未听见任何刀兵之声，拓拔野心中登感诧异，隐隐感到一丝不安。

提气奔上山丘，大吃一惊，近千名精悍的御卫兵竟如麦秆般被齐齐整整地斩杀在草坡上，人人脸上都是惊异、悲愤的神色，仿佛一瞬间内，被人以出乎意料的方式一齐杀死。

拓拔野惊怒绝望，木立当场。近日来，岛上豪强纷纷出岛猎捕凶兽，大多未归，城中精兵强将，仅剩不到两成。而这两成之中，又以摘星楼宋奕之部的三千御卫兵最为剽悍。虽然还有两千人下落不明，但以眼下情形来看，多半已经全军覆没。刹那间，更觉得蜃楼城风雨飘摇，凶多吉少。

乌云翻滚，漫天卷席。他在草坡上缓缓逡巡，心中空茫，忽见断树之下，阿三匐地不动，背上插了一根长矛，鲜血尚在流淌。

拓拔野惊悲愤怒，四下寻找，却不见单九锋等人踪迹。想来他们来此之时，恰好遇上水妖，不是被杀死，就是被俘虏了。

闪电如刀，天地陡亮。当空突然响起一声焦雷，震得他清醒过来，心道：事已至此，只有尽快与群雄会合，争取杀出重围保全实力，等到海上群雄归来之后，再雪这倾城之恨。

水妖突袭蜃楼城，必定全力攻击乔羽府邸，以求速战速决。蜃楼城群雄多半也已聚集乔府，拼死保护，科汗淮等人应当也在其中。自己若能及时赶到，以十四郎为人质，或许可以引领群雄从容退去，甚至胁令水妖退兵也未可知。

计议已定，拓拔野猛吸一口气，抖擞精神，喃喃道：“他奶奶的紫菜鱼皮，就算你有枪林弹雨，我有人盾在此，看你能奈我何！”抓起十四郎，朝乔府奔去。

刚奔出珊瑚林，迎面又撞见几拨水妖，团团冲来。他大声呼啸着杀入敌群，剑舞掌飞，真气滔滔，虽然招式生疏，威力却颇为惊人，所向披靡，顷刻间便杀伤了十几人。

水妖认出他肩上所扛之人乃是朝阳谷少谷主，无不变色，纷纷通声传令。转眼间，又有百余名朝阳谷的兽骑兵从四面八方赶来，围追堵截。

拓拔野体内真气遇强则强，一经触爆，便源源不断，不可收拾。加上此时正怒火攻心，出手毫不留情，潮汐流的威力不知不觉地完全发挥了出来，竟将水族骑兵连人带兽打得悲嘶狂吼，四下逃窜。真气之强频频超乎自己意料，足不点地，气势如虹，杀透重围而去。

一路上势如破竹，所遇水妖无能直攫其锋，只能眼睁睁目送他扛着少谷主远去。这一路搏杀，使得他信心倍增，对战经验也增加了不少，潮汐流真气的运用更趋流畅娴熟。

过不多时，他便杀穿了六七路阻兵，冲到乔府之外。

果然不出所料，远远地便瞧见乔府门外黑压压一片，尽是水妖，里三层外三层地团团围住，每人手中高举火炬，红光冲天。最外一圈是数百名乘坐着巨大怪兽的骑兵，碎步兜转。

拓拔野意念集中，将真气冲入脚底的“涌泉穴”，猛然高高跃起，腾云驾雾似的越过人群，纵声长笑道：“朝阳谷水妖，瞧瞧这是谁？”挥舞十四郎，将他抡来舞去，当作兵器使用。

众水妖哗然惊呼，生怕伤了少谷主，纷纷收起兵器，浪潮般朝两边卷开，任他冲入乔府大门。

拓拔野飓风般卷入乔府，立身环顾，只见院中两排人马正默然对峙，他恰巧站在中心。

只听一声清脆而欢喜的叫声：“拓拔大哥，你可来啦。”接着便响起白龙鹿欢嘶之声。转头望去，纤纤骑在白龙鹿上，满脸喜悦。旁边科汗淮白发飞舞，衣袂飘飘，朝他微微一笑。再过去便是宋奕之、乔羽、蚩尤等人。

蚩尤见他赶到，似是松了一口气，长辈在侧，只用手势打了个招呼。

科沙度领着二十多名水妖将领站在对面，正中央是一个木面人，长身而立，瞧不清他的表情，但月光下那双眼睛精光四射，仿佛能穿透人心。

众水妖将领见拓拔野扛着十四郎从天而降，都不禁讶然失声，不由自主地朝那木面人望去。

拓拔野脑筋转得极快，忖道：“难道这木面人便是什么朝阳谷的水伯天吴？”无锋剑一横，架在十四郎颈上，笑道：“这么多人找上门，定是我这不肖孙子又偷了你们家的母鸡。他奶奶的紫菜鱼皮，这小兔崽子真是有妈生、没爹养的坏坯子，我挖了他的心给大家赔罪便是。”

几个蜃楼城豪雄忍不住哈哈大笑起来。

他故意恶语相激，便是想要让水妖沉不住气，自乱阵脚，科沙度等人果然无不怒形于色，但木面人未开口说话，谁也不敢抢上一句。

木面人淡然一笑，道：“这倒奇了，家父三十年前便已登仙，犬子怎么又多了一个爷爷出来？”

拓拔野心想：“你果然便是这龟孙子的老爹，那可再妙不过。”哈哈笑道：“妙极妙极，难怪早上一起床便左眼乱跳，原来今日我要和失散多年的儿子相认，真是天大一桩喜事。”

言下之意，我是这个小子的爷爷，你是他老子，那我当然是你老子了。纤纤咯咯而笑，蚩尤愤怒的脸上也不禁露出莞尔之色。

那木面人毫不着恼，微笑道：“是吗？那倒值得大大庆贺。不知阁下扛着犬子，这般辛苦，所为何事呢？”

拓拔野笑道：“不辛苦不辛苦，辛苦只为儿孙福。乖儿子，只要你立时退兵，乖乖地回到朝阳谷去，为父便将孙子送还。要不然咔嚓一声，我少一个孙子，你少一个儿子，那岂不糟之极矣。”

蚩尤见他面对朝阳水伯，竟然从容不迫地大加戏耍，心中大乐，满腔恶气消了不少。科汗淮、乔羽等人只是微笑不语，凝神戒备，等待敌方心浮气躁之时一举突围。

木面人水伯天吴哈哈大笑，道：“年轻人有胆有略，难怪舍妹龙女这般喜欢你。很好，很好。”

他停住笑声，和声道：“拓拔野，倘若你现下弃暗投明，加入水族，一道将这大荒叛逆之臣灭了，立时便是水族的功臣、天下的英雄。今后前程似锦，封官晋爵，无可限量。与舍妹龙女更可时时团圆，岂不是天大的美事吗？何苦托卵危巢，与木共焚？”

纤纤“呸”了一声，叫道：“我瞧你年纪也老大不小了，怎的还这般马齿徒增，不知羞耻？难怪戴着面具，敢情是没脸见人了。拓拔大哥喜不喜欢你的妹妹干你何事？他岂能自甘堕落，与你们这些水妖狼狈为奸？”她声音清脆动听，便是骂人也如山泉春雨，叮叮咚咚。

拓拔野哈哈笑道：“乖儿子，你瞧，这是连小女孩儿也明白的道理，你怎的还不明白？”

众水妖大怒，再也按捺不住，纷纷拔刀喝骂。水伯天吴摇头叹息，道：“拓拔野，你和小女孩一般见识，可真让人失望之至。”说到“之至”时，突然衣衫

搜神记

鼓舞，如水流般涌动。

科汗淮脱口道：“小心！”

拓拔野呼吸一窒，突如沉入海水深处，心肺直欲迸炸开来。强猛无比的真气从四面八方朝他挤压，而自己体内的真气竟被瞬间遏制，全身酸软，连手中断剑也几乎把捏不住。心中大惊，这水伯天吴果然有些门道！

纤纤惊叫声中，科汗淮、蚩尤等人同时抢身冲出，与此同时，水妖众将也闪电般扑了上去，刀光剑影，真气纵横，恶战在刹那间爆发。

拓拔野强忍住憋涨欲爆的窒息感，想要集中意念，满耳却都是奇异的波涛汹涌声，仿佛咒语喃喃不休，根本无法汇集意念力，头疼欲裂。

水伯天吴知道这少年体内真气惊人，倘若被他爆发出来，那便无法保证爱子平安，是以突然发难，以“大浪流沙咒”抢先控制他的意念力，不让他调动真气。然后再以“海啸流”真气将他全身真气压迫住，务求瞬间将其击倒。

天吴身为当今之世“大荒十神”之一，意气双修，已臻超一流之境。以他真气、意念之强，虽仅三成力，已决非眼下的拓拔野所能抵挡。

拓拔野头昏脑涨，全身都要被挤爆一般，难受已极，突然听到科汗淮的声音如金石破浪，穿透水伯的重重气罩，在他耳边一字字地说道：“意守丹田，调气涌泉。攻其一点，不计其余。”

拓拔野如梦初醒，心想：“是了，我全身上下被老水妖的真气压迫，唯独脚底没有！”当下强振精神，勉力调动意念力，默诵“倒海流诀”，将真气朝脚底的“涌泉穴”导去。

天吴见他体内反激的真气越来越弱，只道他已经承受不起“海啸流”的层层重压，崩溃在即，警戒之意大减。

院内科汗淮气旋斩纵横交错，大开大合，将水妖诸将迫得节节后退。蚩尤虽然年轻气弱，却是勇悍绝伦，大刀挥舞，与宋奕之一道将围将上来的水妖击退。其他十余个蜃楼城将士将乔羽、纤纤护在中心。但寡众悬殊，胜负其实已分。

天吴眼见胜券在握，微笑道：“龙牙侯，我再给你最后一次机会。倘若你现在倒戈认输，重回本族请罪，烛真神自会不计前嫌，加以重用。你依旧是龙牙侯、右军使……”

科汗淮气刀挥斩，瞬间砍断四根枪戈，淡然道：“龙牙侯、右军使那就免了。倘若水族今日起革弊除陈，刀兵不兴，不用你邀请，科某自然会回去。”

天吴叹道：“既是如此，我只能将龙牙侯的尸骨带回北单山了。”心中盘算如何一举击杀拓拔野，全力猛攻科汗淮。

突听拓拔野大喝一声，脚底真气直如岩浆喷薄，将他瞬间推出海啸流真气的包围，提着十四郎，冲天而去。

众人大惊，水伯天吴心底更是一沉，骇怒交集，没想到自己用了三成力，稍一分神，居然让他乘隙溜走。这小子真气强猛，机狡万变，假以时日，必成水族大敌！

拓拔野跃到院中梧桐树梢，横剑抵住十四郎咽喉，笑道：“天吴我儿，我也给你最后一次机会。神帝圣谕，你竟敢公然违抗，难不成想造反吗？倘若你再不退兵，嘿嘿。”手上稍一用劲，剑锋登时没入十四郎咽喉三分，鲜血长流。

众水妖失声惊呼，十四郎疼得醒将过来，脸上变色，叫道：“爹爹！”众人纷纷罢手，转头朝水伯望去。

经此变化，天吴再也不敢小觑这少年。虽然有九成把握可以瞬间将这小子击毙，但投鼠忌器，冒险不得。然而两军对战，如果真受这黄毛小儿的要挟，岂不叫天下人笑话？当下淡然道：“阁下假冒神帝使者，捏造圣谕，欺骗五帝，这大罪比之造反又如何呢？”

不等拓拔野回答，转过身对乔羽说道：“乔城主，一个月前，神帝早已在南际山顶物化。有人瞧见此人盗走神帝神木令，伪造血书。这幕后指使之人，应当不是你吧？”

蚩尤大怒，骂道：“老匹夫！你血口喷人！”

纤纤叫道：“瞧你贼眉鼠眼，不敢真面目示人，我看你才是躲在幕后的奸贼！神帝血书笔迹是真是假，一辨就知。你有胆子，就把五族的帝、女、神全都叫来，当着天下人的面鉴别真伪。”

天吴毫不理会，径直摇头道：“木族长老唐石城在南际山上亲眼所见，那还有假吗？蜃楼城为保全自身，竟出此奸计，人神共愤。朝阳谷奉天承运，讨伐奸逆，别说牺牲犬子，即使全城战死，又有何憾？”他说得大义凛然，倒真如是义军一般。

蚩尤气得面色煞白，直欲上前拼命，被科汗淮拉住。

混乱中，科沙度突然喝道：“宋奕之，还不动手！”

那宋奕之全身一颤，猛然白光一闪，将刀横在乔羽脖颈上。众人大惊，木立当场。过了半晌，蚩尤才如梦初醒，厉声喝道：“你……你这个奸贼！原来出卖蜃楼城、引来水妖的就是你！”

乔羽脸上惊诧困惑，摇头道：“宋六弟，这是为何？”宋奕之面如死灰，低声道：“乔大哥，我实有不得已的苦衷，只有对不起你了。”

乔羽浓眉一挑，怒道：“对不起我？你对不起的是蜃楼城五万兄弟姐妹！倘若想要乔某性命，你说上一声，乔某将头颅割了给你又有何妨？但为何连累城中百姓？为何要连累从五湖四海赶来助战的游侠朋友？”

宋奕之颓然不语，面有愧色。

天吴微笑道：“蜃楼城已被我水族大军攻下，乔城主也已就擒，你们困兽之斗，又有何用？难道是要逼我们屠城三日？”

拓拔野喝道：“天吴我儿，快将乔城主放了，否则老子可真没耐性了！”他再一用劲，剑锋登时又进了三分，十四郎痛得大叫。

众水妖喝骂不止，一个水族将领将刀架在了乔羽颈上，喝道：“臭小子，再敢动上一下，老子就先杀了姓乔的，再拿你开刀！”

拓拔野哈哈笑道：“好啊，我倒要瞧瞧是朝阳谷少谷主的命金贵，还是我这条小命值钱。我数一二三，咱们一起动手，如何？”表面装得毫不在乎，心却紧张得怦怦直跳。

天吴目光闪动，盯着科汗淮道：“我有一个建议，不知龙牙侯愿不愿意？”科汗淮道：“如果依旧是劝降的话，那便不用说了。”

天吴道：“你们将犬子放了，我便让令爱和乔公子、拓拔小子走出这扇大门，乔城主也可以暂时离开刀锋。以一换四，你们毫不吃亏。”

他膝下只有这么一个儿子，自不敢拿他的命来做赌注。况且此刻岛上尽是水族围兵，只要能先救下十四郎，即使放拓拔野等人出了这院门，他们也逃不出自己的手掌心。

蚩尤厉声道：“天吴老贼，你当我乔家男儿是贪生怕死之辈吗？城在人在，城亡人亡，大不了今日咱们同归于尽！”

科汗淮沉吟片刻，嘴唇翕动，似乎与乔羽商议什么，见他颔首同意，又转而在纤纤耳边低声细语。纤纤不住地摇头，泪珠晶莹，夺眶而出。

科汗淮微笑着摸摸她的脸颊，拭去她的眼泪，又传音入密，对拓拔野和蚩尤同时说道：“眼下蜃楼城虽被攻破，却仍有许多人在外狩猎。要想夺回蜃楼城，首先要想方设法活下来，保存实力，然后召集所有失散的弟兄，徐图大计。咱们同困此处，彼此牵绊，凶多吉少，倒不如你们先行离开，暂且到东海古浪屿避一避。我和乔城主全力突围后，定会到那里与你们会合。”

拓拔野心里一凛，知他此言非虚。眼下身陷重围，乔羽又落在他们手中，群龙无首，虽有十四郎作为人质，但那水伯天吴的修为深不可测，若全力猛击，自己只怕来不及动一动手指，就已死无葬身之地了。况且纤纤是科汗淮的掌上明珠，蚩尤是少城主，自己又是神帝使者，一旦交起手来，必成水妖众矢之的，无论哪一个失手被擒，都会对己方的士气造成重大打击。如果他们三个先行离开，科汗淮等人心无旁骛，说不定反倒可以奋力杀出重围，再与他们会合。

他对科汗淮极为信任，脑海里飞速地比较了种种利弊，当下点头同意。蚩尤却是死也不肯，无论科汗淮如何苦口婆心地传音劝说，只是摇头。

乔羽突然大喝道：“蚩尤！乔家儿郎都是顶天立地的好男儿，怎能如此婆婆妈妈，不成大事！”

蚩尤全身一震，转头望向父亲。父子二人对视半晌，蚩尤这才迟疑着点了点头，方一点头，双眼登时便红了。一个多月来，拓拔野首次瞧见蚩尤如此脆弱动情，将心比心，不由得替他难过。

科汗淮举起左手，淡淡道：“一言既出，如江河东流，永不还改。既然水伯愿以一换四，咱们便一言为定。”

天吴回道：“一言为定。”隔空击掌为誓。

宋奕之黯然道：“乔大哥，对不住。”收刀入鞘，徐徐退到水妖阵营之中。蚩尤等人立时抢身上前，将乔羽护回阵中。

拓拔野在十四郎耳边低声道：“孙子，今日暂且饶你一命。下次看见爷爷，赶紧逃得远远的吧。”轻轻一送，将他推下树去。早有水妖涌上前将他接住。

拓拔野哈哈一笑，跃下梧桐，与蚩尤并肩而立。

科汗淮传音入密道：“此去古浪屿三千里，途中险恶，你们一定要多加小心。纤纤，你回到岛上，先和两位哥哥安顿下来，不必担心。我和乔城主快则十天，慢则半月，必会赶到岛上与你们会合。”顿了顿，又道，“拓拔兄弟，我这支珊瑚笛子你先拿去，当日那首《金石裂浪曲》你还记得吗？”

拓拔野点点头，科汗淮传音道：“那便再好不过。倘若你们始终等不到我和乔城主，而水妖又寻到古浪屿，你便拿这支珊瑚笛，到东面三百海里的珊瑚岛，去找东海龙神，吹奏这《金石裂浪曲》，龙族定会借兵帮助你们退敌。那时你可以带着龙神兵，回到蜃楼城附近海域寻找失散的游侠，共商复城大计。”

科沙度冷冷道：“六侄子，再不让他们走，只怕就走不了了。”

科汗淮从腰间取下珊瑚笛交给拓拔野，拍拍他与蚩尤的肩膀，低声道：“蜃楼城复城大举，就在你们肩上。不可儿女情长，务必以大局为重。只要齐心协力，重建自由之城便指日可待。”顿了顿，又加了一句，“纤纤就暂时先交给你们照顾了。多谢。”

拓拔野与蚩尤齐齐点头，跃上白龙鹿的脊背。蚩尤回头瞧了一眼父亲，见他嘴角含笑，目中满是赞许期待之色，悲愤、难过、担忧……诸多情感一起涌上心头，险些便要哭出声来，猛地回头道：“走吧！”

拓拔野抱紧纤纤，心中百感交集，叫道：“鹿兄，走了！”白龙鹿长嘶声中，昂首踢蹄，疾电般冲出门去。

纤纤回头叫道：“爹爹！爹爹！”泪眼蒙眬中，依稀看见门外水妖潮水般涌入院里，断浪气旋斩冲天飞起，在夜空中划过一道炫目的光芒。

白龙鹿蹄下生风，一路狂奔。沿途望去，火光冲天，刀光剑影，呼喝厮杀之声遍野传来。满地尸体，残垣断壁，一片狼藉。蚩尤悲不可抑，撕破衣裳，立在鹿背上嘶声狂吼。

突然“嗖”的一声，一支利箭破空射来，从背后贯穿他的左肩。蚩尤怒吼一声，抓住箭头，将那长箭硬生生拔了出来，鲜血飞溅。

他抓起断月弩，猛然转身搭箭，瞄也不瞄，劲射而出。后面传来一声惨呼，偷袭的弓箭手当胸中箭，翻身落马。

拓拔野回头望去，只见黑压压一片净是追来的水妖骑兵，箭如飞蝗，密集射来。当下叫道：“鹿兄，今日看你如何与箭矢赛跑！”白龙鹿嘶鸣声中，加速狂奔，竟在刹那间冲出数十丈远。那数百支长箭难以企及，接二连三地穿入那急速后退的大地。

蚩尤站在鹿背上，弯弓射箭，连珠不断。他天生神力，箭程范围远胜常人，瞬间竟射死了十八名水妖，吓得他们不敢上前。白龙鹿又奔得极快，不一会儿就将追兵抛得不见踪影。

然而后有追击，前有堵截，往往刚冲破重围，四周又涌来层层水妖。拓拔野双掌飞舞，杀开一条血路，蚩尤箭无虚发，逼退追兵。过了小半时辰，三人一兽终于甩开追兵，冲到岸边。

此处礁岩峭立，突兀嶙峋，绝非良港，是以没有水妖登陆。波浪汹涌，击打礁石，洪声巨响，震耳欲聋。蚩尤跃下鹿背，纵跳横跃，没入礁石之后。过了片刻，摇了一艘小型潜水船出来。

原来他时常偷偷出海，生怕长辈得知，便藏了一艘性能极为良好的小船在这礁石丛内，想不到今日竟派上用场。

拓拔野与纤纤骑着白龙鹿，游过水面，翻身爬上船。船身极小，白龙鹿上来后，几已无法圆舱。情势危急，远远地又有追兵杀来。两少年不及多想，便各摇双桨，飞也似的朝海上划去。

浪大风急，天空中乌云密布。海天交接处，一道闪电陡然亮起，将苍茫大海照得一片明亮。

回首望去，蜃楼城岛上，火光熊熊，映红了半边夜空。梦幻般瑰丽的大荒自由之城竟就此付之一炬。

蚩尤悲从心来，仰天狂吼。在那涛声轰鸣中，吼声犹自清晰入耳，撕心裂肺。

拓拔野心中也满是悲痛与迷茫，这一瞬间，他仿佛重回遥远暗淡的童年。当他母亲病故，茅屋为暴风雨冲毁之时，他茫然立于风雨之中，满腔悲苦郁结为窒息的疼痛。那时他才刚刚六岁。

相隔近十年，他突然又有了这样的感觉。安定快乐的日子一去不复返了，难道漂泊就是他的宿命吗？

纤纤抱着白龙鹿低声啜泣，那孤苦伶仃之态令拓拔野想起了从前的自己，更觉心疼不可抑，伸手将她抱入怀中，温言抚慰。

当是时，海上狂风大作，远远地有几艘水妖大船朝着他们围堵夹击。岸上号角长呼，人声隐隐，箭矢纵横如雨，在距离他们十余丈处落入海涛之中。

拓拔野与蚩尤对望片刻，同时脱口道："蜃洞！"两人奋力划桨，朝蜃洞方向驶去。那几艘水妖大船航速极快，风帆鼓猎，乘风破浪，与他们的距离越来越近。

追得最近的一艘船上有人呐喊擂鼓，利箭齐飞。"嗖嗖"之声此起彼伏，"咄"的一声，一支长箭擦着纤纤耳边掠过，没入船舷三寸，箭羽微颤。纤纤尖叫着躲入拓拔野怀中。

蚩尤大怒，将那箭陡然拔出，弯弓就是一箭，立时射杀一人，沉声道："咱们圆舱下潜！"

两人让纤纤与白龙鹿伏下，摇起舱壁，聚拢封合。舱顶上“咄咄咄”急如密雨，已被射了二十余箭。所幸这柚木船极为坚硬，箭镞入木即止，不能穿透。

船身缓缓下潜，突然四周海浪急剧倾摇，似是有人以妖法催浪，将他们朝回冲卷。两人急速摇桨，潜水船斜斜朝前下方冲去。到了三丈以下，已经颇为平静。

十余艘水妖潜水船破水下沉，穷追不舍，船头、两舷都伸出锐利的梭矛，想要将他们围夹刺穿。蚩尤透过潜水镜观望，面色微变，冷笑道：“走，咱们带他们捉迷藏玩儿。”

两人强抑住悲怒的心情，镇定自若地摇桨摆舵，在犬牙交错的暗礁明石之间迤逦穿梭。

蚩尤对这附近海域极为熟悉，虽然黑暗一片，却回转自如，将水妖众潜水舰引至凶险之地。不过片刻，已有三四艘水妖船或被暗礁撞着，或是卡在暗礁之间，被己方其他潜船的梭矛刺穿。待他们穿过暗礁群时，已经没有一艘敌船能尾随追来了。

绕过那巨大的石壁，蚩尤小心翼翼地掌舵回转，收拢木桨，轻轻巧巧地从那六尺来宽、一丈余长的隙缝中钻过。然后迅速上升，浮出水面。

当夜正值大潮，海水早已漫过蜃洞甬道。两人打开舱盖呼吸了一会儿新鲜空气之后，重新闭舱，驾船顺流而入，径直驶入蜃洞之中。

视野漆黑，船桨、船身不断地碰撞到洞壁，磕磕碰碰，回旋前行。突然船头摇摆，被一股巨大的旋转吸力收纳，朝前疾冲，想是已经到了洞内那涡漩之中。

拓拔野两人连忙将桨收好，紧紧护住纤纤，任由船身旋转漂荡，在那神秘的暗流中飞转穿梭。

过了半晌，船舱内闷热难当，空气浑浊，煞是难受。船身蓦地如被巨浪推起，飞也似的朝前上方冲去，轻飘飘无所依傍地停了片刻，又急速下落，重重地撞在水面上，船身剧荡，险些将纤纤震晕过去。

波涛汹涌，船身摇晃跌宕，过了许久才逐渐平稳。蚩尤将船舱打开，湿咸凄冷的海风登时迎面刮来。

环顾四周，万里波涛，连天苍茫。闪电接连，隐隐看见西边天空一片桃红，当是被那火光所映。彤云开处，一轮昏黄圆月无语高悬。

突然雷声隆隆，豆大的雨点倾盆而下，风浪更急。小船在暗黑的大海上飘摇不定，宛如他们三人此刻的心情。前方天海茫茫，漆黑一片。

有一刹那，他们不知道该往哪里去。

第十三章 汤谷十日

秋日正午，阳光灿烂，碧绿的大海上金光粼粼。海风轻拂，空气中满是桂花的清香。

汤谷岛西面临海的石崖上，桂花盛开，一个瘦小的中年汉子正在垂钓。他站在距离崖边丈余处，探头探脑地朝崖下张望，手里握着一柄三丈长的长斧，以斧为竿，在斧梢系着一根银光闪闪的细丝。

这钓鱼丝颇为奇怪，瞧来不过三四根发丝般粗细，但在海风中竟纹丝不动，笔直地插入海水之中。

一个仙风道骨的老者盘膝坐在这瘦小汉子的身旁，闭目摇头，口中念念有词，膝前零落摆了几个黑色的石子。

那瘦小汉子满脸焦急，道："卜算子，你到底算准了没有？是不是真的在这儿？"那老者徐徐睁开双眼，怒道："自然算准了。我神卦卜算子一日十卦，定能算对一卦。先前九次都不灵验，这次定然错不了。"言语斩钉截铁，不容一丝怀疑。

那瘦小汉子突然来了气，骂道："你这老妖怪总是信口雌黄。他奶奶的，昨日上你当，在林子里待了一天不说，屁股还险些被竹叶青咬上一口。今日要再如此，老子今晚就将你烤了吃。"

那老者卜算子皱眉道："倘若昨日不是被辛九姑搅局，将我的石子搅乱了，又怎会发生那等事？岂能因你的屁股而坏了我神算的清誉。"

听到"辛九姑"三字，那瘦小汉子突然打了个寒战，不住地回头张望道："他奶奶的，那泼妇忒可恨了。要让她发觉老子拿了情丝钓鱼，那今天就不是我吃鲨鱼，而是鲨鱼吃我了。"

卜算子摇头道："放心放心，我替你算过，你是死在荒郊野外的野狗肚里。鲨鱼没这福分。"

瘦小汉子骂道："他奶奶的，你才死在野狗肚里。"又四下探望了半晌，道，"不成，老子信不过你。老妖怪，你再算上一卦。"

卜算子大怒道："大荒中谁不知道我卜算子一日只算十卦？告诉你此地必有大鲨鱼上钩，便决计错不了！"

瘦小汉子见他如此勃然大怒，只好作罢，口中依旧喃喃道："他奶奶的，好不容易那十个鸟妖怪洗澡去了，辛九姑又睡得死沉。倘若今日钓不到鲨鱼，又不知要等上多久了。"想到鲨鱼鲜美的肉味，不禁狂吞了几口馋涎。

两人坐在崖边又静候了半晌，仍是毫无动静。瘦小汉子将那情丝拖将上来，凑到面前一看，情丝上系了一只巨大黝黑的铁钩，钩上那只四尺余长的金背鱼完好如初。

卜算子吓了一跳，道："你胆子也忒大了，偷了辛九姑的情丝、盘谷的开天斧也罢了，怎的连那老太婆的金背鱼也……也……倘若让她知道了，你还有活路吗？"

瘦小汉子瞪眼道："舍不得孩子套不得狼。不用这金背鱼做饵，鲨鱼会上钩吗？难不成把你这老骨头丢到海里去？"

那卜算子肚子突然咕咕叫起来，两人对望片刻，哈哈大笑，当下又将那鱼饵甩入海中。

突然情丝震动，瘦小汉子大喜，颤声叫道："来了来了！"他已数月未曾吃着鲨鱼肉，早已馋得食指大动。

卜算子跳了起来，趴到崖边眺望，只见崖下碧波涌动，一道黑色的三角鱼鳍破浪摆舞。看起来果真是一条极大的龙纹鲨。

卜算子颇为得意，眉飞色舞道："我说了吧？我神算卜十必能中一，这条龙纹鲨的鱼翅可得归我。"

瘦小汉子叫道："他奶奶的，你算个卦就要鱼翅，那我偷了这些东西来钓鱼，岂不是要龙肝吗？"情急之下，真气稍泄，险些被那鲨鱼拖下崖去，大叫一声，双腿稳住，使足吃奶的力气将情丝朝岸上拉起。

突听不远处有人尖声叫道："成猴子，你好大胆子，敢拿老娘的情丝来钓鱼！"

那瘦小汉子闻声魂飞魄散，转头一看，一个黑衣女子飞也似的奔来，一个九尺来高的大汉气喘吁吁地紧随其后。

瘦小汉子成猴子连呼糟糕，正要抛掉情丝逃之夭夭，又听那黑衣女子喝道：“你要敢把情丝丢了，老娘将你剁成肉丝！”

成猴子叫道：“辛九姑，你怎的这等小气，大不了将鱼翅分你便是！”那辛九姑冷笑道：“你当我像你般馋嘴吗？你这种男人，自私自利，只顾享乐，第一个该杀！”话音未落，已奔到十丈之距。

成猴子见势不妙，突然闪电般跃起，想要溜之大吉，慌乱中却忘了手中还握着那柄特别的鱼竿。

竿子那头如有千钧之物剧烈震动，陡然下坠，突然想起那端乃是龙纹鲨，大叫一声，被腾空拽了起来，朝崖下翻滚落去。

辛九姑怒道：“想逃到海里，哪有那么便宜！”右手一扬，一道银丝破空飞舞，牢牢地缠在成猴子的身上，将他朝回猛拽。

岂料他下坠之势极快，又被那数千斤重的龙纹鲨猛烈挣动，辛九姑登时被拉得如箭般蹿起，一道尖叫着朝崖下跌去。

辛九姑身在半空，电光石火间左手一甩，又是一道银丝破空飞舞，缠在那九尺高的大汉身上，叫道：“盘谷，快拉我们上来！”

那大汉盘谷猛地一个马步，银丝绷直，朝前滑了几尺后纹丝不动。辛九姑与成猴子的下落之势登时止住。

卜算子大喜，叫道：“我算得没错吧？我算得没错吧？早上第三卦说你们两人情丝相系，生死两忘。你们还要杀我，当真是有眼不识天机！”

成猴子骂道：“你奶奶的情丝相系！快将我们拉上来！”

盘谷大喝一声，双臂交错后拉，竟硬生生将两人连着那海中巨鲨，一寸寸朝上拔起。那情丝极为坚韧，任凭龙纹鲨如何癫狂剧震，丝毫没有断裂的迹象。

卜算子只是袖手旁观，不住地连声叹气道：“可惜可惜，今日已算十卦，否则倒可以再帮你们卜算吉凶。”

那盘谷天生神力，面目涨红，青筋暴起，全身肌肉虬结膨胀，憋着气，边拉边朝后退。

过不多时，已将两人拉了上来。辛九姑一上来劈手就给了成猴子一记耳光，喝道：“死猴子，活得不耐烦了吗？”

那成猴子对她颇为忌惮，抚着脸干笑道："要是活得不耐烦，又怎会变着法儿给大家钓鱼吃？"

盘谷抢上前从成猴子手中夺下那长斧，脸上气得通红，指着成猴子道："你！你！"愤怒之下，张口结舌半晌说不出话来，猛地一跺脚，双臂挥舞，竟将那巨鲨高高甩起。

碧浪开处，一条青灰色条纹状的巨鲨被高高抛起，在蓝空中划过一道优美的圆弧，阳光在情丝上闪烁耀眼的光芒。

巨鲨在空中摆尾，越过众人头顶，重重砸在六七丈外的桂树林中，"咯啦啦"压倒了一片灌木，不住地翻腾弹跳，尘土飞扬。

盘谷仰面倒地，又立即一跃而起，将情丝从斧杆上解了下来。

成猴子和卜算子见那鲨鱼五丈余长，活蹦乱跳，早已按捺不住，叫道："快！快将它杀了！"

盘谷审视开天斧，确定无恙，方才提斧朝那巨鲨奔去。众人都已许久未吃鲜美的鱼肉，纷纷冲上前。只见那鲨鱼似是极为痛苦，背上有一条铁管破肉而出，鲜血长流，甚是奇怪。

盘谷大喝一声，挥舞开天斧猛斫而下，龙纹鲨巨尾横扫，竟不能将他长斧拍开，扑哧一声，皮肉翻卷，斧头砍到椎骨的骨节方才顿住。

龙纹鲨痛极，发狂似的弹跃横摔，盘谷不得已将长斧拔出，朝后跌了几步。巨鲨腹部被斧头刺开，露出一条斜斜的口子，挣扎之下，裂口越来越大，突然"哧啦"豁开一个大口，一个尖锥状的东西从那裂口中撞了出来。

众人齐声惊呼。

龙纹鲨凌空一个翻越，将那东西从腹中猛地甩了出来。那物在空中打了几个转儿，猛撞在地上，朝后滑了数丈方被灌木丛卡住。定睛一看，竟是一艘小型潜水船！

辛九姑等人面面相觑，突然又是"啊"的一声惊呼，只见那小船突然朝两翼打开，跳出一只似龙似鹿的怪兽，甩颈摇头，嘶鸣不已。

接着又有两个少年跳将出来。一个俊秀挺拔，英姿勃勃，一个桀骜矫健，眼神凌厉。

两人又从小船中拉出一个冰雪美丽的小女孩。三人不断地咳嗽喘气，似是在鱼腹中待得颇久，呼吸不畅。

巨鲨弹跳了一阵，终于訇地不动。成猴子等人瞧得呆了，他们阅历颇丰，但这等情形倒是第一次瞧见。

只有那卜算子突然狂喜道：“第一卦！我今日卜的第一卦你们还记得吗？贵人临门，万事大吉！他们定然就是贵人，来救咱们了！”

这几个不速之客自然便是拓拔野、蚩尤、纤纤与白龙鹿。

他们在东海上漂流了半个多月，白天靠着司南指引方向，朝着古浪屿齐心协力地摇桨划船，夜里则圆舱休息，任尔东西。

早上醒来时，每每发现又被海风、洋流推得偏离方向数十里。好在这十几日里，东海还算风平浪静，否则舟小浪大，即便拓拔野、蚩尤真气再充沛，也禁不起这般折腾。

万里汪洋，风云难测，三人同舟共济，再加上白龙鹿相助，倒也有惊无险。每日必要邂逅三五种凶禽猛兽，拓拔野与蚩尤合作无间，半个月下来，二人对于擒降凶兽大有心得，功夫也颇有长进。

除了捕捞生鱼果腹，射落的凶禽、猎杀的海兽也都可用三昧真火烧烤，聊以充饥。淡水虽少，途经海岛时，偶尔也能采集几壶，加上偶然突如其来的暴雨，倒也不愁饥渴。

只是想到城破人亡，前路渺茫，三人难免郁郁不乐。尤其纤纤，此前从未与父亲分离，依赖心极重，心态虽然早熟，却仍不免孩子心性，常常伤心哭泣，便是梦中也每每泪流满面。

拓拔野与蚩尤瞧了均是大为不忍，只能劝慰或转换注意力，大赞科汗淮神功无敌，定能平安脱险云云。纤纤对父亲本就极有信心，听得久了，对父亲的牵挂担忧也逐渐缓解。

蚩尤经此变故，受打击极大，原本已是情感内敛之人，半月来更加寡言少语，偶有欢颜。即便他再成熟，终究还是一个十五岁的少年，家园一夕尽毁，亲友生死难料，茫茫大海，零落相顾，更不知似海深仇何时能报，纵有钢肠铁胆，也要化作铅泪两行。

偏生他又极为坚忍好强，纵使悲怒如沸，也绝不流泪。郁积于心，不得化解，倒不如纤纤哭泣之后来得舒爽。擒杀凶兽之时，则每每势如疯虎，仿佛将它们视若水妖般出气；疲惫之时，便默坐船头，呆呆出神，时而握拳，时而咬牙。

每逢此时，拓拔野便与他一起默坐，虽不说话，但心意相连，也让蚩尤心中稍觉温暖。

三人之中只有拓拔野天性开朗，颇为乐观。虽然起初心中空茫悲愤，有说不出的难过，但毕竟他自小流浪惯了，对于生离死别之事，比之寻常少年更能超脱。几日之后，逐渐自我疏解。

到了第四日，他已能振作精神，谈笑风生。每日变着法儿逗纤纤开心，单是烤鱼一项，便是花样迭出，既美味又有趣。如此十余日，纤纤的难过之意稍解，对拓拔野的依赖心却是越来越重。

昨日傍晚，海上突然风雨大作，惊涛骇浪。为避免沉船，三人圆舱下潜，岂料竟遇见了一只饥饿难当的龙纹鲨。那巨鲨嗅到船缝里残余的海兽血腥味儿，竟狂性大发，将整艘柚木船囫囵吞枣地咽到肚里。

好在柚木船极为坚硬，除了个别地方被它利齿戳穿之外，并未受到大的破坏。只是在它胃中无法开舱，气味又极是难闻，通气管贯穿鱼背，虽偶尔可以带来新鲜空气，但大多时候都是在海里，不时有海水灌将进来。

若非拓拔野、蚩尤应变极快，时堵时疏，将新鲜空气兜在皮囊中，供纤纤呼吸，她根本支持不到此时。

龙纹鲨被柚木船的通气管刺穿脊背，吃痛在海里乱游，时沉时浮，人鱼对峙了整整一夜，来到汤谷岛之滨。

那巨鲨饥饿难当，闻见金背鱼的香味便不顾一切地咬住不放，是以便有了这破膛露船的奇怪一幕。

辛九姑等人狐疑地盯着拓拔野等人，又看看那白龙鹿，心中惊疑不定。拓拔野正弯着腰咳嗽，听到那老头大呼小叫，说自己一行是解救他们的贵人，心中一沉，微觉不妙，起身抱拳道："在……在下拓拔野，不知这是什么地方？"

成猴子诧道："这是什么地方你都不知道？"脸上露出奇怪已极的神色，突然捧腹大笑，"真他奶奶的笑死人了！竟有人到了此处，还不知道这儿是什么地方……"

卜算子恭恭敬敬地一揖到底，说道："各位神人莫怪，此人就是因为四处行窃、目无尊长，才被流放此处。"

听到"流放"二字，蚩尤突然面色大变，沉声道："难道这里是汤谷吗？"

卜算子点头道："正是。神人被鲨鱼带到此处，那定然是天意如此，要你们将我们救出苦海了。”

蚩尤的心登时落入万劫不复的深渊，又是悲凉又是滑稽，只觉世事荒诞，莫过于此，悲苦之下，竟仰天哈哈大笑。

原来这汤谷乃是大荒四大流放地之一。五族中严重违反族规的罪人，除了水族之外，许多都被流放至此。盖因此处天涯海角，汪洋茫茫，既非水族，又无船只，绝无可能逃回大荒。

况且这汤谷岛上有十只巨大的怪鸟镇守。怪鸟叫“太阳乌”，相传是远古时驮着太阳东升西落的神鸟，而这汤谷便是太阳升起之处，因此这十只鸟又被称作“汤谷十日”。

六百年前，这十只太阳乌被木族青帝羽卓丞收服，成为他的御前神禽。后来，羽卓丞在东海与龙族交战，虽大败东海六龙，却也精疲力竭，耗尽真元，回到这汤谷休息，睡着后便化为一株参天巨树“扶桑”。十只太阳乌哀鸣绕空不散，从此后再也没有离开汤谷。

由于羽卓丞生前严肃刚正，疾恶如仇，大荒长老会便将这汤谷定为大荒思过岛。岛上所流放的，都是各族犯了重罪的人，由羽卓丞刚正不阿的魂灵与十日鸟共同看守。

大荒中所有人谈到“汤谷”二字，无不变色。只要一上此岛，便意味着永无离开之日。余生漫漫，只能与穷山恶水相伴。

倘有人想逃出岛去，必被这“汤谷十日”竞相攻击，饱受折磨后，再抓回丢到汤谷扶桑树上，受烈日暴晒，灼汤浸泡，生不如死。

汤谷岛上的鸟兽极少，附近海域除了偶有巨鲨海怪出没，其他鱼类忌惮十日鸟，根本不敢靠近。

因此岛上众人除了每日吃些野果，就只有期盼有鲨鱼上钩。鲨鱼的肉质虽然稍显糙厚，但在他们口中尝来，已是少见的美味了。

拓拔野不知道汤谷之名，但听那老者所言，又见蚩尤仰天狂笑，心中也隐隐猜到大概，想到阴差阳错，竟到了这么一个所在，不免也有些沮丧。却听那辛九姑喝道：“小子，有什么可笑的？”

蚩尤心中气苦，家仇国恨未报，自己又被困在这囚岛上，满腔怨怒之气正无处发泄，当下狂笑道：“我笑你又如何？”

辛九姑大怒："小子找死！"银光一闪，情丝将蚩尤周身缠住，甩手一掌朝他脸上打去。

两人近在咫尺，那辛九姑出手奇快，直如鬼魅，拓拔野来不及相救，眼见这一掌便要击在蚩尤脸上，忽听天上传来"嗷嗷"怪声。

辛九姑面色大变，硬生生住手。众人抬头望去，只见十只火红的怪鸟从东侧高耸的山头飞了过来，在空中鸣叫盘旋。

成猴子连呼倒霉，苦笑道："他奶奶的，十只妖怪一来，这条大鲨鱼又要白白浪费了。"

那群怪鸟长得甚为奇异，眼大如轮，碧光湛然，如许高空，犹清晰可见，令人不寒而栗，身长近两丈，巨翼横张时，就像一团熊熊烈火。自然便是"汤谷十日"太阳乌。

十只太阳乌嗷嗷怪叫，隐隐有威胁之意。辛九姑抽回情丝，狠狠地瞪了蚩尤一眼，大踏步朝回走。盘谷、成猴子二人尾随其后。

三只太阳乌突然尖声怒啸，闪电般俯冲下来，朝成猴子扑了过去。所经之处热风狂舞，炎浪灼人。

纤纤险些被那热风刮倒，拓拔野抢身上前，将她护在怀中。

成猴子叹了口气，从怀中掏出两大块鲨鱼肉，丢在地上。原来他经过巨鲨尸体身边时，以极快的速度割下了几块鱼肉，藏在身上。众人均未发觉，却逃不过太阳乌的锐眼。

太阳乌落地扑翼而立，连声怪叫。成猴子将衣服解开，抖了抖，高举双手，示意没有藏匿。一只太阳乌突然振翼拍去，将成猴子击得横飞出去，重重摔在数丈开外。

纤纤蹙眉道："拓拔大哥，这几只怪鸟是什么来头？这等凶悍。"蚩尤道："它们是木族圣禽太阳乌，便是传说中驮着太阳的神鸟。"

那三只太阳乌昂首睥睨，瞥了他们一眼，大踏步地转身走来。辛九姑等人纷纷后退，驻足观望。

蚩尤沉声道："拓拔，小心。它们定然将我们认作是流放到这里的新囚，要给我们下马威……"话音未落，那三只太阳乌果然扑扇着翅膀，怪叫着朝他们扑了过来。

拓拔野道："鱿鱼，左边那只归你，右边那只归我。鹿儿，中间那只就归你了。”

两人少年气盛，心中又满是愤懑之意，竟丝毫不惧。刹那间提气纵跃，左右奔袭。白龙鹿兴奋嘶鸣，挡在纤纤身前。

太阳乌还未冲到，那灼热的气浪已经铺天盖地地卷了过来。拓拔野调动潮汐流，瞬间将真气调至最为猛烈，“呼”地一掌拍出。

“嘭”的一声巨响，那只太阳乌怪叫着冲天飞起，红色羽毛纷纷扬扬。拓拔野也被相交的气浪震得趔趄急退。

蚩尤被那怪鸟巨翼拍中，吐了一口鲜血，身形一晃，不退反进，大喝声中，双手将那太阳乌巨爪硬生生抓住，奋起神力猛然举起，狠狠朝地上砸去。那太阳乌勃然大怒，拍动双翼，拽着他飞到了半空。

辛九姑等人尽皆骇然，没想到这两少年年纪轻轻，竟有如此神力！虽然蚩尤反攻未能奏效，但他竟能生挨太阳乌巨翼一击而不倒，并瞬间将它举起，剽悍至斯，令人刮目。

白龙鹿与那太阳乌跳跃厮斗，也打得难分难解。

拓拔野担忧蚩尤，大喝一声，聚气涌泉，高高冲跃到了那太阳乌的身侧，猛地伸臂将它巨颈抱住，气沉丹田，如坠千斤，朝地上降落。

这一招乃是当日在万里荒原上与翼鸟龙厮斗时所用。故技重施，虽然太阳乌远非翼鸟龙可比，但他也早非吴下阿蒙，凭着强猛的真气，竟一寸寸将那怪鸟连同蚩尤拉了下来。

余下七只太阳乌怪叫着飞翔而来，巨喙狂啄，登时将两人全身啄得皮开肉绽，鲜血淋漓。

蚩尤被众鸟巨翼反复击打了数十次，终于昏厥，双手却依旧钢铁似的死死抓住那只太阳乌的脚爪。

拓拔野仗着体内超强真气，以右臂格挡，将太阳乌的巨翼拍击力一一化解。但这些太阳乌实在太过凶猛，远胜于此前他所遭遇的任何怪兽，八九只轮番攻袭，难以抵挡，很快就被两只太阳乌一左一右抓住双臂，横空飞掠。

眼见拓拔野、蚩尤被那怪鸟群抓走，越过蓝天，消失在东山之巅，纤纤大为焦急，又叫又跺脚，泪水涟涟。

成猴子等人见状，不由得起了怜惜之心，辛九姑年届四十，膝下无儿，更是被激起了母性。

他们被囚困于汤谷，受这十日鸟的气久矣，只是无力反抗，今日见这两少年骁勇剽悍，竟与十日鸟殊死恶斗，大感同仇敌忾，心下都颇为敬佩。当下纷纷奔上前来。

辛九姑柔声道："小姑娘，不要担心。这些怪鸟一定是将他们带到扶桑树那儿去了。我们这就带你找去。"

成猴子等人在汤谷十余年，第一次瞧见辛九姑这般和颜悦色，都是又惊又奇，暗自发笑："嘿嘿，从今往后，这母老虎也有了软肋。"

拓拔野低头下望，百丈之下，烟波浩渺，金光粼粼；周侧疾风劲舞，刮得双耳生疼。倘若从这里摔下去，纵然不被水浪拍死，身上的血腥味也立即要引来鲨群，凶多吉少。当下反手紧紧抓住怪鸟巨爪。但那鸟群似乎并无将他们抛掷之意，继续展翅高飞，拎着他们越过东山。

拓拔野眼前一亮，险些惊呼出声。只见东山那一侧，山谷环绕，中间是一个极大的湖泊，直径十几里，水汽蒸腾，竟是温泉。

湖中央矗立着一株巨树，参天摩云，似桑非桑，也不知要几千几万人才能合抱得过来，树叶片片都有几丈宽，枝叶繁茂，破入云端。

太阳乌嗷嗷鸣啼，拎着他们飞向那参天巨树。飞得越近，拓拔野心中便越加惊异。难道这株巨树就是传说中东海的擎天柱吗？一株树要长到如此巨大，非得数万年以上。

忽听蚩尤高声道："这便是六百年前青帝羽卓丞的化身，巨木扶桑，传说太阳就是从这儿升起的。"原来他已经醒转。

拓拔野道："这些太阳乌带我们来这里干什么？"话音未落，双臂突然一松，被那两只太阳乌凌空丢了下去。

风声呼呼，脚下空荡无物，他从百丈高空急速下落，心中大惊，左右环顾，扶桑巨大的枝叶参差交错，不断刷打到自己的身上，火辣辣地烧痛。奋力抓住一条树枝，"噼噼啪啪"地摔落了十几丈，才上下震荡颠伏着，顿在半空。

蚩尤也被几只太阳乌啄得松开双手，掉落在比他低了六七丈的树枝上。

那十只太阳乌在四周盘旋，拓拔野刚要朝下跳跃，它们便嗷嗷怪叫着猛扑过来，劈头劈脑地一阵狂啄。他左格右挡，仍被啄得鲜血长流，锥心彻骨，只好不断地在树枝间跳跃躲避。

蚩尤也被几只太阳乌群起围攻，索性朝上攀爬，与拓拔野会合。那太阳乌甚为奇怪，只要蚩尤一往上爬，便止住攻击，在他身侧盘旋。一旦他停止不前，立即又群喙齐啄。

蚩尤攀到拓拔野身边，两人背靠背，格挡太阳乌的攻击，抵受不住，就继续攀跃躲藏。

忽听下方隐隐地传来呼叫声，低头下望，此处距离湖面至少有一百丈高，湖面蒸汽腾腾，白雾缭绕。

透过枝叶间隙，向北望去，湖岸边不知何时已围了密密麻麻数千人，想来都是汤谷岛的囚民，到这儿看热闹来了。纤纤与白龙鹿赫然站在最前沿，和那辛九姑、成猴子等人站在一起。

纤纤显然极为焦急担忧，不断地跳跃着，挥手呐喊，但隔得太远，什么也听不见。

拓拔野与蚩尤一同苦斗半晌，浑身是伤。拓拔野道："鱿鱼，这样下去，咱们非被啄死不可。不如一起跳到湖水中去。只要上了岸，便不至于这般施展不开，无法还手。"

蚩尤咬牙道："好。宁可摔死，也远胜于被这些火鸡啄死。"两人连挥数掌，逼开太阳乌，大喝声中，一齐踏上粗壮的树枝，发足飞奔，到那树梢之时，猛地提气跃起，向那温泉湖泊跳了下去。

太阳乌迭声怪叫，四面八方俯冲而至，探爪将两人衣衫抓住，往上拖去。拓拔野拔出无锋剑，朝太阳乌的脚爪上斩落。

那几只太阳乌见到断剑，齐声尖叫，似乎颇为惊异，当下松开脚爪，任由他朝下笔直冲落。

拓拔野一愣，旋即了悟，这些怪鸟既是木族青帝的圣禽，自然识得无锋剑，故而不敢冒犯。心中大为后悔，早知如此，方才也何须缠斗？只消亮出此剑比画一通，它们多半便乖乖地将他们二人送回岸上。眼下蚩尤已被它们重新拖回那巨树之上，援救无方，徒呼奈何。

心念未已，四周白雾迷茫，"扑通"一声，水花激溅，已经掉入那湖泊之中。水温微烫，仿佛千百只手温柔地抚摩全身，浑身流血的伤口竟立刻愈合结疤。

拓拔野又惊又喜，原来这温泉湖水还有这等奇效！索性舒展肢体，缓缓沉入湖底，周身气血流畅，疲怠与疼痛很快消减了大半。等到一口气即将憋尽之时，才重新向湖面游去。

刚浮出湖面，便听到一片欢呼之声。岸上那群被流放的囚民，见他们如此悍勇顽强地与十日鸟激斗，早已将他们视为英雄。加之卜算子又不断地高呼他们是贵人，是带领众人离开汤谷的救星，虽然卜算子十卦中仅有一卦灵验，但众人心中都希望这一卦能意外命中，因此见他平安无恙，都极为欢欣鼓舞。

拓拔野甫一爬上岸，纤纤便又哭又笑地奔了过来，扑入他的怀中。拓拔野笑道："傻丫头，这么多人瞧着，也不害羞？"纤纤抹着眼泪哭道："我才不管呢！如果你死了，我也不想活啦！"

她语气坚定，倒是让拓拔野吓了一跳，心想："她父亲生死未卜，眼下孤苦伶仃，定是已将我视为最亲的人。今后得好好照顾她才是。"

众人围上前来，叽叽喳喳地说个不休，除了赞扬之语，大多在询问他是由何处而来。

拓拔野思绪飞转，忖道："这些人被困在汤谷颇久，日夜都想着离开。我们想要脱离此地，必定要与他们团结一心，才有法子打败这些怪鸟。眼下蚩尤身处险境，更得靠大家帮忙。那卜算子说我们是救星，倘若否认，只怕大大影响士气，倒不如将错就错，借此团结群雄，想办法离开这荒凉之地。说不定这些人对将来光复蜃楼城大有帮助也未可知。"

主意已定，当下从怀中掏出那柄神木令，高高举过头顶，气运丹田，大声道："在下拓拔野，这位姑娘是'断浪刀'科汗淮的千金，树上的那位乃是蜃楼城乔城主的公子蚩尤。我们三人奉神帝之命，到这汤谷大赦。所有犯罪之人，只要改过自新，便可以重获自由，离开此地。"

众人几乎不敢相信自己的耳朵，但瞧那神木令绝非假冒之物，科汗淮、乔羽又都是大荒中响当当的人物，素以追崇自由正义闻达天下，他们子女为神帝使者倒颇为可信。面面相觑半晌，心中狂喜，爆出惊天动地的欢呼。

拓拔野大喜，灵机一动，接着大声道："我们三人冒着生命危险，历尽千辛万苦才来到此地。只因那水妖烛龙野心勃勃，一心取代神帝，竟借着神帝大赦诸位，公然联合各族，违抗神帝意旨，还造反攻打蜃楼城，想要将我们斩尽杀绝，让各位在这里待上一辈子……"

一个大汉大怒，吼道："稀泥奶奶的，烛龙那个奸贼！若让老子出去，拼死也要杀了他！"群雄中没有水族囚民，对水妖素没好感，群情激奋，跟着齐声狂吼：“杀了烛老妖！杀了烛老妖！”

纤纤听得又惊又喜，想不到拓拔野竟能在片刻之间，就将这群囚民煽动成反对水妖的力量。

岛上这些囚民尽是大荒重犯，虽有不少凶顽之徒，但更多的都是因触犯五族族规，或惹恼了长老会方被流放至此。他们对五族的统治层原本就极为不满，一经拓拔野煽动，登时同仇敌忾，怒火熊熊，将烛龙当作了最大的敌人。

拓拔野继续煽风点火，大声道：“烛龙一心篡神帝之位，勾结各族的奸贼，党同伐异，凡是跟他作对的人，不是死了，就是被流放各地。要想获得真正的自由，我们就必须团结起来，打败烛龙，打败水妖！”

众人山呼海啸似的狂吼：“团结起来，打败水妖！”

蚩尤在扶桑树上远远听见下面巨浪般的狂呼声，低头望去，只见拓拔野意气风发，挥斥方遒，数千人跟着不住地振臂呼应，又奇又喜，不知这小子使了什么妖法，竟如此蛊惑人心，摇身就变成了群雄领袖。

寻思间，那太阳乌又狂风骤雨地攻袭来，他不得已又在树枝间跳跃闪避。躲闪半晌，再次验证了此前的猜测，只要他往上攀爬，太阳乌便止住攻击，盘旋飞翔；但倘若停止不前，特别是往下爬落时，必定遭到极为凶猛地啄击，直至将他逼得重新向上攀越。

蚩尤心中一动：“难道这些太阳乌是想让我爬上树顶吗？”太阳乌突然齐声欢鸣，似乎知他心中所想，大有嘉许之意。

仰头望去，枝丫遍布，树叶遮天，依稀可见树干冲天而去，直没白云，心道：“他奶奶的紫菜鱼皮，要爬到树顶不知要多少年。”大感泄气。

太阳乌嗷嗷乱叫，又纷纷振翼扑来，群起而攻之。蚩尤不得已又向上爬去。如此反复数趟，被激起好胜之心，狂野的血液随之沸腾起来，大喝道：“你们这些火鸡，当我爬不上这树顶吗？”

太阳乌扭头扑翼，呜呜怪叫，似乎颇为不屑。

蚩尤大怒，喝道：“你奶奶的紫菜鱼皮！我要让你们瞧瞧蚩尤的本事！”当下猛地提气，迅速朝上攀爬跳跃。太阳乌嗷嗷大叫，在他身侧不断盘旋，似乎在鼓励，又仿佛在嘲笑。

蚩尤这半个多月来心中郁闷，无处发泄，受这太阳乌所激，一面狂吼，一面飞速攀登，郁结的愤懑之气全都化为了强烈动力。他身手敏捷，勇猛剽悍，在这扶桑枝丫间跳跃，丝毫没有畏惧之意，反而越来越勇，越攀越快。

下方的怒吼与欢呼越来越远、越来越轻，终于淡不可闻，耳边只有猛烈呼啸的狂风以及枝叶沙沙的震响。

十日鸟环绕着他飞翔鸣啼，没有再攻击。只有当他停住休息过久时，才回飞上前乱啄一通，逼他继续攀登。但啄击的力道比之先前已大转温和，倒像是鼓励督促一般。

不知往上攀爬了多久，蚩尤只觉周身乏力，口干舌燥。加之又已一日一夜未尝进食，腹中饥饿难耐。树叶上有雾气凝结的露水，他拉过树枝，就着树叶大口大口地吸饮起来，甘露入喉，清凉遍体。

几只太阳乌突然“呀呀”飞来，口中衔了一串野果，送到他手边。

蚩尤一愣，接过野果，狼吞虎咽地嚼了起来。果肉甘甜多汁，精神为之一振。休息片刻，那十只太阳乌又扑翅鸣叫，催促他继续攀登。

蚩尤恢复了不少力气，灵猿飞鼠般左右腾越，朝上攀去，心想：“这些太阳乌似无恶意，但不知要我爬这扶桑树作甚？难道此树真是天梯，可以从这儿离开汤谷？”越想越有可能，大喜过望，当下力量更足，飞速攀越。

身侧白云飞过，雾气缭绕。不知不觉已到云端之上。

往下望去，云海茫茫，扶桑似是由云中长出一般。阳光耀眼，将那云海镀上万里金光。此等景象见所未见。蚩尤停住观赏片刻，听到太阳乌催促之声，这才继续攀爬。

他腾身纵跃，双手抓住一个树枝，突然“咯啦啦”一阵脆响，树枝陡然断折，猛地朝下疾落。眼花缭乱，风声呼啸，下方树干竟有一个纵横六丈的巨大裂洞，他还未反应过来，便掉入其中。

眼前漆黑一片，急速下落，头顶还能听见太阳乌的尖叫声，接着后脑猛地撞到一个硬物，眼前一黑，登时昏厥了过去。

拓拔野等人驻足观望，见蚩尤不断往上攀越，终于没入云层，与那太阳乌一道消失不见，都极为焦急诧异。

纤纤自从与他相识以来，一同玩耍，备受照顾，虽不像拓拔野那般让她情之所钟，但也早已将他视如兄长，刁蛮使性时常常拿他出气。尤其这半个月漂泊海上，朝夕相处，患难与共，感情更见深厚。此刻见蚩尤消失无影，心下大急，摇着拓拔野的双手道：“拓拔大哥，你快想想法子救他下来！”

拓拔野心想：“扶桑树高得直没云层，要想从下往爬上，也不知多久才能到达树顶，须得找个像那怪鸟般的灵禽，将我直接驮上去，才能救出鱿鱼。”当下转身问众人道：“各位英雄，岛上可有什么飞得到云层中的灵禽神兽吗？”

群雄相互询议，忽听成猴子叫道：“拓拔使者，有倒是有一个，不过……”拓拔野大喜，道：“不过什么？”

成猴子看看众人，吞吞吐吐地道：“不过那里太过凶险，只怕那位蚩尤使者还没救出，你又……”

纤纤“呸”了一声道：“什么凶险的地方我拓拔大哥没去过？你倒是说说那里怎么个凶险法？”

成猴子苦笑道：“其实那里也没什么，只不过住着一个老太婆，养了一只雪羽鹤、几条金背鱼。”

岛上群雄纷纷面色大变，辛九姑厉声道：“死猴子你疯了吗？那老太太平日里就招惹不起，倘若被她知道圣使是神帝派来的，那就更加了不得啦！”

拓拔野心中大奇，什么人听说神帝竟会不敬反怒？纤纤眼睛一瞪，脆生生道：“是谁这么胆大包天？哼，就算拓拔大哥她不怕，咱们这么多人一道过去，她也不怕吗？”

众人相互观望，颇为尴尬。人群中走出一个丰神玉朗的白衣男子，笑嘻嘻地朝着纤纤一揖到底，道：“姑娘，在下柳浪。”

纤纤见他虽然面貌俊美，眉宇间却有种说不出的邪气，没来由地起了厌憎之心，皱眉不理。

白衣男子不以为忤，施施然道：“这老太太极为厉害，而且脾气不好，一发脾气，就要杀人。这些年死在她手里的人可比死在太阳乌下的多多啦。所以大伙儿都对她敬而远之。不过她豢养的那只雪羽鹤确是少有的灵禽，常常载着她在海上到处飞行。”

拓拔野心中更奇，既然老太太有这等灵兽，为何不飞到天涯海角，还终日待在这汤谷中？好奇心大盛，更想见识一下这神秘人。微笑道：“既然如此，就烦请诸位带我登门拜会，向她借雪羽鹤一用。”

众人面有难色，这少年是神帝使者，自己能否自由系于他身，倘若他有个闪失，离开汤谷只怕永无希望了。

有个大汉大踏步走出人群，往地上啐了一口，怒道："一群胆小鬼！你们不敢去，老子带圣使去！他奶奶的，难道那老妖婆比烛老妖还厉害吗？"

众人脸上均是一烫，心想："不错，如果我们连团结起来，和那老太婆相斗的胆子也没有，又谈何协力对抗烛老妖，夺得自由？"热血上涌，畏惧尽消，当下纷纷大声呼应。

拓拔野大喜道："好。咱们这就走吧！"群雄拥簇他与纤纤，浩浩荡荡朝南而去。

一路上拓拔野与众人交谈，方知这群雄中，竟有极多原是五族中身居高位的要人。比如那瞧来极为落魄的卜算子，原也是土族的三大巫卜，因为接连卜卦错误，险误苍生，才引得土族黄帝忍无可忍，被流放到了汤谷。

那辛九姑原是金族圣女西王母座下的十大侍女之一，因与某少年偷情，后又遭抛弃，性情大变，恨尽天下男人，竟以情丝绞杀负心人。偏生那负心人又是金族长老的侄儿，故而被流放至此。

盘谷自称是盘古大神的第五十六代孙，因神力惊人，在金族中官拜大将军。岂料酒后大醉，以开天斧误断西北擎天柱，引起洪水之灾，被流放汤谷。

而那成猴子原也是木族某城的将领，生性好偷，又精通法术，号称普天之下没有他偷不到的东西，瞧见别人的宝贝便心痒难搔。结果被仇人所骗，竟误偷木族大长老爱妃的亵衣，故被流放。

辛九姑指着那白衣男子柳浪，悄悄嘱咐纤纤，今后对他敬而远之。此人好色成性，自诩风流，凡是美貌女子，总要费尽心机勾搭上手方才罢休，越是难以弄到手的女子，越是让他心动。他也不知有什么魔魅之力，总能讨得猎物欢心，因此十次中倒有九次能够得手。

柳浪原是金族最年轻的长老，极富智谋。便是因为好色，声名狼藉，才被逐出长老会。后来色胆包天，竟想勾引圣女西王母，立时被她废去周身真气，流放汤谷。瞧他盯着纤纤色眯眯的样子，多半又是不怀好意。

群雄中也有穷凶极恶、甚为凶顽之徒。例如豢养凶兽龙蟒的吉良，原就是火族极恶的凶徒，虽然在战场上勇不可挡，但在族中也是作威作福，杀人如麻，所以被火族战神刑天降伏后驱逐汤谷。

又如长了两个脑袋的土族将军姜古木，左脑还算理智，右脑残忍好杀，直如疯魔。何时为善，何时为恶，便要看他当时是哪个脑袋在思考。

这些人无一不是各族内跺跺脚风起云涌的角色，但被困汤谷多年，饱受折磨，凶性都大有收敛。拓拔野此时望去，丝毫瞧不出他们疯狂凶悍的本性。

一路上谈谈笑笑，很快便到了一个小山谷。到那谷口时，众人都有些微微变色，裹足不前。

辛九姑低声道："圣使，前面便是忘情谷。"拓拔野点头，牵着纤纤的手朝里走，众人缓缓随行，鸦雀无声。

此时落日西沉，天空橙红，碧黛群山起伏如浪。

谷中一条小河平静奔流，曲折北来。两岸绿草如茵，竹林绵绵，远远望去如绿雾缭绕。河边竹林中有一间竹屋，炊烟袅袅。瞧来殊为平静清幽，怎么也不像是杀人如麻的女魔头的居所。

拓拔野运气丹田，抱拳朗声道："晚辈拓拔野，冒昧拜访前辈。"

谷中了无回应，只有水流潺潺，鸟声寥落。群雄屏息四顾，拓拔野又抱拳喊了数声，仍是杳无应答。

卜算子压低声音道："圣使，我已算过，今日不宜出门访友，不如我们挑个良辰吉日再来登门拜访？"

纤纤见他害怕的神情颇为有趣，咯咯娇笑，伸手捏住他鼻子，笑道："卜算子，你倒是算一算我会不会将你的鼻子捏断？"

群雄莞尔，紧张的气氛登时缓解。拓拔野回身朝众人说道："各位，不如由我独自拜访这位前辈，倘若有什么异状，你们再来援救不迟。"

众人都对那女魔头颇为忌惮，听说无须入谷，无不松了一口气，但又担心他一人进去凶多吉少，面有忧色。纤纤拉着他的手，也要进去，拓拔野无奈，只好牵着她走入谷中。

河水叮咚，两人沿着溪流朝南走去，蝴蝶翩翩在纤纤头顶环绕。身侧河水清澈见底，卵石遍布，偶有数尺长的金背鱼悠然穿梭。凉风扑面，带着青草的绿色气息，尘心尽涤。

拓拔野心道："这山谷清幽佳绝，主人遍植绿竹，怎会是好杀成性的魔头？"正为那神秘的老太太叫屈，突然听见一个柔媚的声音淡淡道："我让你们进来了吗？"慵懒动人，说不出地好听。

拓拔野停住脚步，恭恭敬敬地作揖道："晚辈拓拔野，冒昧造访，望请前辈恕罪。"

那声音依旧淡淡地道："瞧在你这般有礼貌的分儿上，便饶你这一次。剁下自己的双脚爬回去吧。"声音温柔，话语却极为蛮横。

拓拔野一愣，还未说话，纤纤已经哼了一声道："瞧你声音这般好听，我便饶你这一次。割下自己的舌头滚出来吧。"

那声音淡淡道："哪里来的野丫头，这般没有规矩。我替你父母管教管教。"拓拔野心下一凛，将纤纤拉到身后，凝神戒备。

突然香风鼓舞，竹林摇曳，一道淡紫色的人影从竹屋中倏然闪出，刹那间便飘到两人面前。

拓拔野朗声道："前辈，得罪了。"不敢怠慢，调动周身真气，双掌飞舞，径直拍出。那人影一晃，消失不见，耳边听到那娇媚的声音道："小子，真气倒是很强，可惜掌法太差。"

拓拔野面上一红，笑道："岂止是太差，根本是全无章法。"转身掌风连扫，将纤纤护在怀中。

纤纤扮了个鬼脸，道："老太婆，跑得倒是很快，可惜胆子太小。"话音未落，突然右臂被拉住，朝外拖去，失声尖叫。

拓拔野大吃一惊，欺身向前，探臂将纤纤拉住，拔出无锋剑，奋力向那紫影劈去。

剑光如电，那紫衣人"咦"了一声，极为惊异，猛地朝后滑了十余丈，又如鬼魅般在拓拔野左侧停住，厉声喝道："神农是你什么人？"

拓拔野心中惊诧，转身望去。

只见三丈开外，一个紫衣女子翩翩而立，满头白发高高绾起，眉淡如烟，眼如秋水，肌肤白腻胜雪，竟是一个风华绝代的美貌女子。

第十四章 神器封印

拓拔野想起先前辛九姑所言，再见她这般疾言厉色，心中稍有犹豫，还是恭恭敬敬地答道："晚辈拓拔野，乃是神帝使者。"谷外众人闻言无不变色，暗呼糟糕。

那紫衣女子脸色一沉，冷冷道："既是神帝使者，来这汤谷做什么？"拓拔野心想事已至此，只有一条路走到底了，当下道："晚辈奉神帝之命，来汤谷大赦。所有汤谷重囚，都可以重获自由。"

紫衣女子道："如此说来，我也是在被赦之列了？"拓拔野微微一愣，硬着头皮笑道："既然是全岛大赦，当然包括前辈。"

紫衣女子突然爆出银铃般的笑声，直笑得花枝乱颤，喘不过气来，边笑边道："他大赦我？那我还得对他感恩不尽了？"

拓拔野见她似乎极为欢喜，又似乎极为悲伤，说这话时又是愤郁又是难过又是凄凉，竟不知该如何回答。纤纤原想出言讥嘲，但不知为何，没来由地感到一阵难过，话到嘴边又咽了下去。

紫衣女子半晌才止住笑声，低头看着河中游鱼，嘴角浅笑，突然道："你可知这水里的金背鱼多少岁了？"

拓拔野不知她此言何意，探头一望，那清溪中一条六尺余长的金背鱼摆尾悠然游过，沉吟道："瞧来得有十几年了吧？"

紫衣女子瞥了他一眼，淡淡道："这是两百多年前，我在南际山下的龙潭捕获，带到此处的。她的六十代孙都比你大啦。"

拓拔野大惊，如此说来，眼前这紫衣女子少说竟有两百多岁了吗？除了满头白发如银雪，她周身瞧来不过二三十岁的样子，这可当真古怪得紧。

他心中又是一动，南际山龙潭？天下竟有这般巧的事？隐隐之间似乎了悟到什么，却又说不出、道不明。

纤纤在古浪屿上住了十年，对于珍贵的海鱼水兽倒是大有了解，点头道："这金背鱼是最长寿的海鱼，可以跟灵龟相比。不过你有两百多岁吗？我瞧多半是胡吹。"

紫衣女子淡然一笑，道："小子，你回去告诉神农，拜他恩赐，我在这汤谷已经待了两百多年，早就老得哪儿都不想去啦。倘若真想离开这里，还要等到今天吗？"

落日余晖照映在她的脸容上，笑容凄美哀伤，一时竟让拓拔野为之神夺。

紫衣女子转过身，缓缓地朝山谷内走去，紫衣飘舞，倚风出尘，那背影说不出地落寞，说不出地凄凉。谷外众人见状，诧异之余，心中石头落地，都长长嘘了一口气。

纤纤心里莫名地一阵难过，对这紫衣女子的厌恶化作了无由的怜悯。她年纪虽小，却冰雪聪明，有着女人特有的直觉与感应，小手紧紧地抓着拓拔野，低声道："拓拔大哥，你说……是不是神帝伤过她的心？"

拓拔野心中一动，莫非这紫衣女子当真与神帝有瓜葛？当下从腰间取下珊瑚笛，放至唇边，悠悠扬扬吹将起来。曲调缠绵凄切，正是那首《刹那芳华曲》。

"朝露昙花，咫尺天涯，人道是黄河十曲，毕竟东流去。八千年玉老，一夜枯荣，问苍天此生何必？昨夜风吹处，落英听谁细数。九万里苍穹，御风弄影，谁人与共？千秋北斗，瑶宫寒苦，不若神仙眷侣，百年江湖。"

他原本生性开朗，纵使悲凉的曲子由他吹来也是哀而不伤。但不知为何，眼见这紫衣女子凄伤之状，想到当日神农临终高歌的情景，心中难过悲苦，这曲子此番奏来，竟是忧伤欲绝，直如杜鹃泣血，雨打残荷。

那紫衣女子身子微微一颤，刹那间如化为冰山石岩。

谷外众人又惊又奇，不知圣使此举何为，但听了半曲，无不悲从心起。尤其辛九姑，想到自己的际遇，更是哀恸难抑，扑簌簌地落下泪来。纤纤虽然年幼，心态却颇为早熟，听了片刻，也是莫名柔肠百转，泪珠盈眶。

拓拔野一曲将终，又回到那句："八千年玉老，一夜枯荣，问苍天此生何必？"反复回转，余音绕梁。

晚风低语，竹林簌簌。也不知过了多久，那紫衣女子冷冷道："小子，是他叫你吹这曲子的？”语声森冷，令人不寒而栗。

纤纤心中发毛，忍不住往拓拔野身上靠去。谷外众人更是纷纷变色，凝神屏息，只要她一向拓拔野动手，便立时上前援救。

拓拔野低声道：“晚辈有幸曾在南际山顶，听见神帝临终前唱过此曲。”声音很低，谷外众人听不真切，只见紫衣女子身躯又是一颤，猛地转过身，面色雪白，道：“你……你说什么？”

拓拔野道：“神帝已于两个多月前，在龙牙岩羽化。他最后唱的，便是这首曲子。”

紫衣女子怔怔站立，蹙着眉尖，一脸茫然，仿佛一直没有听懂他所说的意思。过了良久，才缓缓绽开笑容，蓦然一颗泪珠从眼角淌下，既而两颗、三颗，满脸玉珠纵横。

她就这般伫立风中，含泪而笑，宛如带雨梨花，风中盛放，分不清究竟是欢喜还是悲伤。

这个紫衣女子便是两百多年前，因与神帝相爱、触犯族规，而被流放汤谷的木族圣女空桑仙子。当年神农贵为大荒神帝，号令五族，却不敢违抗族规，竟眼睁睁瞧着情人被流放汤谷。

她登上囚船，东渡汪洋的那一刻，已经柔肠寸断，心如死灰。对于她来说，长老会或者族规，都不是最痛恨的；最痛恨的是，那个爱她却无力为她抗争的男子。从那一刻起，她就已经死了。

这两百多年来，居住于荒山穷海的汤谷，她以为已经将往事淡忘。但是每次听说“神农”二字，便会悲怒不可抑，乃至于大开杀戒。青春不再，韶华逝去，但是那一份难以释怀的悲苦却越来越浓。

这时听说神农已死，只觉得脑中一片空空荡荡，所有恨的、爱的、牵肠挂肚的，转瞬间烟消云散，一片空茫。

也在这一刻，她才突然发觉，自己对神农的那一份情感原来依旧那般炽热。然而现在，许多东西已经不重要了。

重要的是，他在临终前唱的这首歌。这么多年他的情感和悔恨都由这个少年的笛声中传达出来，还有什么比这更为重要的呢？她被流放的这两百多年中，他不也在流放着自己吗？

她的心中从未这般波澜汹涌，也从未这般宁静平和。山谷夜色初降，晚风清凉，鲜绿清新的青草气息如河流般在体内流淌。冰凉的泪珠接连不断地滑过笑靥，一颗一颗地滴入草地中。

谷外众人见空桑仙子又哭又笑，无不惊疑不定，极为担心。以从前经验来看，这将是她大开杀戒的征兆。

卜算子搜肠刮肚地回想今日卜算的十卦，好像除了贵人临门那一卦外，其余九卦都是大凶之卦，连连摇头，颤声道："糟之极矣！糟之极矣！老太婆要发威了。"

白龙鹿嘶鸣一声，突然飞奔入谷，辛九姑等人想要阻拦已经来不及。

然而大出众人意料，空桑仙子脸色居然大转柔和，缓步向前，低声询问拓拔野。拓拔野恭恭敬敬地一一回答。两人说话声音都极小，隔得甚远，无法听清。

空桑仙子突然朝谷外众人瞥来，众人均是一凛，本能地向后退了一步。她又微微一笑，转过头与拓拔野低语，看似颇为亲热，谈了一会儿，一齐朝谷内竹屋走去。

纤纤一蹦一跳地与白龙鹿尾随其后，满脸惊喜，还回过头朝众人扮了一个鬼脸。

众人大为敬佩，也不知圣使拿笛子施了什么魔法，这喜怒无常的女魔头在他面前竟变得如此温婉！对拓拔野的敬畏之心登时又平添了几分。盘谷、卜算子更是张大了嘴，合不拢来，面面相觑。

成猴子喃喃道："他奶奶的，人长得帅还当真占便宜。柳浪啊柳浪，你跟圣使一比，那真成了老白脸啦。"

柳浪微笑不语，心中却是酸溜溜的不是滋味。

盘谷涨红了脸，半晌才猛地一跺脚，结结巴巴地喜道："圣……圣使连空桑仙子都能收服，要……要带我们离开这里就更……更不在话下了！"众人欢声长呼，眼见长年的流放生涯即将结束，竟有不少大汉喜极而泣。

拓拔野、纤纤随着空桑仙子进了竹屋。

空桑仙子纤指轻弹，几道绿光闪过，屋内六盏水晶灯立即明亮起来。竹屋素雅洁净，地上铺着竹席，松木小几上一个琉璃香炉香雾缭绕。三人席地而坐，白龙鹿在外候着，眼巴巴地瞧着他们。

纤纤睁大双眼，环顾道："想不到你这么凶巴巴的，住的地方倒这么雅致。”此时她已不惧怕空桑仙子，说话更加放肆。拓拔野拿她没辙，只好装作没听见。

倘若是从前，空桑仙子听到这句话，只怕纤纤已经被丢进海里喂鲨鱼了，但她现在心如古井，微波不惊，只是微微一笑，道：“我将雪羽鹤给你们，你们又如何救出朋友呢？”

拓拔野喜道：“倘若前辈愿将雪羽鹤相借，晚辈便可以乘鹤飞到那扶桑树顶，将蚩尤接下来……”

空桑仙子嫣然一笑，道：“拓拔，你可知这汤谷有什么特别之处，竟能困住这么多穷凶极恶的各族罪人吗？”

拓拔野道：“是那十只怪鸟吗？”

空桑仙子点点头，又摇摇头，道：“那十只怪鸟纵有再大本事，毕竟只是灵禽而已，怎能与这几千人抗衡？”纤纤奇道：“那是什么？难道这岛上还有其他怪物吗？”

空桑仙子道：“是那株扶桑树。”拓拔野和纤纤齐齐“咦”了一声，颇为惊异。

空桑仙子道：“那株树相传是六百年前青帝羽卓丞死后所化。当然这不过是传言而已。但是这树确实颇为古怪。”

纤纤更为好奇，道：“怎么个古怪法？”

空桑仙子道：“每次我骑鹤飞行，到了百里之外，还能听见扶桑树树叶响动的声音。那声音极为奇怪，就像有人在不断地诵读咒语，念力极强。倘若换了别人，决计飞不出汤谷岛十里。要么迷失心智，坠海而死；要么乖乖地回去。”

纤纤脸色有些发白，不由自主地往拓拔野身上靠去。拓拔野大感好奇，道：“难道这树也会法术吗？”

空桑仙子微微一笑，道：“树自然不会法术。但是树里头只怕真有什么古怪的东西。”

拓拔野笑道：“不知什么东西，竟有如此威力。难道真的是羽卓丞前辈的魂灵？”

空桑仙子叹了一口气，道：“倘若真是青帝魂灵，那便好了。但他已死六百年，纵有魂灵，也早已进入神界，为何在这扶桑树中栖息？”

纤纤紧紧地贴在拓拔野身上，闻着他熟悉好闻的气息，心中的害怕之意稍减，强笑道："那又会是什么？"

空桑仙子出神地沉吟片刻，道："我想可能是上古神器，说不定便是那十日鸟的封印。"拓拔野更为迷惑。

空桑仙子微微一笑，素手一弹，樱唇微启，口中念念有词，仿佛在低声吟唱着什么，说不出地好听。

"锵"的一声，拓拔野竹鞘中的无锋剑倏然出鞘，凌空飞舞，在空中摇曳生姿，仿佛佳人翩然起舞。

拓拔野、纤纤瞧得目眩神移，暗暗称奇。

空桑仙子纤指轻拂，在松几上"咄咄"轻敲，突然吐气如兰，轻声念诀道："南旋毕修紫乘楼……"

那无锋剑断折处忽有绿光冲天而起，照得拓拔野须眉皆碧。接着，屋外狂风陡起，白龙鹿惊声嘶鸣，昂首踢蹄。

一个碧绿色的蝴蝶翼的小人竟从无锋剑中飞了出来，翩翩舞动，落在松木茶几上，身不盈寸，剔透玲珑。

拓拔野从未见过此等情形，大惊失色。这无锋剑跟随他已有数月之久，想不到竟藏了如此玄机。倒是纤纤相形之下见多识广，脱口道："木精！"

空桑仙子点头道："正是。她是木精，被封印于这无锋剑里。只要解开封印诀，她就可以出来了。"

拓拔野奇道："前辈怎么知道？"

空桑仙子淡淡一笑，手指一屈，那无锋剑隔空落入手中。她将剑身一转，指尖轻轻抚摩着"空桑"二字，道："因为这柄剑，便是当年我送给神农的信物。"

拓拔野与纤纤"啊"的一声低呼，心底的诸多疑惑这才烟消云散。拓拔野起身行礼，歉然道："晚辈不知，多有失礼，望请前辈莫怪。这柄剑物归原主，还请前辈收回。"

空桑仙子淡然笑道："不知者不罪。这剑与你既有缘分，还是由你收着吧。"

拓拔野推辞再三，这才收下。心中一动："不知前辈与仙女姐姐有没有渊源？"突然想到两百年前空桑仙子便已被流放此地，怎么可能认识白衣女子？暗骂自己愚蠢，重新坐了下来。

空桑仙子又默念封印诀，将木精收回断剑中，道："此剑便是'神器封印'。它可以将人、兽，乃至人、兽的元神封印在其中。只要解开封印诀，便可驾驭被封印者的力量，相激相生，使神器自身的威力发挥得更加强大。”

拓拔野当日在天壁山下，曾经听科汗淮说过珊瑚笛中封印珊瑚独角兽之事，也曾在玉屏山顶见过十四郎解开幻电玄蛇的封印，因此对这神器封印也稍有了解，当下点头。

空桑仙子从头发上摘下一支莹白的玛瑙发簪，道：“这玛瑙发簪便是雪羽鹤的封印，只需默念解印诀，你便可将雪羽鹤释放出来。”

她将发簪轻轻地往纤纤头上一插，笑道：“这发簪跟了我一百多年，今天便送给你吧。”

拓拔野大喜。纤纤也是又惊又喜，颇有些不好意思，红了脸，低声道：“谢谢仙子。”她少有感谢别人，今日开口不免有些忸怩。空桑仙子与拓拔野不禁莞尔。

空桑仙子沉吟道：“只是那扶桑树中不知是什么上古封印。倘若它封住的是极为霸道的凶灵，以它念力之强，只怕雪羽鹤和木精都远不是对手。你们要想救出朋友，可要冒些风险。”

拓拔野得了神禽，信心大增，道：“天下哪有不冒风险的事情？有了雪羽鹤，那便方便得多啦。如若可以，晚辈倒想立刻就去。”

空桑仙子微笑道：“你这般重情讲义，真是难得。神农总算有些眼光。但眼下你丝毫不懂得封印法术，倘若扶桑树中真有上古封印，你贸然前去，极是凶险。我先传你些封印、解印的要诀，等明日一早，再和你们一道去吧。”

拓拔野大喜过望，有她相助那真如虎添翼，连连称谢。空桑仙子淡淡道：“你先别这般欢喜，还未必能将你朋友救出来呢。”当下开始传授他封印法术中最为基本的常识。

空桑仙子原是两百多年前的木族圣女，精善祈天法术，伏兽无数，此番娓娓道来，深入浅出，听得拓拔野眉飞色舞，大长见识。

封印法术乃是法术中极为高深的一种。所谓封印，便是以超强的念力控制灵兽或人类，将其肉身或元神禁锢于某种神器之中。

封印时默念的口诀便是封印诀。一旦将其封印，便如同将刀剑收入鞘中，今后可以随时“拔鞘”驭使。

但要想解开封印，加以驭使，除了倒背封印诀外，还需要有至少与封印之人封印时相等的念力。否则不但不能解开封印，还有可能反受其害。大荒中之所以有许多无法解开的封印，归结原因，不是因为封印诀失传，就是念力不及从前的封印之人。

拓拔野真气极强，依据潮汐流以气养意，念力也相应不弱。但对于纯粹的念力修行，即如何以意养意，由于科汗淮并未传授，只是自己直觉感悟而已。

当下空桑仙子传了他木族“长生诀”，要他每日背诵修炼，增强念力。这“长生诀”洋洋数千字，分为两部分，一部分说的是如何聚敛念力，以意御意；另一部分则是如何根据天地万物生长之道，吐纳呼吸，修行真气。

更妙的是，句读的韵律隐隐吻合念力调节的规律，默诵之时便可起到自动修炼念力的作用。

拓拔野平白又得了大荒中人梦寐以求的木族“长生诀”，福泽之厚，连他自己也惊喜不已。

空桑仙子见他喜不自胜的样子，微微一笑。不知怎的，在谷中初见这少年时，便莫名地有些欣赏喜欢，一直未下重手。待到后来他出示无锋剑、吹奏《刹那芳华曲》，再告知神农之事时，更加感到与这少年的奇妙缘分。自己被流放两百多年，族禁之念早已淡薄，此时了无牵挂，更加无所禁忌，是以竟将这木族至为隐秘的“长生诀”与封印法术全都倾囊相授。

拓拔野天资绝佳，一听即懂，更加令她喜欢。她流放至此，两百多年来心如死灰，未尝与任何人接触，今日遇到这两个冰雪聪明的孩子，犹如枯木逢春，心中之畅快，不下于拓拔野醍醐灌顶的欣喜。

起初纤纤还听得津津有味，过了片刻，便觉得枯燥无聊，还不如看拓拔野的神情来得有趣，于是便歪着头，托腮看他眉飞色舞地与空桑仙子说话。

他聚精会神的样子很让人着迷，无论是领悟时的粲然微笑，还是深思时的微蹙眉头，就连挠头沉吟的表情也颇为可爱。她伏在桌上，笑吟吟地凝视着他，心中满是温柔的暖意。渐渐地，空桑仙子说什么听不见了，他说些什么也听不清了，只听到自己的心跳与呼吸。

拓拔野仿佛注意到她的眼神，转头看了她一眼，微微一笑。她双颊火热，急忙扭过头，假装在聆听空桑仙子说话，见空桑仙子似笑非笑地凝视着自己，心中更是一阵狂跳，耳根都红了，仿佛被她瞬间洞穿了心事。

也不知过了多久，空桑仙子才将封印法术与“长生诀”传授完毕。拓拔野虽还有许多疑问，但也只有留待日后自己修行时慢慢参悟了。

他伸了个懒腰，这才发现纤纤已经在桌案上沉沉睡去，侧着脸，长长的睫毛在莹白的脸上投下一道弯影，嘴角还噙着一丝甜蜜的微笑。

拓拔野微笑道："她已经两天没好好睡过觉啦。"小心翼翼地抱起她，枕在自己的腿上，脱下外衣，轻轻盖住她的身躯。见她睡得这么酣甜，困意也涌了上来，忍不住打了个呵欠。

空桑仙子微笑道："你也好好睡上一觉，天亮时我再叫你吧。"拓拔野这一日经历颇多，困倦难当，颇为不好意思笑了笑，伏在桌案上沉沉睡去。

空桑仙子瞧着两人，心中泛起久违的柔情。窗外秋虫低鸣，夜风轻拂，水晶灯摇摇曳曳，她坐在一地的月光中，想起了很多未曾想起的往事。几百年的光阴倏然而逝，只剩下这个寂静安详的初秋之夜。

她轻轻地叹了口气，耳边又响起了很多年前的那首曲子，呢喃的夜风在她的耳根厮磨缭绕，宛如他的话语、他的呼吸。她就这么盘膝而坐，闭目微笑，直到天明。

翌日清晨，空桑仙子将二人叫醒，与白龙鹿一道向谷外走去。到谷口时，只见群雄横七竖八地倒了一片，犹在酣睡。他们昨夜不见拓拔野出来，虽料想多半是空桑仙子传授他心法，以便击败十日鸟，救出蚩尤，但仍不免心中忐忑，都不敢回去，原地和衣而睡。

那条大鲨鱼已被成猴子等人拖到此处，吃得精光，只余下庞大的骨架横亘在河边，在朝阳下显得颇为滑稽。

听见脚步声响，众人纷纷揉眼爬了起来，见空桑仙子随着拓拔野一道出来，满脸的喜色登时僵住，欢呼声也卡在咽喉中，面面相觑，颇为尴尬。

拓拔野见众人露宿等候，心中颇为歉疚，抱拳笑道："委屈各位在此守了一夜，真是抱歉之至。"

众人连连摆手道："圣使哪里话！"

只有柳浪目光暧昧地朝拓拔野与空桑仙子身上扫了扫，虽一言不发，心中不堪的想法却已昭然若揭。空桑仙子冷冷地瞥了他一眼，吓得他连退了三步，低头看脚。

拓拔野朗声道："各位朋友，今日对于我们，乃至对于大荒来说，都是一个极为重要的日子。因为今日，汤谷所有人都将重获自由！"他气运丹田，一字字铿锵有力，直冲云霄。

众人一愣，狂喜欢呼。

拓拔野望了空桑仙子一眼，微笑道："要想重获自由，必先打败十日鸟。多谢空桑仙子，不仅送了我们雪羽鹤，还允诺鼎力相助……"

众人大喜，这老太太的本事早已有目共睹，有她出手，收服那十只太阳乌自非难事，欢呼之声更盛。空桑仙子微微一笑，心想："这小子年纪轻轻，倒当真会煽风点火，蛊惑人心。"

群雄欢声高歌，簇拥着拓拔野三人，士气高昂地朝汤池扶桑而去。

卜算子急急忙忙从怀里掏出那几个黑石子，口中念念有词，往地上一抛，略一查看，大喜道："上卦！上卦！大吉大利！"他还在欢喜，已被盘谷提起衣领，拎小鸡般凌空拖走。

一行人到汤池边时，太阳已经悬挂在扶桑树梢，万道金光透过树隙，照耀得众人睁不开眼来。

远远看见那十只太阳乌又在洗澡。五只昂然站在高出汤池水面数丈的扶桑树梢，五只则在水面下，偶尔露出头来，朝天喷出一道水柱，极为悠闲惬意。瞧见众人浪潮般涌来，十日鸟竟似理也不理，依旧鸣叫着振翼泼水，甚是欢快。

辛九姑低声道："这十个妖怪在洗澡时，只要你不招惹它们，它们定然不会干预你做任何事。"

拓拔野笑道："这个习惯倒是好得很。"转头对空桑仙子道："仙子，趁着它们心情正好，咱们先到树上救出蚩尤吧。"

空桑仙子伸手从纤纤头上摘下那支玛瑙发簪，轻念解印诀。玛瑙发簪银光吞吐，突然微微一跳，光芒如菊花盛开般瓣瓣舒展，在阳光中屈伸了一会儿，果然成了一只小小的白鹤模样。

那小白鹤展翼扑翅，从空桑仙子手心飞了出来，在空中盘旋，急速变大，转眼就成了一只长近一丈、浑身莹白如冰雪的仙鹤，在汤水上踏波飞行，欢鸣着落到空桑仙子身边。

空桑仙子抚摩它的头，低声道："这是你最后一次驮我啦。"话语中颇有些感伤，回头对拓拔野道："咱们走吧。"

拓拔野应诺一声，向群雄抱拳道："在下先和仙子到树上救出蚩尤使者。大家就请原地等候吧。"众人哄然应诺。纤纤也想同去，却被拓拔野强行留下，气得噘起嘴跺脚不已。

拓拔野随着空桑仙子一道跃上鹤脊，雪羽鹤悠然展翼，朝空中飞去。那仙鹤飞得又稳又快，须臾间已到白云之间。往下望去，碧海青山倒退如飞，数千群雄宛如蚂蚁。

雪羽鹤绕着扶桑树向上盘旋飞舞。拓拔野睁大双眼，期盼能在树叶枝丫之间找到蚩尤。

空桑仙子紫袖飞舞，香风倒卷，所过之处云雾离飞，巨叶翻卷。两人瞧得分明，始终了无发现。

雪羽鹤越飞越高，穿透几重云层，仰头望去，那扶桑树依旧破云参天，看不见顶梢。云海茫茫，红日仿佛都已到了他们下方。

拓拔野心中颇为忧虑，难道蚩尤已经掉下去了吗？否则昨日那群太阳乌不断追啄，今日又怎会在汤池中如此悠闲地洗澡呢？

空桑仙子似乎猜到他的想法，淡淡道："放心吧。如果掉下去，必定会被汤水浮起来，决计沉不下去。"他听了心下稍安。

但他们又朝上飞了许久，仍然未达树顶，也始终没有瞧见蚩尤。太阳越来越热，烤得拓拔野浑身冒汗，空桑仙子倒是冰肌玉骨，清凉无汗。

再往上去，只怕真要被太阳强光晒伤。那雪羽鹤似是颇为畏惧强热，速度也渐渐慢了下来，鸣叫盘旋。以蚩尤之力，纵然昨日不眠不休，也决计攀不到这么高的地方。唯有朝下重新搜索了。

雪羽鹤清鸣声中，朝下环绕穿行。这次空桑仙子闭上双眼，以念力搜索扶桑树周围，但除了身侧拓拔野强沛的真气与意念外，依旧毫无斩获。

过了半晌，两人一鹤已经到了离地几十丈处。岸边众人瞧见依旧只有两人，都颇为失望。

那十只太阳乌并排立在树梢上，仰头望着两人，嗷嗷乱叫，叫声欢愉，颇有幸灾乐祸之意。

突听"轰"的一声巨响，偌大的扶桑巨树竟然剧烈震动起来，十日鸟尖叫扑翅，盘旋飞舞。众人惊呼声中，树梢震舞，巨叶纷纷飘落，遮天蔽日。

拓拔野与空桑仙子吃了一惊，雪羽鹤展翼急速滑翔，从四下摆舞的枝叶之间飞离出来。

汤池湖面波涛汹涌，扶桑树东侧的湖面猛地喷起冲天巨浪，一条人影如离弦之箭朝天疾射而去。滔天浪花中，十日鸟嗷嗷怪叫，次第盘旋，瞬息加速，形成一道直线朝那人飞去。

那人在空中翻了个筋斗，稳稳当当地落在树梢上。拓拔野“啊”的一声，又惊又喜，岸上群雄也纷纷失声惊呼。阳光照在那人的脸上，眉目英挺，意气风发，赫然正是蚩尤。

他浑身衣衫破裂，肌肉虬结，仿佛一夜之间长大了许多。背负一柄青铜长刀，六尺余长，锈迹斑斑。仰天长啸，犹如晴天霹雳，震得众人双耳隆隆。

拓拔野大奇，蚩尤虽然勇悍绝伦，体内真气却不如他强，但就适才这一声长啸来看，真气极为充沛，更胜于己。这一夜之间，究竟发生了什么事？

原来昨日蚩尤从那树洞掉下，重重撞在某物上昏了过去，过了半晌才悠悠醒转，头疼欲裂。环顾四周，眼前一片昏黑，只有十几道手指粗的光柱斜斜射入。

借着这微弱的光线，他逐渐看清四周。这是一个纵横三十余丈的巨大树洞，周围有不少裂洞，阳光便从那裂洞中射入。仰头上望，顶部空洞有十余丈高，上小下大，如葫芦一般。若不是自小练得一身钢筋铁骨，从这么高的地方摔下，只怕早已归西。

前方五丈处有一个丈余宽的黑洞，想来是继续通向下方的。

蚩尤四顾半晌，要想向上跃出去，绝无可能。四壁的裂缝虽然不少，但最大的不过两指来宽，无法钻出。而这扶桑树又坚硬如钢，以他目前的真气，想要豁大那裂缝，也是难于登天。

唯一的方法便是继续往下走，看看是否能有出去的通道。运气如何，也只有赌一赌了。

蚩尤爬起身，小心翼翼地走到黑洞边。黑洞幽深不见底。他摸了摸身上，那三昧真火的火折子早已不知掉到何处，一咬牙，探出脚尖，摸索着往下触碰。

黑洞壁沿粗糙，凹凸不平，他伸脚踩实，慢慢地沿壁往下爬。一股股冷风阴森森地从下吹了上来，遍体侵寒。

蚩尤不惊反喜，下面既然有风蹿入，则必有出口，精神大振，一步步蹬踏下行。如此过了半个多时辰，十指皮破血流，钻心疼痛，膝盖、脚踝酸软酥麻，颇为难耐。

自从到了这汤谷岛，他便在不断地厮斗、攀缘，饶是他神力惊人，耐力极佳，也不免有疲惫之感。但他意志极为坚强，不断地鞭策自己，咬紧牙关在这黑暗的树洞中继续下行。

突然，一道微弱的光芒从左侧斜斜射入，他借光下望，下面似乎又是一个葫芦状的树洞，当下屈膝跳跃，稳稳地落在那树洞中。这树洞比之上面那个小了许多，光线也远不如前者明亮。

洞内突然有亮光一闪，他转头望去，左侧洞壁上赫然插了一个黑黝黝的东西，形状甚是古怪。

蚩尤走上前去，借着微光打量，那物长两尺余，剩下一半插在树壁中，状如长刀，弯弯曲曲，两面都有刀锋。

刀柄狭长，并无护手。触手冰凉，敲之铿然有声，似乎是青铜所制。抚摩刀面，铜锈斑驳，凹线纵横，交织成木叶纹样。从洞壁斜射入的微光照耀在那青铜刀上，亮起一道道炫目的幽光。

蚩尤想将这青铜刀拔出来看看，试了几次都纹丝不动。他素来自诩神力，登时起了好胜之心，转身背对铜刀，双手过顶，恰好反握住刀柄，气运丹田，奋起全身气力，大喝一声，猛地挥臂拔刀。

“嗡”的一声长响，他拔刀而出，失去重心，向前跌跌撞撞地扑倒在地。洞内刹那间光芒纵横，一道碧绿的气体电蹿而起，在他四周飞转周旋，手中青铜长刀也倏然脱手飞出，随着那碧光急速旋转。

耳边蓦地响起一阵狂笑声，与那刀锋的尖锐破风声混在一起，险些将他震得晕去。

笑声滔滔不绝，蚩尤气血翻涌，惊怒四顾，只见那绿色气体急速盘旋，猛然凝结成一个碧幽幽的光球，仔细分辨，竟宛如一个人的面孔。那笑声竟似是从那光球的“口”中发出来的。

蚩尤一跃而起，喝道：“何方妖孽，竟敢放肆！”那光球依旧哈哈狂笑，过了半晌才道：“小子，你又是何人？”

蚩尤傲然道：“行不更名，坐不改姓，我乃蜃楼城乔羽之子蚩尤！”那光球一愣，喃喃道：“蜃楼城乔羽，蜃楼城乔羽？那是什么人？”

乔羽名震大荒，蚩尤对父亲极是尊敬，闻言大怒，冷笑道：“连乔羽都不知道，你这妖孽也太差劲。”

那光球哈哈大笑，突然道：“乔羽？是了，难道是乔愧水的子孙？”乔愧水乃是六百年前木族长老，正是蚩尤上祖。

蚩尤微微一凛，这妖孽怎知他的祖上？喝道：“妖孽，乔家祖宗的名讳岂是你能随便乱叫的？”

那光球嘿嘿笑道：“叫他名讳又如何？倘若他见到我还得跪下磕头呢！”

蚩尤听他辱及先人，登时大怒，喝道：“妖孽敢尔！”想要拔刀，但腰间弯刀早已丢得不知去向，来不及多想，猛然冲上前，双掌拍去。

那光球纵声大笑，倏然回转，到了蚩尤身后，道：“好小子，果然是无所畏惧的乔家男儿。嘿嘿，没想到我等了六百年，竟等到乔愧水的后人，难道这就是天意？”

蚩尤听他称赞乔家，火气顿时消了一半，转身冷冷道：“妖孽，既知你爷爷的威名，还不俯首投降？”

那光球哈哈大笑道：“小子，你倒是和寡人当年很像。好，好，好，缘分注定，也不枉了这六百年的等待。”

蚩尤听他动辄提起六百年，又自称寡人，颇觉蹊跷，突然想到某人，心中大震。光球见他脸上变色，嘿嘿笑道：“小子，你知道我是谁了吗？”蚩尤心中惊疑不定，但也不敢再口出不敬之语。

那光球悠悠荡荡地落在蚩尤面前三尺之处，朝那疾转不已的青铜刀喝了一声：“住！”那青铜刀登时笔直落下，嵌入洞底。

光球道：“小子，你可知这扶桑树是由什么变化来的吗？”

蚩尤道：“大荒传闻，是六百年前木族青帝羽卓丞所化。”虽仍不知这光球身份，回答的语气比之先前却恭敬了不少。

光球“咦”了一声，突然狂笑不已：“扶桑树竟然是寡人所化的？烂木奶奶的，这是哪个不开窍的榆木疙瘩传出的话？”

蚩尤心中大震，听他言中之意，乃是自称六百年前的木族青帝羽卓丞了！当下高声道：“蚩尤虽不是木族男儿，但是羽青帝乃是万人景仰的神人，你口口声声说自己是青帝，可有什么凭证吗？”

那光球笑道：“乔家什么时候不再是木族中人了？难道这六百年竟有这般大的变化吗？嘿嘿，你既然是乔家儿郎，怎的连木族七大神器都不认识？”

那柄青铜长刀突然应声飞起，平平地落在蚩尤的手上。他低头望去，刀面上闪起隐隐的碧光，竟是一个“苗”字。

蚩尤大吃一惊，青铜刀险些脱手掉地。这柄奇形怪状的长刀竟果真是木族七大神器之首的苗刀！

苗刀又称“长生刀”，乃是上古神器，由女娲补天后，剩余的五色石中炼取青铜所制。刀属木，富灵力，辅助木族的青木法术使用，可以助长万物，所以称为苗刀或长生刀。

苗刀一向为木族历代青帝的权刀，刀在，则如青帝亲临。自从六百年前羽卓丞在东海大战六大恶龙，力竭化为扶桑木，苗刀便跟着不知所终。

其后的两代青帝，唯有以大荒第一名匠路心童打造的玄冰青铜刀作为替代。那柄刀虽然材质极佳，锐不可当，亦是上佳神器，但比之苗刀，终究相去太远。六百年来，木族四处寻找苗刀下落，始终无功而返，没想到竟在汤谷扶桑树的内洞之中。

那光球笑道：“苗刀所至，如青帝亲临。小子，你还不拜见寡人？”

蚩尤定了定神，抱拳道：“晚辈蚩尤参见青帝陛下。但是乔家自三十年前起，已不再隶属木族，所以不能再行跪拜之礼，还请陛下恕罪。”

那光球羽卓丞道：“乔家居然脱离木族？少了如此忠义无畏的勇士，实乃我木族的损失。既然如此，你就免礼吧。”

听他如此说，蚩尤心中大喜，对这六百年前的青帝好感倍增，恭恭敬敬地道：“大荒中相传陛下物化扶桑，没想到竟有幸能亲身拜见。冒犯之处，望请陛下海涵。”

羽卓丞哼了一声，道：“你我与此相逢，是命中注定之事，没什么有幸不幸的。说我化为扶桑树，那可当真是天大的谬误。这株妖树其实是东海巨鳞龙所化。”

蚩尤大为好奇，道：“是六百年前东海六大恶龙之首的巨鳞龙吗？”

羽卓丞道：“除了他还会是谁？这六只妖龙无恶不作，到处兴风作浪，也不知害死我多少木族百姓。烂木奶奶的，寡人苦苦寻找了半年，终于在东海上撞见他们……”

蚩尤素来对搏杀凶兽之事极感兴趣，何况是这史上极为经典的一战，当下盘膝坐下，兴致勃勃地听他述说。

羽卓丞道：“那六只恶龙极为凶顽，寡人与他们斗了一日一夜，遍体是伤，方才杀死了其中两只孽畜。”他见蚩尤极感兴趣，不由得也来了兴致，滔滔不绝地说将开来，当日如何施展神功法术，又如何浴血奋战，诸多细节之处讲得尤为逼真凶险。

蚩尤遥想当年羽卓丞在惊涛骇浪中叱咤风云、降龙伏魔的英雄气概，不禁悠然神往。这东海六龙虽不属于大荒凶兽，却是荒外臭名昭著的恶兽，亦是东海龙族六个王族的兽身。六龙齐飞，比之当日自己与父亲搏杀蓝翼海龙兽的情形又不知凶险了多少倍。

原来六百年前，羽卓丞孤身斗六龙，血战三日三夜，终于搏杀了五条凶龙，只有巨鳞龙眼见不妙，向西南逃逸。羽卓丞虽身负重伤，却依旧奋力追杀。一人一龙一路缠斗，来到当时的荒岛汤谷。

其时汤谷只有巨大的汤水湖，尚无今日这参天摩云的扶桑巨树。那巨鳞龙到了汤水中，伤势大愈，竟更为凶猛。

羽卓丞精疲力竭，念力不足以封印巨鳞龙。无奈之下，奋起余威，竟施用“长生诀”与青木两伤法术，先释放苗刀中封印的十只太阳乌，再将自己魂灵脱离躯体，进入苗刀，人刀合一，破入巨鳞龙躯体之内，刹那间将其封印，木化为扶桑树。但此举两败俱伤，他自己的元神也被封印在了长生刀中。

六百年来，巨鳞龙的魂灵固然被封印为树，羽青帝亦无法自我解印超脱。躯体早已化为尘土，元神却始终禁锢刀中，有如孤魂囚鬼，这其中的痛苦，只有亲身经历才能体会。

十只太阳乌忠守主人，哀啼不散，在这汤谷岛上栖息下来，想方设法解印羽卓丞的元神。

是以六百年来，每逢有人来到这汤谷，十日鸟便先将他叼衔到扶桑树上，驱之上攀，只望能进入树洞，解开羽卓丞的苗刀封印。其间虽偶有进入者，但始终无人能将苗刀拔出，自然也就无法解开封印。

蚩尤心下恍然，暗想：也是，巨鳞龙是天下第一大的凶龙，除了它，又有谁能化为这般高的树木？他沉吟了片刻，仍有疑问，道：“陛下，既然这苗刀是你镇伏巨鳞龙的封印，我一不知解印诀，二也没有陛下的真气念力，为何能拔出苗刀，解开封印？”

羽卓丞哈哈一笑，道：“转！”那苗刀在蚩尤手中陡然旋转，刀柄恰好落入他的双手，羽卓丞道：“小子，看看你的手臂。”

蚩尤低头望去，大吃一惊，只见两道绿光从刀柄处传入自己双手，沿着经脉一路蹿将上来，双臂顷刻间绿光纵横。乍一看去，竟宛如与刀连成了一体。

羽卓丞道："要解开这苗刀封印，只有两种可能。其一，如你所说，必须知道封印诀，并具有不下于寡人的念力与真气；其二，天生木德之身，可以御木通神。"

蚩尤奇道："照陛下这么说，我只能是第二种了？只是这天生木德又是什么意思？"

羽卓丞道："每个人天生都有金、木、水、火、土五种属性，各有强弱。上古创世之初，五族族群便是以此而分。我木族中人虽然也有其他的四行属性，但体内的木属灵力最强，其中又有极少数人天生御木通神，可以感应、吸纳天地万物中的木灵，化为己用。几千年来，有这等能力的人寥寥无几。"

光球跳动，那双"眼睛"盯着蚩尤，一字字道："小子，你就是其中一个！"

第十五章 青帝转世

蚩尤猛地退了几步，不可置信地望着自己的双臂与苗刀，又望向羽卓丞。

羽卓丞道："这苗刀原本就是通灵神器，一到你的手中，立即便灵意相通，轻而易举地被你驾驭。所以你才能不费多少力就将它解印拔出。"

蚩尤几乎不敢相信自己的耳朵，心中惊喜欲爆。羽卓丞乃木族青帝，自然不会说错。如此说来，自己竟是千载难逢的天生木德之躯，可以随心驭使这木族的第一神器！

羽卓丞哈哈大笑道："小子，你别高兴得太早。以你目前的念力和真气，只是能够舞动苗刀而已，要想自由驭使，称雄大荒，你还早得很呢。"

蚩尤脸上微微一红，心中一动，羽卓丞刚正侠义，倘若能得他相助，传授自己"长生诀"与青木法术，对于复城大计，必然大有裨益，当下拜倒道："蚩尤身怀血海深仇，誓要打败水妖，重建大荒自由之城。然势单力薄，恐怕难以完成重托，恳请陛下教诲，传授神功。"

羽卓丞不知大荒中发生之事，当下蚩尤一一道来。羽卓丞点头道："原来如此。嘿嘿，你想重建蜃楼城，那便是与五族为敌。小子，寡人是木族帝尊，为何要帮助你这叛族乱臣？"

蚩尤不善口才，微微一愣，咬牙大声道："蚩尤虽然愚钝，但是相信天下只有正邪之分，没有族群之别。眼下大荒五族分立，各族贵侯极尽腐败，百姓颠沛流离，苦不堪言。只有蜃楼城里，所有人平等友爱，如同家人。蚩尤只想打败奸邪之徒，重新建立一个和平自由的城邦，以为天下榜样。素闻陛下爱民如子，疾恶如仇，倘若你是蚩尤，不知道当怎么做？"

他自小在蜃楼城里长大，耳濡目染尽是自由平等的言论，这番话虽然简短，却是正气凛然。

羽卓丞一愣，大笑道："好小子，说得好！嘿嘿，寡人虽是木族青帝，却偏偏要帮你这'乱臣贼子'！"

蚩尤大喜，躬身拜倒。羽卓丞道："可惜寡人躯体已坏，元神受困苗刀六百年，今日虽得释放，却如风中残烛，不消几日恐怕就会逃逸殆尽。"

蚩尤大急道："难道没有其他办法吗？"

羽卓丞笑道："生老病死，自然之事。寡人已经多活了六百年，难道还要再活六百年吗？小子，眼下唯一的方法，便是让寡人元神进入你的体内，借你的躯壳多活几天。"

蚩尤大喜道："如此甚好！"

羽卓丞道："最多三个月，寡人元神也会从你的躯壳逸散出去。但是仍然会有不少念力与真气留存在你的体内。这三个月里，寡人自会尽我所能，教你'长生诀'和木族中的其他修行之法。能学会多少，就看你的造化了。"

蚩尤心中更是激动难言，长拜不起。

羽卓丞道："小子，握紧苗刀，可别撒手。"蚩尤双手紧握刀柄，突见羽卓丞那绿色光球急速旋转，朝后飞去，猛然后折，化为一道碧光，刹那之间冲入苗刀之中。

碧光如电，穿过苗刀，径直蹿入自己右臂。经脉宛如有一道热流陡然涌入，汹涌澎湃，耳边轰然作响。那道热流如春江怒水，瞬间游走全身，在经脉间旋绕了数十转才在丹田处沉寂下来。

蚩尤又惊又喜，道："前辈，你已经进去了吗？"

从丹田处传来羽卓丞的声音，笑道："小子，你这身体也忒局促，手脚都腾挪不开。寡人帮你舒舒筋骨。"

蚩尤正疑惑，突觉丹田处有雄浑真气陡然膨胀，将周身骨骼肌肉撑得仿佛要爆炸一般，难受已极。

他悍勇顽强，咬牙强撑。那真气越来越强，周身绿光纵横，肌肉波浪似的急剧起伏，仿佛有人从里到外拉扯着他的骨头，咯咯直响，剧痛攻心。

羽卓丞赞道："好小子，果然不愧是乔家男儿！"称赞归称赞，那股真气却丝毫不减，猛地又涨大了几分，接着骨骼"咔啦啦"一阵脆响，肌肉浑然四处鼓起，衣裳瞬间纷纷撑裂，丝缕飘扬。

剧痛中只觉一道热辣辣的气流从丹田贯入脑顶，脑中又是“嗡”的一声，眼前一黑，昏了过去。

再度醒来时，神清气爽，浑身仿佛有使不完的力量。低头望去，肌肉虬结，竟似陡然长高了一尺余，最不可思议的是，周围原本漆黑一片，此时竟变得明亮起来！

只听体内传来羽卓丞的笑声：“小子，寡人替你打通了青光眼，舒展了骨骼，是不是舒服很多呢？哈哈。”

蚩尤一凛，青光眼？视野虽然明亮，却隐隐蒙着一层淡淡的绿色。难道这便是父亲曾经提起的木族青光眼吗？青光眼不仅可以在黑暗中看得历历清楚，还可以借此行使诸多神功法术，例如“青光摄神大法”。

他又惊又喜，道：“多谢前辈！”羽卓丞笑道：“谢我什么？你天生木德，原本就有青光眼，寡人只是帮你打通了而已。”

这时树干的裂缝外有光影一闪而过，蚩尤瞬间便看得分明，竟是拓拔野与一个美貌的白发女子骑在一只雪白的仙鹤上盘绕飞过。

蚩尤大喜道：“前辈，是我的朋友来找我了。”羽卓丞道：“那咱们就出去吧。六百年了，也不知外面的世界变得怎样了。”

蚩尤在羽卓丞的指引下，左纵右跃地朝下方树洞冲去。他有了青光眼，这漆黑的树洞中极为明亮清晰，过了不久，便到了树底。

这扶桑树既是巨鳞龙所化，他们所在之处，自然便是巨鳞龙的消化道的排泄处了。当下他背负苗刀，真气流转，奋起神力将那一片巨木拍得粉碎。湖水急旋，刹那间涌入。

蚩尤趁势游龙般蹿了出去，从湖底掀卷起冲天巨浪，高高地跃上了扶桑树的树梢。

那十只太阳乌环绕蚩尤盘旋飞舞，嗷嗷乱叫。众人目瞪口呆，既惊且奇。这少年昨日与那十日鸟苦斗之时，真气远不及此刻鼎盛，也不知他因祸得福，究竟有了什么际遇。

蚩尤纵声长啸，从背后缓缓地拔出了那柄奇形怪状的青铜长刀。刀长六尺，通体绿锈，在阳光下一道绿芒幽幽闪过，划入他的手臂之中，如成一体。

汤谷群雄中，不少都是木族中辈分颇高的显贵，见到那苗刀无不面色大变，失声惊呼。

成猴子颤声叫道："长生刀！"他这一声高呼，其他族的群雄也都纷纷变色。成猴子极为识货，大荒诸多宝物，他无不了然于胸，辨别真伪堪称举世无双。听他如此惊叫，定然错不了。

但木族遗落了六百年的至尊神器，又怎会到了这个少年使者的手中？

那十日鸟见了长生刀，欢鸣盘旋。蚩尤依照羽卓丞所授，低声念封印诀，大喝一声，长生刀呼呼旋转，那十只太阳乌突然化为十道红光，全都被吸入了苗刀之中。

这是蚩尤第一次封印神兽，又是惊喜又是喜悦，忍不住仰天大笑。有人叫道："青帝！是了，他一定是羽青帝转世！"

羽卓丞刚正豪侠天下闻名，大荒各族听了这名字无不肃然起敬，这些流囚亦不例外。眼见蚩尤神威凛凛，手持苗刀，瞬间就收服了困扰他们多年的十日鸟，众人又惊又佩，都不由得相信这少年确是羽卓丞转世。木族群雄更是情不自禁地拜倒在地。

拓拔野不知所以，瞧得好笑，回头望去，空桑仙子也是满脸惊愕。

她贵为圣女，自然知道这苗刀，但这并非她至为惊讶之处。这少年虽然还不过七尺之躯，临风傲立，竟有说不出的霸气，体内绿光隐隐，似有极强的木属元神，意念之强，竟让她的念力也为之波动。蚩尤高举苗刀时，绿气由刀入体，浑然一气，竟是罕见的天生木德。难道果真是羽卓丞转世吗？

众人震惊揣测中，只听纤纤脆生生地叫道："蚩尤大哥，你还不下来？我仰得脖子都酸死啦。"

十日鸟已被封印，扶桑树周侧的奇异念力也突然消除，困阻群雄的最大屏障荡然无存。虽然岛外沧海茫茫，但终究有法子离开此处。想到这里，群雄无不欢欣鼓舞。

当日下午，成猴子等人又齐心协力钓了几只巨鲨庆贺。奇事好事接踵而来，不知为何，汤谷附近海域的各种鱼类突然多了起来，到傍晚时，群雄竟捕钓了数以千计的各类海鱼，直令众人心花怒放。

数十年来，众人从未这般顺心如意，想来这三个少年果真是贵不可言的福星。当夜，群雄在岛上欢宴，除了空桑仙子未来外，所有人都在汤水湖边纵情欢庆。

蚩尤悄悄地将拓拔野拉到一边，将昨日奇遇原原本本地说了一遍，听得拓拔野又惊又喜，弯下腰来敲敲蚩尤的丹田，低声道："晚辈拓拔野叩见前辈。"果听那里边有人喝道："小子，别打扰寡人睡觉！"

拓拔野愕然，两人对望半晌，哈哈大笑。

蚩尤连月来的郁闷心情今日始得消解，畅快无比。突然想起一事，笑道："他奶奶的紫菜鱼皮，这些人都是极为凶残桀骜的亡命之徒，怎的对你这般毕恭毕敬？当真奇了。"

拓拔野忍俊不禁，将自己借题发挥、"蛊惑"群雄之事也说与他听，蚩尤听了后又是佩服又是好笑，叹道："好乌贼，真有你的。"

却听蚩尤肚内传来冷笑声："你们这两个小子，当真是胆大包天。难道你们就凭这一丁点本事，便想驾驭这群凶妄狂徒，和水族对抗吗？"正是羽卓丞。

两人正兴高采烈，被泼了一头冷水，颇有些尴尬愕然。

羽卓丞道："这群笨蛋眼下虽然笃信你们的身份，老老实实地服膺你们，但若是没有船只，长久离不开这汤谷呢？或是离开汤谷，重归大荒之后呢？嘿嘿，你们还能镇得住他们吗？"

拓拔野与蚩尤误入汤谷，原以为将终生受困此处，岂想短短一日便各有奇遇，不由得相信冥冥之中自有天意。既有上苍庇佑，那还有什么值得畏惧？是以虽觉羽卓丞所言颇有道理，此时听来也不甚在意。

拓拔野笑道："前辈，他们均是大荒罪囚，若不逃走反抗，难不成在这岛上过上一辈子吗？既是同仇敌忾，又何必非要镇住他们不可？晚辈原也不曾想过如此。"

羽卓丞笑道："小子，你倒是看得开。只是世间之事，原非随你心意。到时你陷身其中，想不违心行事都不成了。"

拓拔野、蚩尤听得迷糊，默不作声。

羽卓丞喃喃道："初生牛犊不怕虎，由得你们去吧。"当下不再言语，过得片刻，咕哝有声，似是已入黑甜乡中。

两人对望片刻，哈哈而笑，心中欢喜，勾肩搭背重回席中，与众人以山泉代酒，佐以佳肴，谈笑共欢。纤纤坐在两人之间，背倚白龙鹿，半个多月来从未如此刻这般高兴，左顾右盼，咯咯笑个不停。

明月当空，秋风凉爽。这大荒第一流放地，这一夜竟成了人间天堂。

翌日清晨，拓拔野三人前去拜谢空桑仙子。

到山谷谷口喊了几声，均杳无响应。一路走去，觉得有些古怪，那河流中的金背鱼竟都已不知去向。待到了那竹屋中时，才发现里面空无一物，只有西面竹壁上赫然刻着一首以手指刻写的《刹那芳华》。

人去楼空，晨风吹窗。想起昨日她对雪羽鹤所说的“最后一次驮我”，明白她那时已经下定决心离开此地了。东海苍茫，不知她去了何处，但她必是不愿让人知道行踪才不告而别。

拓拔野、纤纤与她相识虽不过一日，却已有半师半友的缘分，想到她孤身一人，漂泊天涯，都不禁有些怅惘。

中午时分，拓拔野将群雄召集至汤水湖边。此刻群雄早已将拓拔野、蚩尤视为神明，恭敬遵从。

拓拔野道：“各位英雄，眼下大荒中兵乱四起，蜃楼城已经被水妖攻破了。倘若我们现下回去，敌众我寡，只怕不消几天，大家又要被水妖赶回到汤谷……”

一人叫道：“稀泥奶奶的，怕他作甚！老子这条命是圣使捡回来的。圣使叫我往东，我还能往西吗？”

另一人叫道：“正是。老子在这岛上待得都快长青苔了，正好让水妖替我刮一刮。”

众人哈哈大笑。拓拔野笑道：“多谢各位。咱们齐心协力地和水妖斗，那是没错。不过眼下时机未到，敌众我寡，这没把握的仗，咱们先不打。”

成猴子叫道：“圣使，我们全听你的。你想要我们怎样，你便直说吧。”众人哄然应和。

拓拔野道：“好！既然如此，我就和大家说说我的计划。我和蚩尤使者先到古浪屿，等候‘断浪刀’科汗淮和蜃楼城的乔城主，然后设法再将蜃楼城的弟兄们集结起来。你们先守住这汤谷岛。只要你们不离开这里，不走漏消息，水妖定然不知道这里发生的事情，自然也就不会与你们为难。我们一找到失散的弟兄，便立即赶回这里与大伙儿相聚。到时我们兵强马壮，再夺回蜃楼城，和水妖决一死战！”

这是昨夜他与蚩尤商量计议出来的，毕竟眼下等候科汗淮、乔羽等人是第一要务，但又必须安抚住汤谷群雄，否则他们不耐，必定生出事端来。

群雄面面相觑，他们在这里待了几十年，此时枷锁已除，实是恨不得能立时离开。但圣使说的也颇有道理，他们原是五族罪人，倘若就此回到大荒，以数千人对抗数十万之众，不啻自寻死路。

况且他们不识水性，大海茫茫，想到大荒也是难若登天。唯一方法便是团结更多的人，一起夺回自由之城，然后再招聚天下豪杰，与水妖乃至其他四族抗衡。

成猴子叫道：“圣使说得有理。咱们都忍了几十年啦，也不差这一时半刻。”有人阴阳怪气地说：“可不是嘛。再说眼下这海上物产丰富，日子好过得多，有些人也不必干等十天半月钓那粗糙的大鲨鱼啦。”

群雄哈哈大笑。成猴子笑骂道：“烂木奶奶的，夫子山，昨晚吃得最欢的是你吧？”

拓拔野见众人都无异议，颇为欢喜，笑道：“既然如此，就这么办吧。”

群雄原不过是乌合之众，彼此之间常有怨隙，如今同仇敌忾，凝聚力大增。当下众人又嚷嚷着要推选首领，大家议论半晌，一齐推举拓拔野为汤谷城城主，蚩尤为神祝，便连纤纤，也被众人好说歹说推为圣女。

拓拔野、蚩尤倒是有些措手不及，推辞了半晌，卜算子叫道：“圣使，你乃是上天派遣来解救我们的，你做这汤谷城主可是再适合不过了。蚩尤使者是羽青帝转世，做这神祝那也是绝无争议。咱们好不容易能团结在一起，要是你们不做这带头的，换了别人来做，有谁能服呀？”

众人哄然称是。

拓拔野心想也是，这数千人都是极为凶悍狂野的枭雄，彼此要互相敬服还真不是易事。眼下他与蚩尤是众人的天赐救星，极具威信，倘若一味推托反而不好。想不到昨日灵机一动，竟使得自己二人成了数千罪囚的领袖。

拓拔野与蚩尤对望一眼，见他微微点头，当下微笑道：“既然如此，那我就不推辞啦。”

群雄大喜，欢声长呼。

于是，流浪儿出身的城主、略通法术的神祝和十岁的圣女，便在群雄的欢呼声中诞生。

拓拔野道：“不过咱们须约法在先。咱们是讨伐水妖的自由之师，可不能做比他们更不得人心的恶事。如果有哪位做了伤天害理的事，可就别怪我拓拔野不客气啦！”

他知道这群家伙凶顽难训，须得好好约束，否则别说重建自由之邦，可能不消几月就千夫所指，臭名难覆了。群雄哄然应诺。

拓拔野与蚩尤相视微笑，月余来的胸中郁闷之气一扫而空。纤纤笑吟吟地瞧着两人，白龙鹿也欢嘶不已。

当下拓拔野让众人推选其他领袖，以便他们不在之时不至群龙无首。群雄嘻嘻哈哈互相推辞了一阵，才选出几个德高望重的人来。

一个是当年火族的大长老赤铜石，由于贪财被人陷害，流放至此，但除生性铿吝之外，为人倒颇为和蔼公正，因此被推为大长老。

一个是盘谷，勇猛憨直，力大无穷，大家都颇为喜爱，被推为大将军。

卜算子算卦算出神帝使者三人，奇功一件，令人刮目，虽然从前算卦每每算错，但还是被起哄推为大巫卜。

出乎拓拔野意料的是，那好色成性的柳浪竟被公推为军师，便连对男人，尤其薄幸男人恨之入骨的辛九姑也投举推他。他的智谋似是谷中公认第一。

四人中由赤铜石为首，之后又按照年龄、性别，组成三军。女军由辛九姑统领，青年军由盘谷统帅，壮年军则由土族将军尔雅率领。制度既定，群雄又设宴欢庆，狂欢了一夜。

到了第二日中午，拓拔野、蚩尤与推选出来的诸位领袖计议后，定下详密计划，这才放心上路。他们与汤谷群雄约定，明年三月桃花开时，无论等到科汗淮与否，都将回到汤谷。

拓拔野从纤纤头上拔出玛瑙簪，变为雪羽鹤。然后依照空桑仙子传授的封印法术，用无锋剑将白龙鹿暂时封印。

三人骑上鹤背，在众人的欢呼声中盘旋飞翔，又绕着汤谷岛飞了几圈，这才向西南方向飞去。

雪羽鹤飞得极快，日落时已在数百里外的小岛上。

当日他们离开蜃楼城时，乘着柚木船偏离了不少方向，又被巨鲨吞入腹中朝东而行，到了汤谷。因此距离古浪屿其实仍有一千五百里之遥。好在眼下御空飞行，不大会受风浪影响，依照司南与《大荒经》，取直线而飞。

第二日黄昏时分，三人一鹤已到了古浪屿。

残阳如血，云霞变幻，海鸥翩翩飞翔。古浪屿碧树苍翠，黑石白沙，虽远不及汤谷大，却比之美了百倍。

纤纤回到故居之地，极为欢喜，在雪羽鹤背上起身半立，大声呼喊道："爹爹！爹爹！"

他们离开蜃楼城已有半个多月，依照当时科汗淮的说法，他当已带着乔羽到古浪屿与他们会合。故而纤纤人在半空，已经迫不及待地呼喊起来。蚩尤心中的期盼、焦虑也是丝毫不亚于她。

雪羽鹤缓缓降落在白色沙滩上，三人跳了下来。还不等拓拔野将雪羽鹤封印，纤纤已经朝岛上狂奔而去。拓拔野、蚩尤急忙紧随追上。

三人绕过石崖，穿过一片小树林，来到一座木屋前。山溪流淌，倦鸟归林。但那木屋门扉紧闭，檐角蛛网，似乎已经颇久没有人住。

纤纤怔立片刻，冲上前推门喊道："爹爹！"

屋内木桌竹床，尘灰满布，空荡无人。夕阳从竹窗斜斜照入，尘粒在光柱中翻卷飞舞。纤纤呆呆地站着，泪珠一颗颗掉落。

拓拔野轻轻将她揽入怀中，抚摩着她的头，低声道："傻丫头，哭什么。咱们比你爹爹先走，还费了这许久工夫才到。你爹爹和乔城主还要寻找失散的游侠，自然不会这么快到啦。"

纤纤擦去眼泪，哽咽着笑道："对，我爹爹厉害得很，那些水妖哪里是他对手？他一定是找其他游侠去了，过几天就该回来了。"话虽这般说，心里还是说不出地惊慌忧虑，泪水忍不住又涌了出来。

蚩尤皱着眉头，也是惊忧交集。虽说科汗淮神功盖世，但寡众悬殊，父亲又身受重伤，尚未痊愈，那水伯天吴跻身大荒十神之列，修为深不可测，手下又有众多一流高手。科汗淮要想从重围之中顺利将乔羽救出，实是难如登天。纵然他能杀出重围，父亲只怕也是凶多吉少。

当日他离开蜃楼城时所残存的一丝希望，此刻显得如此渺茫，越想越是焦虑，恨不能捶胸狂呼，一解悲郁之气。但他生怕令纤纤更为伤心，咬牙隐忍，拳头紧攥，鲜血自指缝间一丝丝滴落。

耳中忽听羽卓丞道："小子，乔家男儿素来流血不流泪。没有长不出的草，没有过不了的难关。眼下你爹生死如何，还难说得很，何必担心？何况古往今来，谁能不死？就算死了，那也是响当当的好汉，又有什么可难过的？"

蚩尤心中一震："不错，我爹就算死了，也是光耀千古！我眼下要做的，是向水妖讨还血债，重建自由之邦，岂能这般悲悲切切、婆婆妈妈，让人看了笑话！”满腔悲郁全都化为怒火与豪情。

拓拔野正担心他悲怒难抑，见他脸色平静，松了口气，拍拍他的肩膀，低声道：“咱们先在这儿住下，等上一段时日再说。”

转过身，对着纤纤展颜笑道：“不管怎样，咱们总算是到了古浪屿。估计过不多久，科大侠、乔城主就会带着大批英雄好汉来此会合了。咱们赶紧将这岛上好好收拾收拾，否则到时科大侠问你：‘纤纤，你叫大伙儿睡哪儿？睡在沙滩上看星星、数月亮吗？’你可怎么回答？”

纤纤扑哧笑道：“你当是螃蟹吗，睡在沙滩上？再说天上又有几个月亮可数？”被他一打岔，忧虑少消。

当夜三人收拾了房间，烧了些海味，用完膳后就在这木屋中睡下。拓拔野、蚩尤翻来覆去，心中波涛起伏，睡不着觉，于是悄悄起身。

月光如水，照在纤纤熟睡的脸庞上，秀眉微蹙，俏脸酡红，细细的汗珠沁在小小的鼻尖上，仿佛在梦中还在担忧一般。

两人对望一眼，心下均是难过无已。这小女孩儿从今往后，只怕当真是无依无靠了，他们唯有竭尽全力，好好地照顾她。

两人替她擦去汗珠，掖好薄被，掩门朝沙滩上走去。涛声阵阵，随着月光层层漾来。

夜空晴朗，树影斑驳，两人无言地走在通往沙滩的林间小径上，仿佛正走向一条通向迷茫未来的道路。

午夜的沙滩在月光下显得银白而寒冷。礁岩默默，夜风凄切，波浪一层层地涌近，然后倏然退去。海天苍茫辽阔，天地之间仿佛只剩下他们两人。

两人在柔软而潮湿的沙滩上坐定，并肩眺望满海粼粼银光，过了半晌，蚩尤忽然道：“拓拔，那日在蜃洞中，你瞧见的蜃景是什么？”拓拔野微微一愣，尽数道来。

蚩尤点头道：“都说那蜃景乃是梦想映射。你梦想的，想来便是那逍遥快乐、无拘无束的日子。”

拓拔野心下怅然，叹道：“鱿鱼，蜃楼城里，我所过的便是你所说的日子。那是我有生以来最为快乐自在的时光。”

蚩尤心中疼痛，黯然不语。拓拔野道：“你呢？那日你见着的又是什么？还是那千军万马的景象吗？”

蚩尤点头道：“是。”嘿嘿一笑，道，“自从小时我拿着千里镜，瞧见我爹率领五百人，在天壁山下打败三千水妖，解救出数千难民，我的梦想便是统帅千军万马，做这样的英雄。”

拓拔野笑道：“惭愧，那时我的志向是顿顿有肥鸡吃。”

却听羽卓丞哼了一声，插嘴道：“小子，梦见肥鸡有什么好惭愧的？普天之下的百姓，哪一个不是如此？”

拓拔野微笑道：“是。晚辈睡不着觉，把陛下给吵醒了。”

羽卓丞又哼了一声道：“蚩尤这小子念力凌乱，真气翻江倒海，寡人哪睡得着？”蚩尤苦笑道：“陛下，对不住。我脑子里乱得很。”

羽卓丞道：“小子，在扶桑树里，你说要打败水妖，解救天下苍生，重建自由之城。就这么点挫折，便让你如此心浮气躁？”

蚩尤一凛，敛神道：“陛下教训得是。”

羽卓丞道：“你自小有普济天下的大志，那好得很。济世的方法何止千万种，可是你选择的却是最为困难的道路。若果真想要重建自由之邦，将来你所遇到的困难比之今日，不知要大上多少倍。倘若不能坚心忍性，百折不挠，你还是快快打消了这个念头，就在这岛上结网打鱼，过上一辈子吧。”

这句话虽然简单明了，但出自羽青帝之口，却是尤为震动其心。蚩尤脸上滚烫，惭愧道：“是。蚩尤谨记于心。”

羽卓丞哼了一声道：“那就好。”突然又道，“拓拔小子，你天资极佳，聪明伶俐，肥鸡今后是不用愁了，只是莫只贪图一个人逍遥自在，推己及人，须时时想到，普天之下每一人都和你一般，期盼着能顿顿吃上肥鸡，天天逍遥快活。”

拓拔野心中凛然，脸上也是滚烫，正容道：“陛下说得是。拓拔受神帝重托，却不能解救蜃楼城五万百姓，实在有愧。今后定然竭尽全力，和蚩尤一道重建自由之城。”

羽卓丞突然喝道：“当真吗？”拓拔野与蚩尤对望一眼，齐声道：“当真。”

羽卓丞道：“嘿嘿，知易行难。你们俩小子可别忘了今夜所说。”两人被他一激，豪气陡生，朗声又道：“决计不会忘记。”

羽卓丞哈哈大笑：“妙极妙极。”既而又叹了口气，道，“可惜可惜。”

两人不知他言下之意，正自猜度，羽卓丞却打了个呵欠，道：“嘿嘿，生平最喜欢看热闹之事，可惜这一趟却赶不上了。”又哈哈一笑，道，“寡人是木族青帝，却偏生要教你们两个无法无天的大荒弃民捣乱，若是让祖宗知道了，到了仙界也逃脱不了干系啦。”

三人哈哈大笑。

羽卓丞喃喃道：“毁誉随人，自在我心。癫狂了几百年，末了竟又遇见两个一样的狂妄小子。嘿嘿。千年一梦，不知道是快醒了，还是刚刚开始？”声转低沉，终于不再言语。

两人被他这般一鼓捣，热血如沸，对他的应答也成了对自己的一种承诺。一时之间，更加感到肩上所负担子的沉重。自蜃楼城城破以来，他们的心中从未这般激动却又澄明过。

拓拔野素来闲云野鹤，当日千里传送神木令的执着，也不过是因受人所托，比之今日发自内心深处的责任感与使命感，自然又大大不同。

片刻间，两人仿佛都迅速成长了许多，无论科汗淮能否回来，这一刻，都显得不是那般重要了。

明月当空，海浪声声。突然一只海豚破浪而出，在月光下划过一道优美的圆弧，悠然摆尾，没入浪花之中。既而两只、三只……成群的海豚破浪翻腾，鸣声欢悦。碧浪轻摇，月光似水，午夜的大海刹那间鲜活起来。

那一夜，拓拔野与蚩尤在沙滩上坐到天明，虽然再没有什么豪言壮语，但彼此肝胆相照，热血同沸。

如果这一刻重观蜃景，他们见着的，一定是同样的梦想。在他们心中，那个承诺与目标，越来越明晰，越来越热切。

当黎明终至，红日喷薄，他们心里也仿佛被这古浪屿的朝阳照得一片明亮煦暖。

此后的一个月里，拓拔野、蚩尤、纤纤便一直在古浪屿上留守等候。白日里，蚩尤入海捕鱼，留岛守候。拓拔野则带着纤纤骑鹤飞翔，四下打探蜃楼城群雄的消息。

沧海茫茫，人烟稀少，除了汤谷，始终没有找到落难的游侠，更别说科汗淮与乔羽了。

虽偶尔也能发现一些偏僻的岛国，但岛上居民大多是蛮荒野民，言语不通。两人长得俊秀美貌，又骑乘白鹤，每每被他们认作仙人，顶礼膜拜，是以回到古浪屿时，常带回一些蛮国“进贡”的土特产品。

最初十几日，纤纤还能与拓拔野谈笑风生，领略东海浩渺壮阔的美景，但纵横千里，始终杳无音信，不由得日益担心。

眼见纤纤一日比一日消瘦，笑容日少，话语也少得出奇，拓拔野不由得大为心疼，到了后来，他决计冒一冒险，让蚩尤留在岛上与纤纤相伴，自己则夜半起身，孤身骑鹤，朝西北蜃楼城方向飞去。

往西千里，接连经过三个岛国。四处打听，岛民都仅知道大荒蜃楼城被水族攻破，据说已被屠城，但是否有人逃生，便一概不知了。

拓拔野索性再往西行，还未达蜃楼城，远远的一些小岛上，都已是黑旗招展，尽是水族城邦。海上尽皆是游弋的水族战船。拓拔野虽然胆子奇大，却也不敢再贸然前行。

当下他向南绕行，悄悄降落在某一小岛上，半夜里伺机抓获一名水族副将，逼问再三，他竟也不知道科汗淮、乔羽的生死。

原来那日他们走后，科汗淮浴血奋战，杀了众多水妖，苦战中却被水伯天吴偷袭制住。他以两伤法术击伤天吴，一举脱身，背着乔羽杀出重围，跃入大海。鉴于那夜风浪极大，两人又身负大小四十余处伤，多半凶多吉少。

此后一个月里，水族又对方圆五百里的海域封海查寻，一无发现。唯一的解释便是两人已经葬身鱼腹。虽然如此，水伯天吴仍不敢稍有放松，继续封海搜寻，希望能找着尸体或遗物。

拓拔野听得悲喜交集，心中隐隐觉得，以科汗淮与乔羽的能耐，应不至于葬身鱼腹。但他们既已身受重伤，在水妖如此密集的搜寻下，也绝无可能潜于海底，一月不出。如果他们还活着，又身在何处？科汗淮智计百出，行事每每出人意料，这回是否也是他瞒天过海的安排？

他思忖再三，也理不清头绪。突然想到那蜃洞，心中大跳，当下挥掌将那水族副将击昏，怀着侥幸之心，冒险悄然前往。

他费尽周折，终于骗过水族巡船耳目，潜到那蜃洞附近。既有雪羽鹤，便无须潜水，径直从那石壁上的洞中钻入。但蜃洞中凄冷阴暗，风生水响，除了幽然闪烁的贝珠，别无一物。

拓拔野心下怅惘，在洞中伫留片刻，依旧悄悄骑着雪羽鹤东返而去。

回到古浪屿，他将消息告诉蚩尤与纤纤，两人听了均是悲喜参半。既然连水妖都未发觉科汗淮与乔羽的尸体，则生死不能定论，或者可以说，生还的概率只怕更大些。

三人互相勉慰，虽然这消息并非喜讯，但比起之前那无望的忧虑，却是强了几分，至少给他们留下些许想象中的希望。

拓拔野突然心中一动，道："最危险之处，往往也是最安全的地方。科大侠喜出奇兵，当日在天璧山就是将水妖骗得七荤八素。我想他们多半不在海上，可能还在蜃楼城中某处藏着。"

纤纤拍掌笑道："拓拔大哥说得没错，我爹爹定然还在蜃楼城里！水妖以为他们已经跳海，必定不会留心岛上。"

蚩尤对科汗淮不太了解，对这推测却颇为动容，也是喜动颜色，点头不已。三人的精神都为之一振，越想越有可能。

蚩尤一拍大腿道："倘若真是在蜃楼城里，他们定然可以平安无恙。岛上有许多秘密暗道，四通八达，水妖想找到他们难如登天。"又皱了皱眉，道，"但是眼下水妖一直封海，想要出来也不是件易事。"

拓拔野笑道："天下哪有不裂缝的墙？以他们的本事，只要养好了伤，要想离开，那还不是易如反掌？"

纤纤叹道："可是不知道要过多久，才能看见爹爹呢。"拓拔野道："咱们不必太过担心了，只需好好在这岛上待着，他们必定能找上门来。"

蚩尤点头道："不错。当务之急，便是加紧修行，同时团结汤谷岛群雄，好生训练，作为将来复城的主力。"

这一个月来，他与拓拔野一有空便商量汤谷群雄之事。这群人个个都是桀骜不驯的狂徒，自己二人虽然被推选为汤谷城城主和神祝，但要想令他们彻底心悦诚服，除了威望，还得有镇得住他们的强猛真气与法术，以及刚柔并济的治军手段。

拓拔野点头道："正是。咱们要想方设法将一切准备好，待到科大侠与乔城主回来时，便可以立即共商复城大计。"

三人讨论了半晌，订下今后的计划。拓拔野加紧修炼潮汐流，吸纳体内真气。蚩尤则加快修行"长生诀"与木族的种种绝学，毕竟羽卓丞在他体内的元神已经日益衰微，再过一个多月便要逃逸殆尽了。

至于这刚柔并济的治军本领，蚩尤自小跟着父亲，耳濡目染，原已学了不少，有机会还能向赤铜石等人慢慢讨教，倒也不必急于一时。

商量既定，三人便安心地住在古浪屿上，潜心练功。

蚩尤每日清晨便到海边树林里，借树木灵气，修行“长生诀”与青木法术。他天生木德，艰深玄奥之处倒是一听便懂，快于常人百倍，威力也极易发挥出来。博大精深的“长生诀”，羽卓丞竟只用了一个月时间便基本传授完毕。

羽卓丞教得性起，将木族中其他诸多秘密的绝学、法术都一股脑儿传了给他。蚩尤也颇为争气，一点即通，学得如饥似渴。

拓拔野每日盘膝坐在海边的礁岩上，感应天地潮汐，以意御气，将体内蕴藏的诸多真气一一化解。调气运息之余，也不忘修行空桑仙子传授的封印法术。真气日盛，封印法术也日益圆熟。待到第七日时，已能在瞬间将白龙鹿封印入无锋剑中。此后进展更为神速。

纤纤则每日骑着白龙鹿在岛上东游西荡，时而到树林里看看蚩尤，时而到海边瞧瞧拓拔，见两人都学得专心致志、心无旁骛，她也只好拉着白龙鹿在海滩上捉螃蟹玩了。

日子便这般一天天过去，转眼便到了初冬时分。这日蚩尤又如同往日般到树林里修炼，刚坐下不久，便听到羽卓丞微弱的声音淡淡地说道：“小子，寡人大限将至，元神守不了多久就要逸散了。”

蚩尤心中一凛，胸喉像被什么堵住了，什么话也说不出来。虽然三个月前，便已知道这一刻终将来临，但真的到了分别的时刻，仍觉得说不出地难过。

羽卓丞嘿嘿笑道：“你很好，比寡人预料的好得多。这些法术与修行之道，你都已经掌握得八九不离十了。”

蚩尤半晌才低声说道：“青帝大恩，来世必报！”羽卓丞喃喃道：“来世？来世？嘿嘿，不知这古怪世界，可否真有来世？”

这不知形体的前辈在自己体内三个月，性情又与自己颇为相投，蚩尤内心深处早已将他当作另一个父亲一般。想到永诀在即，不知为何，素来坚强的他竟突然悲不可抑，仿佛破城别父的种种苦痛都在这一刹那翻涌上来，热泪夺眶而出。

羽卓丞一愣，笑道：“小子，你哭什么？烂木奶奶的，想不到乔家儿郎居然也会如此儿女情长！有趣，有趣！”蚩尤哽咽道：“前辈……”

羽卓丞笑道："那些笨蛋说你是寡人转世投胎，这话倒也不假，寡人元神逸散后，一部分仍会残留在你的体内，那可不是转世于你了吗？既然咱们精神合一，那又有什么难过的？"他话语中颇有些凄凉，但也有些许快慰。

蚩尤拭去眼泪，道："是。"

羽卓丞道："再过一个时辰，寡人元神便要散去了。到时你务必要以'万木朝春诀'将逃逸的元神紧紧收纳回你的'泥丸宫'中，否则可就白白浪费啦。"他这调侃令蚩尤忍不住展颜而笑。

此时已是初冬，东海上气候虽较湿暖，树林的枝叶仍不免凋枯近半，随风簌簌飘落。

蚩尤坐在落叶堆中，风吹叶舞，遍地悲凉。远处涛声鸥啼，寂寥淡远。羽卓丞的元神再也没有说话。

不知过了多久，才听他淡淡说道："小子，来生再会了。"

蚩尤突觉体内有某物陡然崩裂，四下逸散，几道气体从他七窍中逃逸而出。当下默诵"万木朝春诀"，意守丹田，收纳四散的元神。体内真气乱转，如惊涛骇浪，翻涌不息。千万零碎的灵力宛如漫天流星，急速朝他头顶的泥丸宫汇集而去。

不知过了多久，蚩尤缓缓睁开眼睛，强忍心中的难过与怅惘，长长地吐了一口气。

仰望苍穹，冬风凄冷，白日当空，淡蓝的天空中仿佛有几道白气悠然划过，消逝无踪。那是不是羽卓丞的元神正朝仙界而去呢？

第十六章 谈笑伏兵

秋去春来，不知不觉三人已在古浪屿上住了半年。

科汗淮与乔羽依旧杳无音信，三人望穿秋水，热切盼望的心情也逐渐淡却下来，又慢慢被担心忧虑所取代。

拓拔野、蚩尤曾经冒险飞抵蜃楼城附近三次，也都一无所获。担忧之余，只有找出千万理由聊以自慰。

既然没有确定的消息，他们也只能在这岛上继续等待下去。三人残留的希望渐转渺茫，就连纤纤内心深处，也隐隐觉得父亲不可能生还。虽然难免觉得悲伤痛楚，但时光流逝，终究一日比一日坚强。

半年间，拔野与蚩尤进展神速，几乎都已将体内的外来真气纳入气海，化为己用。

虽然蚩尤的真气依旧不如拓拔野充沛，但他吸纳了羽卓丞涣散的元神，加之意志坚卓，性格刚毅，念力的修行却比拓拔野强了几分。

两人都已习晓“长生诀”与青木法术，所不同之处在于，拓拔野起初只通晓最为高深的“长生诀”与封印法术，其他诸多的木族法术，经由蚩尤传授之后，也渐渐掌握。

两人互相切磋，共同讨论，诸多原本疑难之处迎刃而解。半年之后，他们的青木法术已经颇有小成，欠缺的只是更强的意念控制力与经验而已。

他们俱是聪明绝顶的罕见英才，相形之下，蚩尤更加坚忍卓绝，心无旁骛，毅力也远胜于拓拔野。是以这半年间，蚩尤勤学苦练，进步比拓拔野更加快速，对长生刀的掌控也越发得心应手，甚至已经可以在五丈之内以气御刀，封印凶兽也日渐纯熟。

而拓拔野生性自由散漫，除了每日两个时辰铁打不散的潮汐流与“长生诀”修行，其余时候则视心情而定。每每或是陪着纤纤漫岛游玩，或是骑着白龙鹿海中嬉戏，终日倒有大半时光花在玩乐上。

但他悟性更高，念力虽然不如蚩尤，但在念力的掌握与运用之上，却极为纯熟，这也是拜潮汐流“以气养意”之赐。尤其他的封印法术日渐纯熟，那一柄无锋剑也不知封印了多少海兽鱼虾，引得白龙鹿一瞧见他拔出断剑，就嘶鸣着落荒而逃。

某日大潮之时，拓拔野将潮汐流传予蚩尤。但蚩尤天生木德，对于这水性真气的修行法，却缺了点儿灵犀，虽然也知其修行法子，终究不得大成，索性一心一意修炼那“长生诀”与碧木真气。

两人常在沙滩上切磋武功法术。初时交手过招，多是拓拔野取胜，但到了后来，却是蚩尤稍胜半筹。此后便是交替上升，互有输赢。

纤纤每做裁判，总是偏袒拓拔野，几近明目张胆，即使拓拔野输个半招，也被她巧舌如簧，硬是要赖为大热门胜出，蚩尤只能“紫菜鱼皮”地愤愤不平。

闲来无事时，他们便一道下海擒伏各种鱼龙怪兽，牛刀小试，拿它们来演练新学会的武功与法术。两人日益默契，都已到了无须开口，只需彼此眼色，甚至念力感应，便可以配合无间的程度。

最为快活之事莫过于合力擒拿东海巨鲨，取其巨鳍烧成美味的鱼翅汤，与纤纤一道在白沙滩上吹着海风，喝汤谈笑。

纤纤与他们两人也日益亲密，直如兄妹，常常对两人呼来喝去，“奴役使唤”。高兴起来，又掐又拧那也是常有的事。

虽然她还时常牵挂父亲，但有两人做伴，日子也过得颇为快乐，对拓拔野的倚赖与那莫名的少女情愫也在不断滋长，有时也不自主地流露出来，只是拓拔野当她是小孩，从来没有多想罢了。

三人同住于木屋之中，每日夜里，联床夜话。蚩尤讲述从前蜃楼城的轶事与大荒的典故传说，拓拔野则回想当年流浪天下的险事与趣闻。纤纤自小便生活在古浪屿上，自然无甚可说，羡慕之余，只能悠然神往，想象在瑰丽雄奇的大荒山海间翱翔。

三人的感情一日好上一日，蚩尤那要么狂野桀骜要么沉默冷峻的极端性子，在这两人面前却是荡然无存。唯有想到家仇国恨，想到那夜对羽青帝所做的承诺之时，他才会变得暴戾悲怒，一言不发。

三月将至，岛上桃花姹紫嫣红开遍，与汤谷群雄约定的期限也快来了。一想到没有科汗淮与乔羽作为后盾，仅凭着自己二人，领导这帮凶顽难驯的流囚，心里也都有些没底。但事已至此，只有走一步看一步了。

这日，拓拔野与蚩尤从海中捉了一只巨大的海龟，湿淋淋地跳到岸上来。蚩尤提起海龟，笑道："纤纤喊了许多日，想要吃顿鲜美的海龟羹，今晚总算可以让她得偿所愿了。"

拓拔野笑道："我看倒不如养起来，还可以先吃几顿海龟蛋。"

两人嬉笑着将海龟丢在沙滩上，拓拔野突然"咦"了一声，奇道："这是什么？"那海龟的巨壳上竟刻了一行大字：汤谷大乱，城主速归。

两人耸然动容，难道是汤谷群雄以这法子求救吗？

拓拔野俯身细看，抚摩了一阵，沉声道："是新近刻的，只怕是真出事了。"蚩尤咬牙道："难道是水妖找上门来了吗？"

两人对望一眼，霍然起身，奔回木屋。

拓拔野将纤纤藏好，嘱咐她无论如何都不可出屋，直至他们回来为止。纤纤哪愿一人留在此处？自然吵着要随两人前去。拓拔野对她素来心软，百依百顺，想到她一人留下，也有些不放心。但此行凶险，带她前去又怕难以护其周全。

蚩尤道："倘若水妖果真攻占汤谷，只怕已经知道我们下落，将纤纤留下反倒不妥。"

拓拔野点头道："说得也是。"纤纤大喜，拍掌笑道："鱿鱼，下回你们比武，我定让你赢！"

当下三人骑乘十日鸟，全速飞翔，将近黄昏时便到了汤谷岛。高空盘旋，只见岛上炊烟袅袅，人群往来悠闲有序，怎么也不像经受大乱的模样。

两人疑惑不已，于是又环岛飞行，四下探看，均无意外景象。四周海域也没有任何水妖船只。

岛上有人瞧见他们乘鸟盘旋，大喜欢呼道："是城主和神祝回来了！"登时人人抬头，欢腾如沸。在十日鸟鸣啼怪叫声中，徐徐降落，群雄涌了上来，将他们团团围住。

拓拔野二人还未开口，却见柳浪挤开人群，拜倒道："恭迎城主、神祝、圣女圣驾。"众人也随之纷纷拜倒。拓拔野连忙请起。

正此时，远处人流涌来，赤铜石等人听见消息，悉数赶到。他们瞧见三人，面露欢悦之色，旋即又为愁云笼罩。

蚩尤沉声道：“岛上出什么事了？”

赤铜石道：“时间紧促，属下长话短说。”拓拔野二人见他面色凝肃，知道事态严重。

赤铜石道：“自城主、神祝、圣女走后，岛上兄弟都依照圣谕，勤加操练，在谷内筑建工事。大伙儿团结一心，原也相安无事。但两个月前，那吉良与姜古木见城主你们久未回来，就四下散布谣言，蛊惑大伙儿，说你们必不是圣使，只是被流放此处的罪民，早就骑鹤自行逃走，不顾弟兄们死活了。”

蚩尤大怒，强忍嘴边的“紫菜鱼皮”，冷冷道：“便是那个龙蟒吉良和两头魔王姜古木吗？”

赤铜石点头道：“正是。弟兄们自然不听信他们的胡说八道。那两个逆贼见无缝可钻，一时也无可奈何。但过了半月，又趁着‘悔过日’临近，大肆蛊惑。”

纤纤奇道：“悔过日？”

赤铜石道：“每年二月十五，大荒金、木、土、火四族必要将此前一年中族内犯下重罪之人送到水妖的望潮城。然后由水妖派遣一艘大船，将这些罪囚在二月十五之前送抵汤谷。”

拓拔野心念一动，果听赤铜石道：“那两个逆贼想趁着水妖悔过船靠近之时，攻上船去，劫持悔过船及船上水手，逃离此处。”

从前羽卓丞元神封印于苗刀之内，与扶桑树、十日鸟的灵力彼此呼应，形成极为神秘而强大的气场，岛上人纵然有船，也难以逃逸。

那悔过船不敢靠近，只能远离岸边，借助抛石机，将众囚远远地抛送上岸。现在扶桑封印已经消除，自然无所阻隔，以汤谷群雄之力，要想踏浪冲出百丈，攻上悔过船也就不再是难事。

赤铜石道：“大伙儿在岛上待得久了，难免郁闷得紧，都想早日逃离此地。”拓拔野知他想为某些从犯求情，微微一笑，道：“赤长老说得是。人之常情，岂能苛责？”

赤铜石心下稍宽，道：“但大伙儿惦着城主、神祝的嘱咐，大多不愿意做这违反圣谕之事。我和柳军师、盘将军也竭力收束大家，不受蛊惑。岂料那几个逆贼叛心已决，表面上不动声色，装得服服帖帖，等我们睡着后，集结了几百个反贼，将我们封了经脉，全都捆住。只有柳军师和成猴子等人警惕，逃了出去……”

成猴子插嘴道：“柳军师带着我们藏在东岸，一面寻隙营救大家，一面叫我们钓鱼钓乌龟。”

纤纤奇道：“钓鱼钓乌龟做什么？”旋即醒悟，笑道，“是了，要拿鱼和乌龟做信使。”

她笑靥甜美动人，柳浪心中一荡，连忙扭过头，不敢多看这贵为圣女的美人坯子，道：“属下带着五十六个兄弟，接连钓了三天的鱼，在一百多只海龟和几十条鲨鱼上刻了求救文字。料想春天既到，那群青甲龟必定游溯回出生岛屿求偶产卵，途中必经古浪屿。冀望城主、神祝能凑巧看见……”

拓拔野虽觉他色眯眯的，有些讨厌，但想他危急关头还能镇定自若、缜密思虑，不由得起了敬佩之意，笑道：“果然不愧是汤谷军师。”

不知怎的，柳浪对这两个少年领袖颇为畏惧，听他夸奖，心中大喜。

纤纤白了拓拔野一眼，道：“那还不是我神机妙算？如果不是我缠着要吃海龟羹，你们两个能瞧得见吗？”

赤铜石道：“反贼将我们尽数关在谷内，日夜等候悔过船。到了第四日晌午，悔过船来了，远远地在洞中就听见了厮杀之声。那吉良和姜古木极是悍勇，过不多时，就有人跑来招呼看守我们的百余反贼，说是已经得手。反贼刚要撇下我们与吉良会合，柳军师带人赶到，将他们擒下。但当我们赶到岸边之时，吉良两个逆贼已经带着几百人乘船逃离。海上、岸上只剩了百余具尸体。”

拓拔野道：“如此说来，他们已经走了十几日了？”

赤铜石点头不语。柳浪道：“倘若只是反叛逃走那也罢了，但他们偏生又夺走了悔过船。水妖不见悔过船回来，定然起疑，到时只怕便有大量水妖赶来此处，难免恶战。”

赤铜石道：“以我们眼下之力，要与水妖直接抗衡，定然不是对手。”众人心中都是一片沉重，千万双眼睛均盯在拓拔、蚩尤身上。

蚩尤心中怒极，忽然想起当日在汤谷，他与拓拔欢天喜地、忘乎所以之时，羽卓丞当头所浇的那盆冷水。今日看来，青帝果然有先见之明。

这帮亡命之徒原本就难驯得紧，时日一久，纵然对他们再敬畏，也难免生出事端来。今日若不降伏吉良、姜古木，他与拓拔野的威信将会大大减损，最终荡然无存。要想让这群悍徒流囚成为纪律严明的精锐之师，与五族抗衡，确实还任重道远。

拓拔野道："他们往哪里去了？"赤铜石道："他们起程时，似是往东南方去了……"

柳浪道："朝东再数百里就是龙族海域，他们必不敢前往。朝北乃是水妖海域，也有众多岛国，但都在水妖巡弋范围之内，他们定然也不敢去。朝西是大荒，只怕他们也不敢回去。唯一的可能，便是朝西南或是折往东北而行。"

拓拔野道："倘若他们往西南而行，必定要经过古浪屿，但我们并没有瞧见。想来他们也不敢冒此危险。"

柳浪点头道："所以如此说来，他们必是虚晃一枪，折向东北。"蚩尤冷冷道："就算到了北极天柜、南海融天，我也要将他们擒回来。"

天柜山与融天山乃是传说中大荒南北海水注入之处。众人听他语气森冷，都有些不寒而栗。他虽不过十五六岁，但心智外貌都远较年龄成熟，半年不见，更为气宇轩昂，如天神傲立，不怒自威，即便是赤铜石这般久经风雨之人，对他也有莫名的敬畏之心。

拓拔野点头道："事不宜迟，我们这就出发。"纤纤也缠着要去，但此次被拓拔野坚决推拒。纤纤无奈，只好嘟着嘴，闷闷不乐地与辛九姑待在一处。

两人方欲动身，赤铜石突然叫住，眼神古怪地望了望周围沉默的人群，迟疑道："还有一事，望请城主、神祝释疑。那日吉良夺下悔过船后，听船上的水妖说，神帝几个月前已经在南际山物化为石……"

拓拔野心里咯噔一跳，这群流囚之所以唯他们马首是瞻，便是因为他所持有的神木令，见此木牌，如见大荒至尊。神农羽化的消息既已流传开来，他们这神帝使者的威望，还能保持多久？与其继续扯着虎皮当大旗，倒不如以此为契机，将群雄紧紧团结在一起……思绪飞转，高声道："不错，这几个月我反复打探，也证实了这个消息。蜃楼城被攻破之前，神帝的确便已坐化于南际山顶了！"

众人哄然大哗，脸色齐变。

他举起神木令，朗声道："当日神帝传我此令，大赦天下，就是为了恢复太古时代人人平等、自由友爱之风，让天下处处都是蜃楼城。可恨那烛老妖为篡神帝之位，竟唆使各族阳奉阴违，并趁着神帝百草毒发之际，偷袭蜃楼城。如今蜃楼城既灭，神帝也已羽化登仙，大荒再没有可以容你们之人、容你们之地……”

众人心中原本还抱着一丝侥幸，只盼着神农未死，能还他们以自由。此时听神帝使者亲口说出，只觉大厦倾崩，沮丧、恐惧、愤怒、绝望……茫然无措。

拓拔野环顾周围，一字字地道：“你们可以在汤谷打鱼捕猎，了此残年；也可以学那吉良、姜古木，提心吊胆地流亡海上；或者随着我们，团结四海的游侠、英杰，一起杀回大荒，重建自由之城。何去何从，全由你们自己。”

群雄登时寂静了下来，面面相觑。有人突然叫道：“辣他奶奶的，老子像狗似的活了几十年，早就活腻了！圣使上哪儿，我就跟你上哪儿！”又有好几个人也跟着叫嚷起来，很快就蔓延成了满山遍野的高呼呐喊。

拓拔野与蚩尤对望一眼，松了口长气，又是侥幸又是惭愧，心想：倘若神帝天上有知，会不会责怪自己假传圣旨，煽动流囚造反？转念又想，以神帝心系苍生万民，希望人人皆平等，处处无刀兵，与自己所说并无二致。如果能带着这群桀骜狂徒复归正道，重建蜃楼城，想必也合乎他老人家的心意。值此乱世，也只有便宜行事了。心下稍安。

群雄既定，拓拔野、蚩尤与赤铜石等人交代几句，让辛九姑照看好纤纤，便骑乘十日鸟，匆匆朝东北飞去。

夜空晴朗，群星璀璨。两人乘鸟御风，不停不歇，朝东北方向疾飞。十日鸟咿呀怪叫，方圆百里之内的飞禽都吓得远远绕行。

到了第二日清晨，他们已在距离汤谷数千里外的东北大海。以普通船舰的航速计算，吉良等人当离此不远了。况且船上仍有大量水妖水手，人心不齐，要想顺利全速前行也绝非易事。

果然，又飞行了约莫半个时辰，远远地便望见海上一艘大船迤逦蛇行，风帆鼓舞，大旗上可以瞧见一个“水”字。海上漂了百十具玄服汉子的尸体，当是悔过船上的水族水手无疑。

想来船舰行到此处，起了争执，水妖想夺回掌控，是以纷纷被杀，抛入海中。水手死伤大半，这船想要继续航行更加困难了。

蚩尤喝道：“他奶奶的紫菜鱼皮，追上去！”十日鸟齐齐鸣啼，张开赤红的巨大双翼，狂飙俯冲。那悔过船上的众人听见十日鸟鸣啼之声无不魂飞魄散，阵脚大乱。

只见一个长了两个头的巨型大汉冲到甲板上，朝他们眺望，大喝道："装神弄鬼的小子来了，抄家伙！"百余个大汉弯起巨弓，瞄准待射。船上两舷的投石机也纷纷上弹。

拓拔野笑道："他奶奶的紫菜鱼皮，盘谷训练出的活儿全拿来对付咱们啦。"

蚩尤道："却不知我修行了半年的成果如何！"拓拔野扬眉笑道："既是如此，我便一边歇着，看看你的表现。"

话音甫落，"嗖嗖"之声大作，数百支长箭劲射而来。

十日鸟怒啸着挥动羽翼，将箭雨撞得偏离方向，四下散落。巨翼扇动的炙热狂风冲向海面，"哧哧"激响，立即冒起漫天白色水汽。碧海之上，宛如云雾突起，阳光迷离，煞是好看。

船上众人见箭雨被十日鸟一击即溃，失声惊叫，面有惧色。投石机乒乓大作，无数巨石破空飞来，但被那十日鸟巨翼震舞，也都纷纷坠入海中。

突听"轰"的一声巨响，一团火球破空飞舞，夹带风雷之势朝他们猛撞而来。

蚩尤青光眼瞧得分明，那火球来处，一个身穿红衣的瘦高男子伫立船舷，手持火云弓，环身所绕乃是一条长了犄角的赤色巨蟒，身上有六对小足，屈伸不已。正是龙蟒吉良。

蚩尤大喝一声，反手将苗刀拔出，当空一刀疾斩而下。一道绿色光波倏然随着刀光飞出，闪电般切入火球。

"哧"的一声，火球如被寒冰笼罩，光芒陡减，裂成两半，喷舞起团团白汽，直冲入海。

吉良张开火云弓，接连又是三颗火云弹。红色的弹丸激射而出，与狂风摩擦，立时爆炸为熊熊燃烧的火球，飞得越远，那火势越是凶猛。三团火球品字形猛冲而来。

十日鸟急速飞行，离那火球只有数丈之遥，蚩尤突然高高跃起，苗刀挥舞，凝神默念驭兽诀。三只太阳乌闪电般从他身侧掠过，一口将火球吞入。

红光炫目，一道红线滑入太阳乌肚中，瞬息即没。太阳乌欢声长鸣，似是饥饿已久，终于吃到了美味佳肴一般，又是满足又是欢喜。

蚩尤哈哈大笑道："姓吉的，还有多少都拿出来，我也好喂它们吃个饱。"那笑声浩荡如雷，听在吉良耳中更是说不出地刺耳可怖。

他心下大骇，那十日鸟的凶猛可怕，早有领教，若这小子已能如意操纵，自己决计不是敌手。忧惧之下，不禁朝后退了一步。身后众人也面色惊慌，斗志大减。

船上众人除了剩余的二十名水族水手之外，其余三百多人尽是汤谷罪囚，此中有一半多少是因为忌惮吉良、姜古木的凶暴，才被迫随行的。眼下见城主、神祝骑乘十日鸟，神威凛凛从天而降，无不惊悔骇惧。但既已叛逆，也只有死拼到底了。

蚩尤正是要以十日鸟在众人心中的威慑力来一举击溃他们的斗志，眼见奏效，大喝道："你战也不战？"

十几人被他那雷霆般的怒吼声一喝，肝胆俱裂，膝下一软，险些跪下。

拓拔野见船上众人面色惊慌悔恨、彷徨不定，想起自己从前流浪之时，曾听一些游侠说过，与凶兽遭遇时，驯服为第一良策，不到万不得已绝不可与之死战。盖因困兽之斗极为顽烈，即便你占尽优势，一旦它被逼入死境，爆发出的惊人力量不可估算。

眼下这船上众人便如困兽一般，身处绝境，不识水性，背水一战，其勇必烈。虽然自己有必胜之把握，但亦不足取。况且此行第一要务乃是降伏叛逆，最好能押解回汤谷，震慑群雄，树立威信。若是将他们尽灭于东海，太过暴虐，反而失去人心。

他当下低声对蚩尤道："鱿鱼，得饶人处且饶人，眼下乃是用人之际，能重新收服才是最佳良策。"

蚩尤心中原已起了杀意，闻言一凛，是了，自小便听父亲教诲不战而屈人之兵，王者之道在于刚柔并济，以德服人。倘若自己怀着满腔杀机赶尽杀绝，与邪魔外道又有什么区别？暗觉惭愧。

那两头魔王姜古木右头怒目圆睁，叫道："战又如何？臭小子，你当老子怕你么？稀泥奶奶的，有种的丢了苗刀和老子打上一架！"

拓拔野笑道："我们可不是来打架的。在汤谷上咱们就已经是兄弟了，岂有手足相残的道理？"

姜古木哈哈狂笑道："臭小子，你说得倒当真好听。不是来打架的，你追到此处作甚，难道是给我们送行吗？"几个凶顽之徒也随之哈哈狂笑。蚩尤强忍怒意，且看拓拔野如何处置。

拓拔野一跃而起，从鸟背轻飘飘地御风落到甲板。众人纷纷朝后退却，锵然拔刀，只有吉良与姜古木动也不动，冷冷地瞧着他。那条赤色龙蟒以尾立地，曲转吐芯，嘶嘶作响。

拓拔野微笑道："不错，我正是来给大家送行的。"

众人哗然，见他不似挑衅之态，无不心下惊疑，面面相觑。便连蚩尤心中也是颇为纳闷，不知这小子葫芦里卖的什么药。

吉良冷笑道："妙极，妙极。既然是来送行的，送君千里终有别，你们这就请回吧。"

拓拔野微微一笑道："我只说完几句话，便立即回去。你们愿意上哪儿都请随意。"

众人自半年前初见他以来，觉得这少年帝使亲切随和，有些好感，此时听他这么说，惊惧少消，握刀的手纷纷垂了下来。

拓拔野环顾众人，道："不知大家想去哪里呢？"姜古木右头怪眼一翻，道："关你稀泥奶奶的事！"

拓拔野毫不生气，哈哈笑道："这里朝南、朝东，都是龙族属地。朝西便是水妖海域。唯一能去的，便是东北的冰海七十二岛。难道你们想去那里吗？"

众人默不作声，心中都是颇为惊讶，他们正是打算逃亡到荒无人烟的冰海七十二岛去。

拓拔野点头道："那里确是无人统领的世外荒岛。"昨夜在太阳乌背上之时，他已经翻阅《大荒经》，将他们可能逃逸之地查个仔细。发现唯有冰海群岛才是唯一可能的落脚之地，是以将那群岛资料记得烂熟于胸。

此刻见众人神色，知道果然猜中，笑道："那一大片群岛，在水妖与龙族势力交接处，却没人统领，你们可知为什么？"

姜古木叉着双臂，嘿然不语。众人也都默然不答。

拓拔野道："因为那里不但比汤谷还要荒芜，而且天气苦寒，凶兽横行，连猛犸象到了那里，都瘦得像山羊……"

众人面面相觑，有人怒叫道："稀泥奶奶的，姜古木你个驴粪球骗老子！"刹那间怒骂之声大作。显是出行之前上了姜古木的恶当。有人道："先别吵，究竟是谁胡说八道还未可知。"

 拓拔野从怀中掏出《大荒经》，翻到冰海群岛那一页，高举过头，朗声道：

“这是神帝亲手所著的大荒地理书，眼力好的朋友瞧仔细了。拓拔野就算会骗人，神帝也应当不会吧？”

几个眼尖的瞧得分明，脸上变色，登时朝着姜古木怒骂不止。

拓拔野微笑道：“大家也不用责怪他。他也没去过那里，如何知道？”众人听他居然为姜古木辩护，更感云里雾中。姜古木厉声道：“稀泥奶奶的，臭小子你有话直说，这般兜圈子作甚？”

拓拔野展颜道：“如果大家愿意，我和蚩尤便送大家回头，前往南海如何？”众人登时目瞪口呆。蚩尤也几乎不相信自己的耳朵，险些叫出声来。

吉良脸上阴晴不定，冷冷道：“臭小子，你当我们是三岁小孩吗？”

拓拔野微微一笑，道：“倘若骗你，我便葬身东海。”众人听他立此毒誓，无不动容。

蚩尤越听越是糊涂，难道这乌贼一夜没睡，发了昏吗？一人迟疑道：“拓拔城主，你为何如此？”语气之间已经大转客气。

拓拔野道：“半年前的汤谷之盟上，我们已经是兄弟了。我为何要害你们？你们若是平安，我也少了一分牵挂。”

有人叫道：“你当真送我们去吗？那里数千岛屿，大多有主儿了，你难不成还帮我们找上一座空岛吗？”

拓拔野笑道：“只要有十日鸟带路，这又有何难？但是我须将话挑明了。姜古木说得没错，普天之下，真正逍遥没人管的，只有那冰海七十二岛。南海物产虽然丰富，但除了龙族之外，还有火族与诸多大荒附属国。你们到了那里，想要没人发现那也不难，只管藏在岛上的密林里便是。倘若龙族或是火族的探子船来巡岛，只需悄悄地逃到另外一座岛上便行了。”

众人默然不语，知他所说都是实情。南海乃是极为富饶之地，地冲扼要，兵家必争，也是龙族的宝地之一。

数千岛屿，几乎都有属民。巡弋之船纵横交错，即使能在一个岛上暂居下来，也要惶惶终日，到处奔逃。行踪一旦暴露，则受两大势力的合剿，风险之大那是不用说了。

有人愤愤道：“他奶奶的，老子不去南海还不成吗？”拓拔野道：“那么还能去哪里呢？只要大家想得出来，我一定护航。”

一语既出，众人心中无不大震。去冰海群岛吗？那里苦寒寂寞，凶险环生，还不如在汤谷。去南海吗？惶惶终日，如狐鼠之辈，凶险之多，更甚冰海。西归大荒？流放罪囚潜逃，罪行之大唯死而已。东行海上？龙族与大荒宿怨深结，又怎能将他们放过？忽然发觉，身在汪洋，四面环伺，天下之大，竟没有一处是容身之所。

有人叫道："城主，那你说去哪儿？"

拓拔野道："我不知道大家是想窝窝囊囊地苟且偷生呢，还是舒舒服服地活着？"几人叫道："你都说说。"

拓拔野道："若是窝窝囊囊，我瞧大伙儿还不如赶紧掉头，回到汤谷上继续过活。那里物产丰富，气候又好，总比冰海或是南海上躲躲藏藏的好吧？"众人默然不语，心下深以为然。

有人道："若是想舒舒服服的呢？"

拓拔野道："还是回到汤谷。但不是终老等死，而是如同半年前我们所说的那样，团结四海义士，重建自由之城，打败水妖，打败五族。到那时，天下之大，哪里不能由得你们去？"顿了顿，淡淡道，"想要自由，不是逃出汤谷岛，而是打败不给你自由的人。"

这几句话如楔子一般切入众人心中。船上群雄呆立半晌，"叮叮当当"之声大作，手中兵刃纷纷掉地。

蚩尤骑乘十日鸟在空中盘旋，眼见拓拔野谈笑之间便令众人丢兵解甲，又惊又喜，心服口服："这小子一张嘴能抵十万兵，还真他奶奶的紫菜鱼皮。"

拓拔野转身望着姜古木道："姜将军，你为了自由无所畏惧，我佩服得紧。不知你是否愿意与我们一起携手同心，打败水妖，重建蜃楼城？"他言语诚挚，双眼坦然，直视姜古木的双目深处。

姜古木盯着他瞧了半晌，哈哈狂笑道："好！果然是好小子！"众人惊叫声中，突然挥起一刀，鲜血喷射，将自己那颗凶暴残恶的右头齐颈斩落。

姜古木抛去佩刀，用手按住右颈伤口，哈哈大笑，跪倒道："土族姜古木，日后愿听城主差遣，生死无悔！"

拓拔野又惊又喜，连忙抢身而上，将他扶起。手上真气流转，施放青木法术中的"春叶诀"，立时血消肉长，伤口愈合。

那吉良狂吼一声，弯弓怒射火云弹，七团火光瞬息暴舞，和那条龙蟒一起闪电似的冲向拓拔野。他性情阴鸷凶暴，恼怒交集，觉得受了奇耻大辱，竟然孤注一掷，要致拓拔于死地。

众人惊呼四起。蚩尤大怒，正要出手，拓拔野已经瞬间爆发。

青光一闪，众人眼前一花，只觉一道巨浪般的真气奔卷而过，那七团火球登时被撞得冲天飞起。上空咿呀有声，十日鸟如狂风卷席，吞下火球，欢天喜地地腾空掠起。

定睛再看时，却见那条巨大的龙蟒被白龙鹿扑倒在地，悲鸣不已。拓拔野翩然而立，无锋剑斜斜抵在吉良喉颈之上，火云弓已经到了他左手中。吉良狂笑声中，突然朝前一顶，断剑贯喉而过，鲜血四溅，登时毙命。

这日傍晚，纤纤与辛九姑在汤谷某石崖上眺望。海天相接处，云霞飞舞，隐隐传来了咿呀怪叫声，接着只见十团红云翩翩飞来，速度极快。

纤纤大喜："他们回来啦！"拉着辛九姑便往山下跑去。

十日鸟越飞越近，那怪叫之声震天价响，遍岛飞鸟惊慌逃离。汤谷群雄听得叫声，都纷纷往汤水池边赶去。

纤纤第一个冲到汤水边，恰好瞧见那十日鸟飞到上空，正缓缓下落。十日鸟围成一个圆形，脚爪之上都系了绳索，纵横连接成一张大网。叛逃的众人便坐在那巨网之内。

纤纤瞧见骑在鸟背上的拓拔野与蚩尤，尖叫雀跃，但她的声音立即被淹没在群雄的欢呼声中。远处欢腾如沸，众人潮水般涌了过来。

十日鸟甫一降落，便被群雄团团围住。

网中众人颇为尴尬，垂首不语。拓拔野笑道："他们不走啦，还是留下来和我们一道打水妖。"

群豪长声欢呼。在岛上一起待了这么久，都已颇有情谊，自然不愿他们遭难，见拓拔野如此宽宏大量，都是由衷地感激和喜悦。当下纷纷拉出网中之人，重新团聚。

这一场风波就在笑声与欢呼声中平息。

眼见网中还有黑衣玄服的水族士兵，众人凛然，纤纤拉着拓拔野，追问详情。原来昨日他降服姜古木等人之后，那剩余的二十几个水族水手眼见别无他法，纷纷投降。拓拔野不忍杀之，便一并带回。

他们将海上水妖的尸体一一捞起，驾船回航，到了距离汤谷五百里处的海域时，蚩尤以青木法术将帆布变成巨网，众人弃船入网，继续飞行。

数日之内，水妖的巡海船必定能发现悔过船及船上尸体，但那船离汤谷五百里，而汤谷群雄一不识水性，二无船只或是飞行的灵禽，因此水妖即便拍破脑门，也决计怀疑不到他们身上去，只会归咎于龙族或纵横东海的各国海盗。

众人听后俱极欢喜，赤铜石拜倒道："城主仁慈智慧，将大难消弭于无形，属下肝脑涂地。"

群雄也都纷纷拜倒。眼见拓拔野兵不血刃，以最为平和的方式消除大劫，重拾人心，无不感激佩服，这头可谓叩得心甘情愿。

拓拔野连忙请众人起身。

赤铜石满脸欢喜，道："前日城主、神祝走得匆忙，来不及见见这半年来弟兄们的成果，今日须得好好检视。"

当下众人簇拥着拓拔野三人朝汤水湖东侧走去。两人到了湖边东侧山谷中一看，大为诧异，只见周围山峰遍布石洞，洞外以木石垒成墙楼，大小百余个山洞楼城，火炬熊熊，暮色中颇为壮观。

赤铜石笑道："城主、神祝，这是柳浪的点子。咱们既然以汤谷为城，自然要有防御工事，否则水妖来攻，那可大大不妙。是以请金族的弟兄们将这山谷凿通，这百余山洞四通八达，水妖就算有命攻进来，也没命逃出去。"

拓拔野、蚩尤点头微笑，对那色眯眯的柳浪又增加了几分赞许之意。

群雄拥着两人朝山洞里走去，出乎两人意料，洞内竟极为宽敞明亮，除了三昧真火的长明灯，山壁上还凿有许多采光孔，以坚硬的树脂化石为窗，落日余晖从光孔中射入，光怪陆离。

顺着甬道千折百转，到了一个由五间大堂组成的极大洞窟中，洞窟直达，有如将整个山腹掏空了一般。

拓拔野赞不绝口，柳浪笑道："这多亏了盘谷将军，他和金族的弟兄那可真是一等一的凿洞高手，这么多的山洞只花了三个月便大功告成。"拓拔野又大赞一番，盘谷腼腆，挠头嘿嘿而笑。

大堂中装饰得颇为华丽，珊瑚灯沿壁四立，地上铺满了海兽毛皮作为地毯，水晶石的桌椅粲然生辉，最为巧妙之处在于头顶竟是可以活动的山壁，一按机关，顶壁旋转打开，只余下方圆数十丈的树脂化石悬在头顶，露出浅蓝夜空与漫天星辰。

群雄入座，酒菜纷纷端了上来，颇为丰盛。自从羽卓丞元神附入蚩尤身体后，扶桑树的强大气场随着苗刀封印而消失，附近的海鱼也都敢游来了，海产自然丰富起来。

拓拔野与众人谈笑欢宴一阵，忽然炸响破锣般的歌声，几十个汉子光着膀子，腰围树叶，蹦蹦跳跳地冲进来，拍着摇铃，载歌载舞。原来是助兴节目。纤纤一口水喷在拓拔野的身上，跌入他怀中，笑得喘不过气来。

群雄哄笑声中，那树叶舞蹈团左右摇摆，肥肉乱颤。纤纤"哎哟""哎哟"直叫，一个劲儿揉肠子，眼泪都笑将出来。拓拔野哈哈大笑，蚩尤也不禁莞尔。此后诸多表演粉墨登场，笑声不断。

这些豪强原都是凶狠狂妄之徒，一语不合，刀剑相加。如今竟共聚一堂，极尽滑稽之能事，足见彼此之间已经颇为和睦亲密。

正谈笑间，蚩尤转头在拓拔野耳边低声道："乌贼，我想留在汤谷。毕竟这里群龙无首，时日一久，只怕人心又会涣散，须得严明纪律，逐步建立精锐之师。"

他心里对于守候科汗淮与父亲已不抱多大希望，复城心切，不愿失去汤谷这支重要力量。既然身为神祝，自当树立极高的威信，否则他日复城圣战之中，何以服众？

拓拔野心想也是，眼下科汗淮等人音信全无，倘若当真遇难，他们依旧在古浪屿上苦苦候守，未免不智。而且这帮悍勇之徒本是一盘散沙，时日稍短，还能和睦共处；久无首领，只怕又要离心内讧，生出其他变化。倒不如一人留守古浪屿，一人到这汤谷岛上领袖群雄。

倘若科汗淮真能到来，那自然最好。如果始终没有消息，两人也能率领强悍的精兵，扛起复城大旗。自己虽然能与众人打成一片，但眼下汤谷群雄，最需要的却不是亲和力，而是严明的纪律与战斗力。

而蚩尤禀性刚毅，自小受父亲教诲，潜移默化，颇有乃父之风，又混熟于行伍，对于约束军纪、建军立师，都要强他许多。

拓拔野拍拍他的背，点头低声道："说得是。只是你小子有时不可太过硬来，团结人心才是根本。"

拓拔野生性随和，当日与科汗淮同行之时，见他以德服众，上兵伐谋，虽似无所为，却将散兵游勇凝结为行动统一、斗志高昂的精锐之师，大为钦佩仰慕。自那一刻起，他便已将科汗淮作为自己的仿效楷模。比如昨日收服叛兵，便是不知不觉中设想如果是科汗淮当会如何如何，而自然为之。

蚩尤面上微微一红，笑道：“放心吧，乌贼。”

拓拔野点点头，起身朗声道：“各位弟兄，我们半年来虽不在此处，但无时无刻不在牵挂大家。只是重托在身，须得找到‘断浪刀’科大侠、乔城主与各路游侠，无法分心两顾……”

有人叫道：“城主放心，我们自然明白。男子汉大丈夫，有信有义，最是重要。”众人纷纷附和。

拓拔野点头道：“正是如此。所以明日我还得与纤纤圣女一起赶回古浪屿，继续等候科大侠与蜃楼城的弟兄……”

群雄哄然，议论纷纷，颇有点儿沮丧。

拓拔野笑道：“不过，蚩尤神祝会留下来，与大家一起防范水妖。而我只要一有科大侠消息，就会立即赶回这里。”

群雄大喜，齐声欢呼，重新举杯相庆。但在他们心中，仍不免有些许失望。拓拔野亲切豪迈，有一种独特的魅力，颇受爱戴。蚩尤虽是羽青帝转世，豪勇无匹，收服十日鸟，但众人对他多是敬畏，比之对拓拔野的由衷喜爱又有些不同。尤其此次风波之后，众人对拓拔野更为尊崇。

不过，有勇猛无匹的羽青帝转世在此，也总要让众人心安一些，木族群雄更是由衷喜悦。群雄继续高歌欢宴，尽兴而散。

第二日上午，拓拔野与纤纤向众人告别。群雄将他送到谷外，仍然依依不舍。

拓拔野与蚩尤互拍肩膀勉励告辞，想到今后相见机会变少，两人都大有不舍之意。纤纤笑道：“臭鱿鱼，你可得经常回来看我。”

蚩尤微笑道：“那是自然。否则时日一长，你都记不得我了。”纤纤笑道：“那你可别再长高啦，否则我可就真的认不出来了。”

拓拔野正要解印雪羽鹤，只见辛九姑大步上前，低声道：“城主，九姑有一不情之请。”

拓拔野一怔，笑道：“说吧。”

辛九姑道：“九姑想随城主前往古浪屿，伺候圣女。”拓拔野一愣，明白辛九姑喜欢纤纤，想与她相处。正好岛上平日里少了一个陪伴纤纤的人，有她同往，倒要方便许多。

辛九姑见他沉吟，又道："九姑原是金圣女西王母的侍女，对于圣女礼仪之道很是了解。圣女年幼，若无人辅佑，对此一无所知，也……"

纤纤耳尖，拍手道："好啊！省得你终日练功不理我。"拓拔野笑道："圣女有命，岂敢不从？那你便随我们同去吧。"

辛九姑大喜拜倒。当下拓拔野与纤纤、辛九姑骑鹤翔空，在众人的欢呼声中盘旋飞舞，消失在海天之际。远远地回头望去，仍可瞧见蚩尤独自站在石崖之上，挥臂不已。

第十七章 海上春秋

翌日，拓拔野在古浪屿木屋旁又搭建了一座简陋的小木房，原是打算自己搬出来住，让辛九姑陪着纤纤住在大木屋里。岂料纤纤死活不同意，分开住了几日，她竟夜夜睡不着，无奈之下，只好让辛九姑搬到那小木屋里，自己则依旧与纤纤同住。

辛九姑暗暗摇头，纤纤虽然年幼，但再过两年便是豆蔻少女，这么下去，圣女的清誉岂不大受影响？她久为西王母侍女，对礼仪看得极重，那日请求同来此处，便是担忧这对少年混住，日后坏了纤纤圣女的声名。

奈何纤纤执拗任性，在此事上更是拒不妥协，拓拔野拿她没辙，辛九姑自然更不能说什么了。

纤纤对辛九姑颇为喜欢，自小没了娘亲，有这么一个亦母亦友的人相伴，倒也合她心意。辛九姑平日就为她梳洗打扮，还做了几套素净的长衣礼装，教授诸多礼节。

纤纤不喜欢繁文缛节，却佩服辛九姑的妙手，经她点拨装扮，更加俏丽脱俗，就如小仙女一般。拓拔野每每赞不绝口，更令她芳心窃喜，对辛九姑其他的繁文缛节虽不喜欢，也不一味抗拒了。

如此过了两个月，海上浩浩荡荡驶来了五艘大船，巨旗招展，赫然写着“汤谷”二字。拓拔野大奇，骑鹤查看，只见船上密密麻麻，果真尽是汤谷群雄，正朝他挥手欢呼。

原来拓拔野与纤纤走后，蚩尤担心他们的安全，决计遣人相伴。他日以继夜，率领群雄伐木造船。他自小在海岛长大，精于此道，木族、金族群雄中也有颇多能工巧匠，不到十日，便造出第一艘能下水的船来。此后速度更快，三十几日便造出了五艘能载百人的大船。

某日，水妖果然遣调舰队前来寻找悔过船，寻着那船只残骸与尸体，疑惑恼怒，只道是龙族与海盗所为。空无证据，徒呼奈何。船队巡弋到汤谷附近，忌惮扶桑、十日鸟灵力而不敢冒进。群雄造舟乃是在汤水之中，岛外丝毫不能瞧见。水妖舰队远眺不见异状，便自行离去。

水妖既走，群雄大为安心，又凿出了一条渠道，连接汤池与东海，将船舰驶入海中。

蚩尤暂别赤铜石等人，精选五百精兵，满载诸多食物、用品，朝古浪屿进发。此行一来为拓拔野输送生活必备品，二来为他们带去些人马，以保安全，三来试航一番，将来可以组建更为强大的水师。

群雄多年未曾离开汤谷，虽然不识水性，仍十分兴奋，欣然随蚩尤前往。海上航行近十日，风平浪静，仅有一次小风浪。群雄在蚩尤的传授与指挥下，各司其职，水手配合无间，倒也没出什么差错。将近古浪屿，众人更是心情欢畅，忍不住欢呼大叫。

拓拔野大喜，驱鹤翩翩落到船上与群雄欢聚。

群雄登岸之后，生怕惊扰“圣女”，便在海边安营扎寨。船上物品源源不断地运到岛上。纤纤与蚩尤重逢也极为欢喜。当夜众人在海边大肆欢庆，素来清净的古浪屿登时变得热闹起来。

第二日起，汤谷的众巧匠便开始伐木盖楼，在原先的木屋附近，搭建了众多房屋楼台，坚固美观，比之拓拔野搭建的木棚不知强了多少倍。仅半月工夫，便星罗棋布地建起了一个岛上小城。

小城布局颇具巧思，纤纤居住的木屋被层层包拢，如众星拱月，既安全隐蔽，又丝毫不遮挡从木屋内向外眺望的视野。

木屋被改建为双层楼阁，纤纤虽然依旧与拓拔野同住其中，却被巧妙地分隔在了楼上与楼下。木屋周围扩建了几座廊楼，彼此交错相连，辛九姑及十余女子居于其中，作为圣女的侍女团。

此后，蚩尤又领着群雄在古浪屿附近海面航行，训练他们如何在海上战斗。如此过了近一个月，待到一切井然有序，蚩尤方才带了一百人驾船离去。

岛上留下四百训练有素的汤谷军，护卫城主与圣女。盘谷、卜算子、成猴子等人也都在岛上安居下来，平日或出海渔猎，或随盘谷操练。

拓拔野性情开朗随和，身为城主却全无架子，与众人打成一片。说是操练，大多倒是嬉闹聚乐。所幸盘谷等将领约束较严，四百汤谷军才不致变成散兵游勇。

人多热闹，但纤纤倒更怀念与拓拔野、蚩尤三人相处的日子。那时虽然寂寞些，但倒时常可以与拓拔野、蚩尤玩耍。

如今蚩尤在千里之外，拓拔野又常被群雄拉走，见面的机会减少了许多。辛九姑等人则终日教授诸种礼仪，有些颇为有趣，倒也罢了，有些实是枯燥无味，惹得她不胜其烦。

蚩尤常常每隔两三个月，便领着群雄驾船来古浪屿探望。

每次蚩尤来时，三人都有了些变化，这种变化非但没有平添隔膜，反而更增添了相互间的新鲜感。每逢这时，三人便在木屋里联床夜话，谈论这段日子里各自的新鲜趣闻，通宵达旦。

日子过得飞快，转眼便是一年过去了，拓拔野、纤纤已习惯了与群雄共处的海岛生活，虽然科汗淮等人依旧没有任何消息，却已不像当日那般令他们焦急忧虑了。偶有担忧难过，很快就被其他人或其他事所打断。

拓拔野依旧修行“长生诀”与潮汐流，进展虽不如初时那般突飞猛进，一日千里，却也颇为神速。与各族群雄朝夕相处，也从他们那儿学了许多五花八门的招诀。每次蚩尤来时，两人便在沙滩上拆招，依然互有胜负，交替上升。

闲暇之时，拓拔野便在海边吹奏竹笛，那清越的笛声在海浪与鸟鸣声中跌宕婉转，常常将一旁聆听的纤纤带入到春暖花开的幽谷深山。他原是以珊瑚笛吹奏，但几次之后，瞧见纤纤睹物思人，黯然神伤，便将那珊瑚笛藏了起来，另外精心斫劈了一支绿竹笛。

当日蜃楼城城破之时，科汗淮关于这支珊瑚笛的嘱咐，在当时情景之下，心绪缭乱，原本就记得不很清晰。此后所遇事情众多，逐渐淡忘。珊瑚笛收藏起来之后，既已见不着，自然更难想起。对于两人来说，那支珊瑚笛所代表的，乃是一段轻易不敢触及的回忆。

白沙碧浪，鸥飞霞舞，两个少年男女临风吹笛，宛如神仙。岛上群雄虽大多不识音律，但瞧见这般景象，都不由得倾倒，颇有尘心尽涤、飘飘出世之感。

这日，拓拔野与纤纤从海边礁岩下捉了十几只大螃蟹，兴致勃勃地往回走，远远地瞧见十几个汉子在沙滩上面红耳赤，争得不可开交。

纤纤叫道：“喂，你们在吵什么呢？”那十几人回头瞧见纤纤、拓拔野，登时住口，有些不好意思地笑道："圣女、城主，我们在讨论五族中究竟哪一族的法术、武功更强一些。"

纤纤一听来了兴致，笑道："哦，那你们认为哪一族最强呢？"

一个马脸大汉大声道："自然是火族最强。"拓拔野一眼认出他乃是火族的夏猛，心直口快，善使火焰刀，极为骁勇。

旁边几个汉子叫道："胡说什么？火族的法术遇到黑水法术，那就是哪边凉快哪边去啦。"这几人都是当日悔过船上的水族降兵，与汤谷群雄相处年余，已颇为熟稔亲密，说话也大咧咧地不客气起来。

土族的沙真山抢道："呸！我们土族的法术那可是水族克星，由此说来，自然是土族法术最为强大。"

木族的几个汉子又大声叫道："木克土！木克土！土族法术再厉害，又怎比得上我青木仙法？"

拓拔野熟习青木法术，知道其威力，正要开口称是，忽听另外几个白衣的金族汉子摇头笑道："此言差矣。我们砍伐树木盖房屋，使的是什么？是斧头吧？金克木，金族的法术那才是天下第一。"

夏猛哈哈大笑，道："要是这么说，那还是我们火族第一。再坚硬的金铁，放在火里有烧不化的吗？"群雄哄然，登时又喋喋不休地吵将起来。

纤纤听得咯咯直笑，道："你们争吧，争出个第一我请他吃螃蟹。"拉着拓拔野蹦蹦跳跳往木屋走。

拓拔野却是被他们说得颇为困惑，心下茫然，难道五行相克，果真没有最强的真气与法术吗？来不及多想，已被纤纤拽到数步开外，摇摇头笑着走开。远远地还听见身后传来气急败坏的争吵声。

当夜，拓拔野躺在床上时，不知为何脑中尽是群雄关于五行法术的争论声，翻来覆去，怎么也睡不着。忽然想起当日神农送给自己的那本《五行谱》，说不定那里边便有解答。

当下蹑手蹑脚地下床，从柜中包裹里找出那本《五行谱》。一不小心，"当"的一声，一个玛瑙香炉从包裹中滑出，掉在地上。纤纤轻叹了一口气，咕哝几声，翻身继续睡着。

拓拔野见没将她吵醒，轻嘘一口气，拾起那玛瑙香炉，突然想起是那白衣女子所留，胸口登时如被大锤重重一击，险些透不过气来。

自玉屏山一别，已近两年。其间变化殊多，他早已不再是当日那个匿身院中、需由她来庇佑的少年了。这些日子，挂心的事情太多，竟绝少想起她来，此刻，她那绝世容姿跃入脑海，未尝模糊，反而更为清晰，一时间意乱情迷。

忽然又想起雨师妾，那音容笑貌、浓情蜜意一幕幕闪过，又是甜蜜又是感伤，一颗心怦怦乱跳。

过了良久，拓拔野摇摇头，将她们从脑海中驱走，收好香炉，取了《五行谱》，掩门出去。

月色如水，夜风微凉。他走到海边沙滩上，舒舒服服地躺了下来，打开三昧火折子，翻看《五行谱》。

书中分为七卷，首卷是总论，其后五卷各自介绍五行，末卷乃是结语。文字颇多深奥艰涩之处。

拓拔野逐字逐句地看那总论，上面写道："……天地万物皆有灵性，分五行。所谓五行者，金木水火土，乃宇宙之根本，分化繁衍，遂成大千世界。而天地大法，便在于五行之道。五行之道，有相生相克之说。相克即金克木、木克土、土克水、水克火、火克金。相生即金生水、水生木、木生火、火生土、土生金。"

拓拔野心想这原是大荒人尽皆知之事，难道这《五行谱》费尽心力讲述的便是这些吗？微有失望之意。跳过几行，往下看道："有人云，五行生克，则五行真气必据此相生相克。此大谬也。"突然语气陡变，峰回路转。

拓拔野一惊，接着往下看："君不见烈火涸水，洪水决堤乎？是谓火亦可克水，水亦可克土也。拘泥五行相克之论，刻舟求剑耳。五行之根本，非相克，非相生，而在于相化也。"

拓拔野大奇。当日在蜃楼城时，他便从众多游侠那儿听说了不少五行相克相生的法门，铭刻于心，岂料这颠扑不破的金科玉律竟被神农批之为谬误。那么神农所说的"五行相化"又是什么？好奇心大盛，兴致勃勃地往下读。

"以薪火之力，可以沸杯水。然以薪火之力安能沸江海邪？非火不可克水，势不足矣。水火孰生孰克，在乎势之强弱，势不敌则力不逮，力不逮则奈之何？唯有变化耳。以强势之火，敌弱势之水，则火可克水；以等势之火，敌等势之水，火恐不逮；若化火为等势之土，则可以克水矣；以弱势之火，敌强势之水，必败焉，若化火为等势之木，则可求生也。"

拓拔野又惊又喜，忖道："是了！水与火相克，并没有必定的结果，在于两者的‘势’谁强谁弱。如果火处于强势，自然可以战胜水。如果处于等势，化火为土，就可以战胜水。即使处于弱势，化火为木，也可以自保周全！”

这道理其实极为简单，只是众人受大荒五行相克论所囿，无人逆向思考，做出这惊世骇俗的推断来。但是火又当如何转化为木或土呢？既然万物皆有五行属性，难道这五行属性也是可以改变的吗？

拓拔野脑中又是一片混乱，接着往下看去。

“……万物均有五属灵性，因强弱而分五行。木属之物，并非全无金水火土四性，相较弱耳。其五行属性无时不在变化之中，此则何以沧海可成桑田也。五行相化，便是循五行相生之道，顺应时势，两两相激，变化而成。知易行难，若无极强之念力、五行修行之体验，自然无法做到。上古至今，能五行相化者，不过九人而已。”

看到此处，拓拔野方知这五行相化竟是以五行相生的顺序，随心所欲地改变体内的五行属性，看似简单，但如果没有震古烁今的念力、对五行真气乃至各族法术的透彻掌握，绝难做到。

拓拔野喃喃道：“倘若真有这么一个人，他早已无敌天下，又何必修炼这五行相化的绝学？”但是想到竟有九人能如此随心所欲地变化五行属性，直如神仙，仍不禁悠然神往。不知神农自己是否便是其中一个呢？

“……是以五行相生相克相变，无某一至强之法。天下无敌之术，在于抛除成见，五行合一、五行相化也。然当今天下，五族壁垒森严，各行其是。要寻一通晓五行之人，何其难矣。倘若五族归心，以五族人杰，手脚相接，肝胆相照，经脉互联，必可成浩然正气，则无坚不摧，无敌天下矣。此为不得已之法。”

这一段正是当日自己在天壁山洞内时所查见到的。拓拔野继续往下看，“欲五行相化，必先修五行之气。金木水火土，其意之根本，乃‘恒’‘生’‘变’‘亡’‘容’也。即永恒、生长、变化、毁灭、包容五道耳。五行为万物之基，亦为万物之律。”

拓拔野暗暗点头，这世间万物哪一个不是生长、变化、包容、毁灭而魂灵永恒？想来这也是五行法术的各自精髓根本。他飞快地回想“长生诀”与各族的诸种武学，果然尽皆符合“生长”之道。就连科汗淮独创的“潮汐流”也逃不脱水族武学之根本，尊崇“变化”之道。

拓拔野此时对这《五行谱》已极为笃信，突然想起当日神农说起此书时，曾告诫自己此书“太过深奥，稍有不慎，便有走火入魔之虞”，心中一震，迟疑了片刻，忖道：“只是看看总不打紧吧？”继续往下翻阅。

第二卷开始，便是讲述五行真气与法术的各自精要处。神农果然是不世奇人，学贯五行，对各族绝学的概述极为精简扼要，一语破的。虽然文字颇多艰奥难解之处，但是拓拔野也能猜出个大概。仅此管中窥豹已令他心跳如撞，惊喜若狂。

第三卷的青木法术中果然提到“长生诀”，虽未将其原文一字不差地列出，但精义丝毫无误，且更为鞭辟入里，拓拔野原有许多尚未明白之处，此时看了登时冰消雪融。

他越看越是惊异，越看越是狂喜，大荒五族的至圣秘籍竟然都被囊括于这一卷羊皮书中。虽然书中并未涉及五族法术的具体修炼之术与口诀，但根本已得，何患枝节？隐隐间，又有种窥窃他人宝物的愧意。

不知不觉间晓风晨露，寒意袭人。海潮涨起，东方渐露鱼肚白。拓拔野竟在海边看了一夜。他心中兴奋，丝毫不觉倦意，倒想在沙滩上仰天狂呼，纾解狂喜之情。

此后拓拔野每日手不释卷，仔细揣摩。不过十余日，已能倒背如流。

他只是研习五族真气与法术的修炼之道，并不急于参详“五行相化”等艰深法门。对于其中木族、水族绝学的修炼，更是反复参透。顿觉天地突宽，宛如迈入了一个从未见过的奇妙世界。“长生诀”与“潮汐流”中所有疑难之处逐渐迎刃而解，修行又有一日千里之势。

拓拔野原想将这《五行谱》与群雄共享，但想到神农的告诫，以常人修行悟力，窥此宝书，急于求成，只怕极易走火入魔，反而不妙。于是暂未公开，只是每日细读某族武学修行之道，有所感悟，便寻来该族豪雄，旁敲侧击加以点拨。

群雄只道是拓拔野自己领悟，都大为骇然，惊为天人，对他除了爱戴之外更日益增添敬畏之意。

蚩尤到来时，拓拔野则将《五行谱》与之讨论。蚩尤一见之下，也是大为讶异惊叹。两人各自感悟，彼此交流，都觉大有所获。

但那《五行谱》终究是极为高深的五族绝学的修行总诀，一来需要不断地层第领悟，二来两人对其他各族的武学法术并不擅长，虽有感悟，却不能如“长生诀”般融会贯通。向各族群雄探讨，又都只鳞片爪，不成系统。是以颇有临宝山而终究不得其径之感。

两人既知其博大精深，也不强求，只是烂熟于心，时时参悟，待到水到渠成之日，自然能有所突破。

斗转星移，瞬息又是两年时光。

四月某日，古浪屿柳絮纷飞，落英缤纷。

岛上处处张灯结彩，喜气洋洋。明日便是汤谷城圣女纤纤的成年仪式，也是正式挂冠圣女的盛大日子。这可是卜算子卜了十卦才算出来的良辰吉日。

清晨开始，众人便在辛九姑等人指挥下，忙着四下布置。盘谷率领百余人在岛东的平地上建造最后三栋木楼，因为今夜蚩尤将带着几乎所有人马赶到古浪屿为纤纤庆贺。

自从一年前蚩尤以苗刀砍伐扶桑树，建造至为坚固的巨船以来，他从未离开汤谷一步。半个月前，三艘可容纳千人的巨船正式下水，汤谷群雄将乘坐这巨船前来参加圣女盛典。

古浪屿西南面的礁石群上，一个英姿勃发的挺拔少年盘膝而坐，眯着大眼向海上眺望，颈上一颗泪珠坠在阳光下闪烁着七彩的光泽。

突然远远地传来一个少女清脆的叫声："拓拔大哥，鱿鱼来了吗？"那少年回头望去，只见一个娇俏动人的紫衣少女，正笑靥如花地朝他奔来，雪白的赤足在浪花里跳跃如鹿。

这少年便是拓拔野，那少女自然便是纤纤。

拓拔野摇头笑道："没来。你偷偷地溜出来，不怕九姑责骂吗？明天便是圣女了，还这么胡闹。"

纤纤咯咯笑道："她正忙得昏天黑地呢，哪还记得看住我呀。"纤足一点，身形曼妙地跃了起来，在空中优美地一个翻腾，衣裳开舞，露出雪白秀美的大腿。拓拔野连忙转过头，装作没有看见。

突然听见"哎哟"一声，转头望去，只见纤纤身在半空，也不知怎么扭到了脚踝，突然径直摔了下来。

拓拔野大惊，连忙闪电般跃起，稳稳地将她拦腰抱住，落在沙滩上。低头望去，她正笑吟吟地盯着自己，软玉温香，胸脯起伏不已。

拓拔野脸上一热，正要教训她，却被她柔软的双臂揽住脖颈，凑到耳边吐气如兰地低声说道："傻瓜，我是故意的。"

拓拔野又气又恼，喝道："胡闹！"手臂反转，熟悉已极地将她翻了个身，顺手就往她臀上拍去。

这一招圆熟流畅，也不知演练过多少次，纤纤每每捣乱之时便被他这般拍上一记，再好好责罚。但他这一掌拍到半空，却无论如何也拍不下去。她的臀部曲线优美，再也不是几年前那个干干瘦瘦的小女孩了。

纤纤扭头咯咯笑道："你怎么不打啦？我都快忘了被你巴掌打的滋味啦。"双腿还不住地甩荡，倒似是十分期待一般。

拓拔野一直将她瞧作妹妹，却也禁不住心中一荡，反手将她稳稳地立在地上，笑骂道："大姑娘家，也不害臊。"

纤纤叹气道："真的不打吗？下次你可没这么好的机会啦。"

拓拔野笑道："胡说八道。你可是圣女啦，以后说话可不能再这般没分寸。让人听见了笑话。"

纤纤挽住他的手臂，把头靠在他的肩上笑吟吟地道："对旁人哪，我当然不会这么说话。别人要想打我屁股，我就先给他个大耳刮子。"

拓拔野轻轻挣脱一下，见她揽得甚紧，只好作罢，道："对我也别这般胡言乱语。我自然不会往心里去，要是让九姑听见了，非得让我搬出木屋不可。"

岛上近四年，两人竟始终同住一屋。这两年纤纤发育极快，尤其这一年间，迅速由一个黄毛丫头出落成水灵丰盈的美貌姑娘。

虽然辛九姑私下说过多次，纤纤却始终不肯和拓拔野分屋而睡。年纪稍大，刁蛮习性稍减，但唯有此事仍如当日般绝不妥协，谁要言论立即翻脸。因而辛九姑也无可奈何，只有终日絮叨。

好在岛上群雄一来对这等事并无陈见，二来对拓拔野极具信任，决计不会想歪了去。只有柳浪来过几次，曾含沙射影地议论过，被辛九姑眼睛一瞪，也缩了脑袋，不敢再说。

纤纤噘嘴道："九姑其他都好，就是这点最为烦人。"笑靥如花地道，"咱们不说她啦。拓拔大哥，明日你会送我什么礼物？"

拓拔野暗呼糟糕，咳嗽一声道："礼物？"纤纤见他装傻神色，登时跺脚大发娇嗔："好啊！你竟然连礼物也忘了！蚩尤大哥早就说要送我冰蚕丝衣，你要送我一个比这更好的！"

拓拔野最怕她哭闹，见她眼眶一红，鼻头一皱，似乎又有千万泪水哗哗涌出，连忙道："好好好。你说什么我便送你什么。"

纤纤抱住他的手臂笑道："这还差不多。"

突然望见万里碧波之上，有水柱冲天而起，激射到百丈高空才四散落下，竟是一条百余丈长的巨大龙鲸。纤纤拍手笑道："大鲸鱼！是了，我要大鲸鱼的鲸珠做我圣女冠的珠子！"

拓拔野皱眉道："好好一条鲸鱼，杀它作甚？"

纤纤双手环住他的脖子，跳着道："好啊，你说话耍赖！说好我要什么便给什么的！"眼光瞥见拓拔野颈上的泪珠坠，哼了一声，眼珠一转道，"也好。倘若你没本事取鲸珠，那便将这个泪珠子给我。"伸手便要去抢。

拓拔野身形一转，早已到她身后，叹气道："怕了你啦。"伸手从她发上摘下玛瑙发簪，念诀解印出雪羽鹤。

纤纤拖住他的手，也要一同骑上鹤背，拓拔野正色道："龙鲸凶猛得很，你还是乖乖地待着吧，不然我就什么也不送你了。"纤纤颇不情愿地嘟嘴道："那好吧，你快些回来。"

拓拔野抚摩雪羽鹤的脖颈，雪羽鹤欢鸣展翼，低低地划过汹涌波涛的海面，朝着百里之外的巨大龙鲸飞去。

纤纤俏生生地站在沙滩海浪之中，海风吹拂，满头秀发随着衣裳飘飘鼓舞，挥手欢呼。

远远地，西南海面上出现了几艘巨大的战船，猎猎巨帆上绣着"汤谷"二字。船上传来此起彼伏的隆隆鼓声，号角长吹。

纤纤喜动颜色，又跳又叫。蚩尤的船队终于来了。

红日当空，碧波万里。从空中俯瞰，那汪洋上跳跃的漫漫金光炫目神迷。西南的鼓声与号角声夹杂在呼啸的风声中，振奋人心。

拓拔野望着那雄伟战舰，猎猎巨帆，大声长笑道："蚩尤，看看我们谁先拿到鲸珠！"声音雄浑浩荡，清晰地传到众人耳中。

岛上众人闻声一愣，得知汤谷群雄已到，欢声长呼，纷纷放下手头之事，朝沙滩上奔去。

巨船上传来雷鸣般的欢腾声，蚩尤那久违的笑声蓦然响起："拓拔，那你可吃亏啦。你只有一只雪羽鹤，我却有十只太阳乌。"

话音未落，只见十只红色巨鸟如红霞般四射迸散，自船上腾空飞翔，嗷嗷乱叫着冲向龙鲸。

拓拔野拍拍雪羽鹤的脖颈，笑道：“鹤兄，人家瞧不起你，你可得争气，别丢了你我的脸面哪。”雪羽鹤仰颈长鸣，双翼招展，闪电般飞去。

岛上群雄已经奔到沙滩上，前呼后拥地驻足眺望，你一言我一语地道：“你们说是神祝先得到鲸珠呢，还是咱们城主先得到？”

夏猛叫道：“我瞧多半是城主！”沙真山专门与他抬杠，虽然心中也看好拓拔野，却故意摇头道：“那可未必。神祝是羽青帝转世，厉害得紧。”木族群雄纷纷附和。

群雄好赌，争不过片刻已在沙滩上下注赌博。盘口开为一比六，竟是大多看好拓拔野。

卜算子见猎心喜，连忙悄悄地卜上一卦，眉开眼笑地挤进人群中将宝尽皆压在蚩尤身上。岂料“十卦必一”卜算子这一注压下，登时将下注蚩尤的群雄吓坏，纷纷移注拓拔野。

辛九姑走到纤纤身边，见她笑若春花，眼神闪闪，说不出地期待欢喜，淡淡道：“圣女，你希望谁先拿到鲸珠呢？”

纤纤脱口道：“自然是拓拔大哥！”转头瞧见九姑奇怪的目光，脸上一红，笑道，“蚩尤大哥已经准备礼物了，这个鲸珠就留给拓拔大哥吧。”

远目极眺，只见那十只太阳乌如红霞般急速流舞，眼看距离龙鲸只有数里之距了，雪羽鹤却还在远处展翅飞翔，纤纤心中大急，顿足不已，纵声长呼道：“拓拔大哥快些呀！”

拓拔野大笑道：“莫急，瞧我怎么赶上去。”俯身紧贴鹤背，双臂舒展，合在雪羽鹤两翼上，随着鹤翼上下拍舞，沛然真气滔滔输出。鹤翼的拍击力登时大增，陡然间加速十倍，闪电般划过蓝空。

拓拔野、蚩尤一南一西向着龙鲸急速夹击而去，那龙鲸乃是极为凶猛的巨型灵兽，张口怒鸣，转身朝着拓拔野飞速游来。拓拔野笑道：“蚩尤，它也向着我，你是没戏啦。”

蚩尤叫道：“那可未必！”高声大喝，十只太阳乌迅速排成一字长阵，他翻身跃起，足尖急点，在十日乌背上踏足疾奔，踏上最前一只太阳乌时，猛地一顿足，箭一般蹿了出去，刹那间竟冲到了龙鲸尾鳍上空。

拓拔野叫道：“好！”喝彩声中，却见那龙鲸怒吼摆尾，尾鳍重重击打在海面上，掀起冲天巨浪，蚩尤被那浪涛击中，高高抛起。

蚩尤喝道："好畜生！"那龙鲸尾鳍摆舞，向上翻卷拍出，犹如黑色巨浪，挟带千钧之力朝身在半空的蚩尤击去。

岛上船上群雄纷纷惊呼，这龙鲸体长百丈，巨尾便有二三十丈长，蚩尤身在半空避无可避，若被它击中，立时粉身碎骨。

却听蚩尤喝道："好，咱们便来比试比试！"挺胸展臂，仰天长呼，刹那间全身青光护体，急速旋转。"呼"的一声，双掌拍出，两道绿色真气陀螺般旋转射出，与那巨墙般压来的龙鲸尾鳍撞个正着。

气浪激爆，海涛冲天。

那龙鲸悲鸣一声，巨尾重重甩落在海中，又激起滔天大浪。蚩尤借着气浪反冲之力，翻身腾越，落在龙鲸背上，朝鲸头疾奔而去。

拓拔野大声喝彩，高高跃起，急速踏波逐浪，往龙鲸巨口冲去。

龙鲸怒吼一声，张开巨口，宛如裂开一个纵横四十丈的黑洞，尖牙交错，红舌跳动，万顷海流登时飞速倒卷，形成巨大漩涡，倒倾而入。

拓拔野笑道："不入鲸口，焉得鲸珠？你倒是体恤我。"随着那激旋的海流往龙鲸巨口中冲去，刹那间便被海浪吞没，消失在那巨大的黑洞中。

群雄惊呼，纤纤更是花容失色，惊叫连连。

蚩尤哈哈大笑道："我来也！"腾空而起，高高越过龙鲸头顶，突然翻卷倒掠，没入滔滔巨浪，也随着海鱼虾米一道卷入鲸口。

眼前一片漆黑，水流急涌，任意东西。

拓拔野猛地往下一沉，直冲到底，脚下柔软，当是龙鲸舌头无疑。当下气沉丹田，双腿如钢铁浇铸，牢牢立在龙鲸舌面上，任海流激荡，再也不移动分毫。

他闭气屏息，凝神聚意，施展"火目诀"，双眼外鼓起赤红的真气，定睛望去，茫茫红色中，依稀瞧见身旁不断有鱼虾海兽，川流不息地涌入龙鲸黑漆漆的喉中。偶有章鱼撞到他的身上，八只触角齐时将他紧紧缠住，但是，片刻后便一一脱滑，被急流冲入龙鲸腹中。

忽听有人笑道："臭乌贼，别来无恙？"臂上一紧，被人紧紧抓住。回头一看，隔着浑浊水流，依稀辨出正是蚩尤。

他比之一年前高大许多，已近九尺，比自己高出半个头来。斜眉入鬓，目光如电，英气逼人，唇上留了两撇小胡子，倒有些当日科汗淮的风采。

拓拔野大喜，反身将他抱住，两人久别重逢，极是欣喜。

拓拔野传音笑道："再过一会儿我这口气就憋到头啦。比比谁先拿到鲸珠吧。"

两人击掌齐笑，猛地拔身冲起，随波逐浪，冲入龙鲸咽喉之中。一路冲涌，撞在柔软的腔壁上，反弹疾转，继续朝下冲去。

突然前方水流湍急，竟是一个落差极大的"瀑布"，想来已经到了龙鲸食道的尽头。前方宽敞，竟有空气。

两人猛地吸了一口气，虽然腥臭咸湿，却聊胜于无。童心突起，哈哈大笑声中，双双向前滑出，就如从前从山崖跃入大海一般，呼叫着落在巨大的鲸胃中。

鲸胃宛如一个巨大的湖泊，四壁褶皱，不断地挤压蠕动。数不清的海兽鱼虾在海水与胃液中搅动，腥臭难闻之气极为刺鼻。

蚩尤皱眉道："他奶奶的紫菜鱼皮，这个洗澡池也忒不干净了。"拓拔野哈哈大笑，抬头四顾，道："鲸珠应当在肝脏处。咱们还是从这里出去吧。"他右手指向前上方鲸胃的入口处。

蚩尤道："早知如此，就不下来啦。"默然片刻，又道，"乌贼，咱们的比赛还没结束，我先去也。"笔直地拔身跃起，冲入龙鲸食道，大笑着消失无踪。

拓拔野笑道："让你一程又有何妨？"提气纵跃，紧随其后，一边想着肝脏的位置，一边飞奔。

蚩尤青光眼洞察秋毫，一无障碍，早已奔得不知踪影。拓拔野正寻思着如何抄捷径赶上，眼前突然人影一闪。

拔野笑道："追上你了，你往哪儿走？"电蹿跃出，一下将那人影扑倒，双臂张开，顺势将那人紧紧箍住。正要说话，突觉不对。怀中之人柔软滑腻，异香袭人，丝丝长发弄得自己脖颈上发痒。双臂箍处，丰盈柔软，竟是一个体态曼妙的裸体女子！

拓拔野大惊之下，连忙松手，那女子倏然从怀中滑走，一道冰凉的感觉从自己胸膛上摩挲而过。

他火目凝神，"啊"的一声惊呼，只见那女子横亘在数尺之外，低首垂眉，长发倾泻，斜遮住凝脂酥胸。双颊酡红，大眼扑闪，悄悄地从发梢下望着他，如碧叶卷莲、烟波垂柳。是一个楚楚可怜的绝世丽人。

拓拔野眼光往下一扫，又是"啊"的一声惊呼。只见长发遮处，那纤细蛮腰到了丰臀处竟逐渐变为银白色的鱼尾。这娇羞动人的女子竟是一条人鱼。

第十八章 鲸吞万里

那鱼美人听见他的惊呼，脸上更红，咬了咬嘴唇，慌乱地将鱼尾朝身后藏去。

拓拔野道："你是谁？"那鱼美人依旧咬着唇摇头不语。

拓拔野奇道："你不会说话吗？"那鱼美人晕生双颊，过了半晌才低头怯怯地问道："你……你是谁？"那声音犹如弱柳扶风、晨露曳草，说不出地轻柔好听，让人心疼。

拓拔野心中咯噔一响，仿佛冰块在春风中融化，莫名地对这美人鱼生出怜惜之意，微笑道："在下拓拔野，住在附近的古浪屿上。"

那美人鱼低声道："那么你不是黑齿国的人了？"

拓拔野一愣，露出满口白牙，粲然笑道："你瞧我像是黑齿国的吗？"那美人鱼迅速地扫了一眼他的牙齿，舒了一口气，颇为害羞地一笑，娇靥飞红。

那笑容清丽夺目，拓拔野心旌摇荡，勉力收束心神，道："姑娘是被这龙鲸吞进来的吗？"那美人鱼轻轻摇头，柔声道："我是住在这里的。这龙鲸是我的房子。"

拓拔野大奇，这纤弱的人鱼竟住在凶猛的龙鲸体内，当真是匪夷所思，笑道："如此说来，我可是不速之客啦。"美人鱼低声道："你不是坏人，自然……自然是欢迎的。"声如蚊吟，几不可闻。

拓拔野怦怦心跳，咳嗽了一声，道："这么大的房子，只有你一人居住吗？"将这凶猛巨大的龙鲸说成"房子"，不禁有些好笑。

那鱼美人刚要回答，忽听黑暗中传来一个苍老的声音："小子，这里不欢迎外来客人，你快走吧。"

拓拔野循声望去，依稀看见又有几条人鱼滑行而来，为首一人似是一个拄着拐杖的白发老妪。

那鱼美人偷偷瞟了一眼拓拔野，咬唇道："姥姥，他……他不像是坏人。"那人鱼姥姥斥道："人心险恶，你知道什么！快回去。"那鱼美人低低应了一声，却不动弹。

老妪身后几尾人鱼，竟都是年轻貌美的女子，虽比不上那鱼美人楚楚动人，却也各有娇媚之处。她们似是从未见过拓拔野这般伟岸英俊的年轻男子，躲在姥姥身后好奇地盯着他，秋波频传。

拓拔野从未听说寄居于鱼腹之中的人鱼，见那姥姥对外人极为忌防，更觉蹊跷，行礼道："前辈，在下不过是寓居古浪屿的游侠。今日想取这鲸珠作为送与朋友的贺礼，并无恶意。"

那姥姥冷冷道："你取走鲸珠，这龙鲸便死了，我们又住到哪里去？你这不是恶意是什么？"

拓拔野一愣，笑道："这鲸珠我也不是非要不可。既然龙鲸是你们的寄身处，晚辈怎敢造次？"

姥姥冷笑道："你嘴里倒像是涂过藻花蜜。要骗骗这些小丫头那也罢了，嘿嘿，要骗我就嫩了些。"她似是认定拓拔野乃是一个浮滑骗子，任他说什么，就是不信。

拓拔野突然想起蚩尤已奔去割取鲸珠，失声道："糟糕！"鱼美人颇为紧张地盯着他，道："怎么了？"

拓拔野道："我一个朋友已经去取鲸珠啦。我须得去阻止。"鱼美人道："我带你去。"拓拔野来不及多想，抢身将她抱起，发足飞奔。鱼美人低呼一声，耳根全都红了。

那人鱼姥姥喝道："小子，想耍诈吗？"拐杖横扫，狂风卷舞，将他阻住。拓拔野道："前辈，得罪了。"右手一拍，劲气如带，随着掌势盘旋，将姥姥拐杖朝外一分一甩。

那姥姥大吃一惊，丝毫未料到这年纪轻轻的小子竟有这等强劲的真气，气息翻涌，身不由已地朝左边横飞出去。即将撞到龙鲸食道腔壁时，突然稳稳地站住，并未如料想中那般狼狈跌倒，微微一愣，知道这小子手下留情，扭头再望，他早已抱着鱼美人不知踪影。

美人在怀，气如兰馨。那冰凉滑腻的鱼尾软软地搭在臂弯，带来一种异样的感觉。拓拔野低头望去，那美人鱼正偷偷地看着他，触见他的目光，登时娇靥飞红，转开头去，羞不可抑。

拓拔野忖，生平所见过的女子，她可是最害羞的了。便微微一笑，道："还是笔直往前吗？"鱼美人"嗯"了一声，脸又是莫名地一红。

前方突然疾风凛冽，迎面扑来。拓拔野心中一凛，正要严阵相待，忽觉那股气息颇为熟稔，脱口道："蚩尤？"

前方那人道："是我。这里甚是奇怪，好像住了不少……"话音未落，瞧见拓拔野怀中美人鱼，"咦"了一声，笑道："好小子，我不过是撞到几个人鱼，你倒干脆，直接抱到怀里啦？"

鱼美人听见有人，又惊又羞，便要从拓拔野怀中挣脱。

拓拔野将她轻轻旋转，放在地上，拉住她柔软的小手，笑道："莫怕，这是我的好朋友，不是坏人。"

鱼美人在鲸鱼腹中生活许久，能在黑暗中视物，鼓起勇气打量那九尺高的男子，见他强壮剽悍，狂野桀骜，虽然较之拓拔野的亲切倜傥大为不同，却也是正气凛然，让人放心。当下羞怯地点一点头。

拓拔野笑道："他叫蚩尤。可是你叫什么名字呢？我还不知道哪。"那鱼美人低声道："我是鲛人国的七公主，叫作真珠。"

蚩尤奇道："鲛人国？是东海上的七十二岛鲛人国吗？"鱼美人真珠讶然道："公子知道鲛人国吗？"蚩尤道："从前听家父说过。鲛人国盛产珍珠，体内的鲛珠更是天下至宝。"

真珠低下头，突然眼圈一红，泫然欲涕，低声道："便是这鲛珠害得我家破国亡。"

拓拔野与蚩尤对望一眼，正要说话，忽听有人喝道："真珠，这等事岂能对外人胡说八道！"正是那人鱼姥姥带着众人鱼赶到。真珠吓了一跳，急忙将手从拓拔野手中抽出，站到一边。

拓拔野已然猜到几分，道："难道有人窥测鲛珠，动兴刀戈，你们这才避到这龙鲸腹中吗？"人鱼姥姥怒道："小子，你知道得这般清楚，还说不是黑齿国的探子？"

蚩尤见她乖张蛮横，心中有气，冷冷道："前辈，我们从大荒流浪至此，也是亡国之人。信不信随你。拓拔，咱们走吧。"大步便要往外走。

人鱼姥姥冷笑道："哪里能由你说来便来、说去便去？交出鲸珠，自断舌头、双手，再剜出一对眼珠子，我便让你们活着离开。"

蚩尤大怒，哈哈狂笑道："给你些颜色便开染坊。老太太，尊敬你一把年纪，你便倚老卖老口出狂言吗？"眼神突变凌厉无匹，周身绿光暴涨，变幻迷离。

众人鱼都不由得一惊，朝后退了一步。真珠虽然有些发抖，却移身挡在姥姥面前。

拓拔野见蚩尤狂性一触即发，真气如箭在弦上，笑道："姥姥别见怪，他便是这般犟牛脾气，吃软不吃硬。姥姥放心，我们决计不是黑齿国的探子……"

那人鱼姥姥感到蚩尤凌厉霸气的真气，已经暗暗心惊，气势稍馁；但听了这话，仍是嘴硬道："你们能游入鲸鱼肚内，纵然不是黑齿国的探子，也必是大荒水妖。水妖与我仇深似海，我便是拼了老命，也不能让你们活着出去。"

拓拔野心中一动，哈哈大笑。

姥姥怒道："小子，你笑什么？"

拓拔野道："原来咱们同仇敌忾，那可好极啦。姥姥，我们都是大荒蜃楼城的臣民，被水妖用奸计攻破城池，这才被迫流亡东海。"

蜃楼城极为著名，四年前城破一事更是天下皆知。人鱼姥姥惊疑不定地瞧着他们，冷笑道："空口说白话，有什么证明？"

蚩尤傲然道："蜃楼城乔城主之子蚩尤，一言九鼎，何须证明！"他气势森然，字字如斩钉截铁，令人不由得不信。

姥姥沉默半晌，厉声道："好！我便姑且信你们一回。倘若你们是水妖探子，将今日之事透露半点风声，我便是化作厉鬼，也决不放过你们！"将身一侧，道，"将鲸珠留下，你们走吧。"

蚩尤右手一抛，一颗直径盈尺的透明圆球落到拓拔野手中。拓拔野歉然道："得罪了。"将鲸珠递交给人鱼姥姥。

她伸手夺过，道："真珠，你们都随我进去。"不再看拓拔野，转身便走。真珠回头望了一眼拓拔野，目中满是不舍之意，脸上又是一红道："拓拔公子，后会有期。"恋恋不舍地转身离去。

拓拔野心中一荡，连头也忘了点。那几个鱼美人也纷纷回眸掩嘴而笑，凑到真珠耳边说了几句话，真珠登时连耳根也红了，低头疾行。

拓拔野突然大声道："前辈，不知你还想在这鲸鱼腹中蜗居到什么时候？"

那人鱼姥姥微微一停，又继续前行。

拓拔野哈哈笑道："国破家亡，苟且偷生。难道这便是鲛人国的国训吗？"人鱼姥姥大怒道："住口！小子，你是站着说话不嫌腰疼。我们只剩一百多个老弱妇孺，怎么与黑齿贼和水妖相斗？"

蚩尤冷冷道："当日我们离开蜃楼城时也不过是三个少年。眼下却已有六千义军。莫说是一百多个老弱妇孺，便是只剩你一个，只要诚心复国，又有什么成不了的事？"

拓拔野道："不错。得道者多助。普天下被水妖所害的何止千万，振臂一呼，应者云集。我们四年来一直在寻找蜃楼城的弟兄，只要时机一到，便要揭竿而起。姥姥，既然同仇敌忾，为何不同心协力呢？"他话语至诚，说得人鱼姥姥木立当场，肩头微微颤动。

突然有人尖声道："姥姥，姥姥，不好啦！黑齿贼和水妖追来啦！"众人大惊。人鱼姥姥喝道："你们带着真珠藏起来！"闪电般朝龙鲸巨口滑去。

拓拔野与蚩尤对望一眼，心中同时都升起一个念头，相视一笑，朝外奔去。

龙鲸巨口开处，亮光照耀，炫目的阳光在鲸尖牙上闪烁着七彩光芒。众人奔到龙鲸口边，向外眺望。

万里碧波，天蓝如海，不计其数的虎鲨跃海腾空，破浪前行。每只虎鲨背上都骑了二三十人，呼啸狂呼，朝这儿奔来。

蚩尤青光眼瞧得分明，来者人人精瘦，满口黑牙，手持长弓利矛，当是黑齿国人无疑。

更远处，十余艘水妖大船将汤谷三艘巨舰团团围住，箭矢如雨激射而去。隐隐听见汤谷与古浪屿上群雄怒骂如潮，显是已经与水妖交上了手。

拓拔野、蚩尤胸中的万丈豪情都在这刹那间喷薄，并肩而立，仰天狂啸。声如怒海飓风，方圆五百里内众人都被震得变色大惊。汤谷群雄辨得两人声音，知道他们无恙，心中大宽，又惊又喜，长声欢呼。

汤谷军与水妖的第一场大战，就在这远离大荒的漫漫东海上爆发。

朝阳谷丁蟹坐在指挥船的高台上，海风劲舞，背后水字大旗猎猎招展。他一身劲装，背负十戈刀，瘦长的脸上满是冷傲剽悍的神色。

朝阳谷素以水军闻达天下，丁蟹的十戈水师更是朝阳谷三大精锐水师之一，纵使在水族所有水师之中，亦可列入前十五。虽不过十二艘船舰，六千水师，却是以一挡百，剽悍凶狠。即便是东海龙神的水师，在海上遭遇十戈军，也不得不稍稍辟易。

故有“宁遇鲨群，莫逢十戈”之说。

此次丁蟹远征东海，一则为了辅助黑齿国缉拿鲛人国公主，获取鲛珠；二则游弋东海，肃清蜃楼城余孽与反水残党。

自去年以来，水族水师连破东海七国，代以傀儡君王，操纵四万里海域，百夷朝拜，声威大震，隐然有傲视五族的帝王之态。倘若能将鲛人国公主抓获，取得鲛珠，则流落各地的鲛人余党不得不俯首称臣。如此一来，东海的最后一个小国也尽在掌握。

一个多月前，探子侦听到鲛人藏身于龙鲸之中，丁蟹便率领十戈军与黑齿国虎鲨水师遍海搜寻龙鲸下落。岂料今日甫一发现龙鲸行踪，却遭遇这三艘巨大船舰，战旗上的“汤谷”二字令他大为震惊，难道是汤谷罪囚已然逃脱出来，做了这东海的海盗吗？

当下他顾不得围杀龙鲸，下令舰队将汤谷巨船团团围住。相互骂阵中得以确定这巨船上众人赫然便是汤谷众囚。登时箭如飞雨，石如流星，朝汤谷船上围攻而去。

十戈军身经百战，训练有素，进攻层次分明，有条不紊，虽然船身远小于汤谷巨舰，但攻击力却远胜于彼。

汤谷军虽然在蚩尤的训练下，已能攻防有序，但原非谙熟水性之人，又未经过实战考验，遭遇这虎狼之师，登时手足无措，乱作一团。顷刻间便溃不成军，各自为战。

丁蟹正心中得意，忽然听见从远处传来两声高亢雄浑的长啸声，震得耳中隆隆作响，直破云霄而去。

汤谷船上众人原已溃乱慌忙，斗志低落，听得这吼声却是欢声雷动，精神大振。

丁蟹心中骇异，不知是谁，竟有如此雄浑的真气？当下抓起千里镜，极目远眺。

只见那龙鲸巨口中，两个魁伟少年并肩而立，英姿勃发，神威凛凛。丁蟹心中又惊又奇，脑海里迅速地将大荒所有少年英杰的名字、身份转了个遍，却不能与眼前这两人对上号来。况且单以这啸声来看，这两少年真气之强，远在所有大荒青年俊彦之上。

正惊诧间，只见那两少年互相击掌，猛然高高跃起，踏浪逐波。一个俊逸倜傥的少年朝黑齿国鲨群冲去，另一个狂野剽悍的少年则横眉怒目，朝这里闪电般奔来。

丁蟹放下千里镜，冷冷道："翼海龙兵，别让他过了警戒线。"四个肩胛长了巨翼的似鸟似人的怪物躬身领命，徐徐退下。到了船舷突然振翼高飞，怪叫着朝蚩尤飞去。

金光粼粼，海波摇曳，温暖潮湿的海风刮在脸上，又痒又麻。

蚩尤踏浪疾奔，心潮亦如波涛汹涌，家仇国恨刹那间如洪水决堤。大吼声中，提气纵跃，真气化作汹汹绿光，将脚下碧浪劈得朝两旁翻涌。

前方两只虎鲨破浪夹击，在众黑齿人叱呵叫骂声中，利箭长矛如漫天暴雨，密集射来。

蚩尤避也不避，双掌挥扫，绿光气浪怒放飞舞，将箭矛击得冲天飞起。足尖飞点，闪电般从虎鲨间隙冲过；反手又是几掌，登时将虎鲨上的众黑齿人打得四下抛落，坠入浪花之中。

蚩尤所向披靡，毫不恋战，径直奔向水妖战舰。

天上忽然传来啫啫怪叫，仰头望去，四个人鸟怪物拍翼俯冲而来。

大荒中这种人鸟怪物颇多，大半是当年的五族罪囚，被施以封印，成了似人似鸟的怪物。但这四个却是不折不扣的翼海龙族人，巨翼有力，手足俱全，生性勇悍凶残。

瞧他们金甲银铠，火目獠牙，手中分别握了斧戈矛棍，蚩尤突然想到当年父亲所说的大荒掌故，明白这四个翼海龙人，乃是朝阳谷丁蟹的家奴。想来这水妖舰队竟是威震东海的十戈水师。

强敌在前，蚩尤反而被激起冲天斗志，振臂狂呼，反手从背上拔出苗刀。"锵"的一声，青光暴射，一道绿气从刀背闪入右臂之中，碧木真气飞旋激转，人刀合一，苗刀浑然成了他手臂的延伸部分。

四个翼海龙人怪叫着盘旋飞舞，斧戈矛棍夹带狂风之势，以雷霆万钧之力齐齐攻下。

蚩尤不退反进，大喝一声，苗刀反撩而上，“砰”的一声巨响，青光怒爆，那四个翼海龙人怪叫着朝上翻起，斧戈矛棍脱手飞出。

蚩尤哈哈大笑道：“妖魔小丑，也敢与我争锋！”踏浪高高跃起，左手闪电般掐住一个翼海龙人的脖颈，“咔嚓”一声，竟将之生生折断。

他热血沸腾，狂性大发，英挺的面目变得狰狞无比。余下那三个翼海龙人被他厉电似的目光一扫，竟吓得魂飞魄散，怪叫着朝上空逃去。

这四个翼海龙人原是同胞兄弟，凶悍之极，经过丁蟹调教，更是成了一等一的杀人利器。这十余年来死在他们手中的大荒游侠，没有一千，也有八百。岂料今日竟被蚩尤一招打得大败，仅以左手，便折杀其一。

远处船上，丁蟹大凛，这少年究竟是谁，竟然勇悍以至于斯？转头望去，另外那个少年也如狼入羊群，谈笑间兔起鹘落，仅用双掌便将黑齿国的虎鲨水师打得七零八落，心中更是寒意森森，想不到这东海之上，竟是藏龙卧虎。

但他素来冷傲凶顽，怯意稍纵即逝，起身道：“传令，加紧进攻敌船，一炷香内将叛贼拿下。”众将哄然应诺。

丁蟹冷冷地望着急速奔来的蚩尤，嘴角牵起一丝森寒的笑容，喃喃道：“小子，我倒要瞧瞧你有何手段。”缓缓行到船头，道，“转舵，全速航行。”

众桨如飞，战船箭一般朝蚩尤驶去。另外十一艘战船则将汤谷大船团团围住，进攻更剧。

汤谷船上，见拓拔野、蚩尤所向披靡，群雄斗志大盛，原先慌乱之态立时烟消云散。柳浪站在指挥台上，挥旗示意。左右两舰缓缓朝两翼退开，主舰则徐徐后退。

十戈军见汤谷群雄张皇无措，早起了轻敌之心，此时见船舰转向后撤，只道敌军溃逃，不堪一击，更是穷追猛赶。

汤谷军形成品字形不断后移，十戈军奋勇争先，阵形渐乱，冲在最前的七八艘战船如利箭般切入汤谷军三艘战舰的空隙。

柳浪见时机已到，猛然挥舞令旗。

战鼓咚咚，号角长吹。群雄呐喊声中，三艘汤谷巨舰突然朝里收缩，将那六七艘水妖战舰紧紧地夹在当中，不断收缩挤压。

十戈军轻敌冒进，想要掉头撤出已来不及，汤谷巨舰又远较他们的高大，被死死地夹困其中，动弹不得。一艘船被巨舰挤得翻倒，众水妖纷纷掉入海浪之中。

赤铜石喝道："好好招待客人，可别怠慢了！"

汤谷群雄哈哈大笑，箭如飞蝗，石如雨下，居高临下地朝水妖战舰猛攻不已。火族群雄纷纷将火球、烈焰弹抛将下去。

水妖众舰避无可避，登时燃起熊熊大火。船上一片鬼哭狼嚎之声，许多水妖纷纷跳水逃命。围在外侧的水妖战舰心急如焚，不断朝汤谷军射箭、投发巨石，但毕竟势单力孤，以下攻上，杀伤有限。

如此激斗半晌，被夹困在中间的六七艘水妖战舰纷纷被击沉。汤谷巨舰虽有损坏，却并无大碍。

柳浪又摇旗传令，三艘巨舰缓缓变阵，互为掎角，朝着余下的五艘水妖战舰撞击而去。

双方追逐激战，汤谷军的船舰比十戈军大了数倍，又是以扶桑木制成，坚不可摧，撞击时自是大占上风。汤谷群雄士气高涨，不断狂呼叫骂着从上方跃下，杀入敌船。十戈军虽伤亡惨重，却极为悍勇顽强，顽斗不休。一时间也不能决出胜负。

蚩尤距离丁蟹主舰只有数十丈之遥，横刀踏浪，厉声道："蜃楼城蚩尤，今日要为众兄弟姐妹报仇！"声音高亢激越，清清楚楚地传到每个人的耳中。

众水妖闻声大惊，丁蟹心中也是蓦然一震，难道这勇悍绝伦的少年竟是当年蜃楼城的少城主？那么另外的那少年呢？想必就是再三辱及十四郎的神帝使者拓拔野了！

丁蟹惊骇一闪即逝，狂喜难抑，水伯缉拿这二人久矣，想不到竟在这东海上撞见。倘若能将他们擒下，那便是奇功一件！当下仰天大笑道："小贼，自寻死路，怨不得别人了！"背上十戈刀锵然出鞘，伸缩纵横，远远望去，犹如一只青黑螃蟹张牙舞爪一般。

蚩尤大喝道："水妖丁蟹，今日蚩尤拿你下酒！"倏然跃起，在空中划过一道圆弧。漫天箭矢中，他如海豚般破浪而入，冲入汹涌的碧波，朝着敌船飞速游去。

碧浪激荡，暗流汹涌。丁蟹站在船头，冷冷地瞧着海面，背后十戈刀自动张舞。

"砰"的一声，船身甲板突然裂开一个三丈长的口子，木屑飞射，海水从那裂口中激涌喷薄。青光旋舞，一道人影冲天跃出，厉声喝道："虾兵蟹将，快来受死！"

凛冽的杀气如狂风般卷袭，船身剧烈摇荡，众水妖纷纷变色，向后跃开。丁蟹面色突变青紫，低叱一声，十戈刀自动翻转到双手中，激弹暴长，如十只蟹钳交错挥舞，朝蚩尤倏然斩去。

十戈刀乃是东海琉璃铁制成的封印神器，内封北海十兽，也是朝阳谷神兵之一，十戈齐发，威力惊人。丁蟹自视甚高，对战之时极少十戈齐舞，即便是当年与东海神蛟对决之时，也不过用了六戈而已。而今日一出手便是十戈，可见对蚩尤的忌惮极深。

刀光折叠交错，纵横飞舞，“哧哧”破空之声不绝于耳，刀气及处，断木横飞。蚩尤怒喝声中，苗刀大开大合，如霹雳般斩落。面对十戈刀霸道凌厉之威力，他竟然丝毫不避让退缩，反以更为凶霸暴烈的气势迎头痛击。

“哐当”巨响，轰然如雷。

丁蟹只觉虎口如被雷电击中，震得双臂麻痹，十戈刀险些脱手。那雄霸已极的冲击力撞得他体内气血翻涌，禁不住向后退了两步。

丁蟹心中大骇，这少年破船而出，从空中落下，气势已如强弩之末，竟然能瞬间奋起神力，将自己击退！以这交手的力量来看，这小子的真气竟远远在自己预估之上。

丁蟹喝道：“给我拿下！”

众水妖见这少年竟一刀将丁将军击退，无不大骇，军令如山，不得不鼓起勇气，从四面八方围攻上来，各种兵器狂风暴雨般朝蚩尤招呼。

丁蟹乘隙调息，忖道：“这小贼真气极强，倘若与他硬拼，只怕未必能压得住他。”他天性冷傲剽悍，素不服输，被蚩尤一刀击退，反而激起好胜悍烈之心，无论如何也要寻法将这少年打败。

正寻思间，忽听蚩尤一声大吼，巨震声中，众多兵器冲天乱舞，众水妖惨呼怪叫着纷纷向外跌去。

蚩尤又只一刀便将众人击退，昂然长立，扛刀肩上，冷冷地望着丁蟹道：“丁螃蟹，你就这么一点本事吗？”言语中满是鄙夷蔑视之意。

丁蟹大怒，冷冷道：“小贼，今日不取你头颅，丁某誓不为人。”踏步上前，真气鼓舞，十戈刀在手中旋转不息。

忽听有人笑道：“蚩尤，需要帮手吗？”两人扭头望去，一个俊逸洒落的少年正踏海翩翩而来，正是拓拔野。

蚩尤哈哈笑道：“杀鸡焉用宰牛刀？你收拾这帮臭鱼烂蟹，倒比我更快。”

拓拔野衣袂飘飞，轻飘飘地落到船头，拍拍双手，笑道：“那些黑牙没齿的，实在太过差劲。我还没舒展筋骨，他们就全稀里哗啦掉海里了。”

他扫了丁蟹两眼，摇头笑道：“果然是只小螃蟹，想来也没有什么膏黄。我不跟你争啦，去剁了那些虾米做鱼油吧。”竟瞧也不再瞧丁蟹一眼，纵身向远处激战中的十戈水师奔去。

丁蟹听他二人你一言我一语，丝毫不将自己放在眼里，险些气炸了肺，怒极反笑：“狂妄小贼，接招吧！”十戈刀脱手飞出，如十条海蛇在空中盘旋飞舞，刀锋破空，气势滔滔，威力比之先前一招又大了数倍。

他十指屈伸弹舞，十戈刀随其节奏，凌空劈砍斫刺，正是“以气御剑”之术。蚩尤苗刀挥舞，“叮叮当当”将十戈刀不断击飞，但那十戈刀去而复返，始终在他周遭霍霍飞舞。

十戈刀越来越快，越来越凌厉，犹如层层铁桶将蚩尤笼罩其中，迫得他不得而出。稍有空隙，刀光立时如水银泻地，破入攻击。以一刀击十刀，纵然天生神勇，待到百余招后也必定险象环生。

果然，过了五六十回合后，蚩尤似已有忙乱之态。众水妖呼喝叱骂，挺舞长矛四面围冲而上，乘隙攻击。

蚩尤哈哈大笑道：“木叶索！”左手掌心突然喷出一道三尺长的碧光，浓碧浅绿地闪耀不定，周围两丈内的柚木甲板“咔啦啦”一阵脆响，分崩离析，片片木板朝他掌心飞去。

奔得最近的十余水妖一脚踏空，惨呼着掉落下去。

百余片木块在他掌心处陀螺般旋转，拧成一道直径近尺的巨绳。蚩尤左腕一抖，那条巨绳盘旋腾空，巨蟒般将十戈刀紧紧缠住。

漫天刀光刹那顿住。他转身飞旋，电光石火间竟已冲出十戈刀之困，大喝着朝丁蟹迎头怒斩。

丁蟹原先的诸多算盘、绵绵后招全部落空。大骇之下朝后疾退，凝神聚气，十戈刀“哧哧”挣断巨绳，呼啸着朝蚩尤后背斫来。

蚩尤竟不闻不顾，苗刀气势如虹，依旧朝着他头顶电斩而下。丁蟹原是想以十戈刀的攻击，迫得他回防，岂料这小子剽勇至斯，竟似不要命般要与自己同归于尽，心胆俱裂，浑身真气倾注于涌泉，奋起全力朝后飞蹿。

蚩尤大喝声中，苗刀划过一道圆弧，刀气凌烈，登时将他右臂齐肩斩断！

鲜血喷射，丁蟹痛吼一声，捂住肩膀，翻身跳入漫漫汪洋。意念一消，十戈刀的速度、力道陡减大半。蚩尤这才翻身回卷刀光，气浪激爆，将那十戈刀撞得高高飞起，掉入朵朵浪花。

众水妖魂飞魄散，没命地奔逃，弃船跳海。蚩尤胸怀大畅，昂首横刀，哈哈大笑。

远处，拓拔野在水妖船上谈笑披靡。汤谷群雄激奋欢腾，纷纷从巨船上跃入敌船，追杀穷寇。

落水水妖潜入海底，原想将汤谷巨船凿破，在水中与汤谷军决一胜负。岂料这三艘汤谷巨舰乃是以扶桑木所制，坚硬逾钢，不能损伤分毫，无奈之下只能大呼倒霉，逃之夭夭。

犹有三艘水妖战船负隅顽抗，但听闻汤谷群雄欢呼蚩尤斩杀丁蟹，斗志立颓，或是弃船而逃，或是转舵败走。

这一战不过半个时辰便告结束，竟是乌合之众的汤谷军大获全胜。

朝阳谷三大精锐水师之一的十戈军被击沉八艘战船，俘获两艘，仅有两艘得以保全。伤亡之惨重，为数十年来所仅有。

以两军的实力来说，这结果实是太过匪夷所思。但是十戈军骄狂轻敌，而汤谷巨舰坚不可摧，柳浪指挥得当，蚩尤、拓拔野又勇不可挡，这结果倒也在意料之外，情理之中。

岛上群雄欢呼雀跃，纤纤更是又叫又跳。过不多时，三艘巨舰彩旗招展，拖着两艘俘虏来的水妖战船缓缓靠岸。

那只巨大的龙鲸竟也尾随汤谷军慢慢地游到岸边。巨口开处，几尾美丽的人鱼与一个人鱼老妪并肩而立，更衬得年轻貌美，娇艳夺人。拓拔野与蚩尤也已站到人鱼群中，相互微笑低语。

群雄瞧见鲸口中的人鱼，无不大为惊诧，议论纷纷。纤纤虽然也颇为疑惑，但只道是蚩尤带来的，并未多想，笑着奔入海浪里，踮高了脚，朝着拓拔野与蚩尤挥手致意。

岂料拓拔野竟丝毫没有瞧见，径顾与一个最为娇怯清丽的人鱼站在一处，不知说了什么，那人鱼立时低下头去，连耳根也涨得通红，悄悄地回眸看他，嘴角眉梢，尽是绵绵情意。

旁人没有注意到，纤纤却是瞧得分明，心中如遭重锤，泛起一股酸涩的滋味，跺足咬牙，恨恨道："臭乌贼，你当是钓鱼吗？这么有趣？"当下大声叫道，"拓拔野！我的鲸珠呢？"

这一声气运丹田，叫得甚是响亮。众人都望了过来，俱是一震，心想："世间竟有这般美貌的姑娘！"

蚩尤扭头望去，只见碧浪白沙，一个紫衣少女叉腰而立，俏脸罩霜，眉目含嗔，说不出地娇俏动人，脑中顿时轰隆一声，一片空白，耳中再也听不到任何声响，过了良久，才听见纷乱嘈杂的声音、呼啸的海风以及自己"怦、怦、怦、怦"的急促心跳和呼吸声。

只听拓拔野有些不好意思地笑道："纤纤妹子，这龙鲸可是她们的寄居处，我再改送其他东西给你吧。"

蚩尤心中大震，这少女竟是纤纤吗？一年不见，她竟已从黄毛丫头出落成这般曼妙动人的姑娘！正又惊又喜，却听纤纤怒道："答应好的事岂能耍赖？我不管，我就要这鲸珠！"

人鱼姥姥突然开口道："拓拔少侠，你们对我们有救命之恩，这区区鲸珠又何足惜？"蚩尤、拓拔野大破水妖、黑齿军，无形中乃是救了她们，感激敬佩之下，说话语气大为客气。

拓拔野笑道："姥姥不必客气。小女孩儿耍脾气，哄一哄便忘了。"当下拍拍蚩尤，道："走，带你去见见这丫头。"

蚩尤心跳加剧，随着拓拔野纵跃奔去。

纤纤见一个英挺剽悍的少年与拓拔野一道奔来，从那眉目间猜到当是蚩尤，久别重逢，原当高兴才是，但眼见拓拔野适才与那人鱼那般亲热，早已气得提不起任何兴致来。瞧得他们奔到眼前，突然飞起一脚，往拓拔野小腿上踢去。

拓拔野对她了如指掌，见她肩膀微沉，立时挥手一抄，将她的小腿捞个正着，轻轻一拖，拉了过来。

倘若是平时，纤纤必定顺势偎入他的怀中，但今日怒气勃发，素手疾挥，又是一掌朝拓拔野脸上打去。

拓拔野笑道："胡闹，这么多人瞧着呢。"右手将她皓腕握住。纤纤与他相隔不到两尺，冷冷地瞪着他道："你也知道这么多人瞧着，怎么一点也不知道害臊？”眼眶一红，突然落下一颗泪来。

拓拔野云里雾中，不知她所说之意，见她突然掉泪，心中大软，松开双手笑道：“好啦好啦，今晚我不睡觉，给你逮条比这还大的龙鲸去。”

纤纤听他温言抚慰，更觉委屈，索性抽抽搭搭地哭了起来，含糊道：“我才不稀罕呢！”

蚩尤站在一旁，颇觉尴尬，瞧着纤纤雨打梨花一般，自己的心都要碎了。暗暗回忆一年前的纤纤，怎么也无法将那刁蛮狡狯的小女孩与眼前这俏丽少女联系起来。眼见拓拔野、纤纤两人如此熟稔亲热，突然有些后悔这一年未回古浪屿。

拓拔野笑道：“好啦好啦，再哭眼睛便要变成桃子啦。”纤纤破涕为笑。

拓拔野瞥了一眼蚩尤，笑道：“蚩尤刚来，你便这般号啕大哭，是要赶他走吗？”纤纤甩开拓拔野的手，转头莞尔道：“蚩尤大哥，好久不见啦。”

眼角犹有一滴泪珠，晶莹剔透，犹如春花沾着朝露，在晨风里绽放。蚩尤目眩神迷，呆了呆，笑道：“是，好久不见了。”心跳如撞，生怕让他们听见了，连忙朝后退了一步。

纤纤咯咯而笑，心情好转，朝拓拔野扮了个鬼脸道：“还是蚩尤大哥好。”蚩尤面红耳热，心跳更剧。这剽勇狂野的少年在纤纤面前竟判若两人，仿佛成了温良驯服的绵羊。

巨船靠岸，群雄欢呼，相互拥抱招呼，许久未见，许多好友都极是兴奋。岛上客房已全部建好，辛九姑等人纷纷引领群雄朝岛中走去。众人鱼在陆地上行走不便，依旧待在海湾沙滩上。

拓拔野为诸将引见人鱼姥姥与真珠，轮着纤纤时，她只是淡淡地点了点头，斜睨着真珠，叹了口气，道：“原来是个公主，难怪这鱼尾也要比别人的漂亮些。可惜啦，再漂亮的人鱼也终究是条鱼。”

话中尖酸带刺，众人自然听得分明。

人鱼姥姥等人惊愕恼怒，顾及拓拔野与蚩尤，隐忍不发。真珠适才瞧见她与拓拔野种种神态，只道二人是热恋情侣，心中正莫名地暗暗酸痛，被她这般嘲讽，脸色顿转苍白，想要说话，却什么也说不出来。

柳浪见状早已猜到大概，连忙打个哈哈道：“真珠公主，柳某常闻‘大荒三百六十花，不及东海鲛美人’。今日得见，果然名不虚传。”

真珠脸上泛起红晕，低声道：“柳将军见笑了。”柳浪浑身骨头大酥，色心又起，瞧见人鱼姥姥冷冷的目光，咳嗽一声，笑道：“这位姥姥可是鲛人国国母吗？既然咱们同仇敌忾，日后自当好好亲近亲近。”

人鱼姥姥眼光老辣，他心中不堪的想法哪能逃得过去？只是冷冷地哼了一声，便不再搭理他。

拓拔野再三邀请众人鱼到岛上歇息，她们都以行动不便为由相拒，无奈之下，只得任由她们在海湾休憩，先行告退。

路上见纤纤依然微微噘着嘴，老大不情愿，拓拔野笑道：“好啦，都快是圣女了，还这般耍小孩脾气吗？”

纤纤哼道：“言而无信，薄情寡义。今日我算是把你看透了。臭乌贼，你可记着，欠我一个礼物呢！”她说一句，拓拔野便点一个头，微笑称是。

纤纤突然停步，拉住蚩尤的手，笑靥如花道：“蚩尤大哥，你给我带的礼物呢？”

素手柔软滑腻，幽香盈袖，蚩尤失魂落魄地发了一会儿愣，道：“礼物？是了，礼物！”突然竟有些结巴起来，道，“我给你带了两箱东西，也不知道你喜不喜欢。”

纤纤大喜，冲着拓拔野一抬头，重重地哼了一声，然后又揽住蚩尤的手臂，眉开眼笑地道：“自然喜欢啦！快告诉我有哪些东西。”

这百余丈的路，蚩尤便如在云端行走一般，飘飘忽忽，欢喜得连说了些什么也记不清了。

拓拔野在一旁看得又是惊讶又是好笑，没想到狂野剽悍的蚩尤在纤纤面前竟然成了舌头打结、只会一味傻笑的呆子。他摇头微笑，心中淌过一片暖流。

数十丈外，真珠望着拓拔野三人的背影，眼光始终不能从他身上移开。

春风煦暖，阳光灿烂，岛上的落英纷纷扬扬地随风飘落，粉色、白色的花瓣缤纷地落在她的发上、肩上，又随风卷舞，落到碧绿的海波上曳漾。她望着三人绕过巨石，没入树林之中，不禁有些痴了。

人鱼姥姥无声无息地游到她的身边，叹气道：“傻孩子。你是鱼，他是人哪，这是上天注定的，不要多想了。”

真珠慌乱地转身，红脸道：“姥姥你在说什么呢。”

人鱼姥姥微微一笑，不再说话，心中对这鲛美人的未来，突然充满了莫名的忧虑。

第十九章 此情可待

当夜，群雄便在海滩上设宴，大肆狂欢。篝火熊熊，觥筹交错，欢笑喧腾之声远远地传到海上。

拓拔野、蚩尤、纤纤等人与众人鱼围坐在海边，听那人鱼姥姥絮絮而谈。原来蜃楼城被攻破之后，水族便据此为水军基地，操演水师，游弋东海。每每寻衅与海上小国宣战，大破之，而后改立国王，以为傀儡。

黑齿国、巨人国、毛民国则依附水妖，大肆欺压周邻。水伯天吴以向金族西王母蟠桃会献礼为由，向鲛人国强索国宝无邪鲛珠。

鲛人国主不肯从命，水妖便派遣十戈军与黑齿国一道进犯鲛人国七十二岛，大肆屠戮。国主战死。不得已之下，人鱼姥姥将无邪鲛珠藏入七公主真珠的腹中，带着诸公主驾驭龙鲸，逃离躲避。

蚩尤此次带来的扶桑花酒味道极为甘醇绵厚，人鱼姥姥每说一句，成猴子便要拍案骂上一句："烂木奶奶的！"愤愤地将杯中美酒一饮而尽。一番话下来，坛中的酒大半到了他的腹中。

群雄识破他的诡计，一时间人人都做义愤填膺之状，纷纷抢着喝酒以示对水妖的无限愤慨。

纤纤颇为好奇，道："无邪鲛珠？那是什么东西？"真珠看了一眼姥姥，低下头，双手捧于口前，樱唇微启，一道异香扑鼻而来。

那芬芳之气清醇馥郁，直冲脑顶。群雄本已喝得酩酊大醉，闻着这香气，顿时清醒了几分。众目睽睽之下，真珠红着脸，轻轻地吐出一颗一寸大小、浑圆透明的珠子。

珠子宛如水晶，呈淡绿色，中心竟有一尾小小的人鱼自由自在地遨游着，微小的气泡迭串冒起。从不同的角度望去，那珠子、水泡、小人鱼都变幻出各种不同的绚丽光泽。

众人瞧得目瞪口呆，成猴子张大了嘴，半晌才道："无邪鲛珠？无邪鲛珠？天下竟有我没见过的宝物！"纤纤喜道："这里面的小人鱼又是谁？当真有趣。"

真珠低声道："那人鱼便是我。"众人大奇，定睛凝望，珠子中的小人鱼果然与她毫无二致。

人鱼姥姥道："无邪鲛珠除了可以辟邪、驱毒、调养真气之外，还有一个最为重要的功能，便是辨析真我，在任何困惑面前永不迷失。"

她见群雄满脸茫然，又道："鲛珠中的小人，乃是含珠人魂灵所聚。任何人只需将这鲛珠吞入肚中片刻，再吐出来时，便可以瞧见另外一个'自己'藏身于这鲛珠之中。无论你有多么迷惑、难以抉择的问题，只需问它，它便会依照你内心，给你最坦率真实的回答。"

赤铜石叹了口气，道："世间诱惑之事太多，身陷其中，往往连自己内心真正想要什么都无法察觉。"语中颇有沉重慨叹之意，似乎在暗指自己。

纤纤咯咯笑道："赤长老，既是如此，你不如把这鲛珠吞下去，再吐将出来，瞧瞧你最想要的是什么？"赤铜石摇头笑道："人过百年，当知天命。我最想要的不过是健康平安，长命百岁。"

拓拔野微笑道："如此说来，真珠，我可以问这鲛珠一个问题吗？"言中颇有调侃之意。真珠大羞，连忙将鲛珠又咽了回去，情急之下，连脖颈也羞成了桃红色。

众人哈哈大笑，只有纤纤俏脸一沉，忍不住悄悄伸出手，在背后狠狠地拧了一把拓拔野的手臂。

拓拔野吃痛，微笑忍住，忖道："这小丫头还是这般小孩心态，非得众人的眼光全都围绕着她打转儿，如果不是中心，便要吵闹。"他与纤纤朝夕相处，直如兄妹，仍是将她当成没有长大的孩子一般。对于纤纤时时的真情流露与眼下的吃醋，都并未深入寻思，只当作孩童脾性。

蚩尤已渐渐从最初对纤纤的惊艳震撼中复苏过来，坐在她的身边，那幽香丝丝脉脉地缭绕鼻息，心跳怦然，不敢转头看她。听人鱼姥姥说了半晌后，心中一动，皱眉道："大荒五帝素来对大荒之外的国邦毫无兴趣，认为是化外之邦、夷蛮之地。水妖为何会大动干戈吞并东海各国呢？”

成猴子道：“这有什么稀奇？东海素来是瑰宝集中之地，单单龙宫，便不知道有多少稀奇宝贝。他奶奶的，要是老子是黑帝，早就烂木疙瘩稀里哗啦抢个精光。还要东偷西窃，这般辛苦作甚？”

群雄哄然笑骂不已。拓拔野想起科汗淮当初所说的话，脑中转得飞快，心中一凛，道：“是了，神帝死后，由谁即位？”

赤铜石道：“神帝并非常设之位，只有在五族长老会上公推出来的威望最高的人才能担任。抑或是在五帝会盟时，击败五帝。但即便如此，也得德高望重，令天下人心悦诚服才成。”

拓拔野道：“下一届五族长老会何时召开？”

赤铜石原就是族中长老，对此谙熟，屈指算道：“五族长老会通常每十年一次，但可由神帝随时召开。下一次当在后年的六月。”

拓拔野点头微笑道：“这就是了。烛老妖定是想做神帝。”众人闻言大凛，一片哗然。

拓拔野道：“当日我和各族游侠前往蜃楼城助战时，科大侠曾经说过，烛老妖侵灭蜃楼城，乃是为了沽名钓誉，做五族出头人，谋求他日篡取神帝之位。果然不假。但今日看来，这不过是他的第一步棋而已。”

群雄纷纷请教其详。

拓拔野道：“既然这神帝之位，只能在五族长老会上公推，他自然要想尽方法在此前出头露脸，成为五族共同利益的代表。他灭了蜃楼城，那是替五族出了口恶气。接着乘机据此地，大举攻灭东海各国，逼迫百夷朝拜，哈哈，那又是什么目的？”故意卖了关子，目光炯炯地盯着蚩尤。

蚩尤拍腿道：“是了！抬高自己的威望，凌驾五帝之上！”

柳浪点头缓缓道：“当今大荒，黑帝闭关不出，青帝失踪，白帝执着神仙道，黄帝中庸，赤帝也在闭关修炼。烛龙的武功妖法，原本就称雄天下，倘若此时百夷朝拜，声望日隆，两年后的五族长老会非推他做神帝不可。”

拓拔野笑道：“这就叫花花轿子人抬人，请不起家人请外人。”赤铜石道：“城主说得极是。常言说‘内圣外王’，烛老妖倒是反其道行之，‘外王内圣’，嘿嘿，厉害，厉害。”

人鱼姥姥怒道：“为了你们大荒神帝之位，便要血洗东海吗？”拓拔野道：

"姥姥息怒。我们既然已经摸清他的如意算盘，那还能让他得逞吗？这么多无辜性命，绝不能白白牺牲。"

人鱼姥姥一顿拐杖道："好！小子，凭你这句话，从今往后，鲛人国所有军民便听你调遣！"纤纤翻了个白眼，喃喃道："一共一百来人，调遣起来倒是方便得很。"

拓拔野装作没有听见，笑道："妙极！"起身大声道："诸位兄弟，咱们汤谷军今日已经出头露脸，往后想要过太平日子也不成啦。"

群雄纷纷叫道："他奶奶的，老子等了四年就是今天。什么姥姥的太平日子，早过得清汤寡水没滋味了！"

拓拔野笑道："好极。从今日起，咱们汤谷军便与水妖针尖对麦芒，处处对着干，绝不能让水妖的算盘打得叮当乱响！"

群雄最喜欢与人捣乱，狂笑着哄然应诺："妙极，妙极！烛老妖从今往后可没舒心日子过啦！""今日把那姓丁的螃蟹打了个落花流水，真他奶奶的痛快，瞧他们日后还敢不敢在东海横行无忌！"

柳浪咳嗽一声，道："这个……只怕不出七日，他们便要卷土重来。"

赤铜石点头道："水妖既已知道神祝与城主还在人世，而且与我们汤谷重囚合流，必定要全力征讨。何况我们今日一战，已是大大羞辱了他们的脸颜，扰乱了烛老妖部署的全盘计划，岂有忍气吞声的道理？只怕是要大张旗鼓，倾力而出。"

柳浪道："从这里返回蜃楼城最快也要半个月，倘若是飞鸟报信，只需两天。蜃楼城附近至少还有两支水妖的舰队，如果他们立即出发，大约十八天以后便可到达。"

蚩尤见群雄面面相觑，笑声俱止，一拍桌子，喝道："来得正好，敢来八百，我就杀他一千！"

拓拔野笑道："正是。我们以逸待劳，又是正义之师，此战必胜。再说咱们还有十八日部署准备哪。到时非杀得水妖片甲不留，全变水鬼！"群雄哈哈大笑，举杯叫道："喝酒喝酒，喝饱了酒趁醉杀水妖。"

拓拔野笑道："大伙儿别喝得太多，明日可是纤纤圣女的典礼，总不能横七竖八地躺在地上为她庆典吧？"群雄哄然称是。

蚩尤的心突然"咯噔"一沉，想到大荒所有圣女，必须是处子之身，终生不得嫁娶。

今日未见到纤纤之前，并未多想此节，只是想到既是独立之城，则必须有圣女，而汤谷中的女子不是凶霸的泼妇，便是妖娆的荡女，唯有纤纤才能胜任这圣女之位。但见面之后，心神俱震，从未开启的少年情愫陡然如春藤缭绕，不能自已。倘若纤纤果真登上圣女之位，岂不是，岂不是……

他猛然甩了一下头，心如刀绞，不敢再想下去。无意间瞧见辛九姑那又是忧伤又是迷茫的眼光，正怔怔地望着纤纤。

辛九姑原是金族圣女西王母的侍女，对于圣女二字的含义，谁也没有她清楚。与纤纤朝夕相处四年，早已将她视如自己女儿一般。圣女乃是尊贵无上的职位，倘若纤纤能成为真正的圣女，那她比谁都要感到荣耀。

但身为圣女必须清心寡欲，断绝情根，辛九姑原本就恨尽天下好色薄幸的男子，以为男人无不如此，因此不觉得终生不嫁有何不妥之处。

而她深悉纤纤之心，知她对拓拔野早已情根深种，还是孩童之际便魂牵梦萦，生死以系了。是以直到今日，她还未对纤纤说出身为圣女不可嫁娶。瞧着纤纤整晚目光都萦系于拓拔野身上，随着他的喜怒哀乐而一颦一笑，她的心中更为忧虑，矛盾已极。

但她却没有瞧见，在这跳跃的篝火与柔和的月色中，还有一个少女的眼光，也从始到终，没有离开拓拔野片刻。

篝火燃尽，海风微凉。群雄高歌着四下散去，纷纷回房休息。众人鱼也悄然朝海湾中的龙鲸游去。

明月清辉，在海面上粼粼荡漾。望着姐妹们在冰凉的海水中优美地摇曳，真珠轻轻地摸着尾上那银光闪烁的鱼鳞，心中满是淡淡的忧伤，一如这月色。

她的鱼尾曲线柔美，素来为姐妹所艳羡，在诸多鲛人国少年人鱼的心中，更是不可触及的美梦。

然而她今日却对这美丽的鱼尾充满了莫名的厌憎。尤其当她听到纤纤在拓拔野面前冷冷地说到“终究还是条鱼”时，眼泪几乎便要夺眶而出。那一刹那，她多么想拥有一双纤美的腿呵，哪怕是平凡的腿也好。

回眸望去，海滩上早已空无一人。远处岛上，灯火辉煌，隐隐还能听见笑声与歌声。

她突然觉得自己离那个世界如此遥远。她轻轻地摇摆，潜入水中，让咸涩的海水冲去刹那之间涌出的泪珠，朝着龙鲸款款游去。

拓拔野扶着蚩尤跌跌撞撞地朝他的客房走去，笑道："他奶奶的紫菜鱼皮，瞧你这般威风盖世，原来酒量也不过如此。"

蚩尤适才想着纤纤之事，心中郁闷，与人接连碰杯，终于喝得烂醉。恍惚间听到拓拔野的声音，咕哝几声，也不知在说些什么。过了片刻，已是鼾声大起。

拓拔野将他背到屋中，往床上一抛，喃喃道："本来还想和你小子聊个通宵，现在却只能听你打呼噜了。"摇头微笑，忽然听到有人"当当"地敲着窗子，出门一看，却是纤纤。

纤纤眼珠转动，眼眶内满是泪水，悲悲戚戚地望着拓拔野，突然"哇"的一声哭了起来。

拓拔野连忙捂住她的嘴，四顾左右，苦笑道："小姐，深更半夜哭哭啼啼，倘若被人瞧见，还道是我欺负你呢。"

纤纤扑到他的怀里，紧紧揽住，哽咽道："就是你！就是你！你们全都欺负我！"

拓拔野拍拍她的背笑道："真是胡说八道。这岛上哪一个人吃了熊心猛犸胆，敢欺负咱们纤纤圣女哪。"

听见"圣女"二字，纤纤更是悲从心来，号啕大哭。拓拔野连忙用肩膀挡住她的嘴，不断地轻拍她的背部抚慰，叹了口气，道："又怎么啦？还是怪我没给你鲸珠吗？"

纤纤抬起头，眼泪汪汪地道："我不做圣女！"

拓拔野吓了一跳，笑道："这倒奇了，从前你不是欢天喜地地叫嚷着要做圣女吗？怎的又突然改变主意了？"

纤纤怒道："那是叫你们给骗了！从前你可没告诉我，说圣女不许……不许嫁人！"说到最后四字，双颊禁不住泛起红晕。

拓拔野虽然知道五族之规，但生性自由散漫，对于此节也从未曾留意，听她这般一说，心中不由得微微一凛。思绪飞转，适才纤纤随着九姑一道走，难道是九姑告诉她的吗？口中却仍笑道："敢情纤纤想嫁人了吗？"

纤纤"扑哧"一声，破涕为笑道："你才想嫁人呢！"

拓拔野笑道："那便是了。既然眼下不想嫁人，就勉为其难，先委屈委屈做几天圣女。哪天纤纤想嫁人了，再拍拍屁股嫁鸡随鸡，做你的纺婆织女。你看如何？”

纤纤喜道：“这样可以吗？”秀眉又微微一蹙，道，“可是刚才听九姑说，做了圣女便得清心寡欲，不能再喜欢任何男人啦。”

拓拔野哈哈笑道：“那是大荒圣女的规矩。咱们汤谷军本就是造反的自由之师，哪能遵循那些繁文缛节？汤谷圣女想嫁人便嫁人，自由得很。”

纤纤登时眉开眼笑地跳了起来，揽住拓拔野的脖子，道：“还是拓拔大哥好！”丰满柔软的胸脯紧紧地压着他的胸口，巧笑倩兮，幽香入鼻。

拓拔野心中突然腾起奇异的感受，急忙按捺下去，掰开她的双手，将她拉开，笑道：“好啦，现在可以回房睡觉了吧？”

纤纤突然想到某事，花容一变，娇嗔满面道：“还有一件事。”拓拔野道：“什么？”

纤纤恨恨地瞪着他，冷冷道：“还装蒜！随我回房去。”一拧身，朝着那小木屋走去。

月光如烟，交织在淡淡的夜雾中。

树影横斜，花香扑鼻。小树林中声声杜鹃，伴着潺潺流水，宛如梦幻。纤纤那婀娜的身姿在夜色中瞧来，仿佛是花树的精灵，轻摇曼舞。

拓拔野微微一笑，突然有些明白，何以蚩尤会被这个小丫头震得张口结舌，直如呆子。

这条路自海滩经过树林，抵达小木屋。四年间，他们已不知走过多少次。常常是拓拔野在海边修炼潮汐流，纤纤伏在他的膝上睡着了，他小心翼翼地将她一路抱回去。也记不清有多少次，他半夜猎杀海兽归来，瞧见纤纤伏在路口的那根树桩上等他等得睡着了。

刹那间，许多温馨甜蜜的回忆涌将上来，有种时空错乱之感，仿佛四年的光阴突然凝聚为这一条短短的路、这个夜雾凄迷的晚上。为什么忽然会有这样的感觉呢？难道是因为纤纤明日便要成为圣女了吗？

拓拔野有些恍惚，摇摇头，微微一笑，继续随行。

“吱嘎”一声，纤纤打开木门，回首冷冰冰地道：“快进来。”

拓拔野望了望辛九姑等人所居住的木楼，低声微笑道：“明日便是你的大典，可不能再这般混住啦。要是让九姑瞧见，又要絮絮叨叨了。”

纤纤“呸”了一声，道：“你不是自由之师吗？我不是自由圣女呢？想怎样便怎样，旁人可管不着。”

拓拔野怕她气恼之下，大哭大叫，反倒惊动了群雄，只好苦笑道：“是，是。在下谨遵圣女之命……”话音未落，眼前素手一晃，香气袭人，早被揪住衣领，拖入了木屋之中。

楼上空空荡荡，只有那张木床孤孤单单地沐于月光之中。纤纤的众多东西已被搬到不远处的圣女御苑，明日起，便要在那里起居休息。

拓拔野环顾四围，雪白的月光照了一壁，冷清萧索，他的心中突地有些失落。自明日起，他便要一个人在这木屋中了。转头望见纤纤冷冷地瞪着自己，泪光盈盈，笑道：“圣女大人，不知有何吩咐？”

纤纤恨恨道：“你倒真会装蒜，为什么不给我鲸珠？还不是瞧见那条人鱼有几分姿色，想讨好她吗？”拓拔野叹道：“都快成圣女了，总得讲点道理吧……”

纤纤怒道：“我说得不对吗？瞧你看着她，眼珠都快掉下来了。跟她说话时笑得嘴都合不上啦，恨不能钻到她的耳朵里和她说话吧？”

拓拔野这日激斗甚久，又喝了许多酒，本已有些困乏，被她这般絮絮叨叨地一说，忍不住困意上涌，打了个呵欠。

纤纤见状更怒，气得眼圈都红了，哽咽道：“你和她说话便那般有趣，和我说话便要瞌睡吗？”

拓拔野最怕见她哭，登时醒了一半，笑道：“傻瓜，倘若你是想要鲸珠，我明日，不，现在便给你擒条龙鲸，还不成吗？”

纤纤顿足道：“你当我真稀罕鲸珠吗？我，我……”她突然眼珠一转，道，“好，倘若你真想将功折过，你便将那无邪鲛珠取来送我！”

拓拔野皱眉道：“越来越胡闹啦，那是鲛人国的国宝，犹如擎天之柱、镇海之珠，怎能随便索走？”见纤纤嘴巴一扁，便要哭将起来，连忙又上前将她抱住，温言抚慰。

纤纤每每要哭闹之时，只要被他揽在怀中，则必定止住。这招屡试不爽，今日也是立竿见影。

纤纤被他搂在怀中，闻着那熟悉的气息，感觉到那坚实的胸膛和有力的臂膀，心情登时平静下来。伏在他的胸膛上，听见他的心跳，感觉与他如此之近，欢喜之余又不免有些害羞。耳中听到他柔声抚慰，声音越来越是含糊，过不多时只剩下咕哝声。再过片刻，抱紧自己的双手渐渐地松了下来，接着竟响起轻微而香甜的鼾声。

纤纤微微有些着恼，但想到他抱着自己睡着，突然又有些甜蜜、害羞，心道："这个大傻蛋，竟像马一样，站着也能睡着。"轻轻地挣脱出来，将他架住，朝着木床吃力地移去。

纤纤小心翼翼地将拓拔野放在床上，嘘了一口气，抹抹沁出的香汗。拓拔野躺在月光中，嘴角微笑，满脸无邪，就像一个熟睡着的孩子。

纤纤心中泛起柔情，噙着笑，低声道："臭乌贼，一骂你就睡着，也不知是真的，还是装出来的。"展开薄被，轻轻地为他盖上。

拓拔野不知在梦中梦见了什么，眉毛舒展，嘴角笑意更深。纤纤坐在床沿，痴痴地看着他沉睡的脸庞，心里一阵阵莫名地生疼。

明夜此时，她就将在圣女御苑中独对着西窗月色，以后还能这般与他同处一室，彻夜厮守吗？

虽然她在九姑面前胡搅蛮缠，非得继续和拓拔野同住下去，但内心深处也洞彻明白，两人都已非孩子，又非亲属，决计无法再这般同住了。想到此处，心如针扎，忍不住低低地道："拓拔大哥，拓拔大哥。"声音温柔缠绵，竟比窗外那杜鹃还要凄切几分。

拓拔野浑然不觉，酣睡如旧。纤纤柔肠百转，轻声道："拓拔大哥，倘若不是你要我做什么圣女，我决计不做。我只想像从前那般终日在你身边，陪着你。做了圣女，可就不能这般随意啦。"

她望见拓拔野脖子上的那颗泪珠坠，那是多年前雨师妾临别的泪水所化，难得他竟终日悬挂颈前。她突然感到一阵尖锐的酸痛醋意，想将那泪珠坠扯将下来，丢出窗去。

但触及那冰冷的泪珠坠时，突然住手，毕竟那只是一颗珠子而已。心中一酸，低声道："拓拔大哥，在你心里，究竟是谁更为重要呢？你是将我当成了妹子，还是喜欢的人？"眼泪突然扑簌簌地掉了下来。

她抹了抹泪水，微笑道："我可真是发傻。你醒的时候，不敢问你，睡着的时候，却这般自言自语。难不成想让你在梦中听见吗？今晚九姑问我，是不是喜欢你。她说男人没有一个好东西。要是我喜欢你，将来一定会伤心难过，生不如死。哼，她可真会胡说八道，当我是小孩般吓唬吗？我告诉她，我一点也不喜欢你……”

她叹了口气，幽幽道：“拓拔大哥，我当然是骗她的。其实在我心里，唯一喜欢的人便是你。四年前看见你的那一刻起，我便喜欢上你了。你可知道吗？”

这些话憋在她的心中许多年，始终无人倾诉。在这两人共处的最后一夜，受那人鱼所激，柔情汹涌，心中又是甜蜜又是难过，竟如洪水决堤一般不能遏止。

纤纤轻轻地在他身边躺下，侧着身，对着他熟睡的侧脸痴痴凝望，右手轻轻地摸着他鼻子，柔声道：“这些年爹爹始终没有回来，其实……其实我心中早已知道他多半是死了……”

说到此处，泪水忍不住顺着脸颊淌了下来，哽咽道：“若不是你始终陪着我，我多半也要伤心得活不了啦。每次我提起爹爹，你怕我难过，总要紧紧地抱着我。在你温暖的怀里，我就将什么难过的事都忘了。”

她突然扑哧一笑，柔声道：“傻瓜，其实有时我是故意提起爹爹的，伤心的样子也有一半是装出来的。因为我想让你紧紧地抱着我。可是这半年来，你抱着我的时候越来越少了，是被你看穿了吗？”

她叹了口气，低声道：“从前你生我气的时候，便要打我的屁股；高兴的时候，便要拧我的脸；怕我难过的时候，便要抱着我。可是现在，不管我怎么惹你生气，你也不打我啦。和我说话的时候，也要隔着几尺的距离。就是晚上睡觉的时候，也不让我到你的床上来。前些日子，夜里又是打雷又是下雨，你也不让我到你的床上躲上一会儿。那次我可真生了你的气，赌气要永远不理你呢。可是没过一天，又忍不住和你说话了。”

她把头枕在拓拔野的胳膊上，叹气道：“明日起我便再也不能和你一道睡啦。到时你想要我来也是不成了。拓拔大哥，你会想我吗？从今往后，每夜我想你的时候，该怎么办呢？”

想到此处，她突然觉得说不出地害怕，那即将到来的虚幻的黑暗的孤独，更使得她感到眼下身旁的拓拔野是这般真实，这般让她疼心痛肺、柔肠寸断。

她托着腮，凑在拓拔野的脸旁，怔怔凝视。那浓密而弯卷的睫毛、那挺直的鼻梁，还有那优美上翘的嘴唇，近在咫尺，又仿佛远在天涯。

在今夜之前，他是属于她的。但是在今夜之后呢？那羞羞怯怯的人鱼妖精，会不会乘隙占据他的心呢？以后会不会出现其他各种妖精呢？

酸酸痒痒的感觉从咽喉向腹内滑去，那种莫名揪心的疼痛又突然爆发，撕心裂肺，疼得几欲窒息。

纤纤突然低下头，闭起眼，鬼使神差地亲了拓拔野的嘴唇一口。柔软的嘴唇、温暖的鼻息，她如遭电击一般，心怦怦剧跳，脸腾地红了，耳根处也热辣辣的。她迅速地抬起头来，不敢睁开眼睛。

酸痛揪心的痛楚慢慢消失，体内却开始隐隐作痛，仿佛有一股温暖而麻痒的火焰从下而上，蹿入胸口。

这种感觉也曾经有过，每次在拓拔野怀中时，便常有这种麻痒难言的疼痛，像是一种莫名的渴求，然而她却束手无策。有时仅仅瞧见拓拔，或是被他瞧见，也会突然被这疼痛所击倒。

今夜这种感觉尤为强烈，仿佛千万只蚂蚁一点一点地咬噬上来，直进入她的心里。

她红着脸，低声道："拓拔大哥，拓拔大哥。"吐气如兰，钻入拓拔野的耳中。他似乎被那气息弄得有些痒，皱皱眉头，探手抠了抠耳朵。

纤纤的心中突然起了一个奇异而大胆的念头，念头方起，那股麻痒疼痛的火焰宛如浇上热油，陡然蹿起，熊熊烈火般烧遍全身。

她脸颊滚烫，周身火热，想要将那奇怪的感觉驱逐出去，却适得其反，只觉得那团烈火顺着咽喉烧了上来，让她意乱情迷。那团火越烧越旺，思绪一片混乱，迷茫中只有一个念头越来越清晰，身边的这个少年，是她倾心爱慕的人，而今夜是他们能这般厮守的最后一夜……

她突然无缘由地哭了起来，脸红如霞，低声道："拓拔大哥，我……我要将一切都给你。"

拓拔野朦朦胧胧之间，听见耳边温柔的呢喃与哭泣声，香甜温热的气息不断地钻入自己的耳朵，又麻又痒。梦中想到定然又是纤纤前来捣乱，咕哝一声道："纤纤别闹。"

那奇怪的声音顿时静止，就连耳边那气息也仿佛突然消失。他翻了个身，又沉沉睡去。

梦中面朝大海，春暖花开，他与蚩尤、纤纤三人在海滩上嬉闹。暖暖的阳光，和煦的春风，呼吸中尽是海水与鲜花的味道。白色的沙滩细腻柔软，踩在脚下说不出地舒服。

仰望蓝天白云，聆听涛声鸟鸣，这种感觉如此宁静祥和，如此幸福。

突然之间，天边乌云滚滚，天色陡然变暗，蚩尤站在礁石上望着远方，浪水一阵阵地朝他击打。

他竭力地呼喊蚩尤回来，但蚩尤似乎并没有听见，回头望了他一眼，笑了笑跳入汹涌的波涛之中。而纤纤却丝毫不在意，只是望着他笑。

接着景物切换，置身于一片繁花如织的草地上。

环顾四周，阳光炫目刺眼，依稀看见一个白衣女子在远处微笑着看他，突然她的脸变成了雨师妾。他满心欢喜地朝她奔去，跑得近了，探手抓去，只抓到一缕青烟。雨师妾的笑容在空中越来越恍惚，渐渐地消失不见了。

他心中又是焦急又是难过，转头瞥见真珠，还有一些瞧不见脸容的女子，在对岸的草地中坐着，温柔地望着他微笑。正要泅河而去，突然听见背后的喊叫声："拓拔大哥！拓拔大哥！"

回头望去，却是纤纤朝他狂奔而来。忽然她跌倒了，他心中疼惜，一边叫着她的名字，一边朝她跑去。纤纤爬了起来，满脸泪痕，又笑又哭地叫道："拓拔大哥！拓拔大哥！"

他跑上前去，紧紧将她抱住。忽然觉得怀内滑腻柔软，低头一望，纤纤竟是衣裳不整，大骇之下，连忙将她朝外一推。

但是纤纤却如蛇一般缠了上来，将他紧紧地缠住，在他脸上哭着亲吻，呻吟似的呢喃道："拓拔大哥！拓拔大哥！"

叫声温柔哀切，缠绵入骨。柔软滑腻的双臂将自己紧紧抱住，那股少女的幽甜清香丝丝脉脉钻入鼻息，每一次肌肤相触都要带来如此战栗的激动。当那柔软潮湿的双唇滑过他的脸颊，紧紧地贴在他的唇上，他终于忍不住那窒息的悸动。

丁香暗度，香津流转，体内的烈焰如火山引爆，仿佛一重重巨浪，接连不断地卷来，要将自己彻底吞噬。心中一个声音却越来越清晰，越来越大声："她是纤纤！是你的妹子！"眼前突然晃过了科汗淮的脸容，既而又晃过了蚩尤的脸，两人不知在说些什么，却可以隐隐感觉到那重愤怒。

怀中那温软的身体紧紧地贴着自己，温柔的哭泣与低吟在他的耳边回荡，这感觉如此真实又如此无法抗拒："拓拔大哥！拓拔大哥！拓拔大哥……"

拓拔野"啊"的一声大叫，猛地挥手重重甩了自己一耳光，坐了起来。脑中浑浑噩噩，脸上热辣辣地疼痛，高高隆起，突然听见一个温柔的声音："拓拔大哥，你……你疼吗？"

拓拔野闻声大骇，困意全消，猛地睁开眼睛。

月光如水，纤纤衣裳不整地坐在床上，云鬓缭乱，咬着唇，眼波温柔而关切地凝视着他，撞到他的眼光，突然满脸晕红，羞不可抑地别过头去。

拓拔野脑中空茫一片，惊骇地望望她，又望望自己，什么话也说不出来。苦苦回想，只记得将纤纤抱入怀中，此后之事，再无任何印象。难道竟是他喝醉了，迷糊中做出了禽兽不如的事情？低头望去，自己衣裳虽然凌乱，所幸的是似乎还未突破最后的关卡，高悬的心这才微微放松。

但那罪恶感与愧疚之心却有增无减，又重重地甩了自己几巴掌。纤纤大惊，连忙上前将他手掌拉住，低声道："拓拔大哥，这是……这是我自己情愿的。"越说声音越小，双颊酡红如醉。

拓拔野见她樱唇微破，纤细莹白的脖颈上有几道红肿的瘀痕，更是羞惭得无以复加，恨不能以头抢地，转身道："纤纤，对不住。我只当你是我的好妹子，不料今日竟做出这等禽兽之事。我……我……"再也说不出话来。

纤纤身子一震，脸色突变苍白，颤声道："拓拔大哥，你说什么？"

拓拔野摇头道："好妹子，大哥对不住你。明日便是你的大典礼，所幸千错万错，还没有犯下最后的错误。"羞惭自责，悔恨无已。

纤纤心如万针齐扎，疼不可抑，深深地吸了一口气道："拓拔大哥，你不用自责。是我见你睡熟，自愿……自愿如此的。"苍白的脸上泛起奇异的潮红，热辣辣的羞意与隐隐的恐惧交织在一起，一颗心宛如在黑暗的深渊中半悬着。

拓拔野颇为讶异，刹那间明白了少女情意，全身大震，猛地回头，瞧见她微敞的衣襟，又立即别过头去。思潮汹涌，如惊涛骇浪，回忆诸多事情，突然一一明白，半晌才温言道："好妹子，我知道你明日便要做这圣女，心中舍不得我。我心里又何尝舍得你？"

纤纤的心怦怦直跳，又是甜蜜又是害羞。

却听拓拔野道："只是我对你的喜欢，绝不是那男女之爱。我只将你当作最为疼爱的妹妹一般，呵护关爱，此心天地可鉴。只希望你能平平安安，快快乐乐。倘若将来你有了喜欢的人，不愿做这圣女之位，哥哥定然为你做主。今夜之事，我需负全责。所幸大错还未铸成，希望你不要因此记恨……"

他背着身，瞧不见纤纤的脸色，他每说一句，纤纤的脸色便要苍白一分，听到后来已经全无血色，怔然坐着，全身簌簌发抖。拓拔野的话似乎越来越远，就像是从空茫无边的黑暗中传来，他的背影也越来越飘忽，远得不可触及。

她的心就这般一点一点地沉入万丈深渊，耳边再也听不见任何话语，只有呼啸的风声。

黑暗中，一个声音在她耳边不断地重复：他一点儿也不喜欢你，只当你是妹子呢。那声音越来越强烈，逐渐变成讥嘲似的哄然大笑，仿佛全岛群雄都在嘲笑她一般。

不知过了多久，那空洞茫然、黑暗寒冷的感觉突然变成尖锐的痛楚，犹如万箭钻心，疼得她突然呻吟一声，弯下腰去。

拓拔野听见声响，吃了一惊，转头看见她全身不住地颤抖，黄豆般的汗珠从惨白的脸上滚滚落下，心中大惊，连忙上前将她扶住，手足无措，不住地问道："怎么了？"

她摇着头，那疼痛撕心裂肺，突然一股彻骨的悲伤如山洪暴发，视线模糊，泪珠一颗一颗地掉落下来，费尽力气才颤抖地说道："我好难过。"

拓拔野瞧着她浑身发抖，泪水不断地淌落，牙齿咯咯乱撞，心中焦急难过，一筹莫展，只能紧紧将她抱住。她浑身冰凉，但额头竟是滚烫。

拓拔野手忙脚乱地帮她整好衣裳，道："我去叫草本汤来。"草本汤乃是土族名医。纤纤不断地摇头，颤声道："拓拔大哥，你说的都是真的吗？只当我是妹妹，从来没有一点其他的喜欢吗？"

那目光哀怜恳切，拓拔野心如刀绞，怜惜之心大盛，忍不住便要答应，但心中又是一凛，自己确实只将她视为妹妹，倘若出于怜惜而哄骗，将来岂不是更要伤她的心吗？当下硬起心肠，咬牙道："是。你永远是我最喜欢的妹子。"

纤纤的最后一丝希望也荡然无存，仿佛悬崖边上的人揪落了最后一根稻草，蓦然发现，自己倾力所注的，竟丝毫承受不住自己的托付。凄烈的难过与苦痛，仿佛雷电般劈落。

她喘息摇头，泪水倾注，想说话却发不出声，过了半晌才颤声道："九姑说得一点也不错，生不如死，生不如死。你为何不一剑杀了我，也胜于让我受这无穷无尽的痛苦！"

拓拔野心如刀割，难过之下，泪水险些夺眶而出，想要紧紧地抱住纤纤，却被她费尽力气推开。

纤纤缩到床角，头发凌乱，屈膝抱身，不住地颤抖，双眼悲切、苦痛、凄凉而又愤恨地盯着他，颤声道："拓拔大哥，你好！你好……"

她突然拔出发上的雪鹤簪，用尽周身力气，狠狠地扎入了自己心窝。鲜血四溢，如红花般在月光中开落。

拓拔野大惊失色，狂呼着抢身上前，已来不及，发簪已经没入胸中。惊骇难过之下，手足无措，抱住纤纤大声呼喊，泪水顷刻间模糊了视线。

纤纤望着他，目光涣散迷离，嘴角露出一丝微笑，声如游丝地道："拓拔大哥，这下……这下你终究能记住我了吧……"一口气接不上来，脖颈微摇，脸容含笑，就此香消玉殒。

拓拔野脑中一片迷乱，轰隆作响，张大了嘴，发不出声，喉咙如被什么堵住了，悲苦悔恨如巨石压顶，喘不过气来。刹那间往事历历，涌上心头，纤纤的音容笑貌在眼前耳边激荡。泪眼蒙眬，低头望去，她那清丽的容颜上泪痕满布，嘴角那丝微笑仿佛凝结着凄凉的嘲讽。

不知过了多久，他才仰天大吼，发出痛切的哭声。

窗外灯火摇曳，人声鼎沸，脚步声此起彼伏，门"吱呀"一声开了，许多人涌了进来。灯火迷蒙，拓拔野抱着纤纤头昏目眩，什么人也瞧不见，只是不住口地喃喃道："纤纤死了，是我害了她。"